दीक्षा

दीक्षा

नरेन्द्र कोहली

वाणी प्रकाशन

प्रकाशन के उत्कृष्टतम 61 वर्ष

vaniprakashan.com

सजिल्द पहला संस्करण : 2005
सजिल्द दूसरा संस्करण : 2009
सजिल्द तीसरा संस्करण : 2016
सजिल्द चौथा संस्करण : 2024

वाणी प्रकाशन

4695, 21-ए, दरियागंज, नयी दिल्ली-110 002

फ़ोन : +91 11 23273167, 23275710

शाखाएँ

अशोक राजपथ, पटना-800 004, बिहार

कॉफ़ी हाउस कैम्पस, महात्मा गांधी मार्ग, प्रयागराज-211 001, उत्तर प्रदेश

महात्मा गांधी अन्तरराष्ट्रीय हिन्दी विश्वविद्यालय, वर्धा-442 001, महाराष्ट्र

36/ए, शेक्सपियर सरणी, रानी बिरला गर्ल्स कॉलेज के पास, कोलकाता-700 017, प. बंगाल

sales@vaniprakashan.in
vaniprakashan@gmail.com

DIKSHA
by Narendra Kohli

ISBN : 978-81-8143-190-5
Novel

मूल्य : ₹ 395

जी.एस. ऑफ़सेट, दिल्ली-110 095 में मुद्रित

वाणी प्रकाशन का लोगो मक़बूल फ़िदा हुसेन की कूची से

मधुरिमा, कार्त्तिकेय तथा
अगस्त्य के लिए

दीक्षा

1

समाचार सुना और विश्वामित्र एकदम क्षुब्ध हो उठे। उनकी आँखें, ललाट, कपोल—क्षोभ में लाल हो गए। क्षणभर समाचार लाने वाले शिष्य पुनर्वसु को बेध्याने घूरते रहे; और सहसा उनके नेत्र झुककर पृथ्वी पर टिक गए। अस्फुट-से स्वर में उन्होंने कहा, "असह्य!"

शब्द के उच्चारण के साथ ही उनका शरीर सक्रिय हो उठा। झटके से उठकर वे खड़े हो गए, "मार्ग दिखाओ, वत्स!"

पुनर्वसु पहले ही स्तंभित था, गुरु की प्रतिक्रिया देखकर जड़ हो चुका था; सहसा यह आज्ञा सुनकर जैसे जाग पड़ा और अटपटी-सी चाल चलता हुआ, गुरु के आगे-आगे कुटिया से बाहर निकल गया।

विश्वामित्र झपटते हुए-से पुनर्वसु के पीछे चल पड़े।

मार्ग में जहाँ-तहाँ आश्रमवासियों के त्रस्त चेहरे देखकर विश्वामित्र का उद्वेग बढ़ता गया। आश्रमवासी गुरु को आते देख, मार्ग से एक ओर हट, नतमस्तक खड़े हो जाते थे। और उनका इस प्रकार निरीह-कातर होना, गुरु को और अधिक पीड़ित कर जाता था : 'ये सब लोग मेरे आश्रित हैं। ये मुझ पर विश्वास कर यहाँ आए हैं। इनकी व्यवस्था और रक्षा मेरा कर्तव्य है। और मैंने इन सब लोगों को इतना असुरक्षित रख छोड़ा है। इनकी सुरक्षा का प्रबंध...'

आश्रमवासियों की भीड़ में दरार पैदा हो गई। उस मार्ग से प्रविष्ट हो, विश्वामित्र वृत्त के केंद्र के पास पहुँच गए। उनके उस कठोर शुष्क चेहरे पर भी दया, करुणा, पीड़ा, उद्वेग, क्षोभ, क्रोध, विवशता जैसे अनेक भाव पुंजीभूत हो, कुंडली मारकर बैठ गए थे।

उनके पैरों के पास, भूमि पर नक्षत्र का मृत शरीर चित पड़ा था। इस समय यह पहचानना कठिन था कि शरीर किसका है। शरीर के विभिन्न मांसल अंगों की त्वचा फाड़कर मांस नोच लिया गया था, जैसे रजाई फाड़कर गूदड़ नोच लिया गया हो।

कहीं केवल घायल त्वचा थी, कहीं त्वचा के भीतर से नंगा मांस झाँक रहा था, जिस पर रक्त जमकर ठण्डा और काला हो चुका था; और कहीं-कहीं मांस इतना अधिक नोच लिया गया था कि मांस के मध्य की हड्डी की श्वेतता मांस की ललाई के भीतर से भासित हो रही थी। शरीर की विभिन्न मांसपेशियाँ टूटी हुई रस्सियों के समान जहाँ-तहाँ उलझी हुई थीं। चेहरा जगह-जगह से इतना नोचा-खसोटा गया था कि कोई भी अंग पहचान पाना कठिन था।

विश्वामित्र का मन हुआ कि वे अपनी आँखें फेर लें। पर आँखें थीं कि नक्षत्र के क्षत-विक्षत चेहरे से चिपक गई थीं और नक्षत्र की भयविदीर्ण मृत पुतलियाँ कहीं उनके मन में जलती लौह शलाकाओं के समान चुभ गई थीं, अब वे न अपनी आँखें फेर सकेंगे और न उन्हें मूँद ही सकेंगे। बहुत दिनों तक उन्होंने अपनी आँखें मूँदे रखी थीं—अब वे और अधिक उपेक्षा नहीं कर सकते। कोई-न-कोई व्यवस्था उन्हें करनी पड़ेगी...

"यह कैसे हुआ, वत्स?" उन्होंने पुनर्वसु से पूछा।

"गुरुदेव! पूरी सूचना तो सुकंठ से ही मिल सकेगी। सुकंठ नक्षत्र के साथ था।"

"मुझे सुकंठ के पास ले चलो।"

जाने से पहले विश्वामित्र आश्रमवासियों की भीड़ की ओर उन्मुख हुए, "व्याकुल मत होओ, तपस्वीगण। राक्षसों को उचित दण्ड देने की व्यवस्था मैं शीघ्र करूँगा। नक्षत्र के शव का उचित प्रबंध कर मुझे सूचना दो।"

वे पुनर्वसु के पीछे चले जा रहे थे, "जब कभी भी मैं किसी नए प्रयोग के लिए यज्ञ आरंभ करता हूँ, ये राक्षस मेरे आश्रम के साथ इसी प्रकार रक्त और मांस का खेल खेलते हैं। रक्त-मांस की इस वर्षा में कोई भी यज्ञ कैसे संपन्न हो सकता है...!"

पुनर्वसु चिकित्सा-कुटीर के मार्ग पर चल पड़ा था। विश्वामित्र उसके पीछे-पीछे मुड़ गए, "क्या अपनी शांति के लिए, अपने आश्रमवासियों की रक्षा के लिए, राक्षसों से समझौता कर लूँ? क्या उनकी बात मान लूँ? क्या अपना शस्त्र-ज्ञान उन्हें समर्पित कर मैं एक और शुक्राचार्य बन जाऊँ? भृगुओं और भरतों का समस्त शस्त्र, औषध तथा अश्वपालन संबंधी ज्ञान देकर इन्हें और भी शक्तिशाली बना दूँ? क्या मैं भी उनमें से ही एक हो जाऊँ? राक्षसी वृत्तियों को निर्बाध पनपने दूँ? अपने आश्रम से आर्य-संस्कृति को निष्कासित कर, इसे राक्षस-संस्कृति का गढ़ बन जाने दूँ?"

पुनर्वसु चिकित्सा-कुटीर के द्वार पर जाकर रुक गया। उसने एक ओर हटकर गुरु को मार्ग दे दिया।

विश्वामित्र भीतर प्रविष्ट हुए।

चिकित्साचार्य ने अपनी शिष्य मण्डली को एक ओर कर, आश्रम के कुलपति के लिए मार्ग बना दिया। विश्वामित्र सुकंठ की शैय्या से लगकर खड़े हो गए।

सुकंठ का चेहरा और शरीर तरह-तरह की पट्टियों से बँधा हुआ था, किंतु उसकी आँखें खुली हुई थीं और वह पूरी तरह चैतन्य था। गुरु को देखकर उसने शैय्या से उठने का प्रयत्न किया।

विश्वामित्र ने उसके कंधे पर अपना हाथ रख तनिक-से दबाव के साथ उसे लेटे रहने का संकेत किया।

''मुझे बताओ, वत्स! यह सब कैसे हुआ?''

सुकंठ की भोली आँखों में एक त्रास तैर गया और उसका चेहरा अपना स्वाभाविक रंग छोड़, कुछ पीला हो गया; जैसे वह चिकित्सालय से उठाकर फिर से उन्हीं त्रासद क्षणों में पटक दिया गया था।

विश्वामित्र उसकी ओर कुछ और अधिक झुक गए। उनका स्वर बहुत ही कोमल हो आया था, ''बताने में विशेष कष्ट हो तो अभी रहने दो, वत्स!''

सुकंठ के चेहरे पर क्षणभर के लिए एक पीड़ित मुस्कान झलकी, ''नहीं, गुरुदेव! जो देखा है, उससे अधिक कष्ट बताने में नहीं है।' उसने एक निःश्वास छोड़ा, ''मैं तथा नक्षत्र उधर से जा रहे थे, तो हमने वहाँ दो राक्षसों को बैठे हुए देखा। वे लोग डील-डौल में हमसे बहुत बड़े और शारीरिक शक्ति में हमसे बहुत अधिक थे। उनके वस्त्र भड़कीले, मूल्यवान एवं भद्दे थे। शरीर पर विभिन्न प्रकार के मणि-माणिक्य एवं स्वर्ण-आभूषण इस विपुलता से पहने हुए थे कि वे आभूषण न लगकर कबाड़ का आभास दे रहे थे। आश्रम के भीतर हमें उनका यह भद्दा व्यक्तित्व अत्यंत आपात्तिजनक लग रहा था; पर शायद हम उन्हें कुछ भी नहीं कहते; क्योंकि मेरा ही नहीं, अनेक आश्रमवासियों का यह अनुभव है कि इन राक्षसों से कोई अच्छी बात भी कही जाए, या उनके सार्वजनिक दूषित व्यवहार के लिए उन्हें टोका जाए, तो वे लोग तनिक भी लज्जित नहीं होते, उल्टे झगड़ा करने लगते हैं। उनके पास शारीरिक शक्ति है, शस्त्र-बल है, धन-बल है; और फिर कोई शासन उनका विरोध नहीं करता। इन राक्षसों से झगड़ा कर हम कभी भी जीत नहीं पाते। इसलिए उनके अनुचित व्यवहार को देखते हुए भी आश्रमवासी सामान्यतः आँखें मूँद लेते हैं...''

विश्वामित्र के मन में कहीं कसक उठी, 'क्या यह बालक मुझे उपालंभ दे रहा है? क्या मैं इन राक्षसों की ओर से आँखें मूँदे हुए हूँ...?'

सुकंठ कह रहा था, ''हम शायद उन्हें कुछ भी न कहते। पर तभी उधर से आश्रमवासिनी आर्या अनुगता गुजरीं। और तब हमें ज्ञात हुआ कि वे दोनों राक्षस मदिरा पीकर धुत्त थे। उन्होंने आर्या अनुगता को पकड़ लिया और अनेक अशिष्ट बातें कहीं। तब हमारे लिए उनकी उपेक्षा कर पाना संभव नहीं रहा। सोच-विचार का समय नहीं था, आर्य! और सच तो यह है कि हम लोग अपनी इच्छा से सोच-विचारकर, अपनी वीरता दिखाने भी नहीं गए थे। वह तो क्षण की माँग थी। यदि हम सोचते रह जाते तो वह राक्षस या तो आर्या अनुगता को मार

डालते, या फिर उन्हें उठाकर ले जाते। हमने उन्हें ललकारा। उन दोनों ने खड्ग निकाल लिए। हम निःशस्त्र थे, परिणाम आपके सामने है..." सुकंठ की वाणी रुँध गई, "मैंने संज्ञा-शून्य होने से पूर्व उन्हें नक्षत्र के जीवित शरीर को अपने नखों एवं दाँतों से उसी प्रकार नोचते हुए देखा था, जैसे गिद्ध किसी लोथ को नोचते हैं। वे लोग शायद मेरे साथ भी वही व्यवहार करते, किंतु उससे पूर्व ही आश्रमवासियों की भीड़ एकत्रित हो गई..."

सुकंठ ने अपनी आँखें भींच लीं और उसके गालों पर से बहते हुए अश्रु कानों की ओर मुड़ गए।

"तुमने बहुत कष्ट सहा है, वत्स!" विश्वामित्र बोले, "अब शांत होओ। लगता है कि यह मेरी ही उद्यमहीनता का फल है। मैं दूसरों को दोष देता, शांत बैठा रहा; पर अब मुझे कुछ-न-कुछ करना ही होगा, नहीं तो यह सिद्धाश्रम श्मशान बन जाएगा।"

उन्होंने सुकंठ के सिर पर हाथ फेरा। उन्हें शब्द नहीं सूझ रहे थे—कैसे वे अपने मन की पीड़ा सुकंठ तक पहुँचाएँ। क्या उसके केशों पर फिरता उनका यह हाथ शब्दों से कुछ अधिक कह पाएगा?...

वे द्वार की ओर बढ़ चले।

चिकित्सा-कुटीर से बाहर निकलते हुए विश्वामित्र के चेहरे पर निर्णय की दृढ़ता थी। यह निर्णय कितनी बार उभर-उभरकर उनके मस्तिष्क की ऊपरी तहों पर आया था, उन्होंने हर बार उसे स्थगित कर दिया था। किंतु अब और शिथिलता नहीं दिखानी होगी...

चेहरे के साथ उनके पगों में भी दृढ़ता आ गई थी। उनके पग निश्चित आयाम के साथ अपनी कुटिया की ओर बढ़ रहे थे। उनमें द्वंद्व नहीं था, अनिर्णय नहीं था, गंतव्यहीनता नहीं थी।

पर अपनी कुटिया में आकर, अपने आसन पर बैठते ही उनके भीतर का चिंतन जागरूक हो उठा। कर्मण्य विश्वामित्र फिर कहीं सो गया और चिंतक विश्वामित्र चेतावनी देने लगा—'ठीक से सोच ले, विश्वामित्र! यह न हो कि गलत निर्णय के कारण अपमानित होना पड़े। सोच, सोच, अच्छी तरह सोच...'

विश्वामित्र के मन में कर्म का आवेश, फेन के समान बैठ गया। शीघ्रता विश्वामित्र के लिए नहीं है। वे जो कुछ करेंगे, सोच-समझकर करेंगे। एक बार कार्य आरंभ कर पीछे नहीं हटना है। अतः काम ऊपर से आरंभ करने के स्थान पर नीचे से ही आरंभ करना चाहिए। जब सूई से ही कार्य हो सकता है, तो खड्ग का उपयोग क्यों किया जाए? स्थानीय शक्तियों से ही कार्य हो जाए, तो क्या आवश्यकता है कि वे सम्राटों के पास जाएँ...

"पुनर्वसु!"

"गुरुदेव!"

"पुत्र। मुनि आजानुबाहु को बुला लाओ। कहना, आवश्यक कार्य है।"

पुनर्वसु चला गया और विश्वामित्र अत्यंत उद्विग्नता से मुनि आजानुबाहु की प्रतीक्षा करते रहे...विश्वामित्र का मन कभी-कभी ही ऐसा उद्विग्न हुआ था...

मुनि ने आने में अधिक देर नहीं लगाई।

"आर्य कुलपति!"

"मुनि आजानुबाहु!" विश्वामित्र ने कोमल आकृति वाले उस अधेड़ तपस्वी की ओर देखा, "आपके व्यवस्था-कौशल, आपके परिश्रमी स्वभाव तथा आपके मधुर व्यवहार को दृष्टि में रखते हुए एक अत्यंत गंभीर कार्य आपको सौंप रहा हूँ।"

"कुलपति, आज्ञा करें।" मुनि ने सिर को तनिक झुकाते हुए कहा।

"जो कुछ आश्रम में घटित हुआ, उसे आपने देखा है। आश्रम के तपस्वियों के लिए राक्षसों से लड़ना संभव नहीं है। न तो उनके पास शस्त्र-बल है और न मनोबल। इसलिए हमें सहायता की आवश्यकता है। आप कुछ शिष्यों को साथ लेकर, आश्रम से लगते हुए, सभी ग्रामों में घूम जाएँ—ग्राम चाहे आर्यों के हों, निषादों के हों, शबरों के हों अथवा भीलों के हों। सभी ग्राम-प्रमुखों को इस घटना की सूचना दें। उनसे कहें कि वे लोग आश्रमवासियों की सुरक्षा का प्रबंध करें और..." विश्वामित्र का स्वर कुछ आवेशमय हो उठा, "और यदि वे लोग कुछ आनाकानी करें तो किसी राज्य व्यवस्था का अवलंब लेना पड़ेगा। मलद और करूश के राजवंशों का नाश हो जाने के कारण यह क्षेत्र राजविहीन हो गया है। किंतु मुनिवर! यदि आवश्यकता पड़े, तो कुछ आगे बढ़ सम्राट् दशरथ की सीमा-चौकी पर नियुक्त राज-प्रतिनिधि सेनानायक बहुलाश्व के पास जाकर निवेदन करें। उसे सारी स्थिति समझाएँ और उससे कहें कि वह अपराधियों को पकड़कर दण्डित करे। यह ठीक है कि यह क्षेत्र उसकी सीमा में नहीं है, किंतु सीमांत की भूमि शत्रु के लिए इस प्रकार असुरक्षित नहीं छोड़ देनी चाहिए। सीमांत पर होने वाली ऐसी घटनाओं का दमन उसका कर्तव्य है, नहीं तो ये ही घटनाएँ उसकी सीमा के भीतर होने लगेंगी।"

मुनि ने एक बार पूरी दृष्टि से विश्वामित्र को देखा और सिर झुका दिया, "आपकी आज्ञा का अक्षरशः पालन होगा।"

प्रणाम कर वे जाने के लिए मुड़ गए।

आजानुबाहु चले गए, किंतु विश्वामित्र उनकी आँखों का भाव नहीं भूल पाए। सदा यही होता है—हर बार यही होता है। आजानुबाहु की आँखें उन्हें उपालंभ देती हैं—जैसे कहती हों, 'विश्वामित्र! तुम बातों के ही धनी हो। कर्म तुम्हारे वश का नहीं है।'

ऋषि विश्वामित्र का अत्यंत संयमी मन दिन-भर किसी काम में नहीं लगा। जैसे ही ध्यान किसी ओर लगाते, उनकी आँखों के सम्मुख नक्षत्र और सुकंठ के

चेहरे फिरने लगते। और नक्षत्र का वह विकृत रूप—जगह-जगह से उधड़ा हुआ मांस, टूटी हुई मांसपेशियाँ, लाल मांस में से झाँकती हुई सफेद हड्डियाँ—क्या करें विश्वामित्र? कैसे उन चेहरों से पीछा छुड़ाएँ?

फिर उनका ध्यान मुनि आजानुबाहु की ओर चला गया। उन्हें भेजा है, ग्राम-प्रमुखों के पास और सेनानायक बहुलाश्व के पास भी। देखें, क्या उत्तर लाते हैं। क्या उत्तर हो सकता है? मुनि आजानुबाहु सदा अपना कार्य पूरा करके आते हैं और फिर उनकी आँखों में वही भाव होता है—मैं तो कर आया, विश्वामित्र! देखना है, तुम क्या करते हो।' ओह! उन आँखों का अविश्वास...

...पर विश्वामित्र स्वयं अपने ऊपर चकित थे। क्या हो गया है उन्हें! उन्होंने अपनी युवावस्था में अनेक युद्ध लड़े हैं, सेनाओं का संचालन किया है। फिर राक्षसों के आक्रमण की भी यह कोई पहली घटना नहीं है...इतने विचलित तो वे कभी नहीं हुए। ये अत्यंत संयम और आत्म-नियंत्रण से अपना दैनिक कार्य करते रहे हैं, किंतु आज...क्या उनके सहने की भी सीमा आ गई है?...

संध्या ढलने को थी, अंधकार होने में थोड़ा ही समय शेष था, जब मुनि आजानुबाहु ने उपस्थित हो, झुककर कुलपति को प्रणाम किया।

"आसन ग्रहण करें, मुनिवर!"

मुनि अत्यंत उदासीन भाव से बैठ गए। उनके मुख पर उल्लास की कोई भी रेखा नहीं थी। शरीर के अंग-संचालन में चपलता सर्वथा अनुपस्थित थी। विश्वामित्र की आँखें मुनि का निरीक्षण कर रही थीं—"क्या समाचार लाए हैं, मुनि?..."

"आपकी आज्ञा के अनुसार मैं सिद्धाश्रम के साथ लगते हुए दसों ग्रामों के मुखियों के पास हो आया हूँ।"

"आपने उन्हें इस दुर्घटना की सूचना दी?"

"हाँ, आर्य कुलपति!"

"उन्होंने क्या उत्तर दिया?"

"प्रभु! वे उत्तर नहीं देते।" मुनि बहुत उदास थे, "मौन होकर सब कुछ सुन लेते हैं और दीर्घ निःश्वास छोड़कर शून्य में घूरने लगते हैं। उन्हें जब यह ज्ञात होता है कि यह राक्षसों का कृत्य है; और राक्षस ताड़का के सैनिक शिविर से संबद्ध हैं तो वे उनके विरुद्ध कुछ करने के स्थान पर उल्टे भयभीत हो जाते हैं।"

"जन-सामान्य का भीरू हो जाना अत्यंत शोचनीय है, मुनिवर!" विश्वामित्र का स्वर चिंतित था।

"हाँ, आर्य कुलपति!" मुनि आजानुबाहु बोले, "यदि ऐसा न होता तो इन राक्षसों का इतना साहस ही न होता। ऋषिवर! हमारे आश्रमनिवासियों में अभी भी थोड़ा-सा आत्मबल और तेज है, अतः आश्रम के भीतर हमें उतना अनुभव नहीं होता, अन्यथा आश्रम के बाहर तो स्थिति यह है कि सैकड़ों लोगों की

उपस्थिति में राक्षस तथा उनके अनुयायी व्यक्ति का धन छीन लेते हैं, उसे पीट देते हैं, उसकी हत्या कर देते हैं। जनाकीर्ण हाट-बाजार में महिलाओं को परेशान किया जाता है, उन्हें अपमानित किया जाता है, उनका हरण किया जाता है—और जनसमुदाय खड़ा देखता रहता है। जनसमुदाय अब मानो नैतिक-सामाजिक भावनाओं से शून्य, हतवीर्य तथा कायर, जड़ वस्तु है। जिसके सिर पर पड़ती है, वह स्वयं भुगत लेता है—शेष प्रत्येक व्यक्ति इन घटनाओं से उदासीन, स्वयं को बचाता-सा निकल जाता है। इससे अधिक शोचनीय स्थिति और क्या होगी, आर्य कुलपति!''

जाने क्यों विश्वामित्र को मुनि का प्रत्येक वाक्य अपने लिए ही उच्चरित होता लगता था। क्या आजानुबाहु जान-बूझकर ऐसे वाक्यों का प्रयोग कर रहे हैं, या विश्वामित्र का अपना ही मन उन्हें धिक्कार रहा है...पर धिक्कार से क्या होगा, अब कर्म का समय है।

विश्वामित्र अपने चिंतन को नियंत्रित करते हुए बोले, ''न्याय-पक्ष दुर्बल और भीरु तथा अन्याय-पक्ष दुस्साहसी एवं शक्तिशाली हो गया है। यह स्थिति अत्यंत अहितकर है।...आप शासन-प्रतिनिधि सेनानायक बहुलाश्व के पास भी गए थे?''

''आर्य! गया था।'' मुनि का स्वर और अधिक शुष्क और उदासीन हो गया।

''उससे क्या बातचीत हुई? उसने अपराधियों को बंदी करने के लिए सैनिक भेजे?''

''उससे बातचीत तो बहुत हुई।'' मुनि ने उत्तर दिया। उनके स्वर में फिर वही भाव था। विश्वामित्र साफ-साफ सुन पा रहे थे। आजानुबाहु ने कुलपति की आज्ञा का पालन अवश्य किया था, किंतु उन्हें इन कार्यों की सार्थकता पर विश्वास नहीं था। ''किंतु उसने अपने सैनिकों को कोई आदेश नहीं दिया। कदाचित् वह कोई आदेश देगा भी नहीं।''

''क्यों?'' विश्वामित्र की भृकुटी वक्र हो उठी!

''सेनानायक बहुलाश्व को आज बहुत से उपहार प्राप्त हुए हैं, आर्य कुलपति! उसे एक बहुमूल्य रथ मिला है। उसकी पत्नी को शुद्ध स्वर्ण के आभूषण मिले हैं। मदिरा का एक दीर्घाकार भाँड मिला है; और कहते हैं कि एक अत्यंत सुंदरी दासी भी दिए जाने का वचन है।''

''ये उपहार किसने दिए हैं, मुनिवर?''

''राक्षस शिविर ने, आर्य! राक्षस बिना युद्ध किए भी विपक्षी सैनिकों को पूर्णतः पराजित कर देते हैं।''

विश्वामित्र के मन में सीमातीत क्षोभ हिल्लोलित हो उठा। शांतिपूर्वक बैठे रहना असंभव हो गया। वे उठ खड़े हुए और अत्यंत व्याकुलता की स्थिति में, अपनी कुटिया में एक कोने से दूसरे कोने तक टहलने लगे। मुनि आजानुबाहु ने उन्हें ऐसी क्षुब्धावस्था में कभी नहीं देखा था...

विश्वामित्र जैसे वाचिक चिंतन करते हुए बोले, "इसका अर्थ यह हुआ कि शासन, शासन-प्रतिनिधि, सेना—सब के होते हुए भी, जो कोई चाहे, मनमाना अपराध कर ले और उसके प्रतिकार के लिए शासन-प्रतिनिधि के पास उपहार भेज दे—उसके अपराध का परिमार्जन हो जाएगा। यह कैसा मानव-समाज है? हम किन परिस्थितियों में जी रहे हैं! यह कैसा शासन है? यह तो सभ्यता-संस्कृति से दूर हिंस्र पशुओं से भरे किसी गहन विपिन में जीना है..."

"इतना ही नहीं, आर्य कुलपति!" मुनि के स्वर में व्यंग्य से अधिक पीड़ा थी, "मैंने तो सुना है कि अनेक बार ये राक्षस तथा उनके मित्र शासन-प्रतिनिधि को पहले से ही सूचित कर देते हैं कि वे लोग किसी विशिष्ट समय पर, विशिष्ट स्थान पर, कोई अत्याचार करने जा रहे हैं—शासन-प्रतिनिधि को चाहिए कि वह उस समय अपने सैनिकों को उधर जाने से रोक ले; और शासन-प्रतिनिधि वही करता है...इस कृपा के लिए शासन-प्रतिनिधि को पूर्ण पुरस्कार दिया जाता है..."

"असहनीय! पूर्णतः अमानवीय! राक्षसी...राक्षसी..." विश्वामित्र विक्षिप्त-से इधर से उधर चक्कर लगा रहे थे।

"आपने सेनानायक को बताया था कि आप सिद्धाश्रम से आए हैं और आपको मैंने भेजा है?" सहसा विश्वामित्र ने रुककर पूछा।

"हाँ, आर्य!" मुनि ने कहा।

"उसका कोई प्रभाव नहीं हुआ?"

मुनि के मुखमण्डल पर फिर व्यंग्य आ बैठा, "आप सब कुछ जानते हुए भी पूछते हैं, ऋषिवर! राक्षसों ने कभी भी आश्रमों तथा ऋषियों को सम्मान की दृष्टि से नहीं देखा। उनकी ही देखा-देखी अनेक आर्यों ने भी ऋषियों को उपहास की, तुच्छ एवं नगण्य वस्तु मान लिया है। सेनानायक बहुलाश्व ने मुझे ऐसा ही सम्मान दिया।...हम उनके लिए क्या हैं? निरीह, कोमल जीव—जो उन्हें डंक नहीं मार सकते; और वे जब चाहें, हमें मसल सकते हैं।"

विश्वामित्र का ध्यान मुनि के व्यंग्यात्मक स्वर की ओर नहीं गया। उनका क्रोध बढ़ता जा रहा था—लगता था, वे किसी भी क्षण फट पड़ेंगे; उन्होंने स्वयं को किसी प्रकार नियंत्रित किया। बोले, "अच्छा, मुनिवर! आप विश्राम करें, मैं कोई-न-कोई व्यवस्था करूँगा। यह क्रम बहुत दिन नहीं चलेगा।"

मुनि आजानुबाहु उठे नहीं, वैसे ही बैठे-बैठे तनिक-सा सिर झुकाकर बोले, "यदि अनुमति हो तो एक और सूचना देना चाहता हूँ। घटना तनिक विस्तार से बताने की है।"

विश्वामित्र का क्रोध बार-बार उन्हें खींचकर किसी और लोक में ले जाता था, और वे बार-बार स्वयं को घसीटकर सिद्धाश्रम में ला रहे थे। कैसा समय

है कि जिन विश्वामित्र के सम्मुख आर्य सम्राट् सिर झुकाते थे—आज एक तुच्छ सेनानायक उनकी उपेक्षा कर रहा था; केवल इसलिए कि उन्होंने अपनी इच्छा से राजसिक सत्ता, सैन्य बल, अस्त्र-शस्त्र तथा भोग की भौतिक सामग्रियों का त्याग कर समाज के कल्याण के लिए तपस्या का यह कठिन मार्ग स्वीकार किया था। जिन गुणों के लिए उनकी पूजा होनी चाहिए थी, उन्हें उनका दोष मान लिया गया है...

मुनि की बात सुनकर बोले, "कहिए, मुनिवर! मैं सुन रहा हूँ।"

"आर्य कुलपति!" आजानुबाहु बोले, "सेनानायक बहुलाश्व के सैनिक शिविर के समीप, सम्राट् दशरथ के राज्य की सीमा के भीतर ही एक ग्राम है। ग्राम के निवासी जाति के निषाद हैं। पुरुष अधिकांशतः नौकाएँ चलाते हैं और स्त्रियाँ मछलियाँ पकड़ती हैं..."

"शायद मैं उस ग्राम से परिचित हूँ।" विश्वामित्र बोले।

"उसी ग्राम में गहन नामक एक व्यक्ति रहता है। कुछ दिन पूर्व आर्य युवकों का एक दल गहन की कुटिया पर गया था। युवकों ने मदिरा इतनी अधिक पी रखी थी कि उन्हें उचित-अनुचित का बोध नहीं था। उन्होंने सीधे स्वयं गहन के पास जाकर माँग की कि वह अपने परिवार की स्त्रियाँ उनकी सेवा में भेज दे। ऐसी अशिष्ट माँग सुनकर गहन क्रुद्ध हो उठा। उसके आह्वान पर ग्राम के अनेक युवक वहाँ एकत्रित हो गए। किंतु आर्य युवक अपनी माँग से टले नहीं। उनका तर्क था कि वे लोग धनी-मानी सवर्ण आर्य हैं और कंगाल गहन के परिवार की स्त्रियाँ नीच जाति की तुच्छ स्त्रियाँ हैं। नीच जाति की स्त्रियों की भी कोई मर्यादा होती है क्या? वे होती ही किसलिए हैं? सवर्ण आर्यों के भोग के लिए ही तो!"

"वे लोग न केवल अपनी दुष्टता पर लज्जित नहीं हुए, वरन् अपनी हठ मनवाने के लिए झगड़ा भी करने लगे। उस झगड़े में उन्हें कुछ चोटें आईं। अंततः वे लोग यह धमकी देते हुए चले गए कि वे नीच जाति को उसकी उच्छृंखलता के लिए ऐसा दण्ड दिलाएँगे, जो आज तक न किसी ने देखा होगा, न सुना होगा।"

"फिर?" विश्वामित्र तन्मय होकर सुन रहे थे।

"गहन कल से अस्वस्थ चल रहा था। आज जब सारा ग्राम अपने काम से नदी पर चल गया, गहन अपनी कुटिया में ही रह गया। गहन की देख-भाल के लिए उसकी पत्नी भी रह गई। अपनी सास की सहायता करने के विचार से गहन की दोनों पुत्रवधुएँ भी घर पर ही रहीं। गहन की दुहिता अकेली कहाँ जाती, अतः वह भी नदी पर नहीं गई..."

"फिर?" विश्वामित्र जैसे श्वास रोके हुए, सब कुछ सुन रहे थे।

"अवसर देखकर आर्य युवकों का वही दल ग्राम में घुस आया।" मुनि आजानुबाहु ने बताया, "अकेला अस्वस्थ गहन क्या करता। उन्होंने उसे पकड़कर

एक खंभे के साथ बाँध दिया। उसकी वृद्धा पत्नी, युवा पुत्रवधुओं तथा बाला दुहिता को पकड़कर, गहन के सम्मुख ही नग्न कर दिया। उन्होंने वृद्ध गहन की आँखों के सम्मुख बारी-बारी उन स्त्रियों का शील-भंग किया। फिर उन्होंने जीवित गहन को आग लगा दी; और जीवित जलते हुए गहन को उस चिता में लौह शलाकाएँ गर्म कर-करके उन स्त्रियों के गुप्तांगों पर उनकी जाति चिह्नित की...''

''असहनीय!'' विश्वामित्र ने पीड़ा से कराहते हुए कहा।

उन्होंने दोनों हथेलियों से अपने कान बंद कर, आँखें मींच ली थीं।

वृद्ध ऋषि की मानसिक पीड़ा देखकर मुनि आजानुबाहु चुप हो गए—ऋषि विश्वामित्र से उच्च आर्यों की कौन-सी जाति है। भरतों में सर्वश्रेष्ठ विश्वामित्र! वे विश्वामित्र उन निषाद स्त्रियों के साथ घटी घटना को सुन तक नहीं सकते—और कुलीनता का दंभ भरने वाले वे आर्य युवक ऐसे कृत्यों को अपना धर्म मानते हैं।...

आजानुबाहु को लगा, उनके मन में बैठा विश्वामित्र -द्रोही भाव विगलित हो उठा है और अब उनके मन में श्रद्धा ही है। इस वृद्ध ऋषि के लिए दूसरा भाव हो ही क्या सकता है। स्फटिक जैसा उज्ज्वल मन होते हुए भी, परिस्थितियों के सम्मुख कैसे असहाय हो गए हैं विश्वामित्र!

मुनि चुपचाप कुलपति की आकृति पर चिह्नित पीड़ा को आँखों से पीते रहे। कुछ नहीं बोले। और बोलकर ऋषि की पीड़ा में वृद्धि करना उचित होगा क्या?...

''इस घटना की सूचना सेनानायक बहुलाश्व को है?'' अंत में विश्वामित्र ने ही पूछा।

''शासन-तंत्र के विभिन्न प्रतिनिधियों ने इस घटना की सूचना पाकर जब कुछ नहीं किया, तो गहन के पुत्र बहुलाश्व के पास भी गए थे। बहुलाश्व ने सारी घटना सुनकर कहा कि वह शोध करके देखेगा कि इस घटना में तथ्य कितना है।''

''इतनी बर्बरता हो रही है—अमानवीय, पैशाचिक, राक्षसी। और शासन का प्रतिनिधि कहता है, वह शोध करेगा।'' विश्वामित्र असाधारण तेजपुंज हो रहे थे, ''उन आर्य युवकों की जीवित त्वचा खींच ली जानी चाहिए। मैं घोषणा करता हूँ कि ये युवक आर्य नहीं हैं। वे लोग राक्षस हैं—पूर्ण राक्षस। रावण के वंशज।''

''आर्य कुलपति!'' मुनि बोले, ''गहन के पुत्र उन स्त्रियों के साथ मुझे मिले थे। मैं उन्हें अपने साथ सिद्धाश्रम में लेता आया हूँ। वे आश्रम के बाहर कहीं भी स्वयं को सुरक्षित नहीं पाते।''

''उन्हें बुलाओ!'' विश्वामित्र उतावली से बोले।

मुनि बाहर गए और क्षणभर में ही लौट आए। उनके साथ एक भीड़ थी—चुपचाप, मौन। किंतु उनकी आकृतियों पर आक्रोश और विरोध चिपक-सा गया था।

था। उन्होंने कंधों पर चारपाइयाँ उठा रखी थीं। चारपाइयाँ भूमि पर रखकर वे लोग हट गए। केवल दो पुरुष उन चारपाइयों के पास खड़े रह गए। कदाचित् ये दोनों ही गहन के पुत्र थे।

विश्वामित्र ने देखा—अत्यंत पीड़ित चेहरे। त्रस्त एवं आतंकित। चारपाइयों पर एक वृद्धा स्त्री थी, कदाचित् यही गहन की पत्नी थी। दो युवतियाँ—असह्य पीड़ा में कराहती हुई; और एक निपट बालिका, जिसने अपनी पीड़ा को सहने के उपक्रम में अपने ही दाँतों से अपने होंठ काट लिए थे।

विश्वामित्र का दृढ़ व्यक्तित्व सर्वथा हिल गया। उनके जी में आया, वे रो पड़ें—उन राक्षसों को इस बालिका पर भी दया न आई...और सहसा विश्वामित्र के भीतर घृणा पूँजीभूत होने लगी। इस घृणा को पोषित करना होगा—तभी राक्षसों का संहार होगा।

"मुनिवर, इन देवियों को तुरंत चिकित्सा-कुटीर में पहुँचाकर इनका उपचार करवाएँ।" उन्होंने आदेश दिया, "गहन के पुत्रो! तुम दोनों यहीं ठहर जाओ।"

आदेश का पालन हुआ। भीड़ उन चारपाइयों को लेकर चली गई, केवल गहन के दोनों पुत्र पीछे रह गए।

"बैठ जाओ, पुत्रो!" ऋषि ने कहा।

वे दोनों बैठे नहीं। दण्ड के समान ऋषि के चरणों में टूटकर गिरे—जैसे अब तक का रोका हुआ बाँध बह गया हो। वे लोग देर तक उनके चरणों पर पड़े हुए रोते रहे। विश्वामित्र की आँखों से भी निःशब्द अश्रु झरते रहे।

अंततः ऋषि बोले, "उठो, वत्स! धैर्य धारण करो। मुझे बताओ कि जब तुम्हारी सहायता को कोई नहीं आया, तो तुम्हारे ग्राम-बंधुओं ने उन आर्य युवकों से प्रतिशोध क्यों नहीं किया?"

"ऋषिवर! वह आत्महत्या होती। हमारा सारा ग्राम जला दिया जाता। सारे पुरुषों की हत्या कर दी जाती। ग्राम की प्रत्येक स्त्री की वही स्थिति होती, जो आज हमारे परिवार की स्त्रियों की हुई है। उन आर्य युवकों के त्रास से किसी आर्य वैद्य ने इनका उपचार भी नहीं किया।" गहन का ज्येष्ठ पुत्र गगन बोला।

"ऐसे शक्तिशाली लोग हैं वे!" ऋषि पीड़ा के साथ-साथ आश्चर्य से भर उठे, "वत्स, कौन लोग हैं वे?"

गगन सिर झुकाए मौन बैठा रहा।

"तुम उन लोगों से परिचित हो?"

गगन ने स्वीकृति में सिर हिला दिया।

"तो बताते क्यों नहीं?"

गगन की आँखों में मृत्यु की छाया प्रत्यक्ष हो गई, "उन्हें पता चलेगा कि मैंने आपको बताया है तो वे लोग मेरी भी हत्या कर देंगे।"

तेज-प्रज्वलित स्वर में विश्वामित्र बोले, ''मृत्यु के भय से कायर मत बनो, वत्स! जो कुछ घटित हो चुका है, क्या वह किसी मृत्यु से कम है?...मैं तुम्हें सिद्धाश्रम में शरण देता हूँ। किसी भी आश्रमवासी की जितनी रक्षा होती है, वैसी ही रक्षा तुम्हारी भी होगी, बोलो, वे कौन हैं?''

''बाध्य न करें, ऋषिवर!'' गगन का मुख दीनयाचना में डूब गया।

''बोलो!'' ऋषि कड़ककर बोले, ''उन दलितों का उद्धार कभी नहीं होता, जो अत्याचार का विरोध नहीं करते।''

गगन ने अत्यंत भयभीत होकर ऋषि को देखा। वहाँ मानो विश्वामित्र नहीं थे, एक तेज था, प्रकाश या, सत्य था...उस तेज में जैसे वह बँध गया। उसका भय, भीतर का प्रतिरोध उस प्रकाश में विलीन हो गया। बोला, ''उनका नेता सेनानायक बहुलाश्व का पुत्र देवप्रिय है।''

पर देवप्रिय नाम लेते ही वह सचेत हो उठा। वह अपने-आप में लौट आया था। रोने के लिए उसने अपने होंठ फैला दिए।

विश्वामित्र का मस्तिष्क एकदम झन्नाका खा गया। स्वयं शासन-प्रतिनिधि का ही पुत्र राक्षसी कृत्य करेगा तो न्याय कौन करेगा? न्याय की माँग करने कोई किसके पास जाए!...और यदि पिता उत्कोच लेकर अत्याचारों की ओर से आँखें मूँद लेता है तो पुत्र इतना भी नहीं करेगा क्या?''

विश्वामित्र की आँखें जैसे आकाश को बेध देने के लिए ऊपर की ओर उठीं। उन आँखों में दृढ़ता थी, वज्र की-सी। बोले, ''जब शासक राक्षस हो जाए तो न्याय का कर्तव्य ऋषि का होता है।...''

तभी मुनि आजानुबाहु ने कुटिया में प्रवेश किया। उनका मुख पहले से भी अधिक पीड़ित था।

विश्वामित्र की प्रश्नभरी आँखें उनकी ओर उठीं।

''आर्य कुलपति! उन स्त्रियों में से वृद्ध और बालिका का देहांत हो गया है।''

विश्वामित्र कुछ नहीं बोले। उनकी आँखों में जल के दो कण चमक आए। मुनि आजानुबाहु और गहन के दोनों पुत्र जा चुके थे।

विश्वामित्र अकेले अपनी कुटिया में इधर से उधर टहल रहे थे। वे बार-बार किसी निर्णय पर पहुँचते और फिर उसे त्याग देते। वे निर्द्वंद्व रूप से एक निर्णय पर पहुँच नहीं पा रहे थे। क्या करें? प्रश्न! प्रश्न! चिंता ही चिंता । वे सोचते जा रहे थे।

बात सोचने की ही नहीं, चिंता की भी थी। सत्‌युग के साथ ही देवताओं का बल एकदम क्षीण हो चुका था। अब स्थान-स्थान पर वे राक्षसों के साथ संघर्ष करते हुए दिखाई नहीं पड़ते थे। देवासुर-संग्राम अतीत की बात हो चुका था। अपनी अत्यधिक वैज्ञानिक उन्नति के कारण देवताओं ने सत्‌युग में बहुत अधिक शक्ति,

धन और सत्ता प्राप्त कर ली थी। परिणामतः वे लोग निश्चिंत, विलास में मग्न हो गए थे। वह विलास कितना आत्मघाती सिद्ध हुआ।...जल-प्लावन में प्रायः देव-शक्ति नष्ट हो गई। देव-शक्ति के क्षीण होते ही राक्षस लोगों ने सिर उठाना आरंभ किया। ठीक है, ये राक्षस देवताओं के समान विज्ञान एवं तकनीकी ज्ञान में उन्नत नहीं हैं, किंतु वे अस्त्र-बल से संपन्न हैं और उनके पास जन-शक्ति है।...और अब तो उनको रावण जैसा नेता भी मिल गया है। वह जंबू-द्वीप ही नहीं, क्षीण-शक्ति देवलोक तक धावा मार आया है; पर कोई उसकी गति बाधित नहीं कर सका। रावण ने लंका को अपना केंद्र बना लिया है। जंबू-द्वीप के दक्षिण-पूर्व के सारे द्वीप जीत लिए हैं। सारा हेतिकुल उसके संरक्षण में पाताल को छोड़कर लंका में आ गया है। वह भूगोल की सुविधाओं को समझता है। उसके पास जल-सेना है जो आर्यावर्त्त में किसी सम्राट् के पास नहीं है...।" विश्वामित्र की आँखें एक अनजाने भय से विस्फारित हो उठीं, "कितना असुरक्षित है आर्यावर्त्त...आर्यवर्त्त ही क्यों, सारा जंबू-द्वीप। दक्षिण में कोई शक्तिशाली राजा नहीं है। वहाँ के निवासी-अर्द्धविकसित जातियों के पास शस्त्र-बल है ही नहीं। वे हाथों, नखों, दाँतों, पत्थरों तथा लकड़ियों से लड़ते हैं। वे कैसे रोक पाएँगे रावण की सुशिक्षित सशस्त्र राक्षसी सेना को।...हाँ, एक वाली है। पर वाली से रावण ने मित्रता कर ली है। वैसे भी वाली से रावण को कोई भय नहीं है। वाली न तो महत्त्वाकांक्षी है, न विस्तारवादी, न वह दूसरों के अन्याय और अपने अधिकारों के प्रति सचेत है। वह रावण का विरोध क्यों करेगा? किसी समय वह रावण का उपकरण अवश्य बन सकता है। ...रावण ने कितने सुसंयोजित ढंग से अपनी सेनाओं को आगे बढ़ाना आरंभ किया है। दक्षिणी जंबूदीप में पंचवटी के पास उसने अत्यंत महत्त्वपूर्ण सैनिक शिविर स्थापित किया है। वहाँ उसकी बहन शूर्पणखा है, उसके सेनापति खर और दूषण हैं। सहस्रों राक्षस उस जनपद में बस गए हैं। लंका भी वहाँ से दूर नहीं है...सारे दक्षिणी जंबू-दीप में उसके राक्षस हिंस्र पशुओं के समान उन्मुक्त घूमते फिर रहे हैं। ऋषियों, मुनियों, तपस्वियों, आर्य बुद्धिजीवियों तथा दुर्बल जन-साधारण की हड्डियाँ चबाना उनका नित्यकर्म हो गया है। वे नहीं चाहते कि स्थानीय अर्द्ध-विकसित जातियों को ऋषियों का बौद्धिक नेतृत्व मिले। इसलिए किसी भी ऋषि को देखते ही वे उसे फाड़ खाने को दौड़ते हैं...और उस रावण की दृष्टि आर्यावर्त्त पर केंद्रित है। सम्राटों की शिथिलता का लाभ उठाते हुए, उसने अपने सिद्धाश्रम के पास सैनिक शिविर ही नहीं, पूरा का पूरा राक्षसी उपनिवेश स्थापित कर लिया है। मलद और करूश दोनों राज्य ताड़का और उसके पुत्र मारीच ने नष्ट कर दिए हैं। अब यहाँ क्या रह गया है? भयंकर ताड़कावन! आज न मलद और करूश के राजवंशों का पता है, न उनकी प्रजा का। वे या तो राक्षसों के पेट में चले गए हैं, या किसी अन्य सुरक्षित स्थान की खोज में भाग गए हैं। कहीं-कहीं कोई ग्राम मिल जाता है। नगर तो कहीं कोई रहा ही

नहीं। अब सिद्धाश्रम राक्षसों के मार्ग की बाधा है। इसे भी किसी दिन वे समाप्त कर देंगे और फिर आर्यावर्त्त..." विश्वामित्र भीतर-ही-भीतर एकदम सिहर उठे, "...राक्षस लोग एक बार आर्यावर्त्त में जा घुसे तो क्या होगा आर्यावर्त्त का? ग्राम जला डाले जाएँगे। पुरुष, नारियाँ और बच्चे कच्चे या भून-भूनकर खाए जाएँगे। रूपवती नारियाँ राक्षसों के घरों में दासियाँ-बांदियाँ बनेंगी। उच्च चिंतन, उच्च संस्कृति—सब कुछ अग्नि, धूल, रक्त और मज्जा के कीचड़ में विलीन हो जाएगा..."

सहसा विश्वामित्र को लगा, उनके मन में राक्षसों के विरुद्ध जो क्षोभ है, उससे भी अधिक क्षोभ आर्यावर्त्त के राजाओं के विरुद्ध है। आज वह समय क्यों नहीं है, जब सारी सेनाएँ एक ही सेनापति के अधीन युद्ध करती थीं? क्यों आज भी प्राचीन काल के भरत, युत्सु, जह्नु, भृगु जन के प्रमुख एक ही ग्राम में रहकर, न्यायपूर्ण संयुक्त शासन नहीं कर सकते? ऐसा क्यों है कि विभिन्न वर्ग एक-दूसरे से इतनी दूर जा पड़े हैं, कि वे लोग रक्षात्मक युद्ध भी मिलकर नहीं कर सकते?...फिर इन राजाओं की शस्त्रविद्या भी संतोषजनक नहीं थी। पार्थिव शस्त्रों की उनके पास कमी नहीं थी। धनुष-बाण, खड्ग, भाला, गदा—बहुत थे; किंतु इन शस्त्रों से राक्षसों को पराजित नहीं किया जा सकता था। राक्षसों के पास अनेक मायावी दिव्यास्त्र थे। आर्यावर्त्त के राजाओं के पास कदाचित् ही कोई दिव्यास्त्र था, जो उन्हें देव-महाशक्तियों से मिला था। अनेक ऋषियों के पास कुछ दिव्यास्त्र अवश्य थे। पर वे कुयोग्य व्यक्ति के हाथ में दिव्यास्त्र देने की आशंका से पीड़ित, उन दिव्यास्त्रों के ज्ञान को अपने वक्ष में छिपाए, विलीन होते जा रहे थे। जनक के पास शिव का धनुष पड़ा था, तो भी उसका उपयोग नहीं हो रहा था। उसकी पूजा हो रही थी। विभिन्न युद्धों में जनक ने एक बार भी तो उसका उपयोग नहीं किया। यदि कहीं वह किसी राक्षस के हाथ में चला गया तो अनर्थ हो जाएगा..."

विश्वामित्र सोचते जा रहे थे। विचारों का प्रवाह थम नहीं रहा था। कोई एक बात तो थी नहीं। इतने कारण थे इस स्थिति के पीछे।...आर्य राजा भोगी और विलासी होते जा रहे थे। अधिक-से-अधिक पत्नियाँ, अधिक-से-अधिक सुख-भोग। वे कोमल हो गए थे। थोड़ी-थोड़ी सेनाएँ लेकर अपनी राजधानियों में पड़े थे। दशरथ चक्रवर्ती सम्राट् कहलाते हैं, पर सागर को पार करना तो दूर, कभी किष्किंधा तक भी नहीं गए। जल-सेना से विहीन इन सब राजाओं की पहुँच से बाहर, लंका में सुरक्षित बैठा रावण, जहाँ-तहाँ उत्पात मचा रहा है...आर्यावर्त्त के राजाओं में न्याय नहीं रहा, साहस नहीं रहा, राजनीतिक सूझ-बूझ नहीं रही, महत्त्वाकांक्षा नहीं रही, सजगता और सचेतता नहीं रही...

नगरों से निरंतर खेदजनक समाचार आ रहे है। शासन-तंत्र ढीला हो गया है। भीतर और बाहर से शत्रु सिर उठाने लगे हैं। मानव की पशु-वृत्तियाँ गौरवान्वित हो रही हैं। समाज में जो हिंस्र हैं, दुष्ट हैं, वे ही प्रसन्न हैं, सुखी हैं। सेनानायक और

सैनिक लुटेरे हो गए हैं। राजसी व्यवस्था की इस सड़ांध में अपराध के सहस्रों कीटाणु रोज जन्म ले रहे हैं। राज-कर्मचारी, राजसी वेश उतारकर, स्वयं प्रजा को लूट लेते हैं; और फिर स्वयं ही न्याय करने के लिए, आसन पर बैठ जाते हैं। अथवा अपने भाई-भतीजों को चोरी, डकैती, हत्या एवं बलात्कार करने के लिए उन्मुक्त छोड़, उनकी रक्षा के लिए स्वयं सैनिक पद लिये बैठे हैं।

साधारण प्रजा कितनी दुःखी है। नगरों तक में खाद्य-सामग्री उपलब्ध नहीं है। कहीं दुर्भिक्ष है, कहीं बाढ़ है। लोग कीड़ों-मकोड़ों के समान भूखे मर रहे हैं, और सारा अन्न श्रेष्ठियों के भण्डार-गृहों में पड़ा है। व्यापारी धन कमाकर शासन को उपहार दे-देकर अपने वश में लेता है, परिणामतः शासन अत्याचार का समर्थन करने लगता है।

और ये बेचारे शबर, निषाद, किरात, भीत, दक्षिण में वानर, ऋक्ष तथा अन्य जातियाँ। उन्होंने सोचा था कि आर्य संस्कृति उनका उद्धार करेगी। क्या हुआ उनका? एक ओर राक्षसों ने आर्य संस्कृति उन तक पहुँचने ही नहीं दी; और अब आर्य संस्कृति के उद्घोषकर्ता स्वयं ही राक्षस होते जा रहे हैं। ऐसी स्थिति में विश्वामित्र क्या करेंगे? अगस्त्य क्या करेंगे? वाल्मीकि क्या करेंगे? भरद्वाज क्या करेंगे?

पर कर्म का समय भी यही है। विश्वामित्र चूक नहीं सकते। कोई कुछ नहीं करेगा, तो विश्वामित्र को ही कुछ करना होगा...

क्या करें विश्वामित्र? किसके पास जाएँ? दशरथ के पास? जनक के पास? दोनों के पास? किसी के भी पास जाने का कोई लाभ नहीं। क्या आर्यावर्त्त रावण के विरुद्ध संगठित नहीं हो सकता? क्या दशरथ और जनक में मैत्री नहीं हो सकती? प्रश्न! प्रश्न! प्रश्न! विश्वामित्र को कुछ करना ही होगा। उद्यम-शून्य हो यहाँ बैठे रहने का क्या लाभ? क्या उन्होंने सिद्धाश्रम राक्षसों के भक्षण के लिए, आहार उपलब्ध कराने के लिए बनाया था? उनके अपने साथियों का उन पर से विश्वास उठता जा रहा है। क्या मुनि आजानुबाहु की उपालंभ देती हुई दृष्टि वे भुला सकते हैं?...

नहीं! उन्हें सक्रिय होना होगा। राजा सक्रिय न हो, तो ऋषि ही सक्रिय क्यों न हों?

ऋषि! एक ऋषि अयोध्या में बैठा है—वशिष्ठ! एक जनकपुरी में बैठा है—शतानन्द!

वशिष्ठ! आर्य-शुद्धता का प्रतीक! आर्यत्व को सांप्रदायिक रूप देने का उपक्रम! जो आर्य संस्कृति के प्रसार में सबसे बड़ी बाधा है। वशिष्ठ आर्यों को आर्येतर जातियों के संपर्क में नहीं आने देना चाहता। इसलिए वह आर्य राजाओं को आर्यावर्त्त के बाहर निकलने के लिए प्रोत्साहित नहीं करेगा। ब्रह्मतेज के गौरव पर जीने वाला वशिष्ठ इन राजाओं को कूप-मंडूक बनाकर छोड़ेगा।...और शतानन्द! निरीह शतान्द! एक तो अनासक्त सीरध्वज की छत्रछाया में रहने वाला, आध्यात्मिक चिंतन करने वाला

ऋषि, जिसे राजनीति से कुछ नहीं लेना; और ऊपर से अपने माता-पिता के पार्थक्य से पीड़ित। गौतम, अहल्या को छोड़, नये आश्रम में जा बैठे हैं; और अहल्या समाज से बहिष्कृत, तिरस्कृत, एकांत शिलावत् अपना जीवन व्यतीत कर रही है। शतानन्द में इतना भी साहस नहीं कि वह अपनी माँ को सामाजिक मान्यता दिला सके—उसका पवित्र ब्रह्मणी के रूप में सामाजिक अभिषेक कर सके...

तो फिर विश्वामित्र को ही कर्मरत होना पड़ेगा।

विश्वामित्र की आँखें चमक उठीं। आकृति पर एक दृढ़ता आ विराजी। सारे शरीर की मांसपेशियाँ जैसे कुछ कर गुजरने को उद्यत हो गईं। मन और शरीर की शिथिलता बहुत दिनों के पश्चात् मिटी थी।...यह विश्वामित्र का संकल्प था। विश्वामित्र अपने संकल्प के बल पर जन्मतः क्षत्रिय होते हुए भी, यदि हठी वशिष्ठ से ब्रह्मर्षि की प्रतिष्ठा पा सकते हैं, तो आर्यावर्त्त के राजाओं को शत्रु राक्षसों के विरुद्ध खड़ा कर देना क्या बड़ी बात है!...

कुटिया में उनकी गंभीर आवाज गूँजी, "द्वार पर तुम हो, पुत्र पुनर्वसु!"

"आज्ञा, गुरुदेव!" पुनर्वसु भीतर आ गया।

"वत्स! कल प्रातः मैं अयोध्या की यात्रा करूँगा। उचित व्यवस्था कर दी जाए। मेरी अनुपस्थिति में आश्रम की व्यवस्था आचार्य विश्वबंधु देखेंगे।"

"जो आज्ञा, गुरुदेव!"

पुनर्वसु कुटिया से बाहर निकल गया।

चक्रवर्ती सम्राट् दशरथ की राजसभा, सूर्यवंशी राजाओं के गौरव के अनुकूल सुसज्जित थी। दशरथ अपने सिंहासन पर बैठे थे। निकट ही मंत्रि-परिषद् उपस्थित थी। सामने एक उच्च स्थान पर वशिष्ठ एवं उनके अनुयायी अन्य ब्राह्मण बैठे थे। दूसरी ओर वामदेव और उनके शिष्य। एक ओर सेनापति थे, दूसरी ओर सामंत। राजसभा में पूर्ण शांति थी, जैसे चलती हुई बात कहीं रुक गई हो और किन्ही कारणों से सभा स्तब्ध रह गई हो।

सहसा उस निःस्तब्धता को भंग करता हुआ सम्राट का स्वर गूँजा, "तो गुरुदेव का क्या आदेश है?"

वशिष्ठ ने सारी राजसभा का मौन निरीक्षण किया और अंत में अपने नेत्र सम्राट् के चेहरे पर टिका दिए, जैसे वाणी से ही नहीं, वे अपनी आँखों से भी बहुत कुछ कहना चाहते हों। उनकी वाणी गंभीर, ठहरी हुई तथा पूर्णतः आश्वस्त थी। "सम्राट् का विचार अति उत्तम है। राम का विवाह कर दिया जाना चाहिए, वे ब्रह्मचर्य की आयु पूर्ण कर चुके हैं। किंतु सम्राट् को विवाह-संबंध स्थापित करते हुए, अपने वंश के अनुकूल समधी की खोज करनी चाहिए। इस विषय में यदि मेरी इच्छा जानना चाहें तो मैं कहूँगा कि सम्राट् यदि किन्हीं राजनीतिक कारणों से भी चाहें, तो राजकुमार

का विवाह पूर्व के व्रात्यों में न करें—जिन्होंने वैदिक कर्मकाण्ड का त्याग कर, स्वयं को ब्रह्मवादी चिंतन में विलीन कर भ्रष्ट कर लिया है। सम्राट,! राजनीति का अपना महत्त्व है, किंतु आर्य जाति के रक्त, कर्म, संस्कृति एवं विचारों की शुद्धता का महत्त्व उससे भी कहीं अधिक है।...पूर्व के अतिरिक्त दक्षिण में भी ऐसा कोई राजवंश मुझे नहीं दीखता, जो रघुकुल का उपयुक्त समधी हो सके। केवल उत्तर एवं पश्चिम..."

वशिष्ठ रुक गए। उनकी आँखें सम्राट् के मुख से हटकर उस प्रतिहारी पर जम गई थीं, जो राजसभा की कार्यवाही निवेदित करने के लिए सम्राट् के सम्मुख उपस्थित हुआ था। निश्चय ही समाचार अत्यंत महत्त्वपूर्ण था, अन्यथा वह इस प्रकार कार्यवाही के मध्य में सभाभवन के भीतर प्रवेश करने का साहस न करता। वशिष्ठ के साथ-साथ प्रत्येक उपस्थित व्यक्ति का ध्यान प्रतिहारी की ओर चला गया था।

सम्राट् की अनुमति पाते ही प्रतिहारी ने निवेदन किया, "सम्राट्! द्वार पर स्वयं ऋषि विश्वामित्र अपनी शिष्य-मंडली के साथ उपस्थित हैं।"

विश्वामित्र! राजसभा में उपस्थित प्रत्येक चेहरे ने कोई-न-कोई प्रतिक्रिया व्यक्त की। सबसे अधिक प्रभाव बूढ़े सम्राट् दशरथ पर हुआ—विश्वामित्र निष्प्रयोजन नहीं आते। नारद के समान भ्रमण उनका स्वभाव नहीं है। विशेषकर दशरथ की राजसभा में, जहाँ राजगुरु के आसन पर वशिष्ठ बैठे हैं, विश्वामित्र का आना अवश्य अत्यधिक गंभीर घटना है।

"उन्हें सादर लिवा लाओ।" दशरथ ने उच्च किंतु कंपित स्वर में आदेश दिया, और अगले ही क्षण जोड़ दिया, "ठहरो, मैं स्वयं चलता हूँ।"

इससे पूर्व कि राजसभा का कोई अन्य सदस्य उठकर बाहर जाने का निर्णय कर पाए, सम्राट् स्वयं उठकर बाहर चले गए।

विश्वामित्र दशरथ के साथ भीतर आए। उनके साथ उनके दस शिष्यों की मंडली थी। दशरथ ने उन्हें लाकर उसी स्थान पर बैठाया, जहाँ वशिष्ठ पहले से बैठे हुए थे। विश्वामित्र के बैठते ही सामग्री उपस्थित हुई और सम्राट् ने उनका पूजन कर उन्हें अर्घ्य दिया।

"राजन! तुम सकुशल तो हो? तुम्हारा धान्य, बंधु-परिजन, मंत्री-प्रजा सब सुखी हैं? तुम्हारे शत्रु तुम्हारे अधीन हैं? तुम्हारे सेनापति तुम्हारी आज्ञा में तो हैं? तुम यज्ञ आदि देवकृत्य तथा अतिथि-सेवा इत्यादि मानवकृत्य ठीक से संपन्न कर रहे हो?"

विश्वामित्र राजसभा की औपचारिकता का निर्वाह करते हुए, अपने ही मन में उसका विरोध अनुभव कर रहे थे। क्यों पूछ रहे हैं वे यह सब? क्या वे नहीं जानते कि स्थिति क्या है। संभव है, अयोध्या नगरी की स्थिति शेष प्रदेशों से कुछ उत्तम हो, किंतु सब कुछ यहाँ भी ठीक नहीं था...

"सब आपकी कृपा है, महर्षि!" दशरथ ने मस्तक झुका दिया।

विश्वामित्र सहसा वशिष्ठ की ओर मुड़े, "आप प्रसन्न तो हैं, ब्रह्मर्षि?"

वे जानते थे कि वशिष्ठ उनके आने से प्रसन्न नहीं हो सकते। उनके शिष्य नृप की सभा में कोई अन्य ऋषि सम्मान पाए, यह उन्हें कैसे प्रिय होगा। यदि ऋषियों, विद्वानों, चिंतकों, बुद्धिजीवियों में इस प्रकार अहंकार तथा परस्पर द्वेष न होता, तो आर्यावर्त्त और जंबू-द्वीप की यह अवस्था न होती। यदि मन में द्वेष न होता, तो वशिष्ठ राजसभा से उठकर उनके स्वागत के लिए दशरथ के साथ बाहर आए होते, सभा में उनके आने पर प्रसन्न-मुख उनका स्वागत करते। इस प्रकार स्तब्ध-से किंकर्तव्यविमूढ़ न बैठे रह गए होते।

विश्वामित्र की जिज्ञासा के उत्तर में वशिष्ठ मुस्कराकर रह गए।

दशरथ क्रमशः साहस बटोरकर बोले, "महर्षि! आपने यहाँ पधारकर मुझ दीन पर अत्यंत कृपा की है। आदेश दें, मैं आपकी क्या सेवा करूँ? मैं अपनी संपूर्ण क्षमता और अपने राज्य के साथ आपकी सेवा में प्रस्तुत हूँ। आज्ञा करें।"

"राजन्!" विश्वामित्र के मुख पर मंद हास था, "कुछ माँगने आया हूँ। बोलो, दोगे?"

"आज्ञा करें, ऋषि श्रेष्ठ!"

"प्रतिश्रुत होते हो?"

"मैं प्रतिज्ञा करता हूँ।"

"तो सुनो, राजन्!" विश्वामित्र की वाणी में अपने लिए आश्वस्ति और दशरथ के प्रति व्यंग्य था, "मैं नहीं जानता, तुम्हारी राजसभा में कितनी चर्चा राजनीति की होती है और कितनी ब्रह्मवाद की। पर संभव है कि तुम्हें यह सूचना हो कि जंबू-द्वीप के दक्षिण में लंका नामक द्वीप में रावण नामक एक राक्षस बसता है।"

"रावण का नाम कौन नहीं जानता, ऋषिवर!" दशरथ का ध्यान विश्वामित्र के व्यंग्य की ओर नहीं था, "उसने देवलोक तक पर आक्रमण किया है। सारा विश्व उससे काँप रहा है। एक बार उसने अयोध्या पर भी आक्रमण किया था और अनरण्य की हत्या कर दी थी।"

विश्वामित्र खुलकर मुस्कराए, "इतना जानते हुए भी तुम इतने निश्चिंत कैसे हो, राजन? मुझे आश्चर्य है। वही रावण अब अपने सैनिक शिविरों का जाल फैलाकर, आर्यावर्त्त को घेर रहा है, ताकि एक ही बार में सब कुछ ग्रस सके। उसका एक ऐसा ही शिविर मेरे सिद्धाश्रम के पास ताड़कावन में भी है। उस वन में विकट राक्षसी ताड़का, उसका बेटा मारीच तथा उसका सहायक सुबाहु अपने राक्षस-सैनिकों के साथ रहते हैं। वे लोग रावण की प्रेरणा से मुझे निरंतर पीड़ित करते हैं। मैं जब भी कोई यज्ञ आरंभ करता हूँ, वे मेरे आश्रम पर रक्त और मांस की वर्षा कर देते हैं। इस निरंतर उत्पीड़न के कारण सिद्धाश्रम में न तो कोई नया प्रयोग हो सकता है, न तप, न यज्ञ, न ज्ञान-विज्ञान की चर्चा। राक्षस चाहते हैं कि मैं अस्त्रों के क्षेत्र में

नए प्रयोग एकदम न करूँ। जो दिव्यास्त्र मेरे पास हैं, वे मैं उन्हें प्रदान कर दूँ। जब तक मैं दिव्यास्त्र उन्हें नहीं देता, तब तक वे मेरी हत्या नहीं करेंगे; केवल पीड़ित करते रहेंगे। दिव्यास्त्र मैंने उन राक्षसों को दे दिए, तो वे लोग और अधिक शक्तिशाली हो उठेंगे; और संपूर्ण आर्यावर्त्त को पीड़ित करेंगे। मैं उन राक्षसों के विरुद्ध तुमसे सहायता लेने आया हूँ।"

दशरथ वचन देने में पहले के समान दृढ़ नहीं रह पाए। रावण उनका ही नहीं, संपूर्ण देवलोक का आतंक था—वे जानते थे। ताड़का, मारीच और सुबाहु के विरोध का अर्थ था—रावण का विरोध। रावण से उन्हें लड़ना होगा? उस रावण से दशरथ को लड़ना होगा, जिससे इन्द्र भी डरते हैं?

दशरथ का मन डोल गया था। पर द्वंद्व का क्या लाभ? वे वचन हार चुके थे।

दशरथ ने कई क्षण सोचने में लगा दिए। कुछ समय तक शून्य में घूरने के पश्चात् बोले, "सीमांत चौकी पर सेनानायक बहुलाश्व स्वयं वर्तमान हैं। क्या उसने आपकी सहायता नहीं की, ऋषिवर!" दशरथ के स्वर में आत्मबल नहीं रह गया था।

"वह केवल अपने स्वार्थों की रक्षा कर रहा है, सम्राट!" विश्वामित्र कटु स्वर में बोले, "और ऐसे लोग न्याय की रक्षा नहीं कर सकते।"

दशरथ ने अगला प्रश्न नहीं किया।

विश्वामित्र ने सोचा—'संभव है, दशरथ बहुलाश्व के कृत्यों से पूर्व-परिचित हों। तभी तो उन्होंने यह नहीं पूछा कि ऋषि के इस आरोप का क्या प्रमाण है।

इस बार जब दशरथ बोले, तो उनका स्वर अत्यंत संकुचित था, "मैं स्वयं अपनी चतुरंगिणी सेना लेकर आपके आश्रम की रक्षा करूँगा, ऋषिवर! मैं सेना को तुरंत तैयार होने का आदेश भिजवा देता हूँ। आप कब चलना चाहेंगे?"

दशरथ के शब्दों में जितनी तत्परता थी, उनकी वाणी तथा आकृति में उसका सर्वथा अभाव था।

विश्वामित्र हँस पड़े, "इतना कष्ट न करो, सम्राट! मैं तुम्हें और तुम्हारी चतुरंगिणी सेना को नहीं लेने आया हूँ। तुम्हारी सेना इतनी समर्थ होती तो मुझे प्रार्थना करने के लिए यहाँ तक क्यों आना पड़ता। फिर तुम्हें अपनी अयोध्या की रक्षा करने के लिए भी सेना की आवश्यकता पड़ेगी। तुम अपनी सेना के साथ राजधानी में ही रहो, सम्राट! राजधानी तुम्हारे लिए अत्यंत आवश्यक है और तुम राजधानी के लिए। अपने वय और क्षमता को पहचानो, राजन्! बहुत तीव्र इच्छा होने पर भी, अत्यंत आवश्यंकता होने पर भी तुम अपनी राजधानी त्यागकर कठिन वन में नहीं जा सकोगे। वन्य जीवन तुम्हारे लिए असहनीय है। तुम बहुत कोमल हो चुके हो, सम्राट! मेरे यज्ञ की रक्षा के लिए, केवल दस दिनों की अवधि के लिए तुम अपने राम को मुझे दे दो।"

दशरथ एकदम सन्नाटा खा गए। राम!

राम राक्षसों से लड़ने जाएँगे। जिन राक्षसों के अत्याचारों को देखते हुए भी वे एक क्षीण-से भय के कारण, उनकी सदा उपेक्षा करते रहे, उनसे लड़ने के लिए वे अपने राम को कैसे भेज सकते हैं। किस बुरी घड़ी में तुम आए, विश्वामित्र! मैं तो अपनी छोटी-सी गृहस्थी में प्रसन्न था। कोई बड़ी आकांक्षा लेकर जोखिम का काम मैंने नहीं सोचा था। पर अब अपने राम को राक्षसों के मुख में धकेलकर मैं स्वयं को नहीं बचाना चाहता...

और सहसा दशरथ को लगा कि वे अपने प्रति ही अपरिचित होते जा रहे हैं। इस दशरथ को उन्होंने पहले तो कभी नहीं देखा, जिसे राम के प्रति इतना मोह हो। राम के प्रति मोह—कौशल्या के बेटे के प्रति। कौशल्या—जो रघुवंश की ज्येष्ठ वधू—सम्राट् की ज्येष्ठ पत्नी होने के कारण, एक अनिवार्य बुराई, घर की एक बेकार—किंतु पुरानी वस्तु के रूप में उनके घर में पड़ी हुई है। उसके बेटे राम के प्रति इतना मोह! इस मोह को उन्होंने पहले तो कभी नहीं जाना।...पर अब वे साफ-साफ-देख रहे थे—राम कौशल्या का ही पुत्र नहीं था, राम उनका अपना बेटा था। वरन् राम के रूप में वे स्वयं ही युवावस्था की ओर बढ़ रहे थे।...अपनी आरंभिक युवावस्था में दशरथ का भी कुछ ऐसा ही रूप था। लगभग इतनी ही लंबाई। ऐसे ही चौड़े, भरे हुए कंधे। ऐसा ही स्फीत, बलशाली वक्ष। ऐसी ही तीखी नाक और बड़ी-बड़ी गुलाबी आँखें। हाँ, दशरथ का वर्ण ऐसा श्यामल नहीं था—यह राम को कौशल्या से मिला था। और दशरथ में ऐसा कठिन आत्मविश्वास भी नहीं था, जैसा राम में है...राम को देखकर, उन्हें कहीं लगता कि वे क्षीण, दुर्बल और वृद्ध हो रहे हैं। दशरथ को लगता है कि राम के रूप में वे स्वयं प्रशासन की देखभाल कर रहे हैं। राम, दशरथ के व्यक्तित्व के अंतरंग तत्त्व हो गए हैं...।

दशरथ की आँखें डबडबा आईं। अत्यंत दीन स्वर में बोले, "ऋषिवर! जिस रावण से मैं जीवन-भर डरता रहा, जिसके भय से मैंने रघुवंश की पराजय के प्रतिशोध की बात कभी नहीं सोची, उसके विरुद्ध मैं अपने पुत्र को कैसे भेज दूँ? मेरा राम अभी कुल पचीस वर्षों का है। मैं तो उसके विवाह की बात सोच..."

विश्वामित्र ने बात पूरी नहीं होने दी, "दशरथ! आर्य सम्राट् अब क्या छोटी बालिकाओं के समान गुड्डे-गुड़िया का ही खेल खेलते रहेंगे! उनकी महत्त्वाकांक्षाएँ पुत्र उत्पन्न कर उनके विवाहों तक ही रह जाएँगी! इस आर्यावर्त्त के भविष्य के विषय में सोचने का दायित्व किसे सौंप दिया है तुम लोगों ने...!"

दशरथ की आँखों से दो आँसू चू पड़े, "मेरे पुत्र की रक्षा करो, ऋषि-श्रेष्ठ! उसे असमय काल के मुख में मत धकेलो।"

विश्वामित्र, दशरथ के अनपेक्षित व्यवहार से कुछ स्तब्ध हुए—कितना प्रेम है दशरथ को राम से! और उन्होंने क्या सुन रखा था। तो क्या उनकी वे सूचनाएँ

गलत थीं! क्या अयोध्या से सिद्धाश्रम तक जाते-जाते तथ्य बदल जाते हैं? और यदि दशरथ के विषय में सूचनाएँ गलत थीं, तो राम के विषय में प्राप्त तथ्य भी गलत हो सकते हैं...

किंतु उनकी स्तब्धता टिकी नहीं। दशरथ का पहले प्रतिश्रुत होकर अब इस प्रकार आनाकानी करना...दशरथ क्या समझता है उन्हें? क्या वे यह अपमान सह जाएँगे?...

विश्वामित्र के नेत्र क्रमशः रक्तिम हो उठे। वे अपना दीर्घ परीक्षित आत्मनियंत्रण खो चुके थे। वे भूल गए कि वे दशरथ की राजसभा में बैठे हैं। आज उन्हें वह सत्य कह ही देना होगा, जिसे वे शब्दों में अभिव्यक्त करना नहीं चाहते थे। देश और काल का भान उन्हें नहीं था। इस समय वे शुद्ध सत्य थे, कर्तव्य थे।

"दशरथ!" विश्वामित्र के उग्र स्वर से राजसभा थर्रा उठी, "वीर तो तुम्हें मैं नहीं ही मानता था, किंतु आज तुम यह सिद्ध करना चाहते हो कि तुम अपने वचन की रक्षा भी नहीं कर सकते। तुम वचन देकर पैर पीछे हटा लोगे, इसकी आशा मुझे नहीं थी। तुम वचन देने को इतने आतुर क्यों रहते हो? तुम्हारा नाश बिना सोचे-समझे वचन दे देने की इसी आतुरता से होगा, दशरथ!...आज सारे आर्यावर्त्त में जो चर्चा हो रही है, वह गलत नहीं है। तुम जानते हो कि जितने भी ऋषि-मुनि, चिंतक-बुद्धिजीवी सत्य और न्याय की रक्षा के लिए रघुवंशियों की ओर देखा करते थे, उन सबको तुमने अपने आचरण से हताश कर डाला है। आज कोई भी व्यक्ति तुमसे न्याय के नाम पर कोई अपेक्षा नहीं रखता। यह मेरी ही मूर्खता थी कि मैं तुमसे इतनी बड़ी आशा लेकर आया कि तुम अन्याय और अत्याचार का विरोध करोगे। लोग ठीक कहते हैं, दशरथ का राज्य उसके अपने प्रासादों के भीतर भी शायद नहीं है, वहाँ कैकेयी का राज्य है...।"

"ऋषिवर!" दशरथ ने कातर स्वर में टोका।

"आज मुझे कह लेने दो, दशरथ!" विश्वामित्र बोले, "ये सारी बातें मैं कहना नहीं चाहता था, पर तुमने मुझे कहने को बाध्य किया है तो सुनो। हम बुद्धिजीवियों ने अनासक्त होकर तुम्हें शासन सौंप दिया, तो तुम सत्ताधरी यह समझते हो कि सामान्य प्रजा तुम्हारे भोग के साधन जुटाने का माध्यम मात्र है। तुम समझते हो प्रजा मात्र कीट-पतंग है। पर दशरथ! आज मैं तुम्हें बताने आया हूँ कि हमारी रक्षा कर, तुम हम पर कोई कृपा नहीं करते। वह तुम्हारा कर्तव्य है। आज तुम उससे विमुख हो रहे हो, तो मैं कुशिकनन्दन विश्वामित्र तुम्हारे सामने स्पष्ट कर देता हूँ कि हम अनासक्त बुद्धिजीवियों में तुम्हारे जैसे अनेक शासकों के निर्माण की क्षमता है। मैं किसी भी स्वस्थ क्षत्रिय को दिव्यास्त्रों का ज्ञान देकर सम्राट् दशरथ बना सकता हूँ। मैं प्रतिज्ञा करता हूँ..."

"शांत हो, भरत-श्रेष्ठ!" वशिष्ठ सारे वर्तालाप में पहली बार बोले, "आप

कोई प्रतिज्ञा न करें। सम्राट के प्रति उदार हों। सम्राट बाधा नहीं देंगे। उनके संकोच का कारण पुत्र के प्रति मोह ही है, कर्तव्य-शून्यता नहीं। मैं राम आपको सौंपता हूँ, किंतु...''

''गुरुदेव!'' दशरथ के मुँह से निःश्वास निकल गया।

''उद्विग्न न हों, सम्राट्!'' वशिष्ठ ने उन्हें सांत्वना दी और फिर विश्वामित्र से संबोधित हुए, ''मैं आपके यज्ञ की रक्षा-हेतु, दस दिनों के लिए राम आपको सौंपता हूँ; किंतु आप मुझे वचन दें कि उसकी रक्षा के लिए आप उत्तरदायी होंगे और राजकुमार को सकुशल सम्राट् को लौटाना आपका कर्तव्य होगा।''

''मुझे स्वीकार है।'' विश्वामित्र बोले।

दशरथ का बूढ़ा मन समझ नहीं पा रहा था कि वे हँसें या रोएँ। वे तो वचन हार ही चुके थे, अब गुरु वशिष्ठ भी राम को देने के लिए प्रतिश्रुत हो गए थे। पर गुरुदेव ने स्पष्ट कर दिया था कि अवधि केवल दस दिनों की होगी और उसकी रक्षा का दायित्व विश्वामित्र का होगा। क्या वे मान लें कि दस दिनों के पश्चात् राम सुरक्षित लौट आएँगे? क्या यह संभव है? और यदि ऐसा न हुआ तो वे गुरु वशिष्ठ से क्या कहेंगे?...

दशरथ का मन कहीं अपने-आप से ही खीझ उठा। उन्हें इस प्रकार आतुर होकर वचन देने की क्या जल्दी थी? और उन्हें सत्यवादी बनकर ही क्या करना है? क्यों नहीं वे स्पष्ट कह सकते कि वे राम को ऋषि के साथ नहीं भेजेंगे...पर गुरु वशिष्ठ ने शायद राम को बुला भी भेजा था। दशरथ अपने भीतर ही कहीं बहुत टूट चुके थे।

कौशल्या को सूचना मिली। वह धक्-सी रह गईं—यह कैसे हुआ? यह संभव कैसे है? मेरा राम—पचीस वर्षों का नवयुवक राम राक्षसों से लड़ने के लिए विश्वामित्र के साथ जाएगा। किसकी बुद्धि ऐसी दुष्ट घटनाओं की सर्जना कर रही है? कौन राम को वन भेज रहा है? वशिष्ठ? दशरथ? कैकेयी? कौन...पर ऋषि विश्वामित्र इस षड्यंत्र में सहयोगी कैसे हो गए?

कौशल्या का मन रह-रहकर आज वापस लौट रहा है। वे किसी भी प्रकार स्वयं को रोक नहीं पा रही हैं। वे सारी घटनाएँ आज फिर से आकार ग्रहण कर उसकी आँखों के सम्मुख घूम रही हैं—सजीव, जीवंत...

पिता भानुमान ने अपने ही वंश के श्रेष्ठ युवक दशरथ के साथ अपनी बेटी का विवाह किया था। किसी भी कन्या के पिता को और किस बात की इच्छा हो सकती है...और कन्या स्वयं ही इससे बढ़कर क्या कल्पना कर सकती है। अज रघुवंश के प्रसिद्ध सम्राट् थे और दशरथ युवराज। अयोध्या का राज्य सब ओर से शक्तिशाली, संपन्न, सम्मानित तथा यश से भरा-पूरा था। ऐसे राज्य के युवराज थे दशरथ। फिर

स्वयं दशरथ में क्या कमी थी—बलिष्ठ, लंबे-ऊँचे सुंदर युवक। समस्त आर्य राजकुमारों मे श्रेष्ठ योद्धा, ज्ञानी तथा आकर्षक दशरथ।

और क्या चाहता भानुमान? और कौशल्या स्वयं और क्या माँगती?

श्वसुर अज उनका कितना मान करते थे। वे बार-बार याद दिलाते थे, "बेटे! हम मानव-वंशी मनु की संतान हैं। आर्य राजा, सम्राट् तथा विभिन्न प्रकार के शासक तो और भी अनेक हैं, किंतु वैवस्वत मनु का सीधा, प्रत्यक्ष उत्तराधिकार केवल हमारे पास है। हम उनके रक्त, उनकी परंपराओं, उनके चिंतन और विधान के सीधे अधिकारी हैं। इसलिए पुत्री! मैंने स्वयं भानुमान से तुम्हें माँगा। भानुमान भी मानव-वंशी हैं। सम्राट् और भी हैं, उनकी राजकुमारियाँ भी हैं; किंतु मैं नहीं चाहता कि दूसरे वंशों के भिन्न चिंतन, परंपराओं तथा संस्कारों में पली कन्याएँ मेरे घर में आकर, मेरी अगली पीढ़ियों को ऐसे संस्कार दें, जो मानव-वंश के अनुकूल न हों। पुत्री! तू केवल दशरथ की पत्नी ही नहीं है, अज की पुत्र-वधू ही नहीं है—तेरे ऊपर मनु की महान् परंपरा तथा संस्कारों को स्थिर रखने का गुरु-उत्तरदायित्व भी है..."

और श्वसुर की आज्ञाओं तथा इच्छाओं का अक्षरशः पालन करने का प्रयत्न किया था कौशल्या ने। वह जानती थीं मानव-वंश में नारी पूर्णतः पति के अधीन है। उसका कोई स्वतंत्र व्यक्तित्व नहीं है। यह वंश समाज में पितृ-सत्ता को उसकी पराकाष्ठा तक ले गया था। कौशल्या ने अपने मायके में भी यही देखा था और ससुराल में भी वही देख रही थीं। वह व्यक्ति नहीं थीं, वह उस वंश की पुत्र-वधू थीं और उन्हें वहीं रहना था। परिवार के लिए, उसकी सुख-सुविधा के लिए, उन्हें अपने व्यक्तित्व का बलिदान करना था। और कौशल्या ने वही किया था।

तभी राम का जन्म हुआ था। अज के लिए राम कोशल के साम्राज्य का उत्तराधिकारी था, मानव-वंश की अगली पीढ़ी का प्रतिनिधि था, किंतु दशरथ के लिए वह मात्र कोशल का पुत्र था। इससे अधिक महत्त्व दशरथ ने उसे कभी नहीं दिया।

और जब दशरथ अपने पिता के पश्चात् राज-सिंहासन पर बैठे, तो कौशल्या के सम्मुख उनकी अपनी स्थिति और भी स्पष्ट हो गई। वह दरबार के विशिष्ट उत्सवों में साम्राज्ञी थीं; राज्य के उत्तराधिकारी की माँ भी थीं; रघुवंश की वधू भी थीं; किंतु न तो वह दशरथ की कांता थीं, न प्रेमिका और न संगिनी।

उन्हीं दिनों दशरथ ने मगध की राजकुमारी सुमित्रा से विवाह कर लिया। सुमित्रा अद्भुत सुंदरी थी। उसे देखकर आँखें चौंधिया जाती थीं। उसे देखकर दशरथ की पसंद की प्रशंसा करनी पड़ती थी। किंतु, दशरथ ने भी उसका रूप ही देखा था—मन वे नहीं देख पाए थे। सुमित्रा प्रज्वलित अग्नि थी, पूर्ण तीव्रता से जलती हुई अग्निकाष्ठा। वह आलोक भी देती थी और ताप भी। उसने पहले दिन ही स्पष्ट कर दिया कि एक पत्नी और पुत्र के होते हुए दशरथ का इस प्रकार पुनः विवाह करना उसे एकदम पसंद नहीं था। अधीनस्थ मगध—नृप ने दशरथ की सैनिक-शक्ति से भयभीत होकर

अपनी पुत्री का विवाह कर दिया था और सुमित्रा यहाँ आ गई थी। वह दशरथ की धर्मपत्नी थी और रहेगी, किंतु न वह उनकी कांता, प्रेमिका बन सकती है, न बनना चाहती है।

कौशल्या को कितना प्रेम, कितनी सहानुभूति तथा कितनी करुणा दी थी सुमित्रा ने। कौशल्या के प्रति करुणा के भाव में डूबी सुमित्रा का तिरस्कार दशरथ नहीं कर सके; स्वयं सुमित्रा ही उनका तिरस्कार करती रही। वह पत्नी तथा कुलवधू की मर्यादा को मानकर चलती रही, किंतु रही सदा निडर सिंहनी के समान।

इस बीच दशरथ अनेक स्त्रियों के संपर्क में आए। उन्होंने अनेक विवाह किए, किंतु वे अपने भीतर किसी असंतोष के कारण छटपटा रहे थे, स्थिर नहीं थे। अपनी किसी भीतरी मजबूरी से भटक रहे थे। इसी भटकन में सम्राट दशरथ ने दिग्विजय के लिए देश-विदेश में सैनिक अभियान चला दिए।

कोशल की सेना जिधर जाती, अपने पदाघातों से पर्वतों को पीसकर चूर्ण बना देती थी। दशरथ की तलवार ने भूगोल की बाधाओं को खण्ड-खण्ड करके फेंक दिया था। देवासुर-संग्राम में देव-पक्ष से लड़ने वाले दशरथ, पृथ्वी पर इंद्र और कुबेर से कम महत्त्वपूर्ण नहीं माने जाते थे।

ऐसे समय में कोशल की सेनाएँ केकय देश में घुस गईं। वीर तथा प्रतापी माना जाने वाला केकय नरेश भी दशरथ के सम्मुख सर्वथा अक्षम सिद्ध हुआ। केकय नरेश ने आत्म-समर्पण किया और दशरथ की सेनाओं ने राजगृहपुर को पूर्णतः अवरोध में ले लिया।

कोई नहीं जानता था कि केकय नरेश तथा उनके परिवार का भविष्य क्या है। वे बंदी होंगे अथवा उनका वध होगा। उन्होंने दशरथ के विरुद्ध लड़ने की मूर्खता की थी, दशरथ उन्हें कदाचित् क्षमा नहीं करेंगे।

दशरथ के मंत्रियों ने उचित अवसर जानकर केकय नरेश से पूछा, "क्या वे दशरथ से संधि करना चाहते हैं?" केकय नरेश के लिए इससे अधिक प्रसन्नता का प्रस्ताव क्या हो सकता था। वे तुरंत सहमत हो गए।

राजा से वचन ले मंत्री राजकुमारी कैकेयी के पास गए। उन्होंने राजकुमारी से पूछा कि वह इस विकट स्थिति में अपने परिवार की रक्षा के लिए क्या कर सकती हैं?

कैकेयी साधारण, कोमल एवं भीरू राजकुमारी नहीं थी। वह असाधारण थी—हठीली, उग्र, तेजस्विनी, महत्त्वाकांक्षिणी तथा असाधारण सुंदरी।

उसने कहा था, वह समाज की भलाई के लिए, देश के कल्याण के लिए, अपने परिवार की रक्षा के लिए, राष्ट्र के सुख के लिए सब कुछ त्याग सकती है—मान! सम्मान! वह अपने प्राण दे सकती है। वह कठिन-से-कठिन दुःख उठा सकती है।

उसकी दृढ़ता को देखकर मंत्रियों ने उससे कहा था, "यदि यह सत्य है तो

तुम हमारे कहे अनुसार चलो। हम तुम्हारे पिता, बंधु-बाँधवों, भाइयों की रक्षा का वचन दशरथ से ले लेंगे; पर उससे पूर्व एक वचन तुम हमें दो।"

"क्या?" कैकेयी ने पूछा था।

मंत्रियों ने कहा था, "सम्राट दशरथ प्रौढ़ हैं। तुमसे आयु में बहुत बड़े हैं। पर यदि वे तुमसे विवाह की इच्छा प्रकट करें तो तुम अस्वीकार मत करना। इसे अपने यौवन का अपमान मत समझो। कर्तव्य समझकर इस कर्म को करो, ताकि तुम्हारे परिवार तथा देश की रक्षा हो सके।"

मंत्रियों ने दशरथ को इस बात के लिए मना लिया कि वे केकय-राजपरिवार को दंड देने से पूर्व परिवार के सदस्यों से मिल लें। दशरथ ने राजप्रासाद के अंतःपुर में प्रवेश किया। उन्होंने रूपवती कैकेयी को देखा तो उनकी आँखें खुली-की-खुली रह गईं। सुमित्रा भी असाधारण संदुरी थी, किंतु कैकेयी भिन्न थी। इससे पूर्व दशरथ ने ऐसा सौंदर्य नहीं देखा था—गोरा रंग, कुछ-कुछ लालिमा लिये हुए, नीली गहरी झील जैसी आँखें, कुछ-कुछ पीले लंबे घने बाल, ऊँची तीखी नुकीली नाक, पतले लाल होंठ, लंबा कद, स्वस्थ यौवन।

दशरथ ने तुरंत निर्णय लिया। संधि की पहली शर्त थी—कैकेयी का कन्यादान। और, तब शर्त रखने की बारी कैकेया-नरेश की थी, "सम्राट् यदि मुझे एक वचन दें तो मैं कैकेयी का विवाह आपसे कर दूँगा।"

"कैसा वचन?"

"कैकेयी का पुत्र ही अयोध्या का युवराज हो!"

दशरथ ने तत्काल वचन दिया और कैकेयी से विवाह कर लिया। कैकेयी अयोध्या में आई और सबने उसे देखा। वह सुदूर केकय देश के उन्मुक्त आर्यों की पुत्री थी। वह मानव-वंश की स्त्री-विरोधी मर्यादाओं से अनजान, स्वच्छंद वातावरण में पली राजकुमारी थी। जब दशरथ युद्ध में जाते तो वह कौशल्या के समान घर पर बैठ भगवान विष्णु के सम्मुख अपने पति की रक्षा की प्रार्थना नहीं करती थी; वह युद्ध की बात सुनते ही कवच पहन पति के साथ चलने को तैयार हो जाती थी। कैकेयी युद्ध में जा सकती थी, धनुष-बाण का प्रयोग जानती थी, खड्ग चला सकती थी और कोशल के अच्छे-से-अच्छे सारथी से रथ-संचालन की कुशलता में होड़ ले सकती थी...शंबर के साथ हुए युद्ध में भी वह साथ गई थी। जब वह घायल सम्राट् को लेकर वापस अयोध्या लौटी तो अयोध्या के जन-जन के मुख पर यही था कि यदि कैकेयी न होती तो सम्राट के प्राण न बच पाते। तब कौशल्या कहीं कैकेयी की कृतज्ञ भी हुई थीं। उसने कौशल्या के सौभाग्य की रक्षा की थी।

अन्य रानियों के आने से कौशल्या को विशेष अंतर नहीं पड़ा था, किंतु कैकेयी के आने से परिस्थितियाँ बदल गई थीं। कैकेयी को सुमित्रा के समान कौशल्या से कोई सहानुभूति नहीं थी, वरन् उसे कौशल्या की ओर से आशंकाएँ ही अधिक पीड़ित

करती रहती थीं। कौशल्या मानव-वंश की ही पुत्री भी थी। वह सम्राट की ज्येष्ठ पत्नी तथा ज्येष्ठ पुत्र की माता थी। वह सम्राट् पर, साम्राज्य के उत्तराधिकार पर अपना अधिकार जमा सकती थी। कैकेयी को उससे सतर्क रहना था; उसकी उपेक्षा करनी थी; यदि संभव हो तो उसे पीड़ित भी करना था...

कौशल्या ने अपने लिए दशरथ के हाथों सदा तिरस्कार, उपेक्षा तथा पीड़ा पाई थी। उन्होंने कहीं स्वयं को समझा लिया था कि वह इतने की ही अधिकारिणी है और उन्हें इतना ही मिलेगा। किंतु, कैकेयी तथा दशरथ के हाथों राम का तिरस्कार, उनका हृदय चीर जाता था।...लाख प्रयत्न करने पर भी वे भूल नहीं पातीं कि अपने विवाह के आरंभिक दिनों में कैकेयी ने, अपने महल में उत्सुकतावश घुस आए बालक राम को अपनी दासी से पिटवाया था। और जब अत्यंत आक्रोश में भरकर कौशल्या ने इस बात की चर्चा दशरथ के सम्मुख की थी, तो दशरथ ने उपेक्षा से मुँह फेर लिया था। सुमित्रा कितनी आग-बबूला हुई थी। वह कशा हाथ में लेकर कैकेयी के महल में जाने को पूर्णतः उद्यत थी, तब कौशल्या ने रो-रोकर उसे रोक लिया था।

किंतु, बाद में परिस्थितियाँ बदल गई थीं। कौशल्या आज तक नहीं जान सकी कि यह राम की शालीनता, गुण, दूसरों को जीत लेने की कला के कारण था या कैकेयी अपने महल के अकेलेपन से ऊब गई थी कि वह स्वयं आग्रह कर राम को अपने महल में बुलाने लगी थी। राम कैकेयी का अत्यंत प्रिय हो उठा था और दशरथ भी कैकेयी को देखकर राम के अनुकूल हो गए थे।

...और तभी शंबर के साथ युद्ध वाली घटना घटी थी। अयोध्या के अनेक यूथपति, सेनापति युद्ध में काम आए थे और सम्राट् गंभीर रूप से घायल होकर बिस्तर पर पड़े थे। राज्य के भीतर विद्रोह की स्थिति थी और बाहर से आक्रमण का भय सदा के समान उपस्थित था। ऐसी परिस्थितियों में पहली बार बाध्य होकर सम्राट् ने राम को युवराज घोषित किए बिना अयोध्या की रक्षा के लिए सैनिक अधिकार दिए थे। चौदह वर्षों के किशोर राम ने उन्हीं दिनों व्यवस्था, न्याय तथा सैनिक कर्म की जो योग्यता एवं क्षमता दिखाई थी, उसने प्रजा के साथ-साथ दशरथ तथा कैकेयी का मन भी जीत लिया था। पहली बार कौशल्या ने दशरथ के मुख से ऐसे शब्द सुने थे—"कौशल्या! मैंने आज यह अनुभव किया है कि मेरा इतना बड़ा बेटा है और वह भी इतना योग्य तथा सक्षम! यह मेरे लिए कितना बड़ा सहारा है..."

दशरथ की आँखों में भावुकता के आँसू उमड़ गए थे।

बहुत थोड़े-से अंतराल के साथ भरत और लक्ष्मण-शत्रुघ्न का जन्म हुआ था। शायद तब पहली बार सम्राट् तथा उनके शुभाकांक्षी मंत्रियों ने यह समझा था कि सम्राट् क्रमशः बूढ़े और दुर्बल होते जा रहे हैं। उनके पश्चात् युवराज-पद के लिए सम्राट् के पुत्रों में संघर्ष हो सकता है। फिर सम्राट् को अपने लिए यश भी चाहिए था। प्रजा की आँखों में, मन में सम्राट् के चरित्र का बिंब खण्डित नहीं होना चाहिए

था। कामुकतावश किए गए सम्राट् के अनेक विवाहों के लिए किसी सार्थक व्याख्या की आवश्यकता का अनुभव किया गया। सम्राट के दरबारी कवियों और इतिहासकारों ने दशरथ के पुत्रहीन होने, पुत्र की कामना से अनेक विवाह करने तथा अंत में पुत्रेष्टि यज्ञ के माध्यम से चार पुत्रों की प्राप्ति की कथा बनाकर ग्राम-ग्राम में प्रचारित कर दी। पर क्या ऐसी कपोल-कल्पनाओं से तथ्य मिटाए जा सकेंगे? कौन नहीं देख सकता कि राम तथा अन्य भाइयों के वय में कितना अंतर है। क्या लक्ष्मण, भरत और शत्रुघ्न, राम को अपने बराबर का भाई मान सकते हैं? वे लोग राम को पिता-तुल्य बड़ा भाई मानते हैं। राम ने उन्हें गोद में खिलाया है, आज भी प्यार में भरकर राम यदा-कदा उन्हें अपनी गोद में बैठा लेते हैं।

और आज राम को ताड़का से लड़ने के लिए वन भेजा जा रहा है। क्या राम के प्रति दशरथ का बढ़ता हुआ मोह मात्र आडंबर था? क्या वह नाटक मात्र था? या यह कैकेयी के द्वारा वशिष्ठ को अपनी ओर मिलाकर रचा गया कोई नया षड्यंत्र?

संभव है, कैकेयी ने ही ऐसा कोई षड्यंत्र किया हो।

अपने बचपन से ही लक्ष्मण, राम के अनन्य अनुरागी हैं। सुमित्रा ने सदा लक्ष्मण को राम के पीछे चलने का उपदेश दिया है। ऐसा तो नहीं कि कैकेयी राम को इस प्रकार मृत्यु के मुख में ढकेलने का प्रयत्न कर रही है? वह जानती हैं कि राम को जाते देख, लक्ष्मण पीछे नहीं रहेंगे। वे भी साथ जाएँगे। इन दोनों की वहाँ हत्या हो जाएगी और कैकेयी के बेटे का राज्य निष्कंटक हो जाएगा...

पर विश्वामित्र इस षड्यंत्र में कैसे सम्मिलित हो गए?

विश्वामित्र वशिष्ठ से भिन्न हैं। वे किसी प्रलोभन में, किसी के दबाव में कोई गलत काम नहीं कर सकते। उन्होंने स्वयं अपनी इच्छा से अपना राज्य त्याग दिया है। उन्हें धन का, पद का, भोग का मोह नहीं हो सकता। विश्वामित्र षड्यंत्र में सम्मिलित नहीं हो सकते।...वे राम के हाथों राक्षसों का नाश करवाना चाहते हैं..

तो क्या कौशल्या का राम इतना समर्थ है? वह जानती थीं कि राम वीर है, सक्षम है...पर क्या वह इतना सामर्थ्यवान है? कौशल्या का मन सहज ही विश्वास नहीं करता। पर वह विश्वामित्र पर विश्वास कर सकती हैं...

राम की आँखों में उन्हें विदा करती हुई माता कौशल्या तथा सुमित्रा और पिता दशरथ के चित्र अंकित थे। कौशल्या उनके जाने से दुःखी थीं, वहीं आशंकित भी थीं, पर उनकी दृष्टि में ऋषि विश्वामित्र के प्रति श्रद्धा तथा विश्वास दोनों ही थे। राम कुछ आश्चर्यचकित भी थे। कैसे माँ ने ऋषि पर इतना विश्वास किया! इतना विश्वास तो वे वशिष्ठ पर भी नहीं करती थीं, जो राजगुरु और राजपुरोहित दोनों थे; जिन्हें अयोध्या का राजकुल वर्षों से जानता था।...सम्राट् की ओर भी माँ ने इस विश्वस्त

दृष्टि से कभी नहीं देखा। फिर ऋषि विश्वामित्र में ऐसी कौन-सी बात है कि माँ उन पर भरोसा करती हैं। क्या ऋषि इतने समर्थ, इतने निस्पृह, इतने न्यायप्रिय हैं?. ..और माता सुमित्रा–सदा के समान दृढ़! दो टूक। कर्तव्य की जाग्रत अग्निकाष्ठ-सी। माता सुमित्रा की आकृति पर कभी द्वंद्व नहीं होता, कभी शिथिलता नहीं होती। कौशल्या पचीस वर्षों के राम को भेजकर चिंतित हैं। किंतु सुमित्रा तेरह वर्षों के लक्ष्मण को आग्रह के साथ भेज रही हैं। ऋषि ने सम्राट् से केवल राम को माँगा था, किंतु लक्ष्मण की साथ जाने की जिद और माता सुमित्रा का उसे रोकने के स्थान पर आदेश देना–"पुत्र! भाई के साथ जा!" राम मन में कहीं गद्‌गद हो उठते हैं, माँ-बेटे दोनों की दृढ़ता और तेज को देखकर! यदि सुमित्रा ने इस प्रकार अपनी समस्त शक्ति माता कौशल्या को सँभालने में न लगा दी होती, तो कौशल्या जाने कब से टूटकर बिखर गई होती। सुमित्रा वास्तविक अर्थों में क्षत्राणी हैं...

...सम्राट् को इतना दीन राम ने कभी नहीं देखा। इनके प्रति पिता के मन में इतना मोह होगा, यह राम ने कभी नहीं सोचा था। अयोध्या की समस्त प्रजा जानती है कि दशरथ की प्रिय रानी कैकेयी है, स्वभावतः ही दशरथ का प्रिय पुत्र फिर भरत ही होना चाहिए। भरत है भी प्रिय होने योग्य। फिर सम्राट् ने उसे युवराज बनाने का वचन उसके नाना को दे रखा है...किंतु राम अपनी आँखों से देखा झुठला नहीं सकते। उन्होंने देखा है कि सम्राट अपनी सत्य-प्रतिज्ञा से स्खलित होने को भी प्रस्तुत थे। यदि वशिष्ठ ने विश्वामित्र का समर्थन न किया होता और सम्राट् विश्वामित्र से भयभीत न होते, तो कदाचित् वे अपनी प्रतिश्रुति की चिंता न करते हुए, उन्हें ऋषि के साथ भेजना अस्वीकृत कर देते।

...कितनी विचित्र बात है। जिससे पिता इतने भयभीत हैं, माता को उसी विश्वामित्र पर इतना अधिक विश्वास है–क्यों? निष्पाप माँ जिस पर इतना विश्वास करती हैं, वह व्यक्ति अवश्य ही निष्कलुष होगा; पर फिर पिता क्यों उसके सम्मुख तेजहीन हो जाते हैं?...अवश्य ही सम्राट् के व्यक्तित्व में ऐसे दोष हैं, जिनके कारण वे प्रत्येक व्यक्ति के सम्मुख निर्भीक और तेजस्वी व्यवहार नहीं कर सकते...

किंतु इस सारे दृश्य में कैकेयी कहीं नहीं थी। उसे सूचना ही नहीं मिली? वह उनके और लक्ष्मण के प्रति उदासीन है? अथवा वह उनके जाने से प्रसन्न हैं?...राम का मन अभी कोई निर्णय नहीं कर पाता।

राम की दृष्टि बहिर्मुखी हुई।

राजपथ पर भागते हुए तीन रथों में से पहले में स्वयं ऋषि, राम तथा लक्ष्मण थे। पीछे के दो रथों में ऋषि के साथ आए ब्रह्मचारी तथा उनका सामान था। ऋषि विश्वामित्र आत्मलीन बैठे थे। लक्ष्मण आने वाले जोखिमों से अनजान, एक उत्सुक बालक के समान तन्मय होकर राजपथ के दोनों ओर खड़े नागरिकों को देख रहे

थे। नागरिक? कुछ लोग उदास थे; कुछ युद्ध के लिए जाते हुए राजकुमारों को उत्साह दिला रहे थे और कुछ केवल तमाशा ही देख रहे थे।

निरंतर भागते हुए रथ नगर-द्वार की ओर बढ़ रहे थे।

रथ के नगर-द्वार के समीप पहुँचते ही द्वार पर तैनात सैनिक टुकड़ी सावधान हो गई। नायक ने रथ को रुकने का संकेत किया।...सारथी ने अश्वों की वल्गु खींच ली, किंतु तब तक नायक ने रथ के ध्वज, सारथी तथा रथारूढ़ लोगों को कदाचित् पहचान लिया था। उसने सारथी को आगे बढ़ने का संकेत किया और राजकुमारों को प्रणाम करने के लिए झुक गया।

सारथी ने वल्गु ढीली छोड़ दी और घोड़ों की गति बढ़ाने के लिए कशाधरी भुजा ऊपर उठाई...किंतु तभी ऋषि विश्वामित्र का गंभीर स्वर सुनाई दिया, "सारथी, रथ रोक दो।"

सारथी ने आश्चर्य से ऋषि की ओर देखा, किंतु उनकी आज्ञा का पालन किया। पीछे आने वाले रथ भी स्वतः ही रुक गए। रथों को रुकते देखकर, सैनिक-टुकड़ी के नायक की आकृति पर घबराहट के चिह्न प्रकट हुए। वह भागता-सा निकट आया।

"मैंने आगे बढ़ने का संकेत दे दिया था, सारथे!" उसकी वाणी स्थिर नहीं थी।

"हाँ, नायक!" विश्वामित्र रथ से नीचे उतरते हुए बोले, "किंतु मैंने रुकने के लिए कहा था। आओ, पुत्र राम! वत्स लक्ष्मण! रथ से नीचे उतर आओ। अब आगे की यात्रा पैदल ही होगी, पुत्र! और सारथे! तुम रथ को वापस राजभवन लौटा ले जाओ। कोई प्रश्न करे तो कह देना कि मैंने ऐसी ही आज्ञा दी थी।"

पिछले दोनों रथों के ब्रह्मचारी भी बड़ी तत्परता से अपने सामान समेत नीचे उतर आए थे।

अपने नायक सहित सारे सैनिक विस्मित थे और रथ का सारथी असमंजस में पड़ा हुआ था, किंतु राम और लक्ष्मण दोनों ही पूर्ण सहजतापूर्वक रथ से नीचे उतर आए थे।

"रथ लौटा ले जाओ।" राम ने कोमल वाणी में आदेश दिया, "और नायक! अपना विस्मय त्याग, हमें नगर से बाहर जाने का मार्ग दो।"

"किंतु राजकुमार!..." नायक ने कुछ कहना चाहा।

"आदेश का पालन करो।" राम का स्वर पहले से अधिक गंभीर था।

सारथी ने रथ मोड़ लिया; नायक और सैनिक अपने स्थान पर लौट गए। वे नगर-द्वार से बाहर निकल गए।

राम ने लंबे-लंबे दो-तीन डग भरे और गुरु के साथ-साथ चलने लगे। लक्ष्मण को साथ चलने के लिए कुछ अधिक प्रयत्न करना पड़ा। वे अभी भाई राम के समान न तो लंबे-तड़ंगे ही थे, न उतने बलिष्ठ ही। ब्रह्मचारी लोग अपना संक्षिप्त-सा सामान

उठाए, एक निश्चित दूरी बनाए, सधी हुई चाल से गुरु के पीछे-पीछे आ रहे थे।

सारी टोली सर्वथा मौन बढ़ती चली गई, जैसे वे लोग जल्दी-से-जल्दी एक निश्चित दूरी पार कर, अयोध्या से दूर हो जाना चाहते हों। कोई नहीं जानता था कि रात को ठहरने के विषय में गुरु ने क्या सोचा है। इस ढलती हुई संध्या में अंधकार घिर आने से पूर्व तक के समय में कितनी यात्रा हो जानी चाहिए?...और गुरु थे कि निंरतर बढ़ते चले जा रहे थे।

सूर्य तथा अयोध्या नगरी समान गति से पीछे छूटते जा रहे थे और अब सरयू का जल दिखाई पड़ने लगा था। सरयू के दृष्टि में आते ही विश्वामित्र के पग कुछ शिथिल होने लगे। और एक सुविधापूर्ण घाट के दिखाई पड़ते ही गुरु रुक गए, ''वत्स पुनर्वसु! आज रात यहीं विश्राम करना है। तदनुकूल व्यवस्था करो।''

और रथ से उतरने के पश्चात् पहली बार गुरु राम से संबोधित हुए, ''वत्स राम! संन्यासी-तपस्वी लोग रथों में यात्राएँ नहीं करते। सम्राट् की मर्यादा के विचार से ही अयोध्या के नगर-द्वार तक मैंने यात्रा स्वीकार कर ली थी। हमारी इस यात्रा में सब स्थानों पर रथ-यात्रा की सुविधा भी नहीं है। और पुत्र! तुम्हें रथ से उतारकर वनों में पदाति चलाने के पीछे मेरा एक निश्चित उद्देश्य भी है।''

पुनर्वसु ने गुरु तथा राम-लक्ष्मण के बैठने के लिए आसन बिछा दिए थे।

''बैठो, पुत्र!'' गुरु ने कहा, और लक्ष्मण की ओर कुछ अतिरिक्त स्नेहिल दृष्टि से देखकर बोले, ''पुत्र लक्ष्मण! तुम थक तो नहीं गए? तुम्हारे लिए कदाचित् यह यात्रा अधिक कठिन हो।''

लक्ष्मण पूरी तरह स्फूर्तिपूर्ण दीख रहे थे। चंचल मुद्रा में सहसा बोले, ''मेरी माँ कहती हैं, 'सौमित्र को थकने का कोई अधिकार नहीं है। सुमित्रा के पुत्रों ने पाप-रूपी अंधकार को जला डालने के लिए अग्नि-रूप में जन्म लिया है। उन्हें थकना नहीं चाहिए।''

गुरु ने कुछ विस्मय से लक्ष्मण को देखा, ''ऐसा कहती हैं देवी सुमित्रा!''

''हाँ, ऋषि-श्रेष्ठ!'' राम बोले, ''माता सुमित्रा स्वयं भी पवित्र अग्नि से कम नहीं हैं—तेजस्विनी, उग्र तथा निष्पाप।''

ऋषि के मन का उल्लास उनके चेहरे पर फूट पड़ा, ''फिर तो मैं ठीक जगह पहुँचा, वत्स! मेरे जैसा और कौन भाग्यशाली होगा, जो राम की कामना लेकर गया और राम तथा लक्ष्मण को लेकर लौटा।'' गुरु अपने मन के किसी भाव में रम गए और कुछ क्षणों तक शांत रहे। फिर बोले, ''वत्स राम और लक्ष्मण, मैंने जान-बूझकर तुम्हें यह सारा मार्ग पैदल चलाया है। मैं चाहता हूँ कि तुम लोग सहज नागरिक होकर, साधारण मनुष्य की पीड़ा को देखकर उसका अनुभव करो। पुत्र! जिसने स्वयं कभी पीड़ा नहीं देखी, वह दूसरों की व्यथा को भी नहीं देख पाता। सुख एक बहुत बड़ा अभिशाप है, जो व्यक्ति को दूसरों की व्यथा की ओर से अंधा कर देता है।

इसीलिए ये राजा, सम्राट्, सेनापति, सामंत विलास की चर्बी आँखों पर चढ़ाए आश्वस्त बैठे हैं। राम! मैं तुम्हें अयोध्या के विलासी वातावरण से इसीलिए बाहर निकाल लाया हूँ। राजकुमारों के जीवन से हटकर साधारण व्यक्ति के अस्तित्व के, मानापमान के, न्यायान्याय के संघर्ष को भी देखो।''

राम के अधरों पर एक वक्र-सी मुस्कान उदित हुई और क्षणभर में ही विलीन हो गई। वे गंभीर थे, ''एक उपेक्षित माता के सबकी आँखों में खटकने वाले पुत्र के विषय में यह मान लेना उचित नहीं है कि वह दुःख से अनभिज्ञ होगा, दूसरों के लिए करुणा से शून्य होगा और न्यायान्याय के संघर्ष से उसका परिचय नहीं होगा।''

''राम!'' गुरु राम की वाणी की करुणा से कहीं भीग उठे।

''हाँ, ऋषिवर!'' राम अपनी गंभीर वाणी में कहते गए, ''जैसा आपने देखा, पिता का व्यवहार सदा मेरे प्रति ऐसा ही नहीं था। ठीक है कि धनाभाव का कष्ट मुझे या माता कौशल्या को कभी नहीं हुआ, किंतु धनाभाव का कष्ट तो सम्राट् की रखैलों और दासियों तक को नहीं होता। मैं एक धनवान पिता की अनचाही संतान के रूप में पला हूँ। जब से मैंने होश सँभाला है, सदा यही देखा है कि मेरी माँ इस राजकुल में साम्राज्ञी होते हुए भी उपेक्षित, पीड़ित तथा दलित व्यक्ति का जीवन जीती रही हैं। कैकेयी की दासियाँ मेरी माँ से अधिक महत्त्वपूर्ण मानी जाती रही हैं।... मैं अपनी व्यथा सुनाकर आपको पीड़ित नहीं करना चाहता, कुशिकनन्दन! केवल इतना ही स्पष्ट करना चाहता हूँ कि अपने शैशव के उन्हीं आरंभिक दिनों से माता कौशल्या ने अपने उत्तराधिकार और संस्कारों में मुझे दूसरों के प्रति करुणा दी है और मामा सुमित्रा ने मुझे न्याय के लिए, सम्मान के लिए, अधिकारों के लिए संघर्ष करने की प्रेरणा। इन दोनों माताओं ने मेरे सम्मुख स्पष्ट कर दिया है कि जो स्वयं दुर्बल है, संरक्षणहीन है, अन्य लोगों के लिए उसके प्रति अन्याय, अधर्म तथा अपमान का व्यवहार कितना सहज हो जाता है।''

''सुना तो मैंने भी कुछ ऐसा ही था, राम!'' गुरु बोले, ''और कदाचित् इसीलिए मैं तुम्हें लेने के लिए अयोध्या आया था कि सुख-सुविधा में अंधा सम्राट् यदि किसी की पीड़ा नहीं समझता, तो उसका उपेक्षित राजकुमार उसे अवश्य समझता होगा, किंतु सम्राट् का तुम्हारे प्रति मोह देखकर लगा कि मेरी धारणा भ्रम मात्र थी।''

''आपकी धारणा भ्रम नहीं थी।'' लक्ष्मण कुछ तीखी आवाज में बोले, ''भ्रम तो सम्राट् का भैया के प्रति मोह था वरन् वह नाटक था। ऐसे बहुत सारे नाटक हमारे पिता करते रहते हैं। हमारे पिता बहुरुपिया हैं, ऋषिवर!''

''तुम कटु सत्य बोलने में बहुत पटु हो, लक्ष्मण!'' विश्वामित्र हँस पड़े ''पर वह नाटक कैसे था?''

''वह नाटक नहीं था।'' राम बोले, ''पर आश्चर्यजनक अवश्य था, ऋषिवर!

सम्राट् अब पहले से बहुत बदल गए हैं; और मुझे लगता है कि निरंतर बदल रहे हैं। शंबर के साथ हुए युद्ध में घायल होकर पिता घर लौटे थे, तो पहली बार उनके व्यवहार में कुछ परिवर्तन होता दिखाई पड़ा था। मुझे तब कुछ राजकीय अधिकार दिए गए थे और तब से आज तक किसी-न-किसी रूप में पिता मुझे उपयोगी पाते रहे हैं। यही कारण है कि उनका मुझ पर मोह निरंतर बढ़ता रहा है। माता कौशल्या तथा माता सुमित्रा की अपेक्षा कैकेयी पर उनका स्नेह आज भी अधिक है इसमें कोई संदेह नहीं; किंतु भरत के प्रति वरीयता उन्होंने शायद ही कभी दिखाई हो। मुझे लगता है कि भरत के प्रति उनका स्नेह-प्रदर्शन कैकेयी के दबाव के कारण ही अधिक है, अपने मन की बाध्यता के कारण कम। वैसे भी भरत अधिकांशतः अपनी ननिहाल में ही रहे हैं। उन पर पिता की अपेक्षा अपने मामा तथा नाना का प्रभाव अधिक है। पिता उनके प्रति स्नेह विकसित न कर पाए हों तो पिता को दोष नहीं देना चाहिए। पुत्रेष्ठि यज्ञ द्वारा चार पुत्रों की प्राप्ति की कथा के निरंतर प्रचार के होते हुए भी", राम मुस्कराए, "ये तीनों भाई मुझसे इतने छोटे हैं कि क्रमशः वृद्ध तथा दुर्बल होते जाते हुए पिता को सहारे के रूप में मेरी ही उपयोगिता दिखाई पड़ती है। मुझे लगता है कि जैसे-जैसे उनका शरीर असमर्थ होता है, मेरे प्रति उनकी ममता बढ़ती जाती है।...गुरुदेव!" राम पुनः मुस्कराए, "यदि इसे आत्मश्लाघा न माना जाए, तो नागरिकों का परिचय तथा विश्वास सम्राट् के ज्येष्ठ पुत्र राम पर ही अधिक है. .."

"गुरुदेव!" लक्ष्मण उत्तेजित हो उठे थे, "मैं बता नहीं सकता कि हमारे भैया से प्रजा को कितना प्रेम है। प्रजागण जानते हैं कि उनके दुःख-सुख में, संघर्ष तथा आपत्तियों में केवल राम ही उनके साथ हैं। बाहरी आक्रमणों से भी राम ही उन्हें बचाते हैं। सम्राट् अब युद्ध-यात्राएँ नहीं करते, वर-यात्रा चाहे वे कर लें। न्याय-स्थापना भी राजकुमार राम ही करते हैं, सम्राट् को अंतःपुर के झगड़ों से ही अवकाश नहीं। मेरी माता कहती हैं कि पिछले दस-ग्यारह वर्षों से कौशल का राज्य भैया राम चला रहे हैं, पर फिर भी उनका अभी तक युवराज्याभिषेक तक नहीं हुआ। होगा भी या नहीं, कहा नहीं जा सकता। भैया दूसरों के अधिकारों की रक्षा करते हुए भी अपने लिए कुछ नहीं कर रहे हैं। वे कहते हैं..."

"लक्ष्मण!" राम ने टोका।

"ठहरो, राम!" गुरु बोले, "हाँ, लक्ष्मण! तुम्हारे भैया क्या कहते हैं?"

लक्ष्मण राम की ओर देखकर चंचलता से मुस्कराए, "भैया कहते हैं, दूसरों के अधिकारों की रक्षा करना न्याय है; और अपने अधिकारों के लिए लड़ना स्वार्थ है। पर मेरी माता कहती हैं कि राम की अपनी ओर से उदासीनता उन्हें पसंद नहीं है। माता कौशल्या भी अपनी ओर इसी प्रकार उदासीन थीं, इसीलिए वे सदा दुःख सहती रहीं। यदि कहीं सम्राट् ने ऐसा व्यवहार माता सुमित्रा से किया होता, तो वे

सम्राट् को अवश्य ही उचित मार्ग दिखा देतीं। मेरी...''

''लक्ष्मण!'' राम ने स्नेह-मिश्रित अधिकार से डाँटा।

लक्ष्मण ने तिरछी दृष्टि से राम को देखा और मुस्कराकर पुनः बोले, ''गुरुदेव! मेरी माता कहती हैं कि यदि भैया ने अपने लिए कुछ नहीं किया तो मुझे बड़े होकर भैया को उनका अधिकार दिलाना है। वे कहती हैं कि राम का पक्ष न्याय है और राम से उदासीन होना न्याय से उदासीन होना है। वे चाहती हैं कि मैं बहुत वीर बनूँ और राम के मार्ग के प्रत्येक कंटक को समूल उखाड़ फेंकूँ। वे कहती हैं...''

गुरु ने दृष्टि उठाकर कुछ कहने के लिए आए खड़े पुनर्वसु की ओर देखा।

''भोजन तैयार है, गुरुदेव!'' पुनर्वसु ने कहा।

''आओ, वत्स! पहले भोजन कर लें।'' गुरु अपने आसन से उठ खड़े हुए।

''वत्स! वशिष्ठ ने तुम्हारे पिता की इच्छा के विरुद्ध तुम्हें मेरे साथ भेजा है, यह उनकी बुद्धिमत्ता है।'' विश्वामित्र का स्वर बहुत कोमल और शब्द स्नेह-सिंचित थे, ''क्योंकि वे अनेक ऐसी बातें समझते हैं, जो दशरथ नहीं समझते।''

राम के सरल, ईमानदार चेहरे पर अशांति की कुछ रेखाएँ उभरीं।

''पिता की निंदा नहीं सुन सकते, पुत्र?'' विश्वामित्र हँस पड़े।

''गुरुदेव! अन्यथा न मानें।'' राम के शब्द सधे हुए थे, ''विदा करते समय पिताजी ने आदेश दिया था कि हम आपको अपना गुरु और पिता दोनों मानकर आपकी आज्ञा का पालन करें—वह हम करेंगे, गुरुदेव! किंतु यदि मैं अपने बूढ़े और निरीह पिता की आँखों में पीड़ा के आँसू और आपके प्रति एक अव्यक्त भय की छाप भुला न पाऊँ तो क्या आप मुझे दोषी मानेंगे?''

विश्वामित्र हँस पड़े, 'तुम ठीक कहते हो, राम! मुझे न केवल यह ध्यान रखना होगा कि अपने पिता के व्यवहार और व्यक्तित्व के अनेक दोषों को जानते हुए भी तुम्हारे मन में उनके प्रति स्नेह और सम्मान की भावना है, वरन् यह भी याद रखना होगा कि तुम स्वतंत्र चिंतन करने वाले, निर्भीक, तेजस्वी वीर भी हो। निश्चित रूप से मैंने तुम्हारे पिता का मन दुखाया है, किंतु राम! जीवन में अनेक बार धर्म की रक्षा के लिए कटु होकर अन्य जनों का मन दुखाना पड़ता है।''

वे लोग गंगा और सरयू के संगम पर ठहर गए थे। जल का हहर-निनाद कानों को भेद रहा था। लक्ष्मण संगम की ओर उन्मुख बैठे थे। वे गुरु और राम के वार्तालाप के प्रति प्रायः अनमने थे। प्रकृति उनके लिए अधिक मोहक थी। शिष्य-मण्डली कुछ दूर पीछे बैठी हुई विश्राम कर रही थी। राम की बड़ी-बड़ी निर्भीक आँखें विश्वामित्र के चेहरे पर टिकी हुई थीं; और विश्वामित्र जैसे अपने आस-पास की प्रकृति से असंपृक्त।

वे बड़े ही मीठे स्वर में बोले, ''राम! मैंने अपनी बाजी तुम पर लगाई है, पुत्र!

इसलिए तुमसे कुछ स्पष्ट बातें करना चाहता हूँ। यदि तुम मेरी अपेक्षाओं पर खरे उतरे तो तुम्हें अपने साथ सिद्धाश्रम ले जाऊँगा, और यदि ऐसा नहीं हुआ तो तुम्हें और लक्ष्मण को यहीं से लौटा दूँगा।''

राम चकित रह गए। चलने से पहले पूर्व उन्हें सब कुछ बताया गया था। पिता और गुरु का विवाद। पिता का संकोच, गुरु की कटुता। कितना आग्रह और कितने आश्वासन! गुरु विश्वामित्र सिद्धाश्रम से चलकर केवल उन्हें लेने के लिए अयोध्या आए थे। इतना प्रयास, इतना उद्यम! और अब वे कह रहे हैं कि उन्हें वे यहीं से लौटा देंगे। कैसा कौतुक है!

लक्ष्मण की आँखों में आशंका समा गई। उन्हें हाथ में आई एक आकर्षक वस्तु छिनती दिखाई पड़ी। विश्वामित्र उन्हें वापस अयोध्या भेज देंगे। अयोध्या उन्होंने पचासों बार देखी है। ये वन-उपवन, नदी-पर्वत—लक्ष्मण यह सब कब देखेंगे! अब तो सब कुछ भैया राम पर निर्भर था...

''मैं समझा नहीं, गुरुवर!'' राम बोले।

''विस्तार से समझाता हूँ, पुत्र!'' विश्वामित्र प्रवचन की मुद्रा में बैठ गए, ''तुमने अपने पिता की निंदा के संदर्भ में जो कुछ कहा है, उससे मुझे तुम्हारे व्यक्तित्व में तेज का आभास मिला है, जो मेरी अपेक्षाओं के अनुकूल है। पर जो कुछ मैंने कहा वह तुम्हारे पिता की निंदा नहीं थी, वह उनके चरित्र का विश्लेषण मात्र था! जब हमारा चिंतन सीमित और बद्ध हो जाता है तो हमारी चिंतन-प्रणाली, हमारे विचार एकदम रूढ़ हो जाते हैं। तुम अपने पिता की छत्र-छाया में, गुरु वशिष्ठ की चिंतन-प्रणाली में आबद्ध, पोषित हुए हो। मैं उस वातावरण का जीव नहीं हूँ, जिसके तुम अभ्यस्त हो। इसलिए यदि मेरी बातों को अपनी रूढ़ दृष्टि से देखोगे, तो मैं कई बार तुम्हें अपना विरोधी और निंदक प्रतीत होऊँगा; और यदि उदार होकर मेरी बात सुनोगे तथा उस पर विचार करोगे तो तुम अपने सीमित वृत्त से बाहर निकलकर एक बड़े, व्यापक वृत्त में आओगे। मेरी बात समझ रहे हो, पुत्र?''

''आपका कथन सर्वथा सत्य है, ऋषिवर!'' राम का तेजस्वी, सरल मुख नए ज्ञान, नए विचार को पाने को उत्सुक और अत्यंत उदार हो आया।

''मेरी और वशिष्ठ का मतांतर बहुत प्रसिद्ध है, राम!'' विश्वामित्र बोले, ''तुमने भी सुना होगा। वशिष्ठ की अपनी निष्ठा है। मुझे उनकी ईमानदारी पर पूरा विश्वास है; फिर भी अनेक विषयों में मैं उनसे सहमत नहीं हो पाता।...वे बातें बाद की हैं, वत्स! मैंने आरंभ में कहा था कि वशिष्ठ ने तुम्हें मेरे साथ भेज दिया, क्योंकि वे बहुत-सी ऐसी बातें समझते हैं, जो तुम्हारे पिता नहीं समझते। वे यह जानते हैं कि यदि तुम मेरे साथ न आए होते तो भी मैं अपना काम करवा लेता। पुत्र! हम जिसे ऋषि कहते हैं, वह एक अनासक्त बुद्धिजीवी है। वह अपने स्वार्थ के लिए कुछ नहीं करता। वह मानव-समाज की दृष्टि से सोचता है। इसलिए वह कहीं भी साधन जुटा

सकता है। तुम न आते तो मैं किसी अन्य आर्य राजकुमार से वह कार्य करवाता। ऐसी स्थिति में सम्राट् दशरथ का अहित हो सकता था, इसे वशिष्ठ समझते हैं।''

''आप समर्थ हैं, गुरुदेव!'' राम ने सिर को तनिक झुकाते हुए कहा।

''पुत्र! अब मैं तुमसे अपनी बात कहता हूँ।'' विश्वामित्र कुछ हल्के होकर बोले, ''जब कभी बुद्धि विलासी हो जाती है, सत्ता कोमल और भीरू हो जाती है, तो अन्याय को बल मिलता है। वत्स, आज संसार में ऐसा ही समय आ गया है। देश-शक्ति अपने विलास में नष्ट हो गई है। आर्य राजाओं में मतभेद हैं। ऋषि-मुनि अपना पेट पालने में व्यस्त हैं, अतः एक अन्यायी और अत्याचारी शक्ति संसार पर छाती जा रही है।''

''कौन है वह?'' राम जैसे संघर्ष के लिए पूर्णतः उद्यत थे, ''मुझे बताएँ—ताड़का? मारीच? सुबाहु?''

विश्वामित्र हँस पड़े, ''तुम्हारा उत्साह मुझे आश्वस्त करता है, पुत्र! तुमने अभी भयभीत होना नहीं सीखा। इन्हीं लोगों के नाम सुनकर तुम्हारे पिता भय से पीले पड़ गए थे।...पर जिनके नाम तुमने लिए हैं, वे तो शाखाएँ मात्र हैं...जड़ है रावण।''

''पर वह तो लंका में बैठा है।'' राम सहज भोले भाव से बोले।

''यह कठिनाई है, पुत्र! आर्य सम्राटों के लिए रावण लंका में बैठा है। और लंका आर्यों को किसी अन्य ब्रह्मांड में स्थित प्रतीत होती है। किंतु रावण के लिए, लंका में बैठे हुए भी, न विदेह दूर है, न अयोध्या और न सिद्धाश्रम! उसके अग्रदूत राक्षसी मनोवृत्ति और चिंतन लेकर बहुत दूर-दूर तक आर्य संस्कृति को घुन के समान चाटकर भीतर से खोखला करते जा रहे हैं। रावण लंका में बैठा इस अत्याचार का संचालन कर रहा है, राम! उसके सैनिक शिविर आर्यावर्त्त की नाक तक आ पहुँचे हैं।''

राम विचलित नहीं हुए। वे उसी प्रकार सहज बने रहे, ''आप रावण के सैनिक अभियान को अत्याचार क्यों कहते हैं, ऋषिश्रेष्ठ? आर्य राजा भी सैनिक अभियान करते हैं। अश्वमेघ यज्ञ क्या सैनिक अभियान नहीं है? क्या वह अनावश्यक हिंसा नहीं है?''

''तुम ठीक कहते हो, राम!'' विश्वामित्र का मुख प्रफुल्लित हो उठा, ''तुम मेरी अपेक्षाओं पर पूरे उतर रहे हो, बेटा! तुम उद्दंड नहीं हो, उच्छृंखल नहीं हो—किंतु बड़ों की बात को बिना अपनी कसौटी पर तोले स्वीकार भी नहीं करते! यह इस बात का लक्षण है कि तुम आगे बढ़ोगे—अपने पिता से, अपने गुरु से।'' वे क्षण-भर के लिए रुके और फिर बोले, ''बेटा! बात हिंसा और अहिंसा की नहीं है। बात सैनिक अभियान की भी नहीं है। महत्त्वपूर्ण बात यह है कि उस सैनिक अभियान के मूल में कौन-सा दर्शन कार्य कर रहा है। अश्वमेघ यज्ञ करने वाला राजा यह प्रण करता है कि वह अपनी प्रजा पर न्यायपूर्वक शासन करेगा, उनकी रक्षा करेगा,

प्रजा के सुख को अपने निजी सुख-स्वार्थ पर वरीयता देगा। वह छोटे-छोटे नरेशों के ऊपर एक बड़ी शक्ति स्थापित कर पूर्ण देश में एक संतुलित शासन स्थापित करने में सहायक होता है।...पर रावण के सैनिक-अभियानों के पीछे सुशासन का लक्ष्य नहीं है। वह तो अपने लिए सुख, विलास, संपन्नता, अधिकार चाहता है। उसके लिए न्याय-अन्याय का द्वंद्व नहीं है। उसका शासन एक व्यक्ति—सर्वशक्ति-संपन्न अधिनायक का शासन है। वह न अपनी मंत्रि-परिषद् का परामर्श मानता है, न विद्वानों का। निर्धन प्रजा की कोई सुनवाई नहीं है उसके राज्य में। वह सोने की लंका में बैठा उच्छृंखल, उद्दंड शासन कर रहा है। उसके तंत्र के मूल में स्वर्ण है, पुत्र! वह सामाजिक कल्याण के लिए कुछ नहीं करता। उसके राज्य में कन्याओं का सम्मान सुरक्षित नहीं, बुद्धिजीवियों के प्राण सुरक्षित नहीं। उसकी राजनीति अन्याय की राजनीति है, पुत्र! वह अपने लाभ और अपने भाई-बाँधवों के तनिक-से स्वार्थ के लिए अपनी संपूर्ण प्रजा का नाश करने में संकोच नहीं करेगा। प्रजा उसके लिए एक लोथ है, जिसे वह अपना पेट भरने और विलास की इच्छा की पूर्ति के लिए जितना चाहे नोच ले।...धन तथा जन-बल की उसे कमी नहीं है, अतः अन्य राज्यों में अपनी इन शक्तियों के बल पर उत्पात मचाता रहता है। किसी भी देश का कोई आर्य-विरोधी, मानव-विरोधी रावण का समर्थन अत्यंत सुगमता से पा सकता है। रावण ने कभी दलित-पीड़ित मानवता की रक्षा के लिए, उसके उत्थान के लिए—कोई भी कार्य नहीं किया।...और पुत्र!" विश्वामित्र ने राम की ओर देखा, "आर्य राजा प्रत्येक मानव को समान मानते हैं—यह उनका आदर्श है। उनकी राज्यसभा में पण्डित, विद्वान, ऋषि, मंत्रि-परिषद् तथा अन्य जन-प्रतिनिधि होते हैं, जिनकी बात राजा को माननी पड़ती है। यदि रावण का कोई राजगुरु होता, तो वह वशिष्ठ के समान राजा की इच्छा के विरुद्ध उसके राजकुमार मुझे नहीं दे सकता था। प्रजा की इच्छा, प्रजा के प्रतिनिधियों की इच्छा आर्य राजाओं के लिए सर्वोपरि है; और यदि उनका व्यवहार ऐसा नहीं है तो वे अपने आदर्श से पतित हो चुके हैं, उन्हें तुरंत पदच्युत कर दिया जाना चाहिए।"

"आर्य शासन-पद्धति से मैं परिचित हूँ, तात!" राम बोले, " पर राक्षसी तंत्र का ज्ञान मुझे नहीं है।"

"यह वशिष्ठ की शुद्धतावादी प्रणाली का परिणाम है, पुत्र!" विश्वामित्र शून्य में घूरते हुए बोले, "रावण ने आर्यावर्त्त से बाहर या तो राजाओं को मार डाला है, या उनसे मित्रता कर ली है। किष्किंधा का राजा वाली स्वयं दुष्ट न होते हुए भी रावण का मित्र है। महिष्मती का दुष्ट आर्य सम्राट् सहस्रार्जुन उसका मित्र था, किंतु भार्गव परशुराम ने उसका वध कर दिया, अन्यथा रावण और सहस्रार्जुन मिलकर अनर्थ कर डालते। रावण शिव का परम भक्त है, और शिव उस पर अत्यंत कृपालु हैं। देवताओं को वह पराजित कर चुका है और आर्यावर्त्त के राजाओं को त्रस्त।

इसका अर्थ यह हुआ कि कोई भी महाशक्ति रावण का विरोध करने नहीं आएगी। दुर्बल जन-समुदाय रावण के अत्याचारों से पीड़ित होता रहेगा। वह एक बार आर्यावर्त्त में घुस आया तो मानवीय समानता के सिद्धांत पर खड़ा शासन-तंत्र समाप्त हो जाएगा और उसके स्थान पर धन तथा पशु-शक्ति पर आश्रित शासन-तंत्र आरंभ होगा। कन्याओं का उन्मुक्त व्यापार होगा, मदिरा की अबाध धारा बहेगी...''

विश्वामित्र की आकृति किसी संभावित भय से एकदम पीली पड़ गई। वे जैसे उस भयंकर शासन-तंत्र में जी रहे थे।

राम एकदम उद्विग्न हो उठे। उनके सहज सलोने चेहरे पर क्षोभ की परत जम गई, ''तात! इसका विरोध क्यों नहीं किया जाता?''

''कौन करे, पुत्र?''

''आर्य सम्राट्।''

''आर्य सम्राट् के गुरु के पद पर वशिष्ठ बैठा है, जो मानव-मात्र को समान नहीं मानता। वह अन्य जातियों से आर्यों को श्रेष्ठ मानता है, आर्यों से ब्राह्मणों को श्रेष्ठ मानता है और पुरुषों को नारियों से श्रेष्ठ समझता है। वह शबरों, किरातों, निषादों, वानरों, ऋक्षों, कोल-भीलों जैसी अनेक आर्येतर जातियों तथा दूर-दूर तक फैले हुए वशिष्ठ-दर्शन को न मानने वाले आर्य ऋषि-मुनियों पर होने वाले अत्याचारों से पीड़ित नहीं होता। वह आर्य सम्राटों को आर्यावर्त्त से बाहर निकलने नहीं देता। फिर आर्य सम्राटों में मतभेद है। जनक और दशरथ साथ मिलकर कभी नहीं लड़ेंगे...।''

राम कुछ उत्तेजित हो उठे, ''आर्य लोग मृत्यु के अपने घर में घुसने की प्रतीक्षा कर रहे हैं, गुरुदेव! क्या वे यह नहीं जानते—इससे पहले कि शत्रु हमारे घर में घुसने का साहस करे, हमें उसके घर में घुसकर उसका नाश कर देना चाहिए?''

विश्वामित्र मुग्ध नेत्रों से राम को ऐसे तन्मय होकर देख रहे थे, जैसे समाधिस्थ हो गए हों। फिर उस तन्मयता से बाहर आ, गद्गद होकर बोले, ''तुम सच्चे क्षत्रिय हो, राम! तुम धन्य हो। तुम यह कार्य कर सकोगे। पुत्र! यह प्रण करो कि अपने विरुद्ध हुए अत्यचारों का तो प्रतिकार तुम करोगे ही, अन्य जनों की पीड़ा भी मिटाओगे—जहाँ कहीं अत्याचार होगा तुम अपने प्राणों का प्रण लगाकर भी उसका विरोध करोगे।''

''मैं प्रण करता हूँ, गुरुदेव!''

''मैं आश्वस्त हुआ, पुत्र! अब तुम्हें अयोध्या लौटने को नहीं कहूँगा।''

''मैं भी प्रतिज्ञा करूँ, गुरुवर!'' लक्ष्मण चहककर बोले, ''मेरी माँ कहती है—ऐसी प्रतिज्ञा रोज किया करो।''

''तुम्हारी माँ ठीक कहती हैं, लक्ष्मण!'' विश्वामित्र अत्यंत प्रसन्न थे।

प्रातः विश्वामित्र ने राम और लक्ष्मण को बहुत जल्दी जगा दिया। सामान्य दिनों से भी जल्दी, यात्रा के दिन अधिक देर तक सोने से धूप चढ़ आएगी, और सूर्य के निरंतर उग्र होते हुए ताप में यात्रा अपेक्षाकृत अधिक कठिन और परिश्रमसाध्य हो जाएगी। गुरु को अपनी चिंता कम थी—उनमें हिम-आतप सहन करने की पर्याप्त क्षमता थी। राम और लक्ष्मण भी कोई ऐसे कोमल नहीं थे। लक्ष्मण अवश्य अभी छोटे थे, किंतु वे लोग क्षत्रिय राजकुमार, वीर तथा योद्धा थे। उन्हें कठिन शारीरिक श्रम का अभ्यासी होना ही चाहिए था। किंतु गुरु उनके प्रति अनावश्यक रूप से कठोर नहीं होना चाहते थे। गुरु के साथ पुनर्वसु तथा अन्य ब्रह्मचारियों की मण्डली भी थी। अंततः उन्हें भी तप करना था—शरीर को कठिन अभ्यासी बनाना था; किंतु अभी वे लोग इस योग्य हो नहीं पाए थे। शनैः-शनैः हो जाएँगे।

स्थाणु आश्रम के ऋषियों ने उन लोगों के लिए एक बड़ी-सी नौका का प्रबंध कर दिया था। गंगा की धारा में जल-यात्रा करते हुए, वे सहज ही ताड़कावन तक जा सकते थे। चलने का श्रम उन्हें नहीं करना था। केवल धूप से बचना था। छायादार नौका होती तो कदाचित् धूप का भी विचार इतना नहीं करना पड़ता, किंतु गुरु विश्वामित्र इतनी सुविधाओं में साथ यात्रा करने के विरोधी थे। ठंडे-ठंडे, प्रकृति की सहायता से जितनी यात्रा सुविधापूर्वक हो जाए, उतना ही अच्छा—फिर तो धूप सहन करनी ही है...

गुरु सिद्धाश्रम में अपने पहुँचने के समय का अनुमान भी लगा रहे थे। रात्रि के अंधकार के गहराने से पूर्व ही वे लोग सिद्धाश्रम की सीमाओं के भीतर पहुँच जाएँ तो ठीक होगा; अन्यथा वह रात या तो गंगा के तट पर खुले आकाश के नीचे व्यतीत करनी पड़ेगी, अथवा ताड़कावन के पेड़ों की छाया में। ये दोनों ही स्थितियाँ उन्हें स्वीकार नहीं थीं। अतः जल्दी ही चल पड़ना चाहिए...

राम, लक्ष्मण तथा अपनी शिष्य-मण्डली के साथ विश्वामित्र घाट पर बँधी नौका के पास आए। स्थाणु आश्रम के अनेक ऋषि उन्हें विदा करने आए थे। विश्वामित्र को उनके चेहरों पर अपने प्रति सहानुभूति और करुणा के भाव स्पष्ट दीख रहे थे, और उन लोगों की आँखों में जड़ीभूत एक द्वंद्व की भी वे उपेक्षा नहीं कर पा रहे थे। वे आँखें आश्वस्त नहीं थीं। उनमें जैसे एक भय था, आशंका थी, कातरता थी और उन सबके मध्य आशा, विश्वास और आश्वस्तता की एक धीमी-सी ज्योति भी थी। इन्हीं विरोधी भावों के कारण वे आँखें स्पष्ट और सरल नहीं लग रही थीं। अस्पष्ट, कुछ अऋजु, भ्रांत...

"प्रणाम, ऋषिवर!" आश्रम के कुलपति ने कहा, "प्रभु आपको सफल करें।"

विश्वामित्र ने आशीर्वाद की मुद्रा में हाथ उठा भर दिया। कुछ कह नहीं सके। स्पष्ट बात तो भविष्य ही करेगा।...उनकी आँखें आकाश की ओर उठ गईं। वे बड़ी देर तक शून्य में घूरते रहे जैसे नीले आकाश की उदासी को धीरे-धीरे अपने मन

में उतार रहे हों।

नौका चल पड़ी। अगले क्षण नाविकों ने, नाव को गंगा की बीच धारा में डाल दिया था। प्रवाह की क्षिप्रता के साथ नौका बहती चली जा रही थी और विश्वामित्र जैसे भीतर-ही-भीतर उदास होते जा रहे थे।

राम ने गंगा की धारा पर से आँखें हटाकर गुरु का देखा। गुरु के मुख पर सामान्य दिनों जैसा सहज उल्लास नहीं था। क्या यह संघर्ष से पहले की चिंता थी? युद्ध से पूर्व की माया? राम का मन जिज्ञासा से अधीर हो गया।

"गुरुदेव!"

विश्वामित्र को राम के द्वारा इस प्रकार पुकारा जाना अच्छा लगा। राम वशिष्ठ के शिष्य थे। इसी नाते वे उन्हें समान्यतः 'ऋषिवर' और 'ऋषिश्रेष्ठ' इत्यादि संबोधनों से पुकारते थे। किंतु जब राम 'गुरुदेव' कहकर पुकारते तो विश्वामित्र का मन कहीं आश्वस्त होता—राम का संबोधन औपचारिक नहीं है, वह शील का प्रदर्शन भी नहीं है, वह अभिनय नहीं है। राम के हृदय और जिह्वा में ऋजु संबंध था। गुरु स्नेह-आप्लावित स्वर में बोले, "वत्स राम!"

"स्थाणु आश्रम के ऋषियों और आप में एक सहज अंतर पाता हूँ, गुरुदेव! वे तपस्वी मात्र है। वे अपनी तपस्या करते हैं, युद्ध की बात नहीं सोचते। हिंसा कदाचित् उनके स्वभाव में ही नहीं है। वे कितने शांत दीखते हैं। आप उनसे भिन्न हैं, गुरुदेव!"

राम ने उनके चिंतन को उकसाया था और कहीं उन्हें आहत भी किया था। बोले, "मैं भी यही सोच-सोचकर उदास हो रहा हूँ, राम! मैंने भी ऐसा ही शांत वातावरण, ऐसा ही एक शांत आश्रम, तपस्या और त्याग का जीवन चाहा था, जिसमें कटुता न हो, संघर्ष न हो, युद्ध न हो। मैंने क्षात्र-कर्म त्याग, ऋषि-धर्म को अंगीकार किया। किंतु मुझे शांत रहने नहीं दिया जाता और मैं कच्छप-वृत्ति स्वीकार कर अपने कर्तव्य से मुख मोड़ नहीं सकता...।'

"मैं समझा नहीं, ऋषिवर!" राम की जिज्ञासु आँखें गुरु के मुख पर टँगी हुई थीं।

विश्वामित्र ने दुराव का प्रयत्न ही छोड़ दिया था। उनके मन की पीड़ा मुख पर भी प्रकट हो गई थी। पीड़ित मनःस्थिति से विकृत वाणी को संयमित करते हुए बोले, 'वत्स! मैं रक्त-पिपासु हिंस्र जीव नहीं हूँ। युद्ध किसी भी सामान्य व्यक्ति को अचछा नहीं लगता—शांतिप्रिय व्यक्ति तो उससे घृणा करता है। पर फिर भी मुझे लगता है, युद्ध की, संघर्ष की, विरोध की एक आवश्यकता होती है। जिस समय न्यायप्रिय लोगों की ओर से, न्याय के पक्ष को लेकर युद्ध, संघर्ष, विरोध, बाधा—कुछ नहीं रहता तो अन्यायीजन का अन्याय के प्रति आग्रह बढ़ जाता है, अत्याचार में वृद्धि होने लगती है। युद्ध भी अपने समय की एक आवश्यकता होती है, चाहे वह

अपने परिवार के लोगों से हो, परिवार के बाहर हो, समाज में विरोधी तत्त्वों के साथ हो, या एक राज्य का दूसरे राज्य के साथ हों''

"इस बात का कौन विरोध करता है, गुरुदेव?'' राम ने पूछा।

"विरोध कोई नहीं करता। कम-से-कम इस सिद्धांत का कोई विरोध नहीं करता। किंतु, वत्स! आर्यावर्त्त के सम्राटों की जो मनःस्थिति इस समय है, उससे मुझे अत्यंत निराशा होती हैं मेरे ऐसा कहने के लिए विशेष कारण है।''...गुरु ने संक्षिप्त–से विराम के पश्चात् कहा, "युद्ध न तो मात्र शारीरिक शक्ति से होता है, न केवल मनोबल से। युद्ध के लिए अस्त्र-शस्त्र अनिवार्य उपकरण हैं। उनके अभाव में सम्यक् युद्ध संभव नहीं है। किंतु इस महत्त्वपूर्ण उपकरण की जितनी उपेक्षा आर्य राजा, आर्य प्रजा, आर्य सम्राट् कर रहे हैं, वह अत्यंत शोचनीय है। पुत्र! आर्य राजाओं के पास सिवाय खड्ग, धनुष-बाण या बर्छी-भाले के अन्य कोई भी अस्त्र-शस्त्र नहीं हैं। अर्धविकसित आर्येतर जातियों की दशा और भी विचित्र हैं। किष्किंधा-सम्राट् वाली अत्यंत शक्तिशाली है, किंतु किष्किंधा की अपनी नियमित सेना तक नहीं है। युद्ध की स्थिति में या तो स्वयं वाली लड़कर जय-पराजय का निर्णय कर लेता है, अथवा शारीरिक रूप से सक्षम प्रत्येक वानर सैनिक मान लिया जाता है। उस वानर सेना के पास न धनुष-बाण होते हैं, न खड्ग। उनके पास होते हैं उनके नख, उनके दाँत और उनकी शारीरिक शक्ति। किंतु इन उपकरणों से राक्षसों का विरोध नहीं किया जा सकता। अतः रावण को वाली से कोई भय नहीं है, यद्यपि वाली व्यक्तिगत रूप में उससे कहीं अधिक बलशाली है। परिणामस्वरूप रावण की अत्याचारी विस्तारवादी सेनाओं के मार्ग में वाली ने कभी कोई बाधा नहीं दी। लगभग ऐसी ही स्थिति आर्य राजाओं की भी है। जिस समय उन्हें दिव्यास्त्रों के सम्मुख लड़ना पड़ता है, उनके पास न तो आत्मरक्षा का साधन होता है, न उन दिव्यास्त्रों के विरोध का उपाय। ऐसी स्थिति में इन लोगों को दिव्यास्त्रों की प्राप्ति के लिए, सीधे देवताओं की कृपा का आश्रय लेना पड़ता है। अन्य शक्तियों से दिव्यास्त्र प्राप्त करना—चाहे वे अन्य शक्तियाँ देव-जाति की ही क्यों न हों—अत्यंत कठिन है। उसके लिए अत्यंत विकट तपस्या करनी पड़ती है। और देते हुए देवगण यह भी नहीं सोचते कि वे ये दिव्यास्त्र किसे दे रहे हैं, और उन्हें प्राप्त करने वाला उनका कैसा उपयोग करेगा। कभी-कभी वे दिवयास्त्र अन्यायी, समाज-विरोधी— मानव-विरोधी राक्षसों के हाथों में भी पड़ जाते हैं। ऐसी स्थिति में मानवों का उनके विरुद्ध लड़ना असंभव हो जाता है। जब शस्त्रों के लिए हम दूसरों पर आश्रित होते हैं, तो हमें उनकी कृपा की बाट जोहनी पड़ती है। वत्स! तब समय पर सारे काम संभव नहीं हो पाते। दूसरी ओर, युद्ध की दृष्टि से वाहनों की स्थिति भी संतोषजनक नहीं है। आर्य सम्राट् आज भी अश्व पर, गज पर या पैदल लड़ते हैं, जबकि राक्षसों ने अपने कवच-रक्षित रथ तैयार कर लिये हैं, जिनमें छिपकर वे लोग बड़ी सुविधा से अपने शत्रुओं के विरुद्ध लड़ सकते

हैं...हाँ, कुछ आर्य ऋषियों ने अपनी तपस्या और साधना से अनेक दिव्यास्त्र अवश्य प्राप्त किए हैं, अनेक का निर्माण भी किया है। कुछ दिव्यास्त्र मेरे पास भी हैं...।" कहते-कहते विश्वामित्र के मुख पर एक करुण मुस्कान प्रकट हो गई, "किंतु मेरे लिए वे दिव्यास्त्र ही सबसे बड़ी समस्या भी बन गए हैं। वे दिव्यास्त्र मैं किसे दूँ? उतावली में किसी ऐसे व्यक्ति को न दे दूँ, जो बाद में उनका दुरुपयोग करे।"

राम और लक्ष्मण अत्यंत उत्सुक भाव से ऋषि के चेहरे की ओर देख रहे थे। उनके कान ऋषि के मुख से निकला एक-एक शब्द जैसे मोती के समान चुग रहे थे। ये बातें लक्ष्मण के लिए ही नहीं, राम के लिए भी कदाचित् नई थीं। वे और अधिक जानना चाहते थे। और, और अधिक...

ऋषि उनके मन की अवस्था समझकर मुस्कराए। बोले, "वत्स! कुछ पूछना चाहते हो?"

राम के हृदय का उल्लास उनकी वाणी में फूट आया, "ऋषिवर! आप अद्भुत हैं। आपकी बातों में सम्मोहन की शक्ति है। आप पवित्र ग्रंथों की वाणी नहीं बोलते, आपकी जिह्वा से स्वयं जीवन का अनुभव और उसका सत्य बोलता है। आप अन्य ऋषियों से भिन्न हैं।"

गुरु मुस्कराए, "तुम कुछ पूछना चाहते हो, राम?"

राम बोले, "एक जिज्ञासा है। यदि युद्ध के लिए शस्त्र तथा शस्त्र-ज्ञान इतना आवश्यक है, और आप जैसे ऋषियों के पास वे शस्त्र हैं भी, तो क्या ऋषिगण राक्षसों के अत्याचारों के विकट विरोधी होते हुए भी, शस्त्र धारण कर अन्याय के विरुद्ध लड़ नहीं पाते हैं? मेरी वाचालता क्षमा करें, किंतु मुझे लगता है कि ये सारी बातें मैंने कभी नहीं सोची थीं। मुझे उन दिव्यास्त्रों का ज्ञान भी आपके तुल्य नहीं है, फिर भी आपको अपने यज्ञ के लिए मेरी आवश्यकता क्यों पड़ी? आपने स्वयं राक्षसों का संहार क्यों नहीं किया?"

लक्ष्मण के नेत्र बोलते हुए भैया राम के चेहरे से हटकर गुरु के चेहरे पर टिक गए।

गुरु गरिमा के बंधनों को शिथिल कर उन्मुक्त रूप से हँसे, "उपयुक्त प्रश्न है, राम! ऐसे ही प्रश्न की अपेक्षा तुमसे थी। पुत्र! प्रकृति का बड़ा विचित्र न्याय है। प्रकृति किसी एक व्यक्ति को अपनी संपूर्ण शक्तियाँ नहीं देती। दो पक्ष हैं, पुत्र! एक चिंतन और दूसरा कर्म। यह भी एक अद्भुत नियम है कि जो चिंतन करता है, जो न्याय-अन्याय की बात सोचता है, जो सामाजिक कल्याण की बात सोचता है, उसके व्यक्तित्व का चिंतन-पक्ष विकसित होता है और उसका कर्म-पक्ष पीछे छूट जाता है। तुम देखोगे, पुत्र! चिंतक केवल सोचता है। वह जानता है कि क्या उचित है, क्या अनुचित। समाज और देश में क्या होना चाहिए, क्या नहीं होना चाहिए। किंतु अपने चिंतन को कर्म के रूप में परिणत करना सामान्यतः उसके लिए संभव

नहीं हो पाता। उसकी कर्म-शक्ति क्षीण हो जाती है। वहाँ केवल मस्तिष्क रह जाता है। दूसरी ओर, जो न न्याय और औचित्य की बात सोचते हैं, जो न समाज और राष्ट्र की बात सोचते हैं, वे केवल अपने स्वार्थ के लिए कर्म करते चले जाते हैं। केवल कर्म व्यक्ति को राक्षस बना देता है। न्याय और अन्याय का विचार मनुष्य को ऋषि बना देता है। और पुत्र! जिनमें न्याय-अन्याय का विचार और कर्म दोनों हों, ऐसे अद्भुत लोग संसार में बहुत ही कम हैं। जन-सामान्य ऐसे ही लोगों को ईश्वर का अवतार मान लेता है। जब न्याययुक्त कर्म करने की शक्ति किसी में आ जाए, और वह जन-सामान्य का नेतृत्व अपने हाथ में लेकर, आगे बढ़, अन्याय का विरोध करे, तो उसमें प्रकृति की अनेक अद्भुत शक्तियाँ अपनी पूर्णता में साक्षात् हो उठती हैं। वही अवतार कहलाता है। जब सिद्धाश्रम मुझमें कर्म था, तब चिंतन नहीं था; पर आज जब चिंतन है, ज्ञान है, ऋषि कहलाता हूँ—कर्म की शक्ति मुझ में नहीं रह गई है। सामान्यतः बुद्धिवादी ऋषि अपंग और कर्मशून्य हो जाता है। वह केवल एक सूक्ष्म विचार है। उनका स्थूल कर्मशील शरीर निष्क्रिय हो जाता है। इसलिए मुझे तुम्हारी आवश्यकता पड़ी है, राम! जब तुम मेरे आदेश के अनुसार कर्म करोगे, तुम मेरे पूरक कहलाओगे। किंतु जब तुम स्वयं न्याय की बात सोचकर, स्वतंत्र कर्म करोगे, तो जैसा मैंने कहा, तुम अवतार कहलाओगे।''

ऋषि चुप हो गए थे, किंतु उनकी आकृति से ऐसा नहीं लगता था कि वे अपनी बात पूरी कर चुके हैं। शायद कहीं कोई असमंजस अभी शेष था।

राम को विश्वामित्र जैसे ऋषि के मुख पर असमंजस कुछ विचित्र लगा—उस मुख के भावों से असंपृक्त-सा। वह पुरुष जो इतना कुछ सोचता-समझता है, जो ऐसा अद्भुत ज्ञानी है, जिसे त्रिकालज्ञ द्रष्टा माना जाता है, उस पुरुष के मन में असमंजस, द्वंद्व...

''आप कुछ सोच रहे हैं, गुरुदेव!'' राम ने पूछा।

''हाँ!।'' विश्वामित्र उनींदे-से स्वर में बोले, ''सोच रहा हूँ, पुत्र! अब अंतिम चरण है। इस पड़ाव से चलने के पश्चात् हम सिद्धाश्रम में पहुँच जाएँगे। तब तुम्हें ताड़का, मारीच और सुबाहु का वध करना है। पर उस युद्ध से पहले, तुम्हें समर्थ बनाने के लिए, मैं तुम्हें कुछ दिव्यास्त्रों का ज्ञान देना चाहता हूँ।...और उन दिव्यास्त्रों का ज्ञान देने के पहले का जो द्वंद्व है, यही मुझे सोचने को बाध्य करता है।''

''क्या द्वंद्व है, गुरुदेव?''

''द्वंद्व एक ही है, पुत्र! तुम्हें दिव्यास्त्र देकर मैं कहीं भूल तो नहीं कर रहा। कहीं ऐसा न हो कि जिस लक्ष्य के लिए मैं तुम्हें दिव्यास्त्र दूँ, तुम उस लक्ष्य से भटक जाओ और दिव्यास्त्रों का अनुचित प्रयोग करो अथवा निष्क्रिय होकर उनका नाश हो जाने दो।''

''ऐसा कभी नहीं होगा।'' राम के बोलने से पूर्व ही लक्ष्मण कुछ उग्र स्वर

में बोले, "मेरी माता कहती हैं कि राम न अनुचित कार्य करते हैं, न निष्क्रिय रहते हैं।"

राम निर्द्वंद्व रूप से धीरे-धीरे मुस्कराए, "मैं अपनी ओर से पूर्णतः आश्वस्त हूँ। कहिए, आपको मैं कैसे आश्वस्त कर सकता हूँ?"

विश्वामित्र बोले, "तुम्हारे वचन मात्र से मैं आश्वस्त हो जाऊँगा। किंतु मैं किसी स्वार्थी जड़ ऋषि के समान बिना स्थिति स्पष्ट किए हुए तुमसे कोई वचन नहीं लेना चाहता। तुम सोच-विचारकर स्थिर बुद्धि से मुझे वचन दो। ऐसा न हो कि वचन देने के पश्चात् मेरा द्वंद्व तुम्हारे मन में जा विराजे।"

राम के मुख पर वैसी ही असमंजस-रहित, निर्द्वंद्व, पूर्ण आत्मविश्वासी मुस्कान फिर उभरी, "कैसा वचन चाहते हैं, ऋषिवर?"

विश्वामित्र कुछ देर तक तो सोचते रहे। फिर बोले, "राम! मैंने वर्तमान स्थिति तुम्हारे सामने प्रायः स्पष्ट कर दी है। पर अभी बहुत कुछ ऐसा है, जो बताया नहीं जा सकता। तुम स्वयं उस ओर बढ़ोगे, उस मार्ग पर चलोगे तो अपने आप देखोगे। मैं तो तुम्हें संकेत मात्र दे सकता हूँ।" और फिर ऋषि जैसे एक सात्विक तेज के आवेश में बोले, "मैं भविष्य के प्रति तुमसे आश्वासन चाहता हूँ कि तुम इन दिव्यास्त्रों का ज्ञान प्राप्त करने के पश्चात् अयोध्या के सम्राट् बनकर सुख-सुविधापूर्ण जीवन व्यतीत करने का लोभ मन में नहीं लाओगे।"

राम जैसे उत्सुकता से विचलित होते हुए बोले, "आप मुझसे क्या करवाना चाहते हैं, गुरुदेव?"

ऋषि बोले, "पुत्र! सामान्य शब्दों में कहूँगा–अन्याय का विरोध। प्रत्येक मूल्य पर अन्याय का विरोध। वह अन्याय चाहे तुम्हारे अपने परिवार में हो, अपने राज्य में हो, चाहे राज्य के बाहर हो। विशेष रूप से कहूँगा, निष्पक्ष, मौलिक मानवीय न्याय का पक्ष लेकर, जीवन व्यतीत करने वाले उन ऋषियों की रक्षा, जो हिमालय से लेकर दक्षिण में महासगार तक विभिन्न स्थलों पर बैठे सत्य की तपस्या कर रहे हैं। वे ऋषि तथा उनके आश्रम सर्वथा सुरक्षाहीन हैं, पुत्र! जिस भी समय कोई राक्षस चाहता है, उन पर आक्रमण कर उनकी हत्या कर देता है, उनका मांस खा जाता है, उनकी अस्थियाँ चबा जाता है। यदि ये उच्छृंखल राक्षस अपनी इस क्रिया की इसी प्रकार पुनरावृत्ति करते रहे तो क्रमशः ये ऋषि समाप्त हो जाएँगे। इस देश में स्वतंत्र, मौलिक चिंतन समाप्त हो जाएगा, न्याय का विचार समाप्त हो जाएगा, सदाचरण और संस्कृति समाप्त हो जाएगी। मैं इन समस्त चीजों के लिए रक्षा का वचन चाहता हूँ। पर साथ ही साथ यह चेतावनी भी दे रहा हूँ कि बिना सोचे-समझे कोई वचन मत देना।"

राम उन्मुक्त मन से हँसे। बोले, "ऋषिवर! अपने मन के अनुरूप इस कर्म के लिए वचन देते हुए मुझे क्या सोचना है?"

लक्ष्मण अपने चेहरे पर उत्फुल्ल मुस्कान लिये, राम के वचन का समर्थन कर रहे थें

"सोचना है, पुत्र! अपनी राजधानी में सेना से रक्षित राजसिंहासन पर बैठना, आक्रमण होने पर शत्रु से युद्ध अत्यंत सरल कार्य है। और जो कार्य मैं कह रहा हूँ, वह उससे कहीं कठिन और विकट है। उसके लिए तुम्हें अपना राज्य छोड़कर उन गहन वनों में जाना होगा, जहाँ ऋषि तुमसे पहले जा पहुँचे हैं। ये समस्त ऋषि अपनी तथा अपने पक्ष की रक्षा के लिए याचना करने तुम तक नहीं आएँगे। तुम्हें उनका शोध कर, उन तक पहुँचना होगा। आदर्श-व्यवस्था स्वयं नागरिक तक पहुँचकर उसका कष्ट पूछती है। नागरिक को परिवाद लेकर स्वयं शान तक पहुँचना पड़े तो वह आदर्श व्यव्स्था नहीं है। तुम मुझे वचन दो कि तुम अपने राज्य और उसके बाहर भी आदर्श व्यवस्था स्थापित करोगे—एक राजा के रूप में भी, और एक मनुष्य के रूप में भी। तुम प्रासाद, सिंहासन, राज्य छोड़कर, अकेले पदाति वन-वन घूमकर गहन वनों में ऋषि-आश्रमों को खोज उनकी रक्षा करोगे, और उनके शत्रु राक्षसों का समूल नाश करोगे। इस बात की प्रतीक्षा नहीं करोगे कि पहले राक्षस तुम्हें पीड़ित करें। तुम रुके नहीं रहोगे कि पहले रावण अयोध्या पर आक्रमण करे। तुम स्वयं अन्याय का नाश करने का प्रण करके घर से निकल पड़ोगे।"

"गुरुदेव!..." राम कुछ कहने को उत्सुक हुए।

ऋषि ने अपने हाथ के संकेत से निवारण किया और बोलते गए, "राम, पहले पूरी बात सुन लो। चपलता में कोई वचन मुझे मत दो। तुम घर छोड़ने की बात सोचोगे, तुम्हारे मार्ग में बाधास्वरूप तुम्हारे पिता, तुम्हारी माताएँ तथा तुम्हारे भाई-बंधु होंगे। भीतर की दुर्बलताओं से लड़ भी लोगे, तो ये बाहर की बाधाएँ तुम्हें वन नहीं जाने देंगी। आज तक कभी सुना है, पुत्र! कि किसी सम्राट् का राजकुमार, कोई युवराज, राजप्रासाद छोड़कर, सेना-विहीन, अकेला, एकाकी, पदाति, अन्याय का विरोध करने के लिए वनों में चला गया हो। माता-पिता, बंधु-बाँधवों का त्यागना अत्यंत कठिन होगा। वे बेड़ियों के समान लिपट जाएँगे। तुम झटका देकर अपने चरण छुड़ा सकोगे? अच्छी तरह सोच लो। सैनिक अभियानों से यह संभव होता तो कोई भी सम्राट् यह कार्य कर सकता था। किंतु उन दुरुह वनों में पर्वतों पर, सैनिक अभियान संभव नहीं है, पुत्र! वहाँ तो एकाकी, पदाति ही जाना होगा। अपने शारीरिक बल, अपने दिव्यास्त्रों, अपने शस्त्र-ज्ञान, अपने मनोबल, अपनी न्याय-बुद्धि से लड़ना होगा। और वे लोग, जिनकी रक्षा की बात मैं कह रहा हूँ, तुम्हारे राज्य के प्रजाजन नहीं हैं। संभव है, वे राजा के रूप में तुम्हें सम्मान न दें। संभव है, उनसे तुम्हें कोई कर न मिले। इसलिए पुत्र, अपना राजकीय कर्तव्य न समझकर, मानवीय कर्तव्य के रूप में, किसी भी प्रतिदान की इच्छा के बिना, तुम्हें कर्म करना होगा...अब जितना समय चाहो, लो। सोच-समझकर अपने निर्णय की सूचना मुझे दो।"

राम के मन में विभिन्न दिशाओं में व्याकुल टक्करें मारती, ऊर्जा की क्षुब्ध चपलताओं में जैसे कोई सामंजस्य स्थापित हो रहा था—वे एक आकार ग्रहण करती

जा रही थी। उनके भीतर की कुछ कर गुजरने की व्याकुलता जैसे आधार पाकर उस पर टिक, शांत होती जा रही थी।

राम उसी प्रकार सरल मुख से मंद-मंद मुस्कराते रहे और उसी मुस्कान के मध्य पहले से कुछ अधिक ललक के साथ बोले, ''ऋषिवर, कोई और चेतावनी देनी हो, दे लें। कोई और कठिनाई मार्ग में आती हो, तो जता दें। किसी और बाधा को इंगित कर सकते हों, तो कर दें। वचन मैं उसके पश्चात् ही दूँगा।

विश्वामित्र हलके मन से हँसे। बोले, ''राम! मुझे और कुछ नहीं कहना।''

सहसा राम का सहज मुस्कराता मुख आवेश से आरक्त हो गया, उनके मुख पर सात्विक तेज उद्भासित होने लगा। स्वर की गंभीरता अधिक प्रखर हो उठी। उनका स्वर जैसे किसी स्वप्न-लोक में से गूँजता हुआ आ रहा था, ''ऋषिवर! मैं आपको वचन देता हूँ कि मेरे जीवन का लक्ष्य राज-भोग नहीं, न्याय का पक्ष लेकर लड़ना, अन्याय का विरोध करना, वैयक्तिक स्वार्थों का त्याग, जन-कल्याण के मार्ग में आने वाली बाधाओं का विनाश तथा सबके हित और सुख के लिए अपने जीवन को अर्पित करना होगा। मैं आपको वचन देता हूँ कि मैं स्वयं तपस्वियों, ऋषियों, बुद्धिवादियों के पास जाऊँगा, जिन्होंने अपने जीवन को सत्य और न्याय के चिंतन में, साधना में ज्ञान और विज्ञान की वृद्धि में खपा दिया है। जो अपनी रक्षा का वचन लेने के लिए मुझ तक नहीं आ सकते, मैं उन तक पहुँचूँगा, और अन्याय का, उसकी शाखा-प्रशाखाओं के साथ-साथ, समूल नाश करूँगा। आपने मुझे मेरे जीवन को एक लक्ष्य दिया है। अब मेरी ऊर्जा व्यर्थ आखेट खेल-खेलकर पशुओं के वध में व्यय न होकर, किसी सार्थक कार्य में लगेगी। इस कार्य से मुझे कोई नहीं रोक सकता—चाहे वे स्वयं मेरे पिता, माताएँ अथवा बंधु-बाँधव हों। और ऋषिवर!'' राम का स्वर अधिक गंभीर हो गया, ''मेरे राज्य के विषय में न सोचें। मुझे राज्य मिलेगा, इसकी संभावना अयोध्या में किसी के मन में नहीं है।''

सारे वार्तालाप में लक्ष्मण ने पहली बार होंठ खोले, ''भैया! इस वचन में मैं भी आपके साथ हूँ।''

विश्वामित्र ने देखा—बालक लक्ष्मण के मुख पर क्षात्र-तेज अपनी पूर्ण उग्रता में मूर्तिमान था। वे इस संघर्ष के लिए राम से भी अधिक व्यग्र दिखाई पड़ रहे थे। उनके नेत्र में अपने भाई के लिए प्रेम और श्रद्धा के साथ-साथ सम्मोहन का भी भाव था।

विश्वामित्र शिथिल नहीं हुए। उन्होंने जैसे तप्त धातु पर घन-प्रहार किया, ''राम! अंत में एक और कटु बात कहना चाहता हूँ। तुम्हारे वंश में पत्नी-प्रेम बहुत प्रसिद्ध है। यदि तुम्हारे मार्ग में बाधा-स्वरूप तुम्हारी पत्नी आ खड़ी हुई?''

''भाभी!'' लक्ष्मण कौतुकपूर्वक हँसे।

राम के सरल मुख की आभा लजाकर लाल हो गई। गुरु ठीक कह रहे थे।

राम की आँखों के सम्मुख अज और दशरथ के चेहरे घूम गए। गुरु ने बड़ा कोमल किंतु सार्थक तंतु छुआ था।

"इस विषय में अभी मुझे मौन रहने की अनुमति दें, ऋषिवर! जो अभी मेरे जीवन में नहीं आई, उसके विरुद्ध अभी से मन में पूर्वाग्रह एकत्रित नहीं करना चाहता। किंतु आपकी सामयिक चेतावनी निरर्थक नहीं जाएगी, इतना तो कह ही सकता हूँ।"

लक्ष्मण का मन बात की गंभीरता से हटकर भाई के विवाह की ओर बहक गया था। वे राम के लजाए चेहरे को देख-देखकर मुस्करा रहे थे।

विश्वामित्र जोर से हँस पड़े। उनके मन की सारी दुविधाएँ मिट गईं और हृदय निर्मल हो उठा।

वे राम को देख रहे थे। राम पत्नी की बात नहीं करना चाहते। अपने वंश के पत्नी-प्रेम का प्रतिवाद उन्होंने नहीं किया, एक प्रकार से वचन भी दे दिया है।...विश्वामित्र की कल्पना इधर-उधर नहीं भटकती। वे निर्णय ले चुके हैं—राम को वैसी पत्नी नहीं चाहिए, जैसी दशरथ चाहते हैं। राम की पत्नी भिन्न होनी चाहिए—इंदुमती से भिन्न, कौशल्या, सुमित्रा और कैकेयी से भिन्न। साधारण कन्या, किंतु राजसी संस्कारों से युक्त। और उनके मन में बार-बार जनकपुर का राजप्रासाद घूम जाता है...भिन्न! भिन्न! साधारण कन्या, किंतु राजसी संस्कार...

असमंजस-शून्य स्वर में विश्वामित्र बोले, "राम का वचन कर्म का प्रमाण है। अब मेरे मन में कोई दुविधा नहीं है। राम, तुमने मुझे ऋषियों के संकेत पर चलने का वचन दिया है, और लक्ष्मण ने तुम्हारा समर्थन किया है। शेष कार्य स्वतः तुम्हारे मार्ग में आएँगे और तुम उन्हें पूर्ण करोगे। अब प्रस्तुत हो जाओ। मैं चाहता हूँ, जितने दिव्यास्त्र मेरे पास हैं, उन सबका ज्ञान मैं तुम्हें दे दूँ। तुम्हारा प्रशिक्षण आरंभ होता है, पुत्र! इस प्रशिक्षण के पश्चात् तुम राक्षसों को मारने में पूर्णतः समर्थ हो जाओगे। उठो, राम! धनुष उठाओ।"

और गुरु से पीछे की ओर गर्दन मोड़कर आदेश दिया, "नाविक! नौका घाट पर लगाओ।"

घाट के कुछ दूर चलकर, वन के भीतर, खुला स्थान देखकर विश्वामित्र ने राम का प्रशिक्षण आरंभ किया, "रघुनन्दन! तुम्हारा कल्याण हो। यह दिव्य और महान् दण्डचक्र, यह कालचक्र, यह विष्णुचक्र तथा यह अत्यंत भयंकर ऐंद्रचक्र है। राघव! यह शिव का श्रेष्ठ त्रिशूल, यह इंद्र का वज्रास्त्र, यह ब्रह्मा का ब्रह्मशर है। यह ऐषीकास्त्र और यह परम उत्तम ब्रह्मास्त्र है। पुत्र! ये मोदकी और शिखरी नामक गदाएँ हैं। पुरुष सिंह! ये धर्मपाश ,कलापाश और वरुणपाश नामक उत्तम अस्त्र हैं। राम! तामस, महाबली, सौमन, संवर्त, दुर्जय, मौसल, सत्य और मायामय उत्तम अस्त्र भी मैं तुम्हें अर्पित करता हूँ। सूर्य का तेजःप्रभ अस्त्र भी तुम्हें देता हूँ। सोम का शिशिर नामक

अस्त्र और मनु का शीतेषु नामक अस्त्र भी तुम लो।...और महाबाहु! अब इनके प्रयोग की विधि भी सीख लो।''

राम जैसे एक नए चामत्कारिक लोक में आ गए थे। कैसी विचित्र बात थी। अपने शिक्षणकाल में गुरु वशिष्ठ ने इन अस्त्रों की कभी चर्चा भी नहीं की थी। और विश्वामित्र उन्हें वे अस्त्र दे रहे थे—साक्षात्। राम का मन विश्वामित्र के प्रति श्रद्धा से भर उठा...

''पुत्र राम!'' विश्वामित्र पूर्वाभिमुख होकर बैठ गए थे, ''मेरे सम्मुख बैठ जाओ और इन अस्त्रों की परिचालन-विधि को ग्रहण करो।''

सम्मोहित-से राम, गुरु की महिमा से सर्वथा अभिभूत, गुरु के सम्मुख बैठ गए।

गुरु ने उपदेश किया, ''कुकुत्स्थनन्दन! यह दण्डचक्र...''

गुरु का उपदेश चलता रहा और राम उन्हें आँखों और कानों से पीते रहे। उनके सामने ज्ञान और कर्म का सर्वथा अपरिचित, अभिनव संसार खुलता जा रहा था...

अस्त्र-प्रशिक्षण के बाद यात्रा फिर आरंभ हुई।

राम और लक्ष्मण ने ही नहीं, सारी शिष्य-मण्डली ने लक्ष्य किया कि गुरु कुछ शीघ्रता में भी थे और कदाचित् कुछ उद्विग्न भी। वे बार-बार ढलते हुए सूर्य की ओर देख लेते थे और फिर अपने चारों ओर फैले हुए घने वन को भी परख लेते थे। किंतु यह क्षिप्र-त्वरित यात्रा बहुत अधिक देर नहीं चली। कुछ ही दूर चलकर, सहसा विश्वामित्र की गति पहले कुछ धीमी हुई और फिर वे रुक गए। उनके साथ-साथ चलते हुए राम और लक्ष्मण भी रुक गए। कुछ पग पीछे आती हुई शिष्य-मण्डली भी ठहर गई। सब लोग प्रश्नपूर्ण नेत्रों से ऋषि की ओर देख रहे थे।

विश्वामित्र ने बहुत मंद स्वर में कहना आरंभ किया, ''राम और लक्ष्मण! सुनो! तुम्हारे सम्मुख जो यह गहन वन है, इसी का नाम ताड़कावन है।''

राम पूर्ण तन्मयता के साथ गुरु की बात सुन रहे थे, किंतु लक्ष्मण का हाथ तुरंत अपने धनुष पर चला गया—वे लोग ताड़कावन में प्रवेश करने वाले थे और इसी वन में ताड़का रहती है...

पर विश्वामित्र युद्ध की मुद्रा में नहीं थे। वे केवल बता रहे थे, ''यहाँ पहले मलद और करूश नाम के दो छोटे-छोटे राज्य हुआ करते थे। अगस्त्य के प्रति शत्रुता के कारण, समस्त ऋषियों की विरोधी बनकर जिस समय ताड़का अपने पुत्र तथा सैनिक सहायकों के साथ यहाँ आई, उस समय इस वन के स्थान पर सुंदर नगर एवं जनपद थे। किंतु वे ताड़का के अनुकूल नहीं पड़ते थे। वे राज्य छोटे तथा शक्तिहीन थे और उनके शासक अजागरूक। राक्षसी सेना के अस्त्र-शस्त्रों, छल-प्रपंचों तथा युद्ध

की अनैतिक पद्धतियों का सामना वे नहीं कर सके। ताड़का ने मलद और करूश के राजवंशों की हत्या करवा दी। कितने ही लोगों को ताड़का के सहायक राक्षस खा गए। राजवंश समाप्त हो गए। प्रजा भयभीत होकर भाग गई। जो नहीं भागे, वे या तो मार डाले गए, अथवा वे भी दस्यु या राक्षस हो गए। धीरे-धीरे भवन नष्ट हो गए, अथवा राक्षसों ने उनका मनमाना उपयोग किया। वृक्ष उगते गए, बढ़ते गए, और अब यह स्थान ताड़कावन हो गया है...जो राक्षसों का दुर्ग शिविर और उनकी बस्ती है..." और तब गुरु का स्वर आवेशपूर्ण हो उठा, "छोटे-छोटे राज्य इसी प्रकार राक्षसों के उदर में समाते चले गए और निकट के सम्राट् अपनी रानियों के आँचलों में छिपे बैठे रहे। इन राजनीति-विशारदों को इतनी छोटी-सी बात समझ में नहीं आई कि राक्षसों तथा उनके लिए कितना आवश्यक था। यह राक्षस शिविर दशरथ और सीरध्वज के राज्यों की नाक पर स्थापित है, पर उन्हें अभी होश नहीं आया। उन्हें तो होश उस दिन आएगा, जिस दिन राक्षसों की सेनाएँ उनकी राजधानियों की प्राचीरों को तोड़ रही होंगी..."

राम ने जैसे गुरु की ही आँखों से इस राक्षसी जोखिम को देख लिया था। मन असंतुष्ट हो उठा। बोले, "गुरुदेव! सम्राटों ने इन राज्यों पर राक्षसों का अधिकार स्वीकार कैसे कर लिया?"

"जैसे सम्राट् दशरथ ने रघुकुल पर कैकेयी का अधिकार स्वीकार कर लिया। है न, गुरुवर?" लक्ष्मण ने अत्यंत भोलेपन से पूछा।

विश्वामित्र कुटता से आविष्ट हँसी हँसे, "शायद लक्ष्मण ठीक कहता है। राक्षसों का अधिकार स्वीकार ही नहीं कर लिया, यह कहकर उनका समर्थन भी किया कि अत्यंत प्राचीन काल में पहले भी यहाँ राक्षसों की एक बस्ती थी।" उनका स्वर मुखर रूप से कटु हो गया, "यदि प्राचीन इतिहास के आधार पर ही राज्यों की सत्ता का निर्णय होगा, तो एक समय रावण ने अनरण्य की हत्या कर अयोध्या भी जीत ली थी। क्या दशरथ अयोध्या भी रावण को दे देंगे?"

राम चुपचाप विश्वामित्र का तमतमाया हुआ मुख देखते रहे।

गुरु फिर बोले, "आज राक्षसों की सेना यहाँ पूरी तरह जम चुकी है। वे आस-पास के समस्त ग्रामों और जनपदों को पीड़ित और आतंकित करते फिर रहे हैं। ताड़कावन में तो कोई शासन है ही नहीं, पड़ोसी राज्यों के शासन तथा शासन-प्रतिनिधि भी शिथिल होते जा रहे हैं। उनका समस्त आत्म-नियंत्रण, आत्मानुशासन क्षीण होता जा रहा है। आदर्शों, सिद्धांतों और मर्यादाओं का लोप होता जा रहा है। पाशविक वृत्तियाँ, तुच्छता तथा विलास मुखर हो रहे हैं। आदर्श, नीति, नियंत्रण एवं मर्यादा की बात करने वाले लोग उनके लिए उपहास की वस्तु बनते जा रहे हैं। स्वार्थ एवं विलास के पीछे दृष्टिहीन होकर भागते हुए वे लोग मानवता तथा उसके महान् आदर्शों को सर्वथा विस्मृत कर बैठे हैं। राक्षस संस्कृति जब हमारे समाज को भीतर से सर्वथा

खोखला कर देगी, तब राक्षसी सेना बाहर से आक्रमण कर, अन्य राजाओं और सम्राटों के साथ मानवीय संस्कृति को भी सर्वथा ध्वस्त कर देगी...''

"आप चिंतित न हों, गुरुदेव! ऐसा समय कभी नहीं आएगा।'' राम दृढ़ता से मुस्कराए। संकेत-सा करते हुए, उन्होंने लक्ष्मण को देखा और धनुष को कंधे से उतार हाथ में ले लिया।

लक्ष्मण के मुख पर उल्लास था।

वे लोग पुनः चल पड़े थे—आगे-आगे विश्वामित्र, राम एवं लक्ष्मण तथा पीछे-पीछे शिष्यों की मण्डली। वन पर्याप्त गहन था। दीर्घाकार, ऊँचे तथा घने वृक्ष और उन पर छाई हुई लताएँ, जैसे वृक्षों में रस्सियाँ बाँध झूले डाले गए हों।

सूर्यास्त का समय था। प्रकाश क्रमशः क्षीण होता जा रहा था और अंधकार क्षण-क्षण बढ़ता जा रहा था। बीच-बीच में किसी वन्य पशु का स्वर वायु में तैर जाता था।

विश्वामित्र अत्यधिक सचेत लग रहे थे। उनके नेत्र दृष्टि में आने वाली प्रत्येक वस्तु को बड़ी सावधानी से परख रहे थे, कान प्रत्येक ध्वनि का विश्लेषण कर रहे थे। तापस-मण्डली अवश्य कुछ भयभीत थी। ताड़कावन का आतंक उन पर छाता जा रहा था। उनके मुख भय से पीले पड़ते जा रहे थे। यदि वे गुरु की आज्ञा के अधीन न होते और उनका अपना वश चलता तो वे इस समय कदापि वन में प्रवेश न करते।

राम एवं लक्ष्मण अत्यंत सहज भाव से निःशंक गुरु के साथ बढ़ते चले जा रहे थे, जैसे वह ताड़कावन न होकर, अयोध्या का राजमार्ग हो। राम के मुख पर एक सहज हास था। उनका मुख उस बालक का-सा सरल था, जिसका भय से अभी परिचय ही नहीं हुआ; और लक्ष्मण तो मुग्ध-भाव से वन की शोभा देखते हुए बढ़ रहे थे। ऐसा घना वन उन्होंने जीवन में पहली बार देखा था—अयोध्या के आस-पास तो ऐसा वन एक भी नहीं है। उन्हें राक्षसों की कोई चिंता नहीं थी।

सहसा विश्वामित्र की संपूर्ण सचेत ज्ञानेंद्रियाँ किसी अदृश्य बिंदु पर केंद्रित हो गईं—वे शून्य में से किसी स्वर को पकड़ने का प्रयत्न कर रहे थे।

अपने इसी प्रयत्न के बीच वे बोले, "राम! प्रायः इसी समय राक्षस लोग अपनी बस्ती से वन में निकल पड़ते हैं। ताड़का के भ्रमण का तो यही प्रिय समय है। अनेक अस्पष्ट शब्दों से मुझे ऐसा कुछ आभास मिल रहा है, पुत्र! कि ताड़का इधर ही आ रही है। यदि इस प्रकार भ्रमण करती हुई निःशस्त्र ताड़का हमें दिखाई पड़ जाए तो यह अत्यंत शुभ होगा। यदि मेरा अनुमान ठीक हुआ तो थोड़ी ही देर में हम ताड़का के आमने-सामने होंगे। राम! तब के लिए दो-एक बातें कहना चाहता हूँ। यह न हो कि ताड़का को सम्मुख देखकर तुम धर्म-संकट में पड़ जाओ कि वह निःशस्त्र

है। रघुनंदन! क्षत्रियों के युद्ध के नियम केवल उन क्षत्रियों के साथ युद्ध के लिए हैं, जो उन नियमों की मर्यादा मानकर युद्ध करते हैं। राक्षस युद्ध के नियमों को एकदम नहीं मानते। अतः उन नियमों का विचार मत करना। यदि तुम नियमाधीन धर्म-युद्ध करना चाहेगे, तो वह संभव नहीं होगा। और..'' विश्वामित्र ने रुककर राम को देखा, ''और तात! यह बात भी मन में मत लाना कि वह स्त्री है और क्षत्रिय होकर स्त्री का वध करना तुम्हारे लिए धर्मोचित नहीं है। ऐसे नियमों के पीछे प्रायः धर्म-बुद्धि कार्य करती है; किंतु इस समय ऐसे नियमों का विचार सर्वथा अधर्म होगा। इस समय तुम्हारा मात्र एक धर्म है—राक्षस-वध।''

राम स्थिर भाव से धर्म की नई व्याख्या सुन रहे थे। लक्ष्मण के मन में पर्याप्त उथल-पुथल मची हुई थी। उनके मन में विवाद की बात उठ रही थी, वे विश्वामित्र का प्रतिवाद करना चाहते थे; पर बड़े भाई की ओर देखकर चुप थे। राम का गांभीर्य उन्हें सदा ही आश्चर्यचकित कर देता था। प्रत्येक नई बात को राम कितनी सहजता से सुनते और तोलते थे—प्रतिवाद करना होता, तो सब कुछ तोल-परख करने के बाद करते। और लक्ष्मण के मन में तुरंत खलबली मच जाती थी—भीतर से जैसे कोई बार-बार उन्हें ठेलता, 'उत्तर दो। उत्तर दो।'

पर इस समय लक्ष्मण भी कुछ नहीं बोल सके।

राम ने गुरु की बात सुनी और मुस्करा दिए, ''आश्वस्त रहें, गुरुदेव! धर्म। का मर्म अत्याचार का विरोध करने में है, वही मैं करूँगा। शेष बातें तो आडंबर मात्र हैं।''

विश्वामित्र का ध्यान पहले ही दूसरी ओर जा चुका था। राम और लक्ष्मण ने भी उधर देखा—सामने गहन वृक्षों के पीछे से किसी के आने की आहट थी। आने वाले अनेक लोग थे। उनके पगों की आहट से लगता था कि वे लोग बड़ी मौज में टहल रहे हैं। उनके शरीर विराट थे। वर्ण काला था। चाल भद्दी थी। दूसरे ही क्षण वे लोग वृक्षों से बाहर निकल आए थे।

''ताड़का!'' विश्वामित्र ने संकेत किया, ''सबसे आगे।''

राम ने पेड़ों की ओर से निकल आई ताड़का को आमने-सामने देखा—उसका रंग सर्वथा काला था। लंबे-ऊँचे तथा स्थूल पुरुष से भी उसका आकार विशाल था। काफी फूहड़ ढंग से हँसते हुए, उसके भद्दे तथा बड़े, आगे की ओर बढ़े दाँत दिखाई दे रहे थे। उसके गले में मानवी मुण्डों की माला थी। उसके साथ चार पुरुष और थे, किंतु उनमें से कोई ताड़का के आकार का नहीं था। ताड़का का आकार राक्षसों में भी असाधारण था।

ताड़का ने भी इन लोगों को देखा। उसकी दृष्टि ऋषि विश्वामित्र पर ठहर गई। उसने अपने साथियों की ओर देखकर उपहासपूर्वक कुछ कहा और वे सब अत्यंत अशिष्ट ढंग से हँसने लगे।

ताड़का ने फिर विश्वामित्र की ओर देखा और दाँत दिखाकर जैसे चिढ़ाते हुए बोली, "गुरु!"

सहसा उसका चेहरा विकृत हो उठा। उसने राम तथा लक्ष्मण के हाथों में धनुष देख लिये थे।

"शस्त्रधारी!" उसकी आँखें रक्तिम हो उठीं। उसने अपना घूँसा ताना और आघात करने के लिए उनकी ओर झपटी। उसके साथी अपने-अपने स्थान पर खड़े, सर्वथा चिंताशून्य, भद्दे ढंग से 'हो-हो' कर हँसते रहे...

"राम! इसे मारो!" विश्वामित्र ने निष्कंप वाणी में आदेश दिया।

ताड़का भयंकर शब्द उत्पन्न करती हुई, अपनी उग्र चेष्टाओं से धूल, मिट्टी, पत्थर, वृक्षों की शाखाएँ, पत्ते उड़ाते हुई उन पर आँधी-तूफान के समान झपटती चली आ रही थी।

और राम ने क्षण भर में अपना धनुष साध लिया। उन्होंने, जैसे किसी पूर्व निर्णय के अनुसार, गुरु विश्वामित्र द्वारा दिया गया कालचक्र नामक दिव्यास्त्र धनुष पर धारण किया और गोह-चर्म के दस्तानों से सज्जित अपनी अँगुलियों से धनुष की प्रत्यंचा कानों तक खींच ली।

ताड़का बिना रुके, अपनी उसी गति से झपटती चली आ रही थी।

राम की अँगुलियों ने प्रत्यंचा छोड़ दी। कालचक्र प्रतिरोधविहीन वायुवेग से बढ़ता हुआ, ताड़का के वक्ष में जा धँसा। ताड़का ने कर्णभेदी चीत्कार किया और अपने ही वेग में अपने स्थान से ऊपर उछल पड़ी। अपने सिर के ऊपर के वृक्षों की शाखाओं से रगड़ खाता हुआ किसी टूटे हुए शैल-शृंग के समान उसका स्थूल शरीर धम से भूमि पर आ पड़ा। उसने मुख से रक्त वमन किया और अपना सिर पृथ्वी पर टेक दिया।

राक्षसों की 'हो-हो' सहसा थम गई। वे कौतुक में भरे निश्चिंत, जोखिम की संभावनाओं की ओर से आँखें मूँदे, ताड़का का खिलवाड़ देख रहे थे और कदाचित् राम, लक्ष्मण तथा विश्वामित्र की मृत्यु निश्चित मान चुके थे; किंतु ताड़का को धरती पर गिरते देख स्तब्ध रह गए। इतनी आकस्मिक, अनपेक्षित घटना उनके जीवन में पहले कभी नहीं घटी थी। उन्होंने पीड़ा-मिश्रित भय तथा आश्चर्य में भरकर राम को देखा। ऐसा रूप, ऐसा शौर्य, ऐसी शस्त्र-दक्षता उन्होंने पहले कभी नहीं देखी थी। वे रुक नहीं पाए। ताड़का के शरीर को वहीं पड़ा छोड़, उलटे पैरों घने वृक्षों के पीछे विलीन हो गए...

लक्ष्मण का अट्टहास दूर तक उनका पीछा करता चला गया। तापस-मण्डली का भय राक्षसों के पलायन के साथ ही भाग गया था।...और राम ऐसे सहज भाव से खड़े थे, जैसे कुछ हुआ ही न हो।

"राम, तुम्हारी जय हो।" विश्वामित्र ने जयघोष किया, किंतु उनके स्वर में

अपेक्षित उन्मुक्त उल्लास नहीं था। वे गंभीर तथा चिंतित थे, "तुमने अन्याय और अत्याचार के विरुद्ध आज सक्रिय युद्ध आरंभ किया है। न्याय का संघर्ष एक बार आरंभ हो जाए, तो पुत्र! उसमें न तो समझौता होता है, और न उसे स्थगित करना संभव हो पाता है। तुमने जो जोखिम मोल लिया है, उसे अब अंत तक निभाना ही होगा।" वे तनिक थमे और ताड़का के मृत शरीर की ओर एक दृष्टिपात कर, पुनः बोले, "पुत्र! राक्षस इस समय भाग गए हैं। वे बहुत चकित भी हुए हैं तथा भयभीत भी। इस वन में किसी दिव्यास्त्रधारी पुरुष की अपेक्षा वे नहीं करते। आश्रम के किसी भी व्यक्ति ने, इससे पहले कभी उन पर आक्रमण नहीं किया था—आश्रम में कोई दिव्यास्त्रधारी पुरुष नहीं हैं। मैंने आश्रमवासियों में से किसी को भी इसके योग्य नहीं समझा। अब तक आक्रमण एकपक्षीय थे। वे जब चाहते थे, आक्रमण कर देते थे। कभी-कभी उनका प्रतिरोध तो होता था, किंतु प्रत्याक्रमण कभी नहीं हुआ। राक्षस सर्वथा निर्भय थे। तुम्हारे यहाँ आने की सूचना उन्हें अब तक नहीं थी। वे अपनी शक्ति के मद में इतने आश्वस्त थे कि उन्होंने कभी सावधानी नहीं बरती कि आश्रम में से कौन गया और कौन आया। वे जाकर मारीच और सुबाहु को सूचना देंगे। संभव है, प्रतिशोध के लिए वे तत्काल ही चल पड़ें। इस खुले वन में हम जोखिम में घिरे हैं। पुत्र! हमें शीघ्र ही सिद्धाश्रम पहुँचना है। यह अत्यावश्यक है। शीघ्रता करो, राम!"

लक्ष्मण प्रशंसा और विस्मय से राम को निहार रहे थे। तापस-मण्डली का क्षणिक उल्लास समाप्त हो चुका था। वे कुछ प्रसन्न और कुछ डरे हुए, एक ओर खड़े थे। कदाचित् वे समझ नहीं पा रहे थे कि ताड़का के वध से प्रसन्न हों, या राम के इस कृत्य से क्रुद्ध राक्षसों के भयंकर अत्याचार की आशंका से भयभीत हों।...पर जो कुछ उन्होंने देखा था, वह अद्भुत था। ताड़का और उसके साथियों को देख, राम के सहज आत्मविश्वासी मुख पर चिंता की हल्की-सी रेखा भी नहीं उभरी थी। ऐसा साहस तो उन्होंने पहले किसी भी व्यक्ति में नहीं देखा था—गुरु विश्वामित्र में भी नहीं। राक्षसों को देखते ही गुरु भी कुछ विचलित हो जाया करते थे...फिर वह धनुष-परिचालन की दक्षता—और दिव्यास्त्रों का ज्ञान। एक पूर्ण वीर उनके मध्य था, जो अन्याय के विरुद्ध लड़ने को कटिबद्ध था। अब कदाचित् सारे अत्याचारी समाप्त हो जाएँगे। धरती पर सुरक्षा, समता तथा न्याय का राज्य होगा। साधारण लोग अपने परिवारों में सुख से रह सकेंगे।

वे बड़ी शीघ्रता से सिद्धाश्रम की ओर बढ़ते जा रहे थे।

आश्रम में पहुँचते-पहुँचते अंधकार पूरी तरह से घिर आया था। आश्रम के आस-पास के सारे मार्ग पूरी तरह से जन-शून्य हो गए थे; और मनुष्य का स्वर कम, वन्य-पशुओं का स्वर ही अधिक सुनाई पड़ रहा था। पर आज वन्य-पशुओं के उन स्वरों के साथ,

राक्षसों के शिविर का उच्छृंखल कोलाहल कहीं नहीं था।

आश्रम में प्रवेश करते ही गुरु विश्वामित्र ने सुकंठ तथा गहन की पुत्र-वधुओं के स्वास्थ्य के विषय में पूछा। पता चला कि उन तीनों का स्वास्थ्य सुधर रहा है और उनकी अवस्था अब चिंतनीय नहीं है। विश्वामित्र का मन कुछ आवश्स्त हुआ।

अपनी कुटिया में आकर गुरु अपने आसन पर बैठ गए। राम और लक्ष्मण को उन्होंने समीप ही अपने ही सम्मुख बैठने का संकेत किया।

वे कुछ क्षण आत्मलीन रहे और फिर सहसा बहिर्मुख होकर बोले, "पुनर्वसु! वत्स, समस्त आश्रमवासियों को सूचना दो कि सबको कुटिया के सम्मुख वाले आँगन में तत्काल उपस्थित होना है। चिकित्सा कुटीर के रोगियों तथा उनकी सेवा-सुश्रूषा करने वाले जनों को छोड़, शेष सब लोग उपस्थित हों। अत्यंत आवश्यक कार्य है।"

पुनर्वसु आज्ञा का पालन करने चल पड़ा।

गुरु राम की ओर उन्मुख हुए, "राम! मैं किसी निष्कर्ष पर नहीं पहुँच पा रहा हूँ कि राक्षस रात के समय आश्रम पर आक्रमण करेंगे या नहीं। यदि वे ताड़का के वध के समाचार से क्षुब्ध होकर तुरंत आक्रमण करने के लिए चल पड़े, तो उन्हें रात्रि में ही आना चाहिए। वैसे भी रात्रि-युद्ध उनकी प्रवृत्ति के अधिक अनुकूल पड़ता है। पर इसका विपरीत पक्ष भी है। संभवतः वे ताड़का के वध से भयभीत होकर किंकर्तव्यविमूढ़ हो जाएँ। ऐसी स्थिति में ताड़का के शव का प्रबंध करते, उस घटना के शोक तथा झटके से उबरते तथा परस्पर विचार-विनिमय करते हुए रात्रि व्यतीत हो जाएगी। ऐसी स्थिति में वे लोग प्रातः ही आश्रम पर आक्रमण करेंगे।"

राम की अपनी सहज मंद मुस्कान उनके मुख पर प्रकट हुई। बोले, "ऋषिश्रेष्ठ! आप निश्चिंत रहें। राक्षसों का आक्रमण चाहे रात्रि में हो अथवा प्रातः, आपकी कृपा से आपका राम उनसे युद्ध करने में पूर्णतः समर्थ है। प्रश्न यह नहीं है कि राक्षस कब आक्रमण करेंगे—प्रश्न यह है कि वे किस घड़ी मरना चाहते हैं। वे लोग उसी क्षण आक्रमण करेंगे।"

विश्वामित्र अत्यंत आश्वस्त-भाव से राम को निहारते रहे। राक्षसों के विषय में ऐसी बात कहने वाला अपने जीवन में गुरु को यह पहला ही पुरुष मिला था। अब तक उन्होंने राक्षसों के नाम पर पीले पड़ते हुए चेहरे, काँपते हुए हाथ और भागते हुए पाँव ही देखे थे।

स्नेह से भीगी वाणी में गुरु बोले, "तुम्हारी शक्ति, वीरता, न्यायबुद्धि तथा दृढ़ निर्णय राक्षसों के काल हैं—इसका मुझे पूर्ण विश्वास है। पर पुत्र! मुझे और भी बहुत कुछ सोचना है। मुझे आश्रमवासियों को इस युद्ध के लिए तैयार करना है।"

"उनकी आवश्यकता नहीं पड़ेगी, गुरुदेव!" राम मुस्कराए, "मैं और लक्ष्मण ही राक्षसों के लिए पर्याप्त हैं। क्यों, लक्ष्मण!"

लक्ष्मण का मुख उल्लास से खिल उठा। राम ने उनके मन की बात कही थी।

बोले, "पर्याप्त तो भैया राम अकेले ही हैं; पर हम दोनों मिलकर भी पर्याप्त हैं।"

विश्वामित्र शून्य में घूर रहे थे, जैसे साक्षात् भविष्य को अपनी खुली आँखों से देख रहे हों। बोले, "तुम्हारे कथन में मुझे तनिक भी संदेह नहीं है, राघव! किंतु यह न्याय का युद्ध है। मात्र तुम्हारे और लक्ष्मण के लड़ लेने से हमें लक्ष्य की प्राप्ति नहीं होगी। इस संपूर्ण क्षेत्र के प्रजाजन, राक्षसों तथा उनके सहयोगियों के दुर्विनीत अत्याचारों को सहते-सहते न केवल निष्क्रिय, कायर तथा सहिष्णु हो गए हैं, वरन् लोग न्याय के प्रति अपनी निष्ठा, तेज, आत्मविश्वास—सब कुछ खो चुके हैं। उसके सहयोग के बिना, उसके द्वारा किए गए किसी भी प्रयत्न के अभाव में यदि तुम समस्त राक्षसों का विनाश कर दोगे, तो उनका तेज और आत्मविश्वास नहीं लौटेगा। वे लोग यह मान लेंगे कि वे अत्याचारियों से लड़ने में अक्षम हैं। भविष्य में जब कभी फिर कोई राक्षस जन्म लेगा, ये ही प्रजाजन उसके अत्याचारों को प्रतिरोध-रहित होकर सहन करेंगे और फिर तुम्हारी प्रतीक्षा करेंगे। राम! तुम राक्षसों का नाश करने के साथ-साथ प्रजाजनों का तेज तथा आत्मविश्वास लौटाओ—न्याय में उनकी खोयी आस्था और निष्ठा उनमें पुनः प्रतिष्ठित करो। तुम उनमें रामत्व स्थापित करो। अवतार की आवश्यकता दुर्बल प्रजा को होती है, पुत्र! तेजस्वी प्रजा अपने आप मे ईश्वर का रूप होती है। अतः प्रजा की दीक्षा भी अत्यंत महत्त्वपूर्ण है। अदीक्षित प्रजा की सहायता से की गई क्रांति बहुधा दिग्भ्रमित हो जाती है और संत के रूप में छिपे भेड़िए निरीह प्रजा का रक्त चूसने लगते हैं।"

राम स्वीकृति में मुस्कराए, "आपकी इच्छा पूर्ण हो, गुरुदेव! मैं नहीं चाहूँगा कि मैं राक्षसों को मारकर अयोध्या लौट जाऊँ और बाद में बहुलाश्व और देवप्रिय राक्षस होकर प्रजा की अस्थियाँ चबाएँ।"

तभी पुनर्वसु ने आकर सूचना दी, "गुरुदेव! सारे आश्रमवासी बाहर के आँगन में एकत्रित हो चुके हैं।"

"चलो, वत्स! हम आ रहे हैं।"

गुरु के उठते ही राम तथा लक्ष्मण भी उठ खड़े हुए। गुरु शांत थे। उनकी चाल में कोई उद्वेग नहीं था; अत्यंत सहज गति से वे कुटिया के बाहर निकले। उनके आगे-आगे पुनर्वसु चल रहा था और दाएँ-बाएँ राम एवं लक्ष्मण थे।

बाहर एक विशाल जन-समुदाय एकत्रित था। प्रत्येक आयु के स्त्री-पुरुष उनमें थे—सिद्ध ऋषि, मुनि, तपस्वी, साधक तथा ब्रह्मचारी। पर सब पूर्ण शांति से बैठे थे। कहीं कोई कोलाहल नहीं था। वातावरण में एक प्रकार की निस्तब्धता थी।

विश्वामित्र को देखते ही, जन-समुदाय ने साष्टांग दण्डवत् प्रणाम किया। ऋषि आशीर्वाद देकर बैठ गए। राम तथा लक्ष्मण उनसे तनिक हटकर पीछे बैठे।

जन-समुदाय के चेहरे उत्सुक थे—ऋषि क्या कहना चाहते हैं। विश्वामित्र के साथ आने वाली तापस-मण्डली से उन लोगों को सूचना मिल चुकी थी कि राम और

लक्ष्मण कुलपति के साथ आए हैं। राम के अद्भुत पराक्रम की बात भी उन लोगों तक पहुँच चुकी थी।

विश्वामित्र ने बोलना आरंभ किया, "तपस्विगण! अब तक राक्षसों से हमारा केवल संघर्ष चल रहा था, आज हमने अपनी ओर से युद्ध की घोषणा कर दी है। राम और लक्ष्मण आश्रम की रक्षा के लिए हमारे मध्य हैं। किंतु न्याय का युद्ध अकेले व्यक्ति का युद्ध नहीं है। यह युद्ध प्रत्येक आश्रमवासी को ही नहीं, जनपद की संपूर्ण प्रजा को लड़ना है। मैं कह नहीं सकता कि राक्षसों का आक्रमण रात्रि में इसी समय होगा अथवा प्रातः! किंतु हमें इसी क्षण से पूर्णतः सावधान रहना है। जिसके पास जो भी शस्त्र हो, वह उसे धारण करे और सन्नद्ध रहे।...और मुनि आजानुबाहु!"

"आर्य कुलपति!"

मुनि अपने स्थान से उठकर, विश्वामित्र के सम्मुख आ बैठे। बहुत समय के पश्चात् विश्वामित्र ने मुनि के मुख पर अपने प्रति अविश्वास के स्थान पर स्वागत का भाव देखा था। मुनि बहुत प्रसन्न एवं तत्पर लग रहे थे।

"सूचनाएँ प्रसारित करने का कर्तव्य आप सँभालें। यथासंभव जितने अधिक ग्रामों को सूचना भिजवा सकें, भिजवा दें कि ताड़का का वध हो चुका है, और शेष राक्षसों के विरुद्ध धर्म-युद्ध करने के लिए आश्रमवासियों की सहायता के लिए उन्हें यथाशीघ्र यहाँ पहुँचना है।...किंतु मुनिवर! संदेश उन ब्रह्मचारियों के हाथ भेजें, जो इस अंधकार में भी वन में से होकर जा सकें और स्वयं को राक्षसों की दृष्टि में पड़ने से बचा सकें।"

"और आचार्य विश्वबंधु?" गुरु मुड़े।

"आर्य कुलपति!"

"आप आश्रमवासियों की सशस्त्र टोलियाँ आश्रम की सीमा के साथ-साथ नियुक्त कर दें। यथासंभव कुछ लोग आश्रम की सीमा के आगे, वन में गुप्त रूप से रहे। वृद्धों तथा शिशुओं को उनके कुटीरों में भेज दें। स्त्रियों को चिकित्सा कुटीर, पाकशाला तथा असमर्थ जनों की देख-भाल सौंप दें। आश्रमवाहिनी का मुख्य भाग इसी स्थान पर रात्रि भर सन्नद्ध रहे। कुछ टोलियाँ सारे आश्रम में फेरियाँ लगाएँ। सूचनाओं के आदान-प्रदान की व्यवस्था विशेष सावधानी से की जाए।"

विश्वामित्र उठ खड़े हुए, "आओ, वत्स! हम चिकित्सा-कुटीर में चलें। वत्स पुनर्वसु! मार्ग दिखाओ!"

कुलपति चले गए। मुनि आजानुबाहु और आचार्य विश्वबंधु उनकी आज्ञाओं का पालन करने में जुट गए।

"गुरुदेव!" राम बोले, "रात्रि में राक्षसों के आक्रमण की कोई संभावना नहीं दीखती।"

"संभावना सचमुच बहुत कम है, राम!" गुरु ने स्नेह से राम और लक्ष्मण

की ओर निहारा, "पर सावधानी अत्यावश्यक है। वैसे आज के वातावरण से कोई नहीं जान पाएगा कि पहले यहाँ कैसा वातावरण होता था। वत्स! इससे पूर्व प्रतिदिन रात्रि के समय यहाँ ऐसा स्तब्धता नहीं छा जाया करती थी। रात्रि के समय वन्य-पशुओं के साथ-साथ राक्षस भी उन्मुक्त विहार करते फिरते थे। आश्रम का वातावरण उनके मदिरालिप्त, विलासी, उच्छृंखल अट्टहासों से, उनके अशिष्ट और अश्लील शब्दों से सदा आहत होता रहता था। राक्षस-शिविर में तो इतना अधिक शोर होता था कि आश्रमवासियों का सोना असंभव हो जाता था। आज चारों ओर शांति है, पुत्र! न उनके आखेट का स्वर है, न उनके नृत्य का। आज वे ताड़का के वध से भयभीत हो, मौन हो गए हैं। राघव! वे अत्याचारी हैं, वीर नहीं! वे निःशस्त्र दुर्बलों तथा अयुयुत्सु लोगों पर सहज ही अत्याचार कर लेते हैं; किंतु जब उन्हें कोई समर्थ प्रतिद्वंद्वी मिल जाता है, तो उनमें युद्ध का उत्साह नहीं रह जाता।"

चिकित्सा-कुटीर के भीतर प्रवेश करते हुए गुरु ने कहा, "आओ, वत्स! तुम्हें दिखाऊँ, वे लोग कैसा-कैसा अत्याचार करते हैं।"

वे सुकंठ की चारपाई के पास खड़े हो गए। सुकंठ उठकर बैठ गया। उसने हाथ जोड़कर प्रणाम किया। उसके शरीर पर पट्टियाँ अब भी थीं, किंतु अवस्था काफी सुधर चुकी थी।

"कैसे हो, सुकंठ?"

"आपकी कृपा है, आर्य कुलपति!" सुकंठ मुस्कराया, "मैंने सुना, राम ने ताड़का का वध कर दिया है। कैसे बताऊँ, मैं कितना प्रसन्न हूँ, गुरुदेव! जो मेरे पास आया, उसकी जिह्वा पर यही चर्चा थी। सबके भीतर एक नया उत्साह जाग उठा है, तात! आश्रम का बच्चा-बच्चा अब राक्षसों का काल बनने का स्वप्न देख रहा है। लोग इतने अल्प समय में कैसे इतने बदल गए हैं, गुरुदेव?"

"राम का प्रभाव!" गुरु ने स्नेहभरी दृष्टि से राम को देखा, "सामान्य प्रजाजन के साथ यही होता है। उनके सम्मुख बलिदान का उदाहरण रखो, तो उनमें बलिदान की भावना जागती है, स्वार्थ की रखो तो स्वार्थ की। राम ने उनके सम्मुख न्याय, निर्भीकता तथा वीरता का आदर्श रखा है—प्रजाजन में दीर्घकाल से दमित ये शक्तियाँ जाग उठी हैं। इन शक्तियों को जगा पाने की क्षमता वाला व्यक्ति अत्याचारियों के लिए सदा एक चुनौती बन जाता है।"

"मेरा मन है, आर्य कुलपति! मैं भी चारपाई छोड़, राक्षसों के विरुद्ध लड़ूँ। इस समय चारपाई पर लेटे रहने से ग्लानि मुझे बहुत पीड़ित कर रही है।"

"पहले पूर्णतः स्वस्थ हो जाओ, मित्र!" राम ने आगे बढ़कर, स्नेह से सुकंठ के कंधे पर हाथ रखा, "अन्याय और अत्याचार के विरुद्ध न तो यह पहला युद्ध है, न अंतिम। तुम्हारे भीतर अन्याय के विरुद्ध संघर्ष का भाव है तो तुम्हें अपने जीवन में अनेक अवसर मिलेंगे। ऐसे युद्ध के लिए न तो कोई विशिष्ट समय होता

है, न स्थान। जहाँ कहीं अन्याय नजर आए, वहीं लड़ो।''

सुकंठ मुग्ध-सा राम को देखता रहा।

''ग्लानि तो मेरे मन में बहुत है, ब्रह्मचारी!'' लक्ष्मण हँसे, ''पर चिंता मत करो। कभी तो भैया हमें भी राक्षस-वध का अवसर देंगे। तब मैं और तुम मिलकर बचे-कुचे राक्षसों का उद्धार कर डालेंगे।''

''परिहास लक्ष्मण का स्वभाव है, सुकंठ!'' गुरु मुस्कराए, ''स्वस्थ होने पर इनके रूप में तुम्हें एक अच्छा मित्र मिलेगा। अच्छा, वत्स! अब तुम विश्राम करो।''

गुरु आगे बढ़ गए।

वे गहन की बहुओं की चारपाइयों के पास गए। वे पहले से अधिक स्वस्थ थीं। किंतु उनसे अधिक बातचीत नहीं हो सकी। ग्राम की निपट भोली निषाद युवतियाँ गुरु को देखते ही सम्मान और श्रद्धा से मूक हो गईं। फिर साथ राम और लक्ष्मण भी थे। दो अत्यंत सुंदर, स्वस्थ तथा उदार-हृदय राजकुमारों को अपने इतने समीप पाकर, संकोच ने उन्हें और भी अधिक घेर लिया था। वे दोनों ही अपनी पीड़ित आँखों में कृतज्ञता के अश्रु लिये मुग्ध-भाव से उन्हें निरंतर देखती रहीं।

पर गुरु कुछ चिंतित हो गए थे। उन्हें बताया गया कि जैसे ही गहन के पुत्रों को ताड़का-वध और राक्षसों के संभावित आक्रमण की सूचना मिली, वे तत्काल वहाँ से लुप्त हो गए। कहाँ गए, यह किसी को मालूम नहीं था—उनकी पत्नियों को भी नहीं।

कहाँ गए गहन के पुत्र?—गुरु सोचते रहे—क्यों गए? क्या ताड़का-वध का समाचार सुनकर वे लोग अपनी प्रसन्नता रोक नहीं पाए और अपने ग्राम-बंधुओं को सूचित करने के लिए चल दिए? अथवा राक्षसों के संभावित आक्रमण के भय से कहीं भाग गए? पर वे लोग अपने व्यवहार और वार्तालाप से कायर तो नहीं लगते थे। फिर उन दोनों की पत्नियाँ यहाँ हैं। वे बताकर क्यों नहीं गए?

जन-सामान्य में उनका विश्वास झूठा है? क्या उनकी यह युक्ति असफल रहीं? राम और लक्ष्मण को सिद्धाश्रम में लाने तथा ताड़का के वध का फल कुछ भी उत्साहवर्धक नहीं हुआ? क्या गहन के पुत्रों का आत्मविश्वास, प्रतिशोध का भाव नहीं जागा? राम और लक्ष्मण की उपस्थिति यदि गहन के पुत्रों के भीतर वीरता, साहस, आत्मविश्वास और अत्याचार के विरुद्ध आक्रोश नहीं जगा सकी तो शेष आश्रमवासियों पर भी कोई प्रभाव नहीं पड़ेगा। फिर उनके इतने उद्यम की क्या सार्थकता है...? पर अभी से उनको अपने मन में कोई निश्चित धारणा नहीं बना लेनी चाहिए. ..जब तक कोई निश्चित सूचना न मिले, किसी निर्णय पर पहुँचना कठिन था; और इस समय अन्य अनेक महत्त्वपूर्ण कार्य उनके सम्मुख पड़े थे।

गुरु वापस अपनी कुटिया की ओर चल पड़े।

गुरु के अनेक बार आग्रह करने पर भी राम ने अपने लिए निश्चित की गई कुटिया में जाकर विश्राम करना स्वीकार नहीं किया। राम उन लोगों के साथ रहना चाहते थे, जो लोग आश्रम की रक्षा के लिए, गुरु की कुटिया के बाहर आँगन में सन्नद्ध खड़े थे।

"गुरुवर! यदि आश्रमवासियों को ही आश्रम की रक्षा करनी थी, तो मेरे यहाँ आने की क्या आवश्यकता थी?" गुरु के आग्रह के उत्तर में राम ने कहा, "मुझे उन्हीं लोगों के बीच रहने दीजिए, तभी मेरा आना सार्थक होगा।"

गुरु ने राम की बात स्वीकार कर ली। वे अपनी कुटिया में चले गए और राम तथा लक्ष्मण बाहर आँगन में आकर आश्रमवासियों के बीच बैठ गए।

पुनर्वसु प्रतिक्षण बाहर की सूचनाएँ कुटिया में पहुँचा रहा था, जिसका अर्थ था कि वृद्ध गुरु सो नहीं रहे—वे अप्रनी कुटिया में बैठे समस्त कार्यवाही के केंद्र का कार्य कर रहे थे।

आश्रमवासी सशस्त्र थे; किंतु उनके पास शस्त्र के नाम पर लाठियाँ थीं, कुछ पुराने खड्ग थे तथा कुछ लोगों के पास धनुष-बाण थे। सिद्धाश्रम मूलतः शस्त्रशिक्षा का केंद्र नहीं था। जब साधारण धनुष-बाण भी सब आश्रमवासियों के पास नहीं थे, तो दिव्यास्त्रों का प्रश्न ही कहाँ उठता था। राम और लक्ष्मण ने गुरु वशिष्ठ से सुना था कि, परशुराम अपने आश्रम में शिष्यों को शस्त्र-शिक्षा अवश्य देते थे। उन्हें कभी किसी राजा अथवा सेना की सहायता की आवश्यकता नहीं हुई—वे ही स्वयं जिस-तिस की सहायता करते रहे थे। हैहयराज सहस्रार्जुन की हत्या कर उन्होंने विश्व का पाप काटा था; किंतु अब जब सारा जंबू-द्वीप राक्षसों के चंगुल में त्राहि-त्राहि कर रहा था, परशुराम अपने आश्रम में महेंद्रिगिरि पर निश्चिंत बैठे थे। वे वृद्ध हो गए हैं अथवा साधारण जन और उनकी पीड़ा से उनका कोई संपर्क ही नहीं रहा?...राम के मन में कभी-कभी एक टीस उठती थी—समर्थ लोग क्यों आँखें मूँदकर बैठ जाते हैं...

और गुरु विश्वामित्र ने क्यों अपने आश्रमवासियों को शस्त्र-ज्ञान नहीं दिया? क्यों उन्होंने परशुराम के समान आश्रमवाहिनी का निर्माण नहीं किया? क्या यह क्षात्र-धर्म को त्याग, ब्राह्मणत्व की ओर बढ़ने के अतिरिक्त उत्साह का दुष्परिणाम है? या...या गुरु को जन-साधारण में विश्वास ही नहीं रहा? वे विशिष्ट पात्र को खोजते रहे...पर गुरु विश्वामित्र अक्षम नहीं हैं। वे आवेश में नए ब्रह्माण्ड की सृष्टि के लिए उद्यत हुए थे। वे आश्रमवासियों में से एक राम का निर्माण नहीं कर सके! क्या गुरु सचमुच अब वृद्ध होते जा रहे हैं...?

शस्त्र-ज्ञान चाहे उनको नहीं मिला था; पर राम देख रहे थे कि उनके सम्मुख बैठे आश्रमवासियों का उत्साह विस्मयकारक था। ये योद्धा नहीं थे। कदाचित् इनमें

से अनेक ऐसे होंगे, जिन्हेंने किसी युद्ध में भाग लेना तो दूर, किसी व्यक्ति से कभी झगड़ा भी नहीं किया होगा। और फिर भी आज ये कितनी ललक और उत्साह के साथ, राक्षसों से लड़ने के लिए सन्नद्ध बैठे हैं।

राम को लगा—न तो जन-सामान्य में न्याय का अभाव है, न साहस की कमी। वे तो भ्रष्ट परिवेश के कारण अपना आत्मविश्वास खो बैठते हैं। एक बार उन्हें विश्वास हो जाए कि अन्याय के विरुद्ध लड़ने में उनका कोई सहायक है तो वे जूझ मरने के लिए तैयार हो जाते हैं। न्यायी शासक का नेतृत्व पाकर स्वयं प्रजा ही अपने बल पर समस्त अन्याय और अत्याचार को समाप्त कर देती है। पर यदि शासक अन्यायी हो तो ये दुर्बल जन किसके भरोसे पर अन्याय के विरुद्ध लड़ें...?

एक दस-वर्षीय ब्रह्मचारी राम के ठीक सामने बैठा था। उसके हाथ में जलावन की एक लकड़ी मात्र थी। वह बड़ी देर से राम को आँखें भर-भरकर देख रहा था।

''बालक! क्या नाम है तुम्हारा?''

''सत्यप्रिय!''

राम हँसे, ''तुम सत्यप्रिय हो, युद्धप्रिय तो नहीं। फिर युद्ध करने क्यों आए हो?''

बालक कुछ संकुचित हो गया पर फिर सँभलकर बोला, ''आर्य! सत्यप्रिय होने के कारण ही लड़ना पड़ रहा है—असत्यप्रिय होता तो कब से राक्षसों के शिविर में जाकर सुख से सोया होता।''

तभी फेरी लगाने वाली टुकड़ी आई। उल्काओं के प्रकाश में वे बड़े उत्साह से चलते चले जा रहे थे।

''राक्षसों का कोई समाचार, नायक?'' राम ने पूछा।

''कोई समाचार नहीं है, आर्य?'' नायक ने बताया, ''ताड़का-वध क्या हुआ, समस्त राक्षसों का वध हो गया। ऐसा सन्नाटा इससे पूर्व हमने कभी नहीं देखा, राम! यह अपूर्व रात्रि है।''

टुकड़ी आगे बढ़ गई।

''तो सत्यप्रिय!'' राम फिर बालक की ओर उन्मुख हुए, ''यदि युद्ध हुआ तो तुम इस लकड़ी से कैसे लड़ोगे?''

''मैं इसे जलाकर राक्षसों की दाढ़ियाँ झुलसा दूँगा।''

लक्ष्मण चुप बैठे थे। अब स्वयं को रोक नहीं सके। उन्होंने जोर का अट्टहास किया, ''सत्यप्रिय! वह युद्ध अत्यंत मनोरंजक होगा। सारे राक्षस अपनी दाढ़ियों की अग्नि से व्याकुल, जल के लिए कोई ताल-तलैया खोजते, इधर-उधर भागते नजर आएँगे।''

राम मंद-मंद मुस्करा रहे थे।

''अब कदाचित् ही राक्षस आएँ।'' भीड़ में से किसी ने कहा।

"उनमें तनिक भी बुद्धि हुई तो वे आएँगे ही नहीं। उन्हें ज्ञात हो गया होगा कि सिद्धाश्रम में स्वयं राम और लक्ष्मण वर्तमान हैं।" किसी और ने कहा।

गुरु स्नान कर आश्रम में लौटे तो चकित रह गए। सिद्धाश्रम का स्वरूप ही बदल गया था। वह आश्रम कम, सैनिक शिविर ही अधिक लग रहा था। आश्रमवासियों में से शायद ही रात को कोई सोया हो, किंतु वे इस समय तनिक भी शिथिल नहीं थे। सब नहा-धोकर अपने-अपने कर्तव्य-स्थान पर वर्तमान थे।

इससे भी बड़ा आश्चर्य था कि साथ लगते ग्रामों के प्रायः समस्त स्त्री-पुरुष अपने परिवारों के साथ सिद्धाश्रम में उपस्थित थे। पुरुष सैनिक मुद्रा में युद्ध के लिए प्रस्तुत थे और स्त्रियों ने अनेक युद्धेतर कार्य सँभाल लिये थे। वे वृद्धों, शिशुओं तथा रोगियों की देख-भाल कर रही थीं। सूचनाएँ लाने और ले जाने का कार्य कर रही थीं। सब ओर एक अनुशासित व्यस्तता दिखाई पड़ रही थी। सबकी आकृति पर आशा थी, आत्मविश्वास था और था तेज।...ये वे थे, जिन्होंने गुरु के बार-बार आह्वान करने पर भी राक्षसों के भय से, कभी अपने ग्राम से बाहर पैर नहीं रखा था। उन्हें यदि पता लग जाता कि जिस मार्ग पर वे चल रहे हैं, उस पर किसी राक्षस के आने की संभावना है, तो वे मार्ग छोड़कर भाग जाया करते थे। इनके मुखिया लोगों के मुख 'राक्षस' शब्द सुनते ही पीले पड़ जाते थे।...और आज वे ही कितने निर्भय हो, राक्षसों से युद्ध करने के लिए आक्रामक मुद्रा में बैठे हैं—आर्य भी, शबर भी, भील भी, निषाद भी...

गुरु अपनी गरिमापूर्ण सहज गति से, लोगों से मिले, मध्य में बैठे राम और लक्ष्मण के पास पहुँचे।

"राम! तुमने चमत्कार किया है, पुत्र! यह शोषित और दलित प्रजा आज कितनी समर्थ और सक्षम लग रही है। मैं आज मान गया हूँ कि प्रजा न तो कायर होती है, न आलसी; पर उचित नेतृत्व का निरंतर अभाव उसे कायर और आलसी ही नहीं, अत्याचार और अन्याय के प्रति सहिष्णु भी बना देता है। उचित नेतृत्व के मिलते ही गीले, ठण्डे पड़े पदार्थ में आग लग जाती है, उसका तेज जाग्रत हो उठता हैं। तुम समर्थ हो, राम! तुम समर्थ हो।"

"आपकी महिमा है, गुरुदेव!" राम ने मस्तक झुकाते हुए, नम्र वाणी में कहा, "प्रार्थना है, अपना यज्ञ आरंभ करें। मैं, लक्ष्मण, आश्रमवासी और समस्त प्रजा-जन यज्ञ की रक्षा के लिए प्रस्तुत है। यज्ञ राक्षसों के लिए युद्ध का आह्वान है। देखें, उनमें कितना साहस है।"

विश्वामित्र ने मुग्ध दृष्टि से राम को देखा—सरलता और साहस की मूर्ति राम। स्नेह से उनका कंठ अवरुद्ध हो गया। गुरु मुख से कुछ कह नहीं सके।

यज्ञ आरंभ हुआ।

मध्य में यज्ञवेदी पर गुरु विश्वामित्र आसीन थे। उनके दक्षिण और वाम भाग में, कुछ हटकर आचार्य विश्वबंधु तथा मुनि आजानुबाहु बैठे थे। उनके पीछे समस्त आश्रमवासी थे। आश्रमवासी इस समय भी सैनिक मुद्रा में थे। जिनके पास जो भी शस्त्र था, वह उनके सम्मुख रखा था। धनुष-बाण, खड्ग, परशु, गंडासा, चाकू, छुरी, लाठी--सबके पास आक्रमण के लिए कोई-न-कोई शस्त्र अवश्य था।

आश्रम के मुख्यद्वार की ओर मुख किए राम बैठे थे, उनके हाथ में धनुष था। उनके साथ ग्रामीण योद्धाओं की एक टोली थी, वे सब के सब सशस्त्र थे। उनके शस्त्र आश्रमवासियों से अधिक सार्थक और उपयोगी थे। इस टोली के लोग आश्रमवासियों के समान युद्ध से सर्वथा असंबद्ध नहीं रहे थे। उन्होंने परस्पर झगड़ों से लेकर, आखेट तक के किसी-न-किसी युद्ध में भाग अवश्य लिया था।

सिद्धाश्रम के मुख्यद्वार की ओर पीठ किए हुए, राम की विपरीत दिशा में लक्ष्मण अपने धनुष को लिये सचेत बैठे थे। उनके साथ भी ग्रामीण युवकों की वैसी ही एक टोली थी। लक्ष्मण का मुखमण्डल राम के समान सहज नहीं था। वे कुछ उत्तेजित थे। वे अपने आवेश को अभिव्यक्त होने से रोक नहीं पा रहे थे। राम ने ताड़का का वध कर दिया था, किंतु लक्ष्मण को अभी तक एक बाण चलाने का भी अवसर नहीं मिला था। उन्हें राक्षसों पर क्रोध आ रहा था—वे शीघ्र आते क्यों नहीं? लक्ष्मण अपनी वीरता का प्रदर्शन कैसे करें? गुरु का यज्ञ सिद्धाश्रम में चल रहा था और उसकी रक्षा आवश्यक थी; राम की अनुमति भी नहीं थी, नहीं तो लक्ष्मण यहाँ प्रतीक्षा करने से कहीं उत्तम सीधे राक्षस-शिविर पर धावा करना समझते। कौन यहाँ बैठा उनकी प्रतीक्षा करे!

यज्ञ आरंभ हुआ। वेदी में अग्नि प्रज्वलित हुई। धुआँ आकाश की ओर उठा। मंत्रोच्चार का शब्द वायुमण्डल में प्रसारित होने लगा और उपस्थित प्रत्येक जन अपने स्थान पर सतर्क और सावधान हो गया। यज्ञ आंरभ करना राक्षसों को चुनौती देना था और यज्ञ का निर्विघ्न संपन्न होना उनकी शक्ति की अस्वीकृति की घोषणा।

किंतु आज राक्षसों का कहीं भी कोई चिह्न नहीं था। वे दिखाई तो नहीं ही पड़ते थे, उनका कोलाहल अथवा उनके कहीं होने का किसी भी प्रकार का कोई प्रमाण नहीं था।

आश्रम की सीमा, और उससे भी कहीं आगे, राक्षसों की बस्ती के अत्यंत निकट नियुक्त टोलियों से राम और लक्ष्मण का निरंतर संपर्क बना हुआ था। संदेशवाहक आ और जा रहे थे। राक्षसों की कहीं कोई गतिविधि दिखाई नहीं पड़ रही थी।

गुरु के मंत्रोच्चार का स्वर स्थिर होता गया। उनका ध्यान अपने परिवेश से हटकर अपने भीतर डूबता जा रहा था। राक्षस उनके ध्यान में से निकल गए थे

और उनका चित्त एक केंद्र पर एकाग्र होता जा रहा था...आश्रमवासियों के राक्षसों के भय से अवरुद्ध कंठ भी क्रमशः कंपनहीन और सहज होते जा रहे थे। मंत्रोच्चारण का स्वर तीव्रतर होता जा रहा था। वायुमण्डल में उनकी बढ़ती हुई गूँज राक्षसी-भावों को वहाँ से खदेड़कर दूर करती जा रही थी। वातावरण शुद्ध होता जा रहा था।

तभी एक संदेशवाहक ने आकर, अत्यंत धीमे और नम्र स्वर में राम को सूचना दी, "आर्य! राक्षस अपने शिविर से निकलकर इस ओर आते हुए देखे गए हैं।"

"सावधान!" राम ने लक्ष्मण को संकेत किया।

राम और लक्ष्मण की टोलियाँ उठ खड़ी हुईं। धनुष-बाण और खड्ग सध गए। उनकी मुद्रा आक्रामक हो गई।

यज्ञ निर्विघ्न चलता रहा।

आश्रम के मुख्यद्वार की ओर से दो अत्यंत दीर्घकाय तथा भयंकर राक्षस प्रकट-हुए। उनका वर्ण निपट काला, नाक चपटी तथा चौड़ी और सिर पर व्यवस्थाहीन, बढ़े हुए लंबे अस्त-व्यस्त बाल थे। लंबी-लंबी कलमें, कानों तक चढ़ी हुई मूँछें तथा मदिरा से आरक्त क्रूर आँखें थीं। उनकी कटि पर भड़कीले, मूल्यवान और भद्दे वस्त्र तथा शरीर पर मणि-माणिक्य जड़े अत्यंत मूल्यवान स्वर्ण आभूषण सर्वथा सौंदर्य-शून्य ढंग से लदे हुए थे। दोनों ने एक-एक हाथ में भयंकर खड्ग तथा दूसरे हाथ में बड़ा-सा मांस-खण्ड पकड़ रखा था। मांस के मध्य की अस्थि को हाथ में पकड़े हुए, वे दोनों अपने बड़े-बड़े दाँतों से मांस नोचते हुए प्रचण्डता से वेदी की ओर बढ़े चले आ रहे थे। मांस-खण्ड में से अभी भी रक्त टपक रहा था। वह कच्चा-ताजा मांस पशु अथवा मनुष्य, किसी का भी हो सकता था।

"मारीच और सुबाहु!" राम की टोली में से किसी ने कहा।

तभी राक्षसों की दृष्टि टोली का नेतृत्व करते राम पर पड़ी। उनकी लाल-लाल आँखें भयंकर क्रोध के मारे जैसे कोटरों से निकल पड़ने को हो गईं।

विकट हुंकार कर मारीच ने अपने हाथ का मांस-खण्ड यज्ञ-वेदी की ओर उछाल दिया और स्वयं खड्ग तानकर आकाश की ओर उछला।

राम के लिए परीक्षा का समय था। वे राक्षसों के मायावी युद्ध के अभ्यस्त नहीं थे। मांस-खण्ड वायु में उड़ता-सा यज्ञ-वेदी की ओर आ रहा था। उसे न रोका जाता तो यज्ञ भ्रष्ट हो जाता और पृथ्वी को छोड़ ऊपर उछले हुए मारीच को न रोका जाता, तो वह अपने खड्ग से राम पर प्रहार कर बैठता।

निमिष मात्र में मस्तिष्क और शरीर दोनों को ही काम करना था। राम ने कान तक धनुष की प्रत्यंचा तानकर एक साधारण बाण मारा। बाण ने शक्तिशाली पक्षी के समान झपटते आते हुए उस मांस-खण्ड को यज्ञ-वेदी से बहुत दूर वायु में ही रोक दिया।

किंतु मारीच...राम ने तूणीर से तुरंत दूसरा बाण खींचा और लाघवपूर्वक इतने कम अंतराल में उसे चला दिया, मानो दोनों बाण साथ-ही-साथ छोड़े गए हों। किंतु दूसरा बाण, पृथ्वी से उछले मारीच की ओर झपटा ही था कि राम ने अनुभव किया कि उनके धनुष से अनुपयुक्त अस्त्र छूटा है। यह शीतेषु नामक मानवास्त्र था। साधारण मनुष्य के लिए यह अस्त्र यम का दूत था, किंतु मारीच जैसे बलवान राक्षस के वध के लिए कदाचित् इसकी शक्ति अपर्याप्त हो।

'शीतेषु' ने मारीच के वक्ष पर आघात किया। राम का लक्ष्य सुई की नोंक भर भी नहीं भटका था। मारीच के कंठ से लंबा चीत्कार फूटा और 'शीतेषु' के वेगपूर्ण आघात से वह उलटी दिशा में परे जाकर झाड़ियों में गिर पड़ा।

क्षण-भर तक राम ने मारीच की प्रतीक्षा की, किंतु उसके वहाँ होने या लौटने का कहीं कोई चिह्न नहीं था। सुबाहु ने भी अब तक आक्रमण का कोई प्रयत्न नहीं किया था। वह भौंचक-सा मारीच और राम का युद्ध देख रहा था। उसने इससे पूर्व किसी मानव को राक्षसों से ऐसे लड़ते नहीं देखा था। वह अपनी स्थिति भूला-सा मारीच के लौट आने की प्रतीक्षा कर रहा था। किंतु मारीच के लौटने का कहीं कोई आभास नहीं था। या तो वह मर चुका था, या गंभीर घाव खाकर कहीं पड़ा था। सहसा सुबाहु अपनी स्थिति के प्रति सजग हुआ। वह सिद्धाश्रम में खड़ा था—अपने शत्रुओं से घिरा हुआ। सामने राम थे, दूसरी ओर लक्ष्मण। लक्ष्मण बच्चा था, पर राम साधारण योद्धा नहीं थे। उन्होंने ताड़का और मारीच जैसे प्रसिद्ध राक्षस योद्धाओं को मार गिराया था।

राम अपने तीसरे बाण के साथ प्रस्तुत थे। इस बार वे संयोग पर निर्भर नहीं थे। उन्हें चयन का अवसर मिल गया था। उन्होंने इस बार अपने धनुष पर आग्नेयास्त्र धारण किया था। आग्नेयास्त्र के आघात को सुबाहु भी नहीं झेल पाएगा—वे जानते थे।

सुबाहु ने अपना खड्ग ताना और राम पर प्रहार करने के लिए झपटा।

राम इस बार पूर्णतः प्रस्तुत थे। कोई जल्दी नहीं थी। पूर्ण योजना के अनुसार उपयुक्त क्षण पर, राम ने अपना धनुष ताना और पूरे वेग के साथ आग्नेयास्त्र छोड़ दिया।

आग्नेयास्त्र सुबाहु के वक्ष को मध्य से बींध गया। रक्त का उत्स फूटा। सुबाहु का शरीर निमिष-भर को काँपा और औंधा होकर पृथ्वी पर गिरा। उसकी गर्दन तनिक-सी हिली, माथे पर पीड़ा की रेखाएँ प्रकट हुईं और मुख से रक्त बह निकला। मरते हुए पशु के समान, वह पीड़ा में डकराया और उसने अपना निश्चेष्ट सिर भूमि पर टेक दिया।

राम ने मारीच के लौट आने की प्रतीक्षा की, पर मारीच कहीं दिखाई नहीं पड़ा। उन्होंने पलटकर पीछे की ओर होते हुए चीत्कारपूर्ण कोलाहल की ओर देखा।

राक्षसों की सेना ने लक्ष्मण की टोली पर आक्रमण किया था। अपनी समझ में कदाचित् उन्होंने गुप्त प्रहार किया था, किंतु लक्ष्मण अपनी टोली के साथ पूर्णतः सावधान थे। राक्षस लगभग वैसे ही भयंकर थे, जैसे मारीच और सुबाहु थे। किंतु आकार में ये कुछ छोटे थे। उनके वस्त्र और आभूषण भी उतने मूल्यवान नहीं थे।

उन्होंने अपने आक्रमण के साथ-ही-साथ मारीच और सुबाहु का परिणाम देख लिया था—उनके मुख पर क्रूरता और भय में द्वंद्व चल रहा था। भय से मुक्त होने के लिए वे जोर-जोर से चिल्ला रहे थे; व्यवहार में आक्रामक होने का प्रयत्न कर रहे थे। किसी निश्चित योजना के अभाव में व्याकुल-से इधर-उधर भाग रहे थे और कभी-कभी आकाश की ओर उछलने का अभिनय कर रहे थे।

लक्ष्मण की टोली बड़े आत्मविश्वास और सामर्थ्य के साथ, उनसे जूझ रही थी। लक्ष्मण ताक-ताककर उन्हें तीक्ष्ण फलों वाले बाण मार रहे थे। बीच-बीच में वे वायवास्त्र का भी प्रयोग कर रहे थे।

राक्षसों की संख्या क्रमशः कम होती जा रही थी। उनका चीत्कार और कोलाहल भी धीमा पड़ता जा रहा था। राम को इस युद्ध में हस्तक्षेप करने की आवश्यकता नहीं लगी। वे अपनी टोली के साथ मुख्यद्वार की ओर सन्नद्ध खड़े रहकर इस युद्ध के साक्षी होने का आनंद उठा सकते थे। राम के आ जाने से लक्ष्मण को अपना पूर्ण पराक्रम प्रकट करने का अवसर नहीं मिल पाता।

तभी योद्धाओं का एक और दल, राक्षसों की पीठ पर प्रकट हुआ और उन पर टूट पड़ा। राक्षस दो पाटों के बीच फँस गए थे। नवागंतुक आश्रमवाहिनी के लोग नहीं थे। किंतु थे वे भी राक्षसों के शत्रु ही। राम कुछ विस्मित-से उन लोगों को देख रहे थे। रंग-रूप से वे लोग निषाद जाति के लगते थे। उनके पास कुछ छोटी-छोटी पुरानी तलवारें, कुछ कुल्हाड़ियाँ और छोटे-छोटे धनुष थे, जिनसे छोटे और हल्के बाण चलाए जा सकते थे। उनके बाण बिना फल के थे, परंतु उनका पराक्रम अद्भुत था।

इन दो पाटों के बीच नेतृत्वविहीन राक्षस अत्यंत व्याकुल हो उठे थे। उनकी संख्या इतनी तेजी से कम हो रही थी कि युद्ध में वे अधिक देर टिकते नहीं लग रही थे। इसका आभास स्वयं राक्षसों को भी था—यह उनके चेहरों के भाव स्पष्ट घोषित कर रहे थे।

अकस्मात् ही बिना किसी पूर्व भूमिका के राक्षसों के पाँव उखड़ गए। वे लोग भागे। उनके भागने की कोई विशेष दिशा नहीं थी। वे नियंत्रण हीन हो, तितर-बितर, अपने प्राणों की रक्षा के लिए भाग रहे थे।

"इनका पीछा करो!" लक्ष्मण ने अपनी टोली को आदेश दिया, "देखो, कहीं ये दुष्ट यहाँ से असफल हो, तुम्हारे ग्रामों में घुसकर हानि न करें।"

ग्रमीण तथा निषाद योद्धा अपना दबाव बनाए प्रहार करते हुए, राक्षसों को

खदेड़ते दूर तक चले गए।

युद्ध सहसा ही समाप्त हो गया था।

तभी गुरु ने अंतिम आहुति डाली।

गुरु यज्ञ-वेदी से उठे, तो राक्षसों को खदेड़ने गए हुए ग्रामीण तथा निषाद योद्धा लौट आए थे।

विश्वामित्र ने अत्यंत गद्‌गद हो, स्नेह के आवेश में राम को कंठ से लगा लिया, "तुम समर्थ हो, राम! आज कितने समय के पश्चात् सिद्धाश्रम में यज्ञ निर्विघ्न समाप्त हुआ है।"

गुरु ने लक्ष्मण को वक्ष से चिपकाकर आशीर्वाद दिया, "सदा राम के योग्य भाई सिद्ध होओ।"

ग्रामों के मुखिया आकर गुरु के चरणों पर गिर पड़े। गुरु जैसे चिर-प्रतीक्षित अपनी सफलता की प्रसन्नता और योद्धाओं के प्रति अपने स्नेह के वश में आत्मनियंत्रण खो बैठे थे। वे मुख से आशीर्वाद दे रहे थे। लोगों के सिरों पर स्नेह का हाथ फेर रहे थे। कंधे थपथपा रहे थे।

और सहसा अपने चरणों पर गिरे दो भाइयों को भुजाओं से पकड़, ऊपर उठाकर, उन्होंने आश्चर्य से देखा, "तुम लोग कहाँ चले गए थे, गहन के पुत्रो?"

"आर्य कुलपति! हम अपने ग्राम के लोगों को इस धर्मयुद्ध के लिए बुलाने गए थे। ऋषिवर! आपकी अनुमति के बिना इस प्रकार लुप्त हो जाने तथा ग्राम दूर होने के कारण युद्ध के पूर्व न पहुँच पाने के लिए हम आपसे क्षमा-याचना करते हैं। हमें क्षमा करें, गुरुदेव!" वे दोनों फिर से गुरु के चरणों पर लोट गए।

प्रसन्नता के कारण गुरु के नेत्रों में आँसू छलक आए, "तुम भी पीछे नहीं रहे, निशाद वीरो! तुम धन्य हो।"

"आर्य कुलपति!" गहन का ज्येष्ठ पुत्र गगन खड़ा होकर सधी हुई आवाज में बोला, "एक और बात के लिए भी हमें क्षमा-याचना करनी है। हम आपकी आज्ञा के बिना ही, अपने अपराधी, सेनानायक बहुलाश्व के पुत्र देवप्रिय और उनके चार साथियों को बंदी बनाकर लाए हैं। इस कारण से भी हमें आने में कुछ विलंब हुआ, गुरुवर! हम यह जानते हैं, महर्षि! कि हम निषाद हैं और अपराधी आर्य हैं। हम इस तथ्य से भी अवगत हैं कि वे शासन-प्रतिनिधि सेनापति बहुलाश्व के संबंधी हैं। हमें यह स्वीकार है कि वे लोग धनवान् और समृद्ध जन हैं—पर फिर भी हम आपसे न्याय माँगते हैं, आर्य कुलपति! आपने ही हमें आश्रय दिया था, न्याय भी हमें आपसे ही मिल सकेगा।"

विश्वामित्र स्नेह और विस्मय के भाव से गगन को देखते रहे। बोले, "अद्‌भुत है, पुत्र! तुम अपराधियों को बंदी भी कर लाए। तुम आर्य नहीं हो, शासन-प्रतिनिधि

के संबंधी नहीं हो, तुम धनी-मानी नहीं हो, पर तुम विकट वीर हो, गगन! न्याय जाति, संबंधों, संभ्रांतता तथा समृद्धि का विचार नहीं करता। तुम्हें न्याय तो मिलना चाहिए। वैसे भी, पुत्र! दुर्बल को न्याय माँगने का अधिकार सबल से कहीं अधिक होता है। किंतु वत्स्! न्याय तुम्हें मुझसे नहीं मिलेगा। यद्यपि आश्रम का कुलपति मैं हूँ, फिर भी शासन के प्रतिनिधि राम हैं—कोशल के सम्राट, दशरथ के पुत्र। युद्ध की जय का श्रेय भी उन्हें ही है। न्याय वे ही करेंगे। जाओ, अपराधियों को प्रस्तुत करो!"

निषाद ने पाँच आर्य युवक लाकर राम के सम्मुख खड़े कर दिए। उनके हाथ पीठ पीछे बँधे हुए थे। उनका वर्ण गौर था। आकर दीर्घ था। शरीर पर ढीला विलासी मांस और उस पर अनेक स्वर्णाभूषण थे। उनकी आँखों में काजल, केशों में सुगंधित तेल और मुख पर चंदन-लेप था। अधरों पर तांबूल की रक्तिमा अब तक काली पड़ चुकी थी।

देवप्रिय ने राम को देखा और उसके मुरझाए मुख पर कुछ उत्साह झलक आया। वह एक डग आगे बढ़ आया, "राजकुमार! आपको यहाँ देखकर मैं अत्यंत आश्वस्त हूँ। देखिए, ये नीच निषाद मुझे पकड़कर बाँध लाए हैं। मुझे लगता है कि इन्होंने इतना दुस्साहस इस बूढ़े ढोंगी विश्वामित्र की प्रेरणा पर किया है। यह बूढ़ा सदा से आर्य-द्रोही और दस्यु-मित्र रहा है। शाबरी के प्रेम को कभी नहीं भूल पाया। आप यहाँ न होते तो यह अवश्य मुझे मरवा डालता। आप आर्य सम्राट् दशरथ के प्रतिनिधि हैं, मैं आपसे न्याय माँगता हूँ।"

लक्ष्मण का क्रोध से तमतमाता चेहरा विद्रूप में कुछ फैल गया, "भैया! इसके साथ बहुत अन्याय हुआ है। न्याय के लिए यह उत्सुक भी बहुत है। इसे मैं कुछ न्याय दे दूँ?"

राम मुस्कराए, "ठहरो, लक्ष्मण!" और वे देवप्रिय की ओर मुड़े, "देवप्रिय, तुम्हें केवल न्याय मिलेगा। आज यहाँ सिवाय न्याय के और कुछ नहीं होगा।"

आचार्य विश्वबंधु काफी देर से कुछ कहने को उतावले हो रहे थे, अब रुक नहीं सके। विश्वामित्र को संबोधित कर बोले, "आर्य कुलपति! ये बालक राक्षस नहीं, आर्य हैं; फिर ये राज-परिवार से संबद्ध हैं। निशादों की प्रार्थना पर इनका न्याय इस प्रकार दासों या दस्युओं के समान नहीं हो सकता। इनके हाथ मुक्त किए जाएँ।"

वे इस प्रकार आगे बढ़े, जैसे वे स्वयं देवप्रिय तथा उनके साथियों के हाथ मुक्त कर देंगे।

लक्ष्मण ने अपना विशाल धनुष आचार्य विश्वबंधु के मार्ग में अड़ा दिया, "आचार्य! यह ग्रंथ-विमोचन नहीं है, जो आप ही के कर-कमलों से हो। इस कार्य को आप इस दास के लिए छोड़ दें।"

राम का ध्यान लक्ष्मण के परिहास की ओर नहीं था। उनके नयन सात्विक

क्रोध से आरक्त हो गए। उनका स्वर किंचित् आवेश-मिश्रित किंतु गंभीर था, "राक्षसों का न्याय चाहे न हो, किंतु इनका न्याय अवश्य होगा। ये लोग आर्य संस्कृति में पोषित होकर भी राक्षस हो गए, राक्षसों के सहायक हो गए। अपने राजसी अधिकारों का दुरुपयोग करने वाले, निरीह प्रजा को पीड़ित करने वाले, ये लोग आर्य नहीं हैं—चाहे ये लोग आर्य सेनानायकों के पुत्र ही क्यों न हों। 'आर्य' किसी जाति, वर्ण, आकार अथवा पक्ष का नाम नहीं है। वह मानवीय सिद्धांत, आदर्श और महान् चरित्र का नाम है। जो अमानवीय कृत्य इन्होंने निषाद स्त्री-पुरुषों के साथ किए हैं, उन पापों के प्रतिकार के लिए, इन राक्षसों के लिए, मैं न्यूनतम दण्ड प्रस्तावित करता हूँ—मृत्युदण्ड। क्या आप लोगों को स्वीकार है?"

"स्वीकार है! स्वीकार है!" आश्रमवासियों, ग्रामीण और निषादों का हर्षभरा सम्मिलित स्वर गूँजा।

"लक्ष्मण!" राम बोले, "इन्हें वन में ले जाकर इनका वध कर दो। देखना, इनका गंदा रक्त सिद्धाश्रम की पवित्र भूमि पर न गिरने पाए!"

उपस्थित समुदाय उल्लसित हो कोलाहल कर उठा। एक क्षण पहले तक उनमें से कदाचित् ही किसी ने सोचा था कि इन सेनानायक-पुत्रों को भी कोई दण्ड दिया जा सकता है। राम के न्याय ने उनमें न्याय के प्रति आस्था जगा दी थी।

गुरु विश्वामित्र अत्यंत आश्वस्त लग रहे थे।

आचार्य विश्वबंधु के चेहरे का रंग उड़ गया। फीके स्वर में बोले, "राम! यह भी तो सोचो, क्षण-भर में सेनापति बहुलाश्व अपनी सेना को लेकर सिद्धाश्रम पर चढ़ दौड़ेगा। फिर उससे कौन लड़ेगा? यदि तुम समर्थ भी होओ, तो क्या कोशल की आर्य सेना का नाश करना तुम्हारे लिए उचित होगा?"

"आप व्यर्थ चिंता कर अपना बहुमूल्य स्वास्थ्य नष्ट न करें, आचार्यपाद! अभी आपको अनेक यज्ञ करने हैं! बहुलाश्व की समस्या आप हमारे लिए छोड़ दें। जो सिंह की गर्दन मरोड़ सकता है, वह उसकी मौसी बिल्ली की पूँछ भी ऐंठ सकता है।" लक्ष्मण वक्रता से मुसकराए और देवप्रिय तथा उसके साथियों को पशुओं के समान हाँकते हुए वन की ओर चले गए। उनके मन की प्रसन्नता उनके एक-एक अंग से फूटी पड़ रही थी।

राम ने आचार्य विश्वबंधु को कोई उत्तर नहीं दिया। वे गहन के पुत्रों की ओर उन्मुख हुए, "वीरो! मैं तुम्हारे कृत्य से अत्यंत प्रसन्न हूँ। तुम्हें समर्थ जानकर वीरता का एक और कार्य तुम्हें सौंपता हूँ। मारीच की मृत्यु का हमें कोई निश्चित प्रमाण नहीं मिला है। तुम लोग अपने ग्रामवासियों के साथ उसका शोध कर मुझे सूचित करो, ताकि उस दुष्ट के बोझ से पृथ्वी को हल्का किया जा सके।" राम क्षण भर रुककर जैसे समझाते हुए बोले, "पर एक बात का ध्यान रखना, यदि वह जीवित

और सक्षम अवस्था में मिल जाए और तुम लोगों पर भारी पड़े, तो युद्ध का अनावश्यक जोखिम मत उठाना। मुझे सूचित कर देना।''

निषादों की टोली ने अत्यंत प्रसन्नापूर्वक झुककर राम को प्रणाम किया और सिद्धाश्रम से बाहर जाने के लिए मुड़ गई।

निषादों की टोली के जाते ही, एक दूसरी टोली सिद्धाश्रम में प्रविष्ट हुई। यह टोली अश्वारोहियों की थी।

राम ने ध्यान से उन्हें देखा। उनकी संख्या दो-ढाई सौ से कम नहीं थी। वे सब सैनिक-वेश में थे और सब-के-सब सशस्त्र थे। उनके आगे-आगे एक ऊँचे श्वेत अश्व पर उनका नायक था।

राम कुछ चकित थे। आर्य नियमों के अनुसार, किसी भी व्यक्ति को, चाहे वह स्वयं उस देश का राजा ही क्यों न हो—आश्रम में प्रविष्ट होने से पूर्व अपना वाहन, अपने शस्त्र, अपनी सेना—सब कुछ सिंहद्वार के बाहर ही त्यागना पड़ता था। तो यह कौन है, जो इतने सशस्त्र सैनिकों के साथ अश्वों पर आश्रम के भीतर चला आया है! फिर, आश्रम की सीमाओं पर नियुक्त आश्रमवासियों ने इन लोगों के आने की सूचना भी राम तक नहीं पहुँचाई। वे आश्रमवासी क्या वहाँ नहीं हैं, इन लोगों के द्वारा मार डाले गए हैं या इनको मित्र समझकर बेरोक-टोक भीतर आने दिया गया है।

अश्वारोही रुक गए। केवल उनका नायक चार सैनिकों के साथ आगे बढ़ा। नायक और उसके साथ के चार सैनिकों ने इन लोगों से कुछ दूरी पर अश्व त्याग दिए, किंतु उनके खड्ग अब भी उनके साथ थे। वे पदाति आगे बढ़े और उन्होंने गुरु विश्वामित्र को साष्टांग प्रणाम किया।

राम ने गुरु को देखा। गुरु के मन का असमंजस उनके चेहरे पर लिखा हुआ था। पर उन्होंने स्वयं को नियंत्रित कर नायक को कंधों से पकड़कर उठाया और बोले, ''सेनानायक बहुलाश्व! तुम?''

''आर्य कुलपति!'' नायक के मुख पर उद्धतता, वाणी में खुरदुरापन तथा शब्दों के चयन में स्पष्ट सावधानी थी, ''सुना था, राजकुमार राम तथा लक्ष्मण आए हुए हैं, अतः उन्हें प्रणाम करने चला आया।'' उसने आगे बढ़कर, झुककर राम को प्रणाम किया, ''कुछ नीच निषाद मेरे पुत्र देवप्रिय को अनधिकृत रूप से बंदी बनाकर, सुना है, न्याय के लिए आपके पास लाये हैं। प्रार्थना है, उसे तथा उसके साथियों को मुक्त कर दिया जाए।''

''सेनानायक!'' राम का तेजस्वी स्वर गूँजा, ''तुम यहाँ प्रणाम करने आए हो या प्रार्थना करने आए हो। तुम आर्य सेनानायक हो और अपने सशस्त्र अश्वारोहियों के साथ सिद्धाश्रम में घुस आए हो। क्या तुम्हें आर्य नियमों का ज्ञान नहीं है?''

बहुलाश्व के स्वर में उद्धतता पहले से बहुत बढ़ गई थी, "कदाचित् राजकुमार को ज्ञात नहीं है कि आर्यावर्त्त के इस भाग में ऐसा ही प्रचलन है।"

"यह प्रचलन तुम्हारे ही कारण है, बहुलाश्व!"

"किसी के भी कारण हो।" बहुलाश्व लापरवाही से बोला, "मुझे उससे कोई विवाद नहीं है। देवप्रिय कहाँ है, राम?"

"उसका न्याय कर दिया गया है, सेनानायक!" राम ओज-भरे स्वर में बोले, "उसे मृत्युदण्ड दिया गया है। लक्ष्मण उसका वध कर चुके होंगे।"

"मृत्युदण्ड!" बहुलाश्व का मुख एक साथ पीला और लाल हो गया, "यह न्याय किस की इच्छा से हुआ है, राजकुमार?"

"न्याय किसी की इच्छा से नहीं होता, बहुलाश्व!" राम बोले, "न्याय सत्य और मानव-प्रेम पर आधृत होता है। तुम और तुम्हारा पुत्र अधिकार पाकर राक्षस हो गए थे। तुम लोगों का न्याय होना ही चाहिए।"

बहुलाश्व के मुख पर से भय के चिह्न मिट गए। वह क्रोध से जल रहा था। उसने कोष से बाहर निकाल नग्न खड्ग हाथ में ले लिया, "यह न भूलो राजकुमार कि अयोध्या और अयोध्या की सेना यहाँ से बहुत दूर है। यहाँ मैं हूँ सेनानायक बहुलाश्व। मेरी आज्ञा के बिना, किसी का न्याय करने का तुम्हें क्या अधिकार था!"

राम की सतर्क आँखों ने देखा, बहुलाश्व के खड्ग के नग्न होते ही, उसके सैनिकों ने फैलना आरंभ कर दिया था और उपस्थित समुदाय को चारों ओर से घेर लिया था।

"अधिकार उसको होता है, जो न्याय कर सके।" राम मुस्कराए, "मेरा अधिकार भी यही था। और अयोध्या की सेना के दूर होने से भी कोई अंतर नहीं पड़ेगा। किसी का भी न्यायपूर्ण व्यवहार अपने आस-पास के जन-सामान्य में सेना खड़ी कर लेता है। राम सेनाएँ साथ लेकर नहीं चलता, वह जनता में से सेना का निर्माण करता है। अतः अब मुझे तुम्हारा भी न्याय करना है।"

"मेरा न्याय!" बहुलाश्व की आँखें क्रोध से फट पड़ीं।

"केवल अपराधी को दण्ड देने से न्याय पूर्ण नहीं हो जाता, बहुलाश्व!" राम ने अपने ओजस्वी स्वर में कहा, "अपराधी की रक्षा करने वाले को भी उसके दुष्ट कृत्यों के लिए दण्डित किया ज़ाना पूर्णतः न्याय के अंतर्गत है। तुमने पुत्र-प्रेम में पड़कर, प्रजा पर अमानवीय अत्याचार करने वाले राक्षसों की रक्षा की है, उनसे मित्रता की है, उनसे उत्कोच स्वीकार किया है। तुमने न केवल अपना कर्तव्य पूर्ण नहीं किया, तुमने अपने अधिकारों का दुरुपयोग भी किया है। इन अपराधों के लिए तुम्हें कोई कठिन दण्ड मिलना चाहिए, किंतु मैं दयावश तुम्हें केवल मृत्युदण्ड दे रहा हूँ।"

बहुलाश्व ने क्रोध में दाँत पीसे। नग्न खड्ग को उसने अपने हाथ में तौला और आक्रामक मुद्रा में राम की ओर बढ़ते हुए बोला, "देखता हूँ मुझे कौन दण्ड

देता है!...''

उसके सैनिक सावधान हो गए। उनका घेरा संकीर्ण होने लगा था। उपस्थित जन-समुदाय भय से पीला पड़ गया। गुरु विश्वामित्र भी कुछ विचलित हो गए।

राम अपनी परिचित मोहक मुस्कान अधरों पर ले आए। अत्यंत सहज भाव से बोले, ''तो देखो।''

शब्दों के साथ ही राम की भुजाएँ सक्रिय हुईं और अंतिम शब्द के साथ ही राम का बाण बहुलाश्व के वक्ष को मध्य से भेद गया।

''आत्मसमर्पण करो!'' तभी लक्ष्मण का आदेश देता हुआ स्वर कड़क उठा।

बहुलाश्व के बढ़ते हुए सैनिकों ने देखा—उनके सम्मुख, राम के चरणों के पास बहुलाश्व का शव धरती पर पड़ा था। राम अब भी धनुष ताने अपनी उग्र मुद्रा में प्रस्तुत थे; और जाने कब लक्ष्मण लौट आए थे। लक्ष्मण ने अपनी टोली के साथ उन्हें पृष्ठ पर से घेर लिया था और वे आक्रमण के लिए पूर्णतः सन्नद्ध थे।

सैनिकों के खड्ग कोष में लौट गए। उनके अश्वों के पग जहाँ के तहाँ रुक गए।

क्षण-भर में उनका उपनायक अश्व से उतर पदाति राम की ओर बढ़ा। उसने अपना खड्ग माथे से लगा, झुककर राम को प्रणाम किया और खड्ग राम के चरणों के पास, भूमि पर रख दिया।

''प्रभु! मैं उपनायक पृथुसेन अपने अधीन सैनिकों के साथ आत्मसमर्पण करता हूँ। सेनानायक बहुलाश्व की आज्ञाओं के अधीन किए गए कृत्यों के लिए हमें दण्ड दिया जाए, अथवा यदि प्रभु उचित समझें तो क्षमा किया जाए।''

उपनायक पृथुसेन राम के सम्मुख घुटनों के बल बैठ गया।

राम मुस्कराए। उन्होंने खड्ग उठा लिया। बोले, ''उठो, पृथुसेन!'' पृथुसेन उठ खड़ा हुआ।

राम ने खड्ग उसे प्रदान किया, ''मैं अयोध्या के शासन-प्रतिनिधि के रूप में न्याय की रक्षा तथा अत्याचार के दमन के लिए तुम्हें इन सैनिकों का सेनानायक नियुक्त करता हूँ। देखना, जनता को तनिक भी असुविधा न हो। जाओ, अपने सैनिकों के साथ सिद्धाश्रम से बाहर मेरी आज्ञा की प्रतीक्षा करो।''

पृथुसेन ने झुककर अभिवादन किया और अपने सैनिकों की ओर मुड़ गया।

पृथुसेन अपने सैनिकों के साथ सिद्धाश्रम से बाहर जा चुका था।

गुरु विश्वामित्र, आचार्य विश्वबंधु, मुनि आजानुबाहु, समस्त आश्रमवासी तथा युद्ध के लिए आए ग्रामीण—सब किंचित् हत्प्रभ, मौन खड़े थे। और उन सबके बीच सेनानायक बहुलाश्व का शव भूमि पर चित पड़ा था। प्रायः लोगों की आकृति पर एक ही भाव था—आकस्मिक, अपूर्व-चिंतित घटना से हत्प्रभ हो जाने का। राक्षसों

के वध से वे हर्षित हुए थे। देवप्रिय के दण्ड से विस्मित हुए थे। किंतु बहुलाश्व की हत्या...और होता-होता रह गया सैनिक विद्रोह...राम और लक्ष्मण ने यदि तनिक भी शिथिलता दिखाई होती, तो यहाँ जन-समुदाय के स्थान पर रुंड-मुंड ही बिखरे हुए होते।

किंतु उस भारी भीड़ में घिरे हुए राम अपने पूरे आत्मविश्वास के साथ सहज भाव से खड़े थे। उनके मुख पर अविचलित, सम्मोहनमयी मुस्कान थी। उनके मन में कहीं कोई द्वंद्व नहीं था—उन्होंने एक निर्णय लिया था, उस पर कर्म किया था, और उस निर्णय की सच्चाई में उन्हें पूर्ण विश्वास था।

राम के साथ, अपने भाई पर मुग्ध लक्ष्मण खड़े थे—पूर्णतः आश्वस्त।

उस स्तब्धता को राम ने ही तोड़ा। बोले, "आप लोग अब निश्चिंत हों। जो कुछ हुआ, उसमें कुछ भी गलत नहीं हुआ। पापियों को उचित दण्ड मिल गया।"

राम ने वार्तालाप आरंभ कर उपस्थित लोगों को अपने विचार प्रकट करने का अवसर दिया था। वे जानते थे, अपने प्रत्येक कृत्य को, चाहे वह कितना ही न्यायाश्रित क्यों न हो, उन्हें प्रजा के सम्मुख विचार-विमर्श के लिए रखना होगा। उस कृत्य के न्यायोचित होने को प्रजा द्वारा सिद्ध होने का अवसर देना होगा। अपना उद्देश्य उन्हें बताना होगा। विचार-विनिमय के निषेध तथा विचाराभिव्यक्ति के वर्जन से उचित-से-उचित कर्म भी प्रजा की दृष्टि में अनुचित हो जाएगा।

"किंतु राम!" सबसे पहले आचार्य विश्वबंधु बोले, "बहुलाश्व सम्राट् दशरथ का आर्य सेनापति था।...हाँ, यह ठीक है कि तुमने आत्मरक्षा..."

"नहीं!" राम पहली बार इतने आवेश में दिखाई पड़े, "नहीं, आचार्य विश्वबंधु! मैं इस बात को अस्वीकार करता हूँ कि मैंने आत्मरक्षा के लिए बहुलाश्व की हत्या की है। आत्मरक्षा युद्ध में होती है। मैंने बहुलाश्व के साथ युद्ध नहीं किया। मैंने उसे अपराधी, दुष्ट और पापी मानकर उसको मृत्युदण्ड दिया है।" वे रुककर मुस्कराए, "हाँ, आपका कथन सत्य है कि वह सम्राट् दशरथ का आर्य सेनापति था किंतु अपराध ी को इसलिए क्षमा नहीं किया जा सकता कि वह सम्राट् का सेनापति है; और न उसे इसलिए क्षमा किया जा सकता है कि वह आर्य है। गुरु विश्वामित्र पहले ही इस नीति की घोषणा सबके मध्य कर चुके हैं कि किसी वर्ग, जाति, राष्ट्र, वय अथवा स्थिति-विशेष के कारण किसी अपराधी को क्षमा कर देना न्याय की हत्या कर, अपराध को प्रोत्साहित करना है।"

"किंतु राम! यदि तुमने सेनानायक को आत्मरक्षा में नहीं मारा, तो उसका कोई प्रत्यक्ष अपराध भी तो नहीं था।" आचार्य बोले।

"अपराध था, आचार्य!" लक्ष्मण बीच में बोले, "बहुलाश्व को काव्य-शास्त्र स्मरण नहीं था।"

"ठहरो, लक्ष्मण!" राम पहले से भी दृढ़ स्वर में बोले, "आचार्य! यदि देवप्रिय

को दण्ड देकर, बहुलाश्व को छोड़ दिया जाता, तो पुनः देवप्रिय जैसे किसी अपराधी के उत्पन्न होने पर, उसे दण्डित करने के लिए, फिर किसी राम को आना पड़ता। बहुलाश्व के दण्डित होने का परिणाम यह होगा कि भविष्य में जन्म लेने वाले देवप्रिय को दण्डित करने का कार्य तत्कालीन बहुलाश्व करेगा। यदि प्रत्येक अपराधी को दण्ड देने का कार्य राम को ही करना है तो इन सेनानायकों तथा शासन-प्रतिनिधियों की आवश्यकता ही क्या है! यह दण्ड शेष सेनानायकों और शासन-प्रतिनिधियों को बताएगा कि यदि वे स्वयं अपराधियों को दण्ड न देकर, यह कार्य राम के लिए छोड़ देंगे तो राम अपराधियों के साथ-साथ उन्हें भी अपने अकर्तव्य के लिए दण्डित करेगा। उन्हें अपना दायित्व पूर्ण न करने का दण्ड अवश्य मिलना चाहिए।''

''राम! तुम्हारी नीति की जय हो।'' विश्वामित्र का उल्लास उनकी आकृति से झर रहा था, ''यदि शासन में इतना दायित्व-बोध आ जाए, तो इस भूतल पर अपराध का अस्तित्व नहीं रह जाएगा। तुम धन्य हो, राम! तुमने अपना कार्य पूर्ण किया।''

''ऋषिवर! इसे मेरी वाचालता न मानें।'' राम बोले, ''अभी कार्य पूर्ण नहीं हुआ। गहन के पुत्र आकर मारीच की सूचना देंगे। उसकी कोई व्यवस्था करके, हमें राक्षसों के शिविर तक जाना है। यदि हम उनके शिविर को जैसे का तैसा छोड़ देंगे, तो रणनीति की दृष्टि से यह भयंकर भूल होगी। उससे राक्षस यह समझ बैठेंगे कि यदि वे सिद्धाश्रम पर आक्रमण करेंगे, तो ही उनका विरोध होगा, अन्यथा वे अपने शिविर में सुरक्षित हैं। इस सुरक्षा की भावना के आधार पर, वे लोग सिद्धाश्रम की ओर न आकर, ताड़कावन तथा अन्यत्र अनाचार करेंगे, अथवा स्थानीय प्रजा में मिश्रित होकर अपनी कुटिलताओं का प्रसार करते रहेंगे। केवल नेता को दण्डित कर, उसके अनुयायियों को बिना परख के अपने में सम्मिलित कर लेने का प्रायः परिणाम यह होता है कि जिन अपराधों के लिए हमने उनके नेताओं को दण्डित किया था, उन्हीं अपराधों का प्रसार उनके अनुयायी स्वयं हमारी अपनी प्रजा में कर देंगे। ताड़कावन उन लोगों से खाली कराना ही होगा।''

''ठीक कहते हो, राम! यही करो।'' गुरु ने अनुमति दे दी।

राम लक्ष्मण की ओर मुड़े, ''तुमसे पूछने का अवसर ही नहीं मिला, लक्ष्मण! अपराधियों को दण्ड दे दिया गया?''

''हाँ, भैया! आपके आदेश का पूर्ण पालन हुआ।'' लक्ष्मण प्रसन्न थे। उन्हें देवप्रिय तथा उसके साथियों का वध कर वास्तविक आनंद मिला था।

राम को अधिक प्रतीक्षा नहीं करनी पड़ी। गगन तथा उसके साथी जल्दी ही लौट आए।

सिर झुकाकर गगन ने अभिवादन किया और बोला, ''हे राम! हम बहुत दूर तक मारीच के पीछे हो आए हैं। किंतु खेद है कि वह हमें कहीं भी दिखाई नहीं

पड़ा। हमें मार्ग में अनेक लोगों ने बताया है कि उन्होंने एक अत्यंत विकट तथा भयंकर दिखने वाले राक्षस को देखा है। उस राक्षस के शरीर पर एक गंभीर घाव था, जिससे रक्त-स्राव हो रहा था और राक्षस काफी पीड़ित था। उसके जाने के मार्ग के विषय में पूछने पर प्रत्येक व्यक्ति ने दक्षिण दिशा की ओर संकेत किया है। ऐसा लगता है कि वह आपसे भयभीत और पीड़ित होकर बिना रुके दक्षिण की ओर भागता ही चला गया है और अब वह लंका में ही जाकर रुकेगा और रावण की गोद में सिर रखकर रोएगा।'' गगन हँस पड़ा, ''आपकी अनुमति के अभाव में हम लौट आए है। अब यदि आज्ञा हो तो हम अंत तक उसका पीछा करें।

वह सिर उठाकर राम की आज्ञा की प्रतीक्षा करने लगा।

'राम का आना निष्फल नहीं हुआ'—गुरु सोच रहे थे—'उस गगन में, जो उन्हें अपने पिता के हत्यारे का नाम बताने के पश्चात फूट-फूटकर रोया था और इस गगन में, जो मारीच को ढूँढ़ने के लिए लंका तक जाने को प्रस्तुत है, कितना अंतर है! राम का प्रभाव अमोघ है।'

''तुम ठीक कहते हो, गगन!'' राम गंभीर थे, ''मारीच कदाचित् लंका जाकर ही रुकेगा, उससे पूर्व उसे कोई भी स्थान सुरक्षित नहीं लगेगा। किंतु वीर बंधु! तुम्हें लंका जाने की आवश्यकता नहीं है। पहले हम ताड़कावन में बनी लंका का ध्वंस कर लें।''

''ताड़कावन की लंका?''

प्रत्येक आकृति पर प्रसन्नता थी। राक्षसों की लंका नष्ट करने की चर्चा से ऐसी प्रसन्नता कदाचित् अयोध्या के सैनिकों के मुख पर भी नहीं आती। वे वेतनभोगी सैनिक थे, आज्ञाधीन लड़ते थे। युद्ध के लिए उनके मन में ललक नहीं थी। किंतु, ग्रामीणों और आश्रमवासियों की यह सेना अन्याय के विरुद्ध संघर्ष करने के लिए स्वतः उठ खड़ी हुई थी। वह ललकपूर्वक न्याय के लिए युद्ध कर रही थी। ये वेतन के प्रतिदान में, अपने स्वामी की विजय के लिए उसके शत्रुओं का वध नहीं कर रहे थे—ये अपने विरुद्ध किए गए शोषण और अत्याचार का प्रतिशोध ले रहे थे; और भविष्य में होने वाले अत्याचारों की संभावनाओं को नष्ट कर रहे थे। यह त्रस्त प्रजा थी, जो त्रास को समाप्त कर रही थी। एक बार यह त्रास समाप्त हो जाए, तो इन समस्त जनपदों की प्रजा स्वच्छ मन से फूले-फलेगी। न्याय और समता की भावना शक्तिमती होगी। तब यह अत्याचारों का विरोध कर सकने वाली जीवंत प्रजा होगी।

राम ने हाथ जोड़कर गुरु को संबोधित किया, ''गुरुदेव! आपका राम जनसाधारण के विरुद्ध अन्याय तथा अत्याचार करने वाले राक्षसों के शिविर के नाश की अनुमति चाहता है।''

''जाओ, वत्स! प्रसन्न-मन जाओ। भगवान तुम्हारी रक्षा करें। तुमने इस प्रजा में न्याय और वीरता के मंत्र फूँक दिए हैं।''

आगे-आगे राम और लक्ष्मण, पीछे-पीछे सारी प्रजा चली। गुरु ने बड़े आश्चर्य से देखा, केवल आचार्य विश्वबंधु तथा मुनि आजानुबाहु उनके दाएँ-बाएँ खड़े रह गए थे, शेष आश्रमवासी राम और लक्ष्मण के पीछे चले गए थे—पुरुष, स्त्रियाँ, बच्चे! पुनर्वसु, जो उनकी आज्ञा के बिना एक डग भी नहीं उठाता था, वह भी उत्साहित होकर आश्रम की जनता के साथ चला जा रहा था।

"यह वास्तविक जनयुद्ध है।" गुरु ने अपनी आँखों में आए हुए आनंद के अश्रु पोंछ लिये।

सिद्धाश्रम से बाहर निकलते ही राम को ज्ञात हो गया कि आश्रमवासियों की सूचना-व्यवस्था पूर्णतः समाप्त हो चुकी थी। युद्ध के लिए अनभ्यस्त आश्रमवासियों की जिन टुकड़ियों को सूचना लाने-ले जाने के कार्यों पर नियुक्त किया था, वे सारी टुकड़ियाँ युद्ध आरंभ होते ही राक्षसों से लड़ने के लिए आश्रम में चली आई थीं। अतः राक्षसों की गतिविधि का किसी को कोई ज्ञान नहीं था। राम सावधान हो गए। राक्षस अपनी बस्ती में हो सकते हैं और सम्मुख युद्ध के लिए आ सकते हैं। वे वन में इधर-उधर छिपे हुए भी हो सकते हैं और अवसर पाते ही गुप्त आक्रमण भी कर सकते हैं। वे आश्रम के पास कहीं छिपे हुए आश्रमवासियों की गतिविधियों का निरीक्षण भी कर रहे हो सकते हैं और आश्रम में छिपे रह गए लोगों को हानि पहुँचा सकते हैं—गुरु विश्वामित्र भी अभी आश्रम में ही हैं।

राम ने नायक पृथुसेन को आश्रम की रक्षा के लिए रुकने का आदेश दिया। न तो पृथुसेन आश्रम में रुकना चाहता था, न उसके सैनिक ही इस बात से प्रसन्न थे। कदाचित् वे लोग अपने पिछले व्यवहार का प्रतिहार करना चाहते थे। वे राक्षसों से युद्ध कर राम के प्रति अपनी निष्ठा तथा स्वामीभक्ति प्रमाणित करना चाहते थे। राम उनके इस अतिरिक्त उत्साह को समझ रहे थे। अतः उन्होंने पृथुसेन से कहा था, "मैं तुम्हें वही करने को कह रहा हूँ, जो स्वयं तुम्हारी और तुम्हारे सैनिकों की इच्छा है। अतीत का प्रतिकार। तुमने अब तक सिद्धाश्रम को असुरिक्षत छोड़ा है, आज उसकी रक्षा करो।"

पृथुसेन को सहमत होना पड़ा, और आश्रम की ओर से कुछ निश्चिंत होकर राम ताड़कावन की ओर बढ़ गए।

राक्षसों की गतिविधि के विषय में कोई भी सूचना न होने से सावधानी बहुत आवश्यक थी। राक्षस-शिविर से बहुत पहले ही राम रुक गए। उन्होंने विभिन्न ग्रामों के योद्धाओं को उन्हीं के मुखियों के अधीन अनेक टोलियों में बाँट दिया। उन टोलियों को उन्होंने थोड़ी-थोड़ी दूरी पर अर्धवृत्त के रूप में फैला दिया। वे सारी टोलियाँ एक साथ आगें बढ़ रही थीं...

राक्षस-शिविर की सीमा तक वे लोग निर्विघ्न आ गए। ग्रामीण टोलियों और

आश्रमवाहिनी के इतने कोलाहल के पश्चात् भी कोई राक्षस सम्मुख नहीं आया था, अतः सम्मुख युद्ध की कोई संभावना अब नहीं थी।

शिविर के भीतर प्रवेश करना अनिवार्य हो गया था। बाहर रुककर राक्षसों की प्रतीक्षा करना निरर्थक था।

अनेक टोलियाँ शिविर में पहले प्रवेश करने का प्रस्ताव कर चुकी थीं। किंतु राम किसी एक टुकड़ी को भीतर भेजकर सूचना मँगवाने के पक्ष में नहीं थे। अंत में, आगे-आगे राम तथा लक्ष्मण ने शिविर में प्रवेश किया, उनके पीछे एक के बाद एक सारी टोलियाँ घुस गईं।

राक्षस परिवारों का वास होते हुए भी इस स्थान का रूप एक सामान्य बस्ती का-सा न होकर, एक सैनिक-शिविर का-सा था। कदाचित् पूर्व-राक्षस राज्यों के समय के भवनों को तोड़कर, अथवा उनमें परिवर्तन इत्यादि कर, उन्हें, वर्तमान रूप दिया गया था।

सारी बस्ती में कहीं कोई प्राणी दिखाई नहीं पड़ा। जीवित व्यक्ति का कहीं कोई स्वर नहीं था। किसी वीर राक्षस ने रावण के शिविर के प्रति अपना दायित्व नहीं निभाया।

राम शिविर के मध्य एक ऊँचे स्थान पर बैठ गए। उनकी दाईं ओर कुछ हटकर, हाथ में धनुष पकड़े, लक्ष्मण किसी आकस्मिक आक्रमण से रक्षा के लिए सन्नद्ध खड़े हो गए।

राम ने उच्च स्वर में टोलियों को संबोधित किया, "बंधुओ! युद्ध के लिए राक्षस सम्मुख नहीं आए हैं। संभव है कि वे भयभीत हो भाग गए हों; किंतु यह भी संभव है कि वे लोग यहीं कहीं छिपे बैठे हों और कपट-युद्ध के लिए अवसर देख रहे हों। इसलिए सावधानी से काम लें। दिशाएँ और क्षेत्र बाँट लें और अपने-अपने मुखियों के नेतृत्व में चारों ओर की टोह लें। राक्षसों का चिह्न मिलते ही सूचित करें।"

ग्रामीण-वाहिनी और आश्रमवाहिनी के मुखिया अपनी-अपनी टोलियों को लेकर सावधानी से विभिन्न दिशाओं में चले गए।

राम और लक्ष्मण सचेत हो, सूचनाओं की प्रतीक्षा करते रहे।...किंतु समय बीतता गया और राक्षसों की उपस्थिति की कहीं से भी कोई सूचना उन्हें नहीं मिली। लक्ष्मण अधीर होने लगे। मन खीझ उठा। यह कैसा युद्ध है कि प्रतीक्षा करते रहो। ऐसी परिस्थितियों में, जबकि शत्रुओं का पता हो, उनके घर में घुसे बैठे हों, एक स्थान पर स्थिर खड़े रहना, जैसे लक्ष्मण न हों, कोई पेड़ हो, कठिन काम था। उनके पग चंचल होते जा रहे थे। मुख पर अधीरता और उग्रता के भाव बढ़ते जा रहे थे। मन होता था, अभी धनुष हाथ में ले, सारे राक्षस-शिविर का एक चक्कर लगा आएँ. ..पर राम अपने स्थान पर धैर्यपूर्वक शांत बैठे थे। सचेत और सतर्क वे भी थे, किंतु अशांत नहीं थे।

"कोई समाचार नहीं आया, भैया!" लक्ष्मण धीरे से बोले।

"आ जाएगा।" राम मुस्करा रहे थे।

संध्या ढल रही थी। अंधकार अपने आने की पूर्व-सूचना दे रहा था। तभी गगन अपनी टोली के साथ लौट आया। उसके साथ चार स्त्रियाँ थीं। राम ने देखा—वे सभी प्रायः युवतियाँ थीं। उनके शरीरों पर अत्यंत संक्षिप्त वस्त्र थे। मुख मुरझाए हुए, मानो वर्षों से रोगिणी हों। पीड़ित—यातना की प्रतिमूर्तियाँ। रंग-रूप से तीनों आर्य कन्याएँ लगती थीं, एक कदाचित् शबर थी। राक्षसी उनमें कोई नहीं थी।

गगन ने निवेदन किया, "आर्य! राक्षस हमें कहीं नहीं मिले। मूल्यवान वस्त्र, स्वर्ण, मदिरा के भाँड, विलास की अन्य वस्तुएँ तथा ये अभागिनी कन्याएँ बंदिनी रूप में इन घरों में मिली हैं। किसी के हाथ-पाँव बँधे थे, कोई पशु के समान किसी कोठरी में बंद थी।

गगन का कंठ रुँध गया।

राम का मन पीड़ा से भर आया। इन अबलाओं ने किस प्रकार राक्षसों के अत्याचार सहन किए होंगे।...और गगन!...वे कल्पना कर सकते थे कि जब गगन के अपने परिवार की स्त्रियों के साथ अत्याचार हुआ होगा, तो उसे तब भी ऐसी ही अनुभूति हुई होगी। अपने दुःख के पश्चात् वह दूसरों का दुःख भी समझने लगा था। उसमें करुणा का उदय हुआ था—वह पूर्ण मानव हो गया था। और तब राम का ध्यान राक्षसों की ओर चला गया। इन दुष्टों ने यथाशक्ति किसी को भी नहीं छोड़ा। काश! गुरु विश्वामित्र पहले अयोध्या आए होते। कदाचित् कुछ और लोग राक्षसों के हाथ अकाल मृत्यु प्राप्त करने से बच जाते। कदाचित् इनमें से ही कुछ अबलाओं की पीड़ा संक्षिप्त हो जाती...

"लक्ष्मण, इनके लिए उपयुक्त वस्त्रों का प्रबंध करो।" राम बोले, "और इन्हें सिद्धाश्रम में गुरु विश्वामित्र के पास पहुँचाने की व्यवस्था करो। इन्हें विश्राम की आवश्यकता है।"

युवतियों ने सिर झुका रखे थे। उनकी आँखों से अश्रु बह रहे थे। मुख से सिसकियाँ फूट रही थीं।

"शांत होओ, देवि!" राम ने संरक्षण की मुद्रा में हाथ उठाया, "तुम्हारी पीड़ा की कोई सीमा रही होगी—मैं समझ सकता हूँ। आज मेरा मन मुझे कितना धिक्कार रहा है। यहाँ ऐसे-ऐसे अत्याचार हो रहे थे और राम इन सबसे अपरिचित अयोध्या में सुख से जी रहा था और स्वयं को एक प्रकार से पीड़ित भी मान रहा था। देवि! सच जानो, तुम लोगों की पीड़ा ने अनेक लोगों को पीड़ित होने से बचाया है। तुम लोग धन्य हो, पूज्य हो। क्या तुम्हारा परिचय जान सकता हूँ?"

"मैं वनजा हूँ।" एक युवती बोली, "करुश की राजकन्या।"

और तब राम अन्य तीन युवतियों से संबोधित हुए, "आप..."

"आर्य! अपना परिचय देकर संबंधियों को कलंकित नहीं करना चाहती। आप समझ लें कि मेरा कोई नहीं है।"

शेष दोनों ने उनका मौन समर्थन कर दिया।

राम सहसा कुछ बोल न सके। भीगी आँखों से उन्हें देखते रहे। फिर बोले, "देवियो! सांत्वना देने योग्य शब्द भी मेरे पास नहीं हैं। तुम लोगों ने मेरे जीवन को एक दिशा दी है, एक संकल्प दिया है। मेरे जीवन में जब कभी अवसर आएगा, मैं इन राक्षसी कृत्यों का विरोध करूँगा। पर इतनी पीड़ा सहकर जीवन का जो सत्य तुमने पाया है, मैं वहाँ तक पहुँच भी सकूँगा कि नहीं—कह नहीं सकता। तुमने पीड़ा पाई है, अब तुम अपना शेष जीवन पीड़कों के विरोध में लगाओ। पीड़क चाहे राक्षस हों, आर्य हों, शबर हों, निषाद हों, भील हों। पीड़कों और शोषकों की कोई जाति नहीं होती, उनकी कोई संज्ञा नहीं होती। वे तो एक दुष्कृत्य मात्र हैं—वे एक अभिशाप हैं। वे सब एक हैं।"

राम चुप हो गए।

युवतियों ने सिर झुका, राम को प्रणाम किया और लक्ष्मण के साथ सिद्धाश्रम की ओर चली गईं।

विभिन्न टोलियों के मुखिया शोध के पश्चात् अपनी टोलियों के साथ लौटते रहे और राम के सम्मुख नए-नए तथ्य उद्घाटित होते रहे। उनके शोध का परिणाम राम के सामने था—अनेक अपहृत युवतियाँ, स्वर्ण के ढेर, अमूल्य मणि-माणिक्य, मदिरा के बड़े-बड़े अनेक भाँड, स्नायु-उत्तेजक विभिन्न औषधियाँ, विभिन्न प्रकार के विष, मानव-मुंड तथा अस्थियाँ, अनेक लौह-खड्ग, बर्छे-भाले...हिंसा और विलास के साधन, अत्याचार के उपकरण...

राम की पीड़ा गहराती गई। एक विषाद-सा उनके मन पर छाता चला गया—इतना अत्याचार! इतना कि जिसे शब्द न दिए जा सकें, और इन जनपदों की प्रजा सब कुछ सहती चली गई? उनके भीतर विरोध नहीं जागा, आक्रोश नहीं जागा, आत्मविश्वास नहीं जागा? उनकी सहायता को कोई नहीं आया? उनके ग्रामों के मुखिया थे। आस-पास अनेक आश्रम थे, ऋषि-मुनि थे। सेनानायक और शासन-प्रतिनिधि थे। इन दुखियों की सहायता को कोई भी नहीं आया? और अब इस सारे अत्याचार के पश्चात् वे राक्षस जीवित निकल गए थे। वे कहीं और जाकर ऐसा ही शिविर बनाएँगे। फिर ऐसे ही अत्याचार करेंगे...

राम को ही कुछ करना होगा।

वे ही करेंगे।...

राक्षसों का नाश। दुर्बलों की रक्षा। जन-सामान्य में न्याय, समता, वीरता और

आत्मनिर्भरता के भावों की उत्पत्ति। उन्हें शिक्षित करना होगा। उन्हें जगाना होगा। राम ही करेंगे।

राम का मन गुरु विश्वामित्र के प्रति कृतज्ञता और श्रद्धा से आप्लावित हो उठा। गुरु ने उन्हें कैसी दीक्षा दी है—और यही दीक्षा राम जन-साधारण को देने जा रहे हैं।

राम की आँखों के सम्मुख एक नया संसार जाग रहा था।

कहाँ थे राम, और कहाँ आ गए। यदि कहीं विश्वामित्र उन्हें बुलाने अयोध्या न आए होते, तो राम अपने राजभवन में सुख का जीवन व्यतीत कर रहे होते। सम्राट् की विभिन्न रानियों की दासियों का कलह देखकर क्षुब्ध हो रहे होते। विभिन्न माताओं का वैर-विरोध देखते। मंत्रियों तथा ब्राह्मणों के दलों का जूझना देखते।...और युवराज पद की प्राप्ति की प्रतीक्षा...वहाँ तो कभी चर्चा नहीं हुई कि दशरथ के राज्य के बाहर; और अनेक बार राज्य की सीमा के भीतर भी, असहनीय राक्षसी अत्याचार होते हैं। वहाँ रहकर राम पूर्ण सुरक्षा में, सुविधापूर्ण जीवन जीते। और कुछ समय के पश्चात् यदि उनका आह्वान भी किया जाता, तो वे उस सुख-सुविधापूर्ण जीवन के अभ्यास के कारण, इतने कोमल हो चुके होते कि आह्वान का उत्तर न दे पाते। गुरु विश्वामित्र ने उन्हें गहन वनों में पैदल चलाया है। परिश्रम तथा कठोर कर्म करना सिखाया है, कर्तव्य की सुविधा पर वरीयता देने का पाठ पढ़ाया है, अत्याचारों का दिग्दर्शन कराया है और उन लोगों की ओर इंगित भी किया है, जो अत्याचारी हैं।...अब से राम के जीवन का लक्ष्य इन अत्याचारियों के विरुद्ध लड़ना ही होगा।...

राम ने अपना मुख आकाश की ओर उठाया। उनकी आकृति गंभीर थी, आँखें रक्तिम थीं। और सहसा जैसे उन आँखों में एक अग्नि प्रज्वलित हो उठी।

राम स्वयं ही भीतर से कहीं बहुत बदल चुके थे।

वह संध्या, अब तक की समस्त संध्याओं से सर्वथा भिन्न थी। पहले कभी ऐसा अवसर नहीं आया, जब सिद्धाश्रम में इतने लोग एक साथ जमा हुए हों। अब तक आकर आश्रम में रहना तो दूर, उसके साथ किसी प्रकार का संपर्क रखना भी भय और जोखिम का कार्य था। विश्वामित्र का आश्रम निर्द्वंद्व रूप से अन्याय और अत्याचार के विरोध का प्रतीक था—सिद्धाश्रम से संबद्ध प्रत्येक व्यक्ति को राक्षस अपने शत्रु के रूप में देखते थे। बहुलाश्व के पुत्र देवप्रिय जैसे अनेक आर्य भी आश्रम से संबंधित लोगों से प्रायः रुष्ट ही रहते थे। अतः जन-सामान्य का खुले रूप में आश्रम के साथ संबंध रखना कभी संभव नहीं हो पाया था।...किंतु आज वहाँ मेला लगा हुआ था।

...और वातावरण कितना बदल गया था। राक्षसों के भय का कुहरा मिट गया था। लोगों के चेहरे ऐसे प्रकाशित हो रहे थे, जैसे आज तक का दमित उल्लास एक

बार ही प्रकट हो आया था।

किंतु इस सारे उल्लास में कहीं विषाद की नमी प्रत्येक कण में विद्यमान थी। गुरु ने अपना यज्ञ पूरा कर लिया था और अब वे हिमालय में कौशिकी नदी के किनारे अपने पुराने आश्रम में प्रातः ही लौट जाने की तैयारी कर रहे थे। उन्हीं के साथ-साथ राम और लक्ष्मण भी चले जाएँगे...ठीक है कि अब राक्षसों का भय पूर्णतः समाप्त हो चुका था, बहुलाश्व और उसका अत्याचारी पुत्र भी मारे जा चुके थे। आश्रमवासी और ग्रामीण जनता अब साहस और आत्मविश्वास से इतनी भरपूर थी कि कोई अत्याचारी आँख उठाकर इधर देख भी नहीं सकता था।...गुरु तथा राम-लक्ष्मण को न तो रोकने की आवश्यकता थी, और न ही रोका जा सकता था।...पर स्नेह कोई तर्क नहीं जानता।...प्रत्येक हँसते मुखौटे के पीछे एक उदास चेहरा था। प्रत्येक मन में एक ही बात थी—कल प्रातः गुरु विश्वामित्र और राम-लक्ष्मण सदा के लिए सिद्धाश्रम से चले जाएँगे।...

राम और लक्ष्मण कुटिया में गुरु के सम्मुख बैठे थे। गुरु गंभीर मुद्रा में ऐसे कठोर दिख रहे थे, जैसे अपने भीतर कोई युद्ध लड़ रहे हों, किसी परीक्षा में से गुजर रहे हों। उन्होंने राम और लक्ष्मण को सचेत दृष्टि से देखा और फिर अंतर्मुखी-से होकर बोलने लगे, "पुत्र! मोह अनावश्यक है, किंतु वह अत्यधिक बली होता है। इतने दिनों के पश्चात् मैंने इन आश्रमवासियों तथा ग्रामीणों को इस प्रकार प्रसन्न देखा है। इन्हें छोड़ने को मन नहीं मानता, किंतु कार्य पूर्ण हो जाने की अवधि के पश्चात् रुके रहना उचित नहीं है। यहाँ मेरा कार्य समाप्त हो गया है, अब यदि मैं अनावश्यक अटका रहा तो व्यर्थ अपना क्षय करूँगा और उन समस्त दायित्वों की उपेक्षा करूँगा, जो मेरी प्रतीक्षा कर रहे हैं। पुत्रो! तुम दोनों के लिए भी यही सत्य है। तुम्हारा भी यहाँ का कार्य पूर्ण हो गया है।"

"हम प्रातः अयोध्या लौट जाएँगे, गुरुदेव!" राम ने सस्मित कहा।

"यहाँ से तो चल पड़ना है, पुत्र! किंतु अभी अयोध्या नहीं लौटना है।" गुरु अपनी अंतर्मुखी मुद्रा से मुक्त हो चुके थे। वे जागरूक तथा किंचित् चपल लग रहे थे।

"हम लोग कहाँ चलेंगे, ऋषिवर?" लक्ष्मण के स्वर में निहित उल्लास मुखर हो उठा।

राम मुस्कराए। वे जानते थे, उनकी उपस्थिति में, अपने संकोच के कारण, लक्ष्मण गुरु से सीधे बहुत कम बात करते थे। किंतु अयोध्या से विश्वामित्र के साथ आने के पश्चात्, लक्ष्मण ने जो एक नया संसार देखा था, वह अद्भुत था। अब यहाँ से तुरंत अयोध्या लौटकर महलों में रहना लक्ष्मण को प्रिय नहीं था। अतः कहीं और चलने के प्रस्ताव से उनका उत्सुक तथा उल्लासित हो उठना स्वाभाविक ही

था।

लक्ष्मण की उत्कंठा पर गुरु भी तनिक मुस्कराए और फिर जैसे गंभीर हो गए, ''पुत्र! मैं जिस उद्देश्य से तुमको तुम्हारे पिता से माँगकर लाया था, वह ताड़का, मारीच और सुबाहु का नाश मात्र नहीं था। वह उद्देश्य उससे कुछ बड़ा है। वह तो भविष्य में होने वाले एक बड़े संघर्ष की तैयारी है, पुत्र! अतः चाहता हूँ कि सम्राट को लौटाने से पहले तुम्हें हर तरह से तैयार कर दूँ। संघर्ष के सारे सूत्र जोड़ दूँ।. ..मैं कल मिथिला के लिए चलूँगा, राम! तुम लोग भी मेरे साथ चलो। वहाँ तपस्वी नृप सीरध्वज जनक के दर्शन करना, और भविष्य के लिए उन समस्त सूत्रों को भी ग्रहण करना।''

राम और लक्ष्मण दोनों ने ही सहमति में सिर झुका दिए।

''किंतु राम!'' गुरु फिर पहले के ही समान उदास हो गए थे, ''जाने के पहले का मोह मैं त्याग नहीं पा रहा हूँ।''

''क्या चिंता है, गुरुदेव?''

''वत्स! आश्रम को मैं आचार्य विश्वबंधु के हाथों में छोड़ रहा हूँ, किंतु आचार्य के मन में, यत्किंचित् मात्रा में ही सही, जाति-भेद का आग्रह है अवश्य। उनके मन में आर्यों के प्रति कुछ पक्षपात है। तुमने स्वयं देखा है कि देवप्रिय और बहुलाश्व के दण्ड के संबंध में वे निर्द्वंद्व नहीं थे।''

''हाँ आर्य। मैंने भी लक्ष्य किया था।'' राम ने स्वीकार किया।

''यह तो फिर भी समय के साथ ठीक हो जाएगा, पुत्र!'' विश्वामित्र बोले, ''किंतु उनसे अधिक चिंता मुझे उन अपहृत युवतियों की है, जो राक्षस-शिविर से मुक्त कराई गई हैं।''

''उनके विषय में भी चिंता?''

''हाँ, राम! हमारा समाज इन संदर्भों में अभी इतना उदार नही हैं कि उन युवतियों को अपेक्षित सम्मान दे सके। मर्यादा की रूढ़ परिकल्पना में बँधा हुआ यह जन-मानस यदि उन्हें पतित मानकर उनका अपमान कर बैठा तो? और उनमें से अनेक युवतियों में मुझे गर्भ के लक्षण भी दिखाई पड़े हैं। उनकी संतान के भविष्य के विषय में भी मैं आशंकित हूँ, पुत्र!''

राम का सहसा मुख गंभीर हो गया। गुरु ठीक कह रहे हैं। जन-सामान्य उन स्त्रियों को निर्दोष और निष्पाप मानकर उनका अपमान कर बैठा तो? यदि नहीं माने तो? समाज का ताड़न करना पड़ेगा। उनकी सुरक्षा का प्रबंध भी होना ही चाहिए—गुरु ठीक सोच रहे हैं।

''ऋषिवर!'' सहसा राम कुछ हलके स्वर में बोले, ''अनुचित न समझें, तो उन युवतियों को गगन के संरक्षण में उसके ग्राम भेज दें, या आश्रम में ही गगन को उनका अभिभावक नियुक्त कर दें। अपने परिवार की स्त्रियों के प्रति हुए अत्याचार

के पश्चात् वह उनके प्रति अनुदार नहीं हुआ है, न ही उन्हें त्यागने की बात वह मन में लाया है। उसने एक उदार, न्यायप्रिय एव वीर मानव के समान उस अत्याचार का प्रतिशोध लिया है। वह वनजा तथा अन्य युवतियों के प्रति भी कभी अनुदार नहीं होगा।''

गुरु का विषाद जैसे पिघलकर बह गया। वे एकदम चिंतामुक्त हो उठे। सहसा बोले, ''तुम ठीक कहते हो, राम! निश्चित रूप से गगन ही उनका उचित अभिभावक हो सकता है। कुछ लोगों को कतिपय आर्य स्त्रियों का एक निषाद के संरक्षण में रहना खल सकता है, किंतु उसने स्वयं को अनेक आर्यों से श्रेष्ठ मानव सिद्ध किया है। मैं जाने से पूर्व आज्ञा दे दूँगा कि वे युवतियाँ आश्रम में रहें, चाहे ग्राम में, उनके संरक्षण का दायित्व गगन का ही होगा...अब मैं मोहमुक्त होकर मिथिला जा सकता हूँ।'' गुरु सशब्द हँसे, ''जाओ, राम! अब सो रहो। प्रातः सवेरे ही चलना है। देखो, लक्ष्मण को भी नींद आ रही है।''

प्रातः जागकर राम ने देखा, सारा सिद्धाश्रम उनसे भी पहले जाग उठा था। संभव है, आश्रम-निवासी रात-भर सोये ही न हों, या बहुत थोड़े समय के लिए सोये हों। किंतु किसी भी व्यक्ति के चेहरे के भाव देखकर निश्चित रूप से कहा जा सकता था कि वे लोग उल्लासपूर्वक उन्हें विदा देने के लिए, इतनी सुबह जागकर तैयार नहीं हुए थे। उनके चेहरों पर विदाई के समय राम, लक्ष्मण और गुरु विश्वामित्र के दर्शनों से वंचित रह जाने की आशंका का भाव अधिक मुखर था। कोई नहीं कह सकता था कि उस समय गुरु का आश्रम से जाना उन्हें अधिक खल रहा था, अथवा राम-लक्ष्मण का।

राम और लक्ष्मण गुरु को प्रणाम करने उनकी कुटिया में पहुँचे तो देखा गुरु तैयार थे। सामान्य आश्रमवासी तथा ग्रामवासी, जो गुरु तथा राम-लक्ष्मण की विदाई तक के लिए आश्रम में ही रुक गए थे, एक-एक कर कुटिया में आ रहे थे और प्रणाम कर बाहर निकलते जा रहे थे।

गुरु की कुटिया से सिद्धाश्रम के प्रमुख द्वार तक के मार्ग के दोनों ओर भीड़ लगी हुई थी। जाते हुए राम-लक्ष्मण और गुरु को अधिक-से-अधिक समय तक देख पाने की एक होड़-सी लगी हुई थी।

वातावरण गंभीर तथा भावुक था। गुरु ने अनेक लोगों को आश्रम के अनेक दायित्व सौंप दिए थे। थोड़ी-थोड़ी देर में वे किसी को कोई अनुदेश दे देते थे। पुनः कोई बात याद आ जाने पर फिर कुछ कह देते।

अंततः गुरु उठे। उन्होंने भुजा उठाकर उपस्थित जन-समूह को आशीर्वाद दिया, आचार्य विश्वबंधु को भुजाओं में भरकर वक्ष से लगाया, मुनि आजानुबाहु के सिर पर हाथ रखा और बाहर की ओर चल पड़े। किंतु आजानुबाहु को लेकर उनके साथ

आज फिर वही हुआ था, जो सदा से होता आया था—आजानुबाहु की आँखों में आज फिर उपालंभ था। गुरु की निष्क्रियता के प्रति नहीं, कदाचित् सक्रियता के प्रति। वे आखें बार-बार शब्दशून्य उपालंभ दे रही थीं—"आज जब पहली बार आपकी सक्रियता पर विश्वास हुआ तो आप हमें छोड़कर चल दिए, कुलपति!"

पर गुरु रुक नहीं सकते थे।

बीच में विश्वामित्र थे, उनके दाएँ-बाएँ राम-लक्ष्मण थे और पीछे-पीछे गुरु के साथ जाने वाले तपस्वी, आश्रम के मुख्यगण तथा कुछ ग्रामों के मुखिया थे। मार्ग के दोनों ओर जमा लोग अवरुद्ध कंठों से गुरु तथा राम-लक्ष्मण की जय बोल रहे थे। उनकी आँखों से अश्रु तथा हथेलियों से पुष्प झर रहे थे। पुष्पवर्षा करते हुए, हाथ रोककर वे अपने अश्रु पोंछ लेते थे और पुनः पुष्प बिखेरने लगते थे। बीच-बीच में कोई व्यक्ति आकर कभी गुरु के और कभी राम के चरणों से चिपट जाता। उन लोगों की गति थम जाती। उस व्यक्ति को उठाकर स्नेहपूर्वक समझाया जाता, और वे लोग फिर आगे बढ़ने लगते।

सिद्धाश्रम के मुख्यद्वार पर पहुँचकर गुरु तथा राम-लक्ष्मण ने सबसे विदा ली और वन में प्रवेश करने के लिए मुड़े। तभी कोई असाधारण तेजी से आकर राम के सम्मुख झुका और उसने अपना माथा राम के चरणों पर रखे दिया। सब रुक गए। विदाई के समय अनेक लोगों ने प्रणाम किया था, किंतु वह प्रणाम असाधारण था।

"उठो, देवि!" राम ने अत्यंत कोमल वाणी में स्नेहपूर्वक आदेश दिया।

युवती के मुख ऊपर उठाते ही राम ने पहचाना, यह वनजा थी। उसका सारा मुख अश्रुओं से भीगा हुआ था और वह सिसकियाँ ले-लेकर रो रही थी। अनेक अन्य युवतियाँ भी भीड़ से निकलकर उनके पीछे कुछ दूरी पर आकर खड़ी हो गई थीं। उनमें से अनेक को राम पहचानते थे, कुछ को नहीं भी पहचानते थे। कदाचित् वे सब वे अपहृता युवतियाँ थीं जिन्हें कल संध्या समय राक्षस-शिविर से मुक्त कराया गया था।

राम का मन करुणा-विह्वल हो उठा। गुरु विश्वामित्र की उपस्थिति में भी वनजा ने अपना माथा उनके चरणों पर रखा था। क्यों?

"व्याकुल क्यों हो, वनजा?" राम का स्वर और भी कोमल हो उठा।

वनजा ने हथेली की पीठ से अपने अश्रु झटककर आँखें स्वच्छ कीं, मुख ऊपर उठाकर राम को देखा, और रोते हुए अवरुद्ध तथा अनियंत्रित स्वर में बोली, "आर्य! मेरी पति को मारकर राक्षस खा चुके हैं। मैं अपहृत की गई अबला हूँ, जो समाज की दृष्टि में पतित हो चुकी हूँ। इस समय मैं किसी राक्षस का गर्भ वहन कर रही हूँ। ऐसी अवस्था में आप मुझे किसके भरोसे छोड़कर जा रहे हैं, प्रभु? यदि इस प्रकार निर्मम संसार में प्रतारणा सहने और अपमानित होने के लिए निराश्रित ही

छोड़ना था तो हमें आपने मुक्त ही क्यों कराया?"

राम की दृष्टि वनजा से हटकर अन्य युवतियों के चेहरों पर भी घूम गई।

"देवियो! व्यथा त्यागो। अपने भविष्य के निर्माण में अतीत को भूलने का प्रयत्न करो। तुम लोग यद्यपि अपने घरों को नहीं लौट सकतीं, तो भी स्वयं को निराश्रित मत समझो। यह आश्रम और यह जनपद तुम्हारा घर है। मैं तुम्हें निराश्रित नहीं छोड़ रहा। मैं तुम्हें राम के संरक्षण में छोड़ रहा हूँ। वह तुम में से एक है--गगन। वही तुम्हारा अभिभावक है। उसके संपर्क से यहाँ अनेक और रामों का निर्माण होगा। अपना आत्मविश्वास मत छोड़ो। और मुझे दूर मत समझो। तुम्हें जब भी मेरी आवश्यकता होगी—मैं आऊँगा। राम शपथपूर्वक तुम्हें वचन देता है कि वह तुम्हारे बुलाने पर अवश्य आएगा। पर तुम्हें मेरी आवश्यकता नहीं पड़ेगी, क्योंकि स्वयं तुम में राम बनने की सामर्थ्य है।...उठो, देवि! स्वयं को हीन, तुच्छ और निराश्रित मत जानो।"

वनजा उठ खड़ी हुई। उसकी आँखों में अब भी अश्रु थे, किंतु ये अश्रु व्यथा के न होकर, कृतज्ञता के थे। उसने मुस्कराने का प्रयत्न किया, और उस प्रयत्न में पुनः रो पड़ी।

तभी गगन ने आकर अपना माथा धरती पर टेक दिया, "मैं धन्य हुआ, राम! आपका प्रभाव मैं जान गया, आर्य! आप जहाँ-जहाँ जाएँगे, अनेक रामों का निर्माण करेंगे। आपके चरण जिस धरती पर पड़ेंगे, वहीं अत्याचार के विरुद्ध लोग उठ खड़े होंगे। रघुवर! आपको वचन देता हूँ कि इन युवतियों को मैं अपनी भगिनी के सम्मान के साथ रखूँगा। आपका दिया दायित्व सफलतापूर्वक पूर्ण कर, आपके विश्वास की रक्षा करूँगा।"

वृद्ध गुरु की आँखों से अश्रु टपककर दाढ़ी में खो गए। कंठ को स्वच्छ करते हुए धीमे स्वर में बोले, "पुत्र राम! आओ, अब चलें।"

2

सिद्धाश्रम से चलकर विश्वामित्र के पग जितनी तेजी से आगे बढ़ रहे थे, मन उतनी ही तीव्रता से पीछे की ओर लौट रहा था। पचीस वर्ष हो चुके थे, पर आज भी वे उन घटनाओं को भूल नहीं पाए थे। वे आज भी उतनी ही जीवंत है, जैसे कल की बात हो। समय तनिक-सी विस्मृति की काई बिछाता भी है, तो घटनाओं का कोई-न-कोई झकोरा काई को छेद जाता है। अतीत फिर से वर्तमान बनकर मन पर छा जाता है—फिर से छिल गए पुराने घाव के समान। इन दिनों विश्वामित्र ने बार-बार जुगाली की है; वनजा ने अपनी पीड़ा से जैसे उन घटनाओं को फिर से आकार देकर

उनके सामने साक्षात् खड़ा कर दिया था। बाहर की घटनाओं की पीड़ा ने उनके अपने गन में जमी पीड़ा के साथ स्वयं को एकरूप कर दिया है, जैसे किसी और के मृत शिशु को देखकर, माँ को अपने शिशु की मृत्यु याद आ जाए, और उसे सांत्वना देते-देते, वह स्वयं अपनी पीड़ा से रो पड़े।

विश्वामित्र की दृष्टि बहिर्मुखी हुई। उन्होंने राम की ओर देखा; राम भी कुछ आत्मलीन-से चल रहे थे, परिवेश के प्रति अचेत। संभव है, वे भी अतीत के विषय में ही सोच रहे हों—महलों में होने वाले स्वार्थपूर्ण संघर्ष, एक-दूसरे के विरुद्ध होने वाले घृणित षड्यंत्र, राम की अपनी निजी पीड़ा...संभव है, वे सिद्धाश्रम में तेजी से घटित होने वाली घटनाओं के विषय में सोच रहे हों—गगन के विषय में, वनजा के विषय में...पर राम और स्वयं विश्वामित्र की आयु में बहुत अंतर है। आवश्यक नहीं कि राम अपने अतीत के विषय में ही सोच रहे हों। उनके सम्मुख उनका संपूर्ण भविष्य पड़ा है। वे कदाचित् आगे के विषय में ही सोच रहे हों।...और लक्ष्मण? इन सबसे निर्द्वंद्व, आगे बढ़ते हुए अपने चारों ओर की प्रकृति को ही निरखते जा रहे थे। उनके कंधों पर न बूढ़ा अतीत बैठा था, न माथे पर भविष्य की चिंता। वे शुद्ध वर्तमान में जी रहे थे...

पर विश्वामित्र, वर्तमान के होते हुए भी, केवल वर्तमान के होकर नहीं रह सकते। उनका मन आंधी में फड़फड़ाते हुए ध्वज के समान पीछे की ओर लौटने को ही तड़प रहा था...मन पर कुछ अस्पष्ट-सी रेखाएँ निरंतर आकार ग्रहण करती जा रही थीं...

''राम!''

राम की आँखें गुरु की ओर घूमीं। गुरु बड़े उत्साह-शून्य लग रहे थे।

''पुत्र! आज एक पुरानी कथा सुनाने को मन हो रहा है।''

यांत्रिक ढंग से आगे बढ़ते हुए, लक्ष्मण के पग एकदम रुक गए, ''गुरुदेव! कथा मैं भी सुनूँगा। मुझे कथाएँ बहुत अच्छी लगती हैं। पर वैसी कथा तो नहीं सुनाएँगे न, जैसी दासी वामा सुनाया करती है। मुझे पशुओं-वशुओं की कथाएँ एकदम अच्छी नहीं लगती।।''

राम स्नेहभरी आँखों से लक्ष्मण को देखकर मुस्कराए।

''तुम्हें ऐतिहासिक कथाएँ अच्छी लगती हैं, लक्ष्मण?'' विश्वामित्र का अवसाद कुछ क्षीण हुआ।

''मुझे ऐतिहासिक कथाएँ अच्छी लगती हैं, विशेषकर न्यायी पुरुषों के वीरतापूर्ण युद्धों की।'' लक्ष्मण का स्वर उत्साह से भरा-पूरा था, ''मेरी माँ कहती हैं, क्षत्रियपुत्र को वीरता की कथाएँ ही सुननी चाहिए।''

''पर सौमित्र!'' विश्वामित्र की वाणी कुछ शिथिल हो गई,'' जो कथा मैं सुनाना

चाह रहा हूँ वह किसी विजयी वीर की नहीं है—हाँ, वह ऐतिहासिक अवश्य है।"

"तो ठीक है।" लक्ष्मण के चेहरे का द्वंद्व छँट गया, "शत्रुघ्न सदा परियों की कहानियाँ सुनता है, इतना बड़ा होकर भी। मुझे वे एकदम अचछी नहीं लगतीं। ऐतिहासिक कथा ठीक है।"

विश्वामित्र ने राम की ओर देखा। लक्ष्मण ने बीच में राम को बोलने का अवसर नहीं दिया था। वैसे भी राम कुछ बोलने को उत्सुक नहीं लग रहे थे। पर जिस ढंग से उन्हें देख रहे थे, उस दृष्टि में अनेक प्रश्न थे—ऐतिहासिक कथा क्यों सुनाना चाहते हैं ऋषिवर? इतिहास ही क्यों नहीं सुनाते? कथा ही सुनानी है, तो इतिहास बीच में आवश्यक क्यों हैं?...

विश्वामित्र अनायास ही इन प्रश्नों का समाधान करने लगे, "पुत्र! जो कुछ मैं सुनाने जा रहा हूँ, है वह इतिहास ही। संभव है, इसके कुछ अंश उड़ते-उड़ते तुमने कहीं से सुने भी हो। पर मैं इसे इतिहास के रूप में नहीं सुना रहा हूँ, कथा के रूप में ही सुनाऊँगा। यह इसलिए कि मैं तुम्हें वह सब भी बता सकूँ, जो कुछ मैंने देखा है, जो कुछ मैंने सुना है, जो कुछ मैंने समझा और अनुमान किया है, जो कुछ मैंने कल्पना की है..."

"कथा क्या ऐसे बनती है, गुरुवर?" लक्ष्मण की आँखों में विस्मय था।

"हाँ, पुत्र! कथा ऐसे ही बनती है।" विश्वामित्र बोले, "जब आख्याता ईश्वर के समान सर्वज्ञ होकर, तथ्यों और पात्रों के मन में जा समाता है—वह सब कुछ जानता है। वह तथ्यों और पात्रों के आर-पार देख सकता है, पारदर्शी स्वच्छ जल के समान, जब उसकी सूचनाओं में कोई अभाव नहीं रहता, कुछ छूटता नहीं, वह सारी रिक्तियाँ अपनी कल्पना और अनुभूति से भर देता है, तो वह कथा होती है, लक्ष्मण!"

"सुनाएँ, गुरुदेव!" लक्ष्मण उल्लसित हो उठे, "कितना मजा रहेगा—भैया राम का संग, प्रकृति की शोभा, नए-नए स्थान, और गुरुदेव सुना रहे हों ऐतिहासिक कथा।"

"तो सुनो, पुत्र!" गुरु अपने मन का निरीक्षण कर रहे थे, उसमें बसी घटनाओं और चित्रों को उलट-पलट रहे थे। वे किसी और ही संसार में जा पहुँचे थे।

राम और लक्ष्मण, गुरु से सटते हुए-से, उत्सुक दृष्टि से उनके मुख की ओर देखते चल रहे थे। पुनर्वसु तथा अन्य ब्रह्मचारी भी अपनी नियमित दूरी छोड़कर, अपेक्षाकृत कुछ निकट आ गए थे। केवल सामान ढोने वाले छकड़े ही पीछे छूट गए थे।

गुरु ने कथा आरंभ की—

गौतम का अनेक वर्षों पुराना स्वप्न आज पूरा हुआ था।

मिथिला प्रदेश ही नहीं, उसके बाहर से भी अनेक ऋषि अपने पट्ट शिष्यों के साथ उनके आश्रम में पधारे थे। गौतम, उनके आश्रम और मिथिला-प्रदेश के 'ज्ञान' को मान्यता मिली थी। सात दिनों का सम्मेलन था। सात दिनों तक अभ्यागत ऋषि उनके आश्रम की शोभा बढ़ाएँगे, व्याख्यान देंगे, मिलकर विचार-विमर्श करेंगे। अनेक समस्याएँ और गुत्थियाँ सुलझाएँगे। ऋषियों के साथ आए हुए सैकड़ों ग्रंथ इन दिनों गौतम के आश्रम के किसी भी ब्रह्मचारी के लिए सहज सुलभ होंगे। इन सात दिनों में जो आचार्य, मुनि अथवा ब्रह्मचारी इन ग्रंथों को लेकर जितना परिश्रम करेगा, वह उतने ही लाभ में रहेगा।

गौतम का मन अभ्यागतों द्वारा प्रदर्शित इन ग्रंथों के प्रति लोलुप हो रहा था। नवीन ग्रंथ देखते ही, उनके भीतर बैठा ग्रंथ-लोभी जाग उठता है। मुँह से लार टपकने लगती है। इच्छा होती है, सारे ग्रंथ पढ़ जाएँ, उनकी प्रतिलिपि कर लें, उन्हें किसी प्रकार अपने पास रख लें।...उन्होंने अपने प्रत्येक लोभ को जीता है, किंतु ग्रंथ-लोभ को नहीं। जीतना चाहते भी नहीं। इस लोभ को वे सायास पोषित कर रहे हैं। जितना बढ़ सकता है, बढ़ा रहे हैं...यही तो उनका धन है, उनके जीवन की उपलब्धि।

कोई और समय होता, तो वे स्वयं भोजपत्र तथा लेखनी लेकर जुट जाते और अधिकाधिक ग्रंथों की प्रतिलिपियाँ तैयार कर लेते; किंतु इस समय वह संभव नहीं है। आश्रम में इतने अभ्यागत ठहरे हुए हैं। गौतम स्वयं ग्रंथों की प्रतिलिपियाँ तैयार करने में लग गए, तो अभ्यागत ऋषियों, आचार्यों और ब्रह्मचारियों की देखभाल कौन करेगा? चर्चाएँ-वार्ताएँ होंगी, चिंतन-मनन होगा, यज्ञ होंगे।...गौतम ग्रंथों की प्रतिलिपियों के लिए अधिक समय नहीं दे सकते। यह काम उन्हें आश्रम के आचार्यों तथा ब्रह्मचारियों पर ही छोड़ना होगा। कुछ महत्त्वपूर्ण ग्रंथों का कार्य अवश्य वे अपने हाथ में लेंगे...

संध्या होते-होते सीरध्वज भी आ पहुँचे। सभी प्रसन्न थे, किंतु गौतम विशेष रूप से हर्षित थे। सीरध्वज मिथिला के सम्राट् थे। सम्मेलन में उनके सम्मिलित होने का अर्थ था—धन तथा सुरक्षा की दृष्टि से पूरी निश्चिंतता। प्रत्येक कुलपति को अपने आश्रम के लिए इस प्रकार के राज्याश्रय की आकांक्षा बनी रहती है। किंतु राज्याश्रय के कारण, आश्रम में शासन के अवांछित हस्तक्षेप तथा आश्रम के कुलपति की स्वतंत्रता पर राज-अंकुश लगने का जो भय होता है, वह यहाँ नहीं था। सीरध्वज शासक होने के साथ-साथ स्वयं भी ऋषि थे। उनका आना गौतम के लिए आनंद का विषय था। इससे भी बढ़कर आनंद की एक और सूचना सीरध्वज लाए थे। सीरध्वज के माध्यम से भेजा गया निमंत्रण इंद्र ने स्वीकार कर लिया था, और वे रात्रि के पूर्व ही आश्रम में पहुँच रहे थे।

गौतम तथा उनके सहयोगियों का ध्यान सीरध्वज की ओर से हटकर इंद्र के

आगमन की ओर चला गया। देवराज शक्ति और महिमा की दृष्टि से मिथिला-नरेश से कहीं अधिक महत्त्वपूर्ण थे। सीरध्वज स्वभाव से सज्जन व्यक्ति हैं। उन्होंने स्वयं, इंद्र के स्वागत के लिए आश्रम को सुसज्जित करने में गौतम को सहयोग दिया। उनका कहना था कि मिथिला आश्रमों के अभ्यागतों के आतिथेय का कर्तव्य स्वयं मिथिला-नरेश का है।

आश्रम में उन द्वारों तथा मार्गों को यथासंभव अलंकृत कर दिया गया, जिनसे होकर देवराज के आने की संभावना थी। स्वागत के लिए अनेक ब्रह्मचारियों को नियुक्त कर दिया गया। कुछ टोलियों को निर्देश दिया गया कि वे ऊँचे-ऊँचे वृक्षों पर चढ़कर, देवराज के आने के संभावित मार्गों पर दृष्टि रखें और उनको देखते ही सूचनार्थ निश्चित संकेत दें।

गौतम की निजी कुटिया के एकदम साथ वाला, सबसे बड़ा तथा विशिष्ट कुटीर, जो अब तक कदाचित् मिथिला-नरेश के लिए खाली रखा गया था, विशेष रूप से पुनः झाड़-बुहारकर, पुष्पों से सुवासित किया गया। उसमें देवराज के लिए उत्तम भोज्य-पदार्थ प्रस्तुत किए गए; और आश्रम के नियमों के सर्वथा विरुद्ध, उस कुटीर में मदिरा का प्रबंध किया गया।

"मदिरा!" राम के पैर रुक गए।

प्रवाह बाधित हो गया। लक्ष्मण तथा ब्रह्मचारीगण भी रुक गए। विश्वामित्र को थम जाना पड़ा।

"देवराज मदिरापान करते हैं?" राम के स्वर में आवेश था।

"हाँ, पुत्र!" विश्वामित्र विषादपूर्ण स्वर में बोले, "यह अत्यंत दुखद और शोचनीय प्रसंग है, राम! आर्य-संस्कृति के मूलभूत स्रोत, देव जातियों ने अपने वैभव से विक्षिप्त होकर, भोग की ओर मदांध पग बढ़ाए हैं। उनके क्षय का मूल कारण उनका यही विलास है, पुत्र! विलास के कारण ही अनेक बार उन्हें युद्ध में पराजित होना पड़ा है। वैभव अपने-आप में विष भी होता है, पुत्र! यदि व्यक्ति में चरित्र की दृढ़ता, आत्मबल और जन-कल्याणोन्मुखी दृष्टि न हो तो वह जाति के वैभव को निजी वैभव मानकर संपूर्ण प्रजा में समान वितरण न कर, स्वयं उसका भोग आरंभ कर देता है।'

"लोग चरित्रहीनों का सम्मान क्यों करते हैं!" लक्ष्मण के मन की तड़प उनके चेहरे पर अंकित थी, "धन-सत्ता, पद अथवा ज्ञान की औषध से चरित्रहीनता का विष तो नहीं कटता, गुरुदेव! मेरी माँ कहती हैं कि चरित्रहीन का कदापि सम्मान मत करो, चाहे वह स्वयं तुम्हारा पिता ही क्यों न हो।"

"तुम्हारी माँ ठीक कहती हैं, पुत्र!" विश्वामित्र धीमे से मुस्कराए, "किंतु सौमित्र!

न तो हर किसी की माँ देवी सुमित्रा जैसे तेजस्विनी होती है, और न हर पुत्र लक्ष्मण-सा जाज्वल्यमान अनल होता है।''

''किंतु गुरुदेव!'' राम का स्वर अत्यंत गंभीर था, ''साधारण जन जो भी करें, ऋषि क्यों पद, सत्ता, शक्ति अथवा समृद्धि से अभिभूत होकर, ऐसे चरित्रहीन का न केवल स्वागत करता है, वरन् उसे विशेष सुविधाएँ देता है? यह क्या ऋषि-कर्म है? ऐसा ऋषि समाज में चरित्रहीनता को प्रोत्साहित करता है। उसे उसका दण्ड मिलना चाहिए।''

विश्वामित्र अवाक रह गए—राम चिंतन की मौलिक कसौटी है। वह आप्त वचनों को, आप्त चरित्रों को, आप्त प्रथाओं को सिर झुकाकर चुपचाप स्वीकार नहीं करेगा। गुरु की आँखें किसी पीड़ा से भीड़ उठीं। कंठ में जैसे कुछ अटक गया। ब्रह्मचारियों की मण्डली स्तब्ध खड़ी गुरु की पीड़ा देख रही थी।

गुरु ने अपने-आपको सँभाला, ''मैं तुमसे सहमत हूँ, राम! कि वह ऋषि-कर्म नहीं है। ऋषि का स्वरूप न्याय-स्वरूप है; किंतु ऋषि भी मनुष्य है, पुत्र! प्रत्येक ऋषि मानवीय दुर्बलताओं से शून्य, पूर्ण न्याय-स्वरूप हो ही जाए, यह आवश्यक नहीं है...''

''ऋषिवर!'' लक्ष्मण का उत्तेजित कंठ फूटा।

''ठहरो, लक्ष्मण! क्रोध न करो।'' विश्वामित्र बोले, ''मैं गौतम के इस कृत्य का समर्थन नहीं कर रहा। मैं तो यह कह रहा हूँ कि परंपरा से चली आती अनेक मर्यादाओं को सामान्य लोग, मन से कहीं असहमत होते हुए भी, ढोते चले जाते हैं। जब कोई क्रांतिकारी मौलिक व्यक्तित्व उन मर्यादाओं पर प्रहार करता है, तभी वे मर्यादाएँ टूटती हैं और जन-सामान्य उनका उल्लंघन कर पाता है। गौतम तपस्वी हैं, सच्चरित्र हैं, किंतु उनके व्यक्तित्व में मौलिक क्रांति का तत्त्व नहीं है।...पर फिर भी दण्ड मिला, गौतम को बहुत बड़ा दण्ड मिला, पुत्र!'' विश्वामित्र की पीड़ा गहरा गई। उनका स्वर रुँध गया।

राम शांत मन से खड़े ऋषि की पीड़ा को समझने का प्रयत्न कर रहे थे, और लक्ष्मण कुछ अटपटा-से गए थे। गुरु की आँखों के अश्रु उन्हें स्थिर नहीं रहने दे रहे थे। उनका बाल-मन कोई उपाय नहीं ढूँढ़ पा रहा था।...सहसा उन्होंने आगे बढ़कर गुरु की भुजा पकड़कर हिलाई और मचलकर कहा, ''गुरुदेव! कथा सुनाएँ न!''

''कथा?'' विश्वामित्र जैसे जाग पड़े, ''हाँ, कथा सुनो, पुत्र!''

गुरु ने अपनी आँखें पोंछ लीं। मन को सहज कर लिया। उन्होंने पग आगे बढ़ा दिए। सब लोग चल पड़े।

कुटीर को पूर्णतः सुसज्जित कर; इन्द्र के आने की सूचना पाकर, अहल्या को संग

ले गौतम उसके स्वागत के लिए आश्रम के मुख्यद्वार पर पहुँचे।

तब इन्द्र आज के समान वृद्ध नहीं था। वह ढलती आयु का प्रौढ़ पुरुष था। इन्द्र अपने आकाशगामी विमान से आया था। उसके साथ अनेक अन्य विमान थे, जिनमें उसके सैनिक, सेवक तथा दासियाँ थीं उसका वैभव देवराज के अनुकूल ही था।

गौतम और अहल्या ने आगे बढ़कर उसका स्वागत किया और आश्रम में पधारने की प्रार्थना की।

इन्द्र ने पूजन स्वीकार किया, सीरध्वज से भेंट की, अपने साथ आए सैनिकों तथा सेवकों को आश्रम से बाहर शिविर स्थापित कर, ठहर जाने का आदेश देकर, उसने आश्रम में प्रवेश किया। यद्यपि उसने आश्रम में पदाति प्रवेश किया था, किंतु उसका विमान उसके निजी सेवकों द्वारा, आश्रम के भीतर उसके ठहरने के कुटीर के पास पहुँचा दिया गया था, ताकि आवश्कयता होने पर देवराज को कोई असुविधा न हो।

गौतम इन्द्र से बातचीत कर रहे थे। आश्रम में पधारने के लिए वे उसके प्रति आभार प्रकट कर रहे थे। किंतु सभी उपस्थित जन ने देखा था कि इन्द्र का ध्यान गौतम तथा उनके आभार-ज्ञापन की ओर नहीं था। उसकी दृष्टि किसी-न-किसी व्यास से, प्रत्यक्ष अथवा अप्रत्यक्ष रूप से अहल्या की ओर घूम जाती थी। उसकी आँखों का भाव आश्रम के कुलपति की अर्द्धांगिनी की श्रद्धा से सर्वथा अछूता था। किंतु वह देवराज था, आश्रम में मिथिला-नरेश तथा कुलपति का आमंत्रित अभ्यागत होकर आया था। धन, सम्पत्ति, सत्ता, शक्ति, मान-मर्यादा, पद इत्यादि की दृष्टि से सब पर भारी पड़ता था। फिर चाहे आश्रम के बाहर ही ठहरे हुए क्यों न हों, उसके पास पर्याप्त सैनिक थे।...उसकी इन छोटी-छोटी अभद्रताओं के विरुद्ध आपत्ति नहीं की जा सकती थी।

अंत में कुटीर के द्वार पर उसे छोड़ते हुए, गौतम ने कहा, "देवराज! हम आपके वैभव के अनुकूल आपको आतिथ्य नहीं कर सकते किंतु आशा है, आश्रम-भूमि जानकर, आप इन अभावों की ओर ध्यान नहीं देंगे।"

और इन्द्र ने उपस्थित समुदाय के लिए सर्वथा अप्रत्याशित कर्म किया। वह अहल्या की ओर मुड़ा, "देवी अहल्या! आप जैसी त्रैलोक्य सुंदरी के लिए यह अभावमय आश्रम तो अत्यंत कष्टदायक होगा! मैं यहाँ से लौटकर आपके सुख के लिए कोई प्रयत्न करूँगा।"

उपस्थित समुदाय अटपटा गया। गौतम ज्वलंत रोष से तपकर एकदम लाल हो गए। सीरध्वज की आकृति निष्प्रभ हो गई। अहल्या ने अत्यंत पीड़ित तथा अपमानित दृष्टि से, उपालंभ-सा देते हुए, अपने पति की ओर देखा; और कुलपति की धर्मपत्नी

के कर्तव्य का निर्वाह करती हुई, अतिथि इन्द्र से बोली, "देवराज! आश्रमवासी अपने धर्म का निर्वाह करते हैं। आश्रम के कुलपति की धर्मपत्नी के रूप में मिलने वाला सम्मान ही मेरा सुख-वैभव है।"

सबके देखते-देखते, अहल्या अपने पुत्र शत को गोद में उठा, अपनी कुटिया की ओर चली गई।

इन्द्र को उपस्थित ऋषियों, आचार्यों तथा ब्रह्मचारियों में कोई रुचि नहीं रह गई। वह भी अपने कुटीर में विश्राम करने चला गया।

गुरु रुक गए, "सामने शोणभद्र का तट है, वत्स! हम आज रात यहीं विश्राम करेंगे। पुनर्वसु! व्यवस्था करो, पुत्र!"

"और कथा, गुरुदेव!" लक्ष्मण ने पूछा।

"शेष कथा कल सुनाऊँगा, सौमित्र!" विश्वामित्र मुस्कराए, "आज आवश्यक व्यवस्था तथा भोजन आदि के उपरांत कदाचित् तुम थककर सोना चाहोगे, पुत्र! दिन-भर चलने के पश्चात् तुम्हारे जैसे बालक थक जाते हैं।"

लक्ष्मण की मुद्रा से स्पष्ट था, उन्हें गुरु की बात अच्छी नही लगी। पर क्षण-भर के पश्चात् उत्साह बटोरकर बोले, "कल प्रातः सुनाएँगे?"

"अवश्य!"

गुरु ने राम की ओर देखा, और मुस्करा दिए।

अगले दिन प्रातः उठकर, शिविर उठाने, सामान बटोरने, छकड़ों में रखने इत्यादि का कार्य कर, गुरु ने चल पड़ने का आदेश दिया।

राम सहास लक्ष्मण को देख रहे थे। लक्ष्मण अन्य दिनों की अपेक्षा कुछ जल्दी ही उठ गए थे। स्नानादि में उन्होंने तनिक भी विलंब नहीं किया था; चलने के लिए भी वे ही सबसे अधिक उत्सुक दीख रहे थे। किंतु इस सारे उपक्रम में, उन्होंने सायास अपने होंठ चाँप रखे थे।

आदेश मिलते ही मण्डली के पग उठे और लक्ष्मण की उत्सुक आँखें गुरु के चेहरे की ओर उठ गईं, "गुरुदेव, कथा!"

गुरु अकस्मात् ही अट्टहास कर उठे, उन्होंने आँखों-ही-आँखों में राम से हास का आदान-प्रदान किया और बोले, "सौमित्र! रात को तुम्हें नींद आई थी, पुत्र?"

"मैं खूब मजे में सोया, गुरुदेव!" लक्ष्मण इठलाकर बोले, "जब से आपके साथ आया हूँ, दिन-भर के परिश्रम के बाद रात को प्रगाढ़ नींद में सोता हूँ। सवेरे भैया राम जगाते हैं तो..."

"...बड़ी कठिनाई से जागता हूँ।" राम ने बात पूरी की।

लक्ष्मण झेंपे और मुस्करा पड़े।

"यह तो अच्छा है।" गुरु ने बात सँभाल ली, "गहरी नींद स्वास्थ्य की पहचान है।...पर मैं तो इसलिए पूछ रहा था, पुत्र! कि कहीं रात-भर कथा तुम्हारी नींद में ऊब-चूब तो नहीं करती रही?"

राम मुस्कराए, "गुरुदेव! सौमित्र इस विषय में अद्भुत हैं। कथा सुनते रहें, तो नींद नहीं आती; और नींद आ जाए तो कोई कथा याद नहीं रहती।"

"ऐतिहासिक कथा में तो कोई बुराई नहीं, गुरुवर! मेरी माँ कहती हैं, ऐतिहासिक कथाएँ इतिहास को हाड़-मांस देकर जीवंत कर देती हैं।"

"कोई बुराई नहीं। ऐतिहासिक ही क्यों, किसी भी अच्छी कथा में कोई बुराई नहीं। अब कथा सुनो।" गुरु बोले।

दूसरा दिन उत्साह एवं उत्सवों-भरा था। न तो किसी आश्रमवासी को ही तनिक अवकाश था और न अभ्यागतों को। प्रातः यज्ञ से उत्सव आरंभ हुआ और मध्याह्न के भोजन से पूर्व विभिन्न स्थानों पर चार पृथक्-पृथक् गोष्ठियाँ हुईं। भोजन के पश्चात् जन-सामान्य के लिए, एक खुले अधिवेशन में, गोष्ठियों में विचारित समस्याओं पर चर्चा होनी थी। कुछ लोगों को, जिन्हें ग्रंथावलोकन में अधिक रुचि थी, इस खुले अधिवेशन से मुक्त कर दिया गया था, ताकि वे ग्रंथ-दीर्घा में जाकर ग्रंथों का पाठ अथवा अवलोकन कर सकें।

गौतम का अपना मन ग्रंथ-दीर्घा में जाने के लिए तड़फ रहा था। किसी प्रकार अधिवेशन की अध्यक्षता किसी अन्य व्यक्ति को सौंप सकते, तो नए-नए ग्रंथों के बीच यह समय बिताने का अपूर्व उल्लास पा सकते थे। उन्होंने सोचा भी था कि वे देवराज इन्द्र या महाराज सीरध्वज से अध्यक्षता के लिए कहेंगे। किंतु, इन्द्र को प्रातः के यज्ञ के सिवाय सारे सम्मेलन में कहीं भी नहीं देखा गया। उसे ज्ञान-चर्चाओं में कोई रुचि नहीं थी। महाराज सीरध्वज हल्की-सी अस्वस्थता के कारण विश्राम-हेतु चले गए थे।...वैसे एक आशंका भी थी। इन दोनों में से कोई अध्यक्षता स्वीकार कर भी लेता, तो आतिथेय कुलपति के रूप में, गौतम को उनके निकट बने ही रहना पड़ता।...गौतम किसी प्रकार मुक्त नहीं हो सकते थे। इतने ढेर सारे नए ग्रंथों के इतने निकट होते हुए भी, वे अपनी प्यास नहीं बुझा सकते थे।

सहसा गौतम का ध्यान उपकुलपति आचार्य अमितलाभ की ओर चला गया। क्यों न वे आचार्य को अध्यक्षता सौंपकर, थोड़ी देर के लिए स्वयं मुक्त हो जाएँ? कुलपति सब स्थानों पर उपस्थित नहीं रह सकता, ऐसे ही समय में उसकी सहायता के लिए उपकुलपति होता है।

अमितलाभ ने अनेक लोगों के सामने उनकी शिकायत भी की थी—"अरे कुलपति किसी को कुछ समझें, तब न! किसी और पर तनिक-सा भी न तो दायित्व

छोड़ने को तैयार हैं, न किसी को अधिकार देना चाहते हैं। प्रत्येक काम स्वयं करेंगे, प्रत्येक स्थान पर स्वयं रहेंगे, प्रत्येक व्यक्ति से स्वयं बात करेंगे। किसी अन्य की क्षमता पर तो उनका विश्वास ही नहीं है। उनका वश चले तो आश्रम-भर में झाड़ू भी वे स्वयं अपने हाथों ही लगाएँ..."

आचार्य अमितलाभ को अध्यक्षता सौंपी जाए तो वे प्रसन्न भी होंगे।

गौतम ने उपकुलपति को बुला भेजा।

पर प्रस्ताव सुनकर, उपकुलपति ने तनिक भी प्रसन्नता नहीं दिखाई। प्रत्यक्षतः अस्वीकार तो नहीं किया, प्रकारांतर से अपनी अनिच्छा अवश्य प्रकट कर दी, "आर्य कुलपति! यह अधिवेशन आश्रम का भीतरी कार्य तो है नहीं। बाहर से अनेक उद्भट विद्वान, ऋषि-मुनि तथा ज्ञानी लोग आए हुए है।। इस समय तो आश्रम की प्रतिष्ठा का प्रश्न है। यदि अपने अज्ञान में मुझसे कोई भूल हो गई, तो आश्रम के सम्मान पर धब्बा लग जाएगा। यह कार्य तो आप ही करें, आर्य कुलपति!..."

गौतम अच्छी तरह जानते थे कि उनके ज्ञान तथा सामर्थ्य के प्रति सम्मान दिखाने वाले इन शब्दों में स्वयं उपकुलपति का अपना भी विश्वास नहीं था किसी अज्ञात कारण से सामयिक चाटुकारिता मात्र थी। किसी भी कारण से हो, अधिवेशन की अध्यक्षता वे नहीं करना चाहते थे। तो फिर गौतम क्या करे? उन्हें ग्रंथ-दीर्घा का मोह संप्रति छोड़ना ही होगा...

गौतम चले गए तो आचार्य अमितलाभ कुछ आवश्स्त हुए। वे रात्रि तक पूर्णतः मुक्त थे, और गौतम अधिवेशन में व्यस्त। वे किसी भी प्रकार यह नहीं जान पाएँगे कि इस बीच अमितलाभ ने क्या किया। यह संयोग मात्र था, किंतु यही वह अवसर भी था, जब अमितलाभ अपने लिए कुछ कर सकते थे। वे गौतम के कृतज्ञ थे कि यह सम्मेलन बुलवाकर गौतम ने उन्हें ऐसा अच्छा अवसर उपलब्ध करा दिया।

उपकुलपति ग्रंथ-दीर्घा की ओर नहीं गए। यहाँ क्या रखा था! देवराज आश्रम में साक्षात् विद्यमान थे। ऐसा अवसर फिर कब मिलेगा? इन्द्र को थोड़ा-सा भी प्रसन्न कर सकें तो उनके लिए मिथिला से बाहर, आर्यावर्त्त में कहीं भी, या भाग्य ने साथ दिया तो देवलोक में भी, किसी वृत्ति की व्यवस्था हो सकती है।—बस, इन्द्र को प्रसन्न करने की बात है।

वे इन्द्र के कुटीर के सम्मुख पहुँचे। उन्होंने आधे भिड़े कपाटों से झाँककर देखा—मदिरा-पात्र लिये, अपने आसन पर बैठा, इन्द्र शून्य को घूर रहा था। वह किसी चिंता में डूबा हुआ था, और वह चिंता ज्ञान की कोई उलझी हुई गुत्थी नहीं थी।

अमितलाभ के मन में आशंका जगी—कदाचित् इस समय इन्द्र के सम्मुख जाना विशेष लाभकारी न हो, किंतु फिर अवसर मिले न मिले। कितनी झूठी-सच्ची बातें कहकर वे अधिवेशन से मुक्ति पा सके हैं। फिर गौतम उन्हें अवसर ही न दें तो?

या फिर, इन्द्र ही इस प्रकार अकेले सहज-सुलभ न हुए तो?

अमितलाभ ने कुटीर में प्रवेश किया।

आहट पाकर इन्द्र ने दृष्टि अमितलाभ की ओर फेरी। उसकी आँखों में न तो स्वागत का भाव था, न आने वाले के प्रति शिष्टाचार, न ही सहज विस्मय...उन आँखों में उपेक्षा, खीझ, झुँझलाहट और वितृष्णा थी।

अमितलाभ को लगा, इन्द्र ने उन्हें पहचाना नहीं है...कल संध्या समय आश्रम के सिंहद्वार पर उनका परिचय तो कराया गया था; किंतु संभव है, उतनी-सी भेंट, किसी को पहचान लेने के लिए देवराज के लिए पर्याप्त न हो...

"आश्रम का उपकुलपति, आचार्य अमितलाभ, देवराज इन्द्र को प्रणाम करता है।" अमितलाभ ने अपना परिचय दिया।

इन्द्र की मुद्रा में तनिक भी परिवर्तन नहीं हुआ। बोला, "क्या है?"

अमितलाभ का उत्साह शिथिल हो गया। इन्द्र ने उनका परिचय सुनकर भी, तनिक शिष्टाचार तक नहीं दिखाया था। अवश्य ही इस व्यक्ति के मन में आश्रमों तथा तपस्वियों के प्रति कोई सम्मान नहीं था। मन खट्टा तो हुआ, किंतु वे सम्मान नहीं, 'लाभ' पाने की आशा से आए थे। धृष्ट होकर बोले, "अधिवेशन में आप दिखे नहीं, तो आपको खोजता हुआ इधर आ गया।"

"क्या काम है?" इन्द्र घूर रहा था।

"काम तो कुछ नहीं है, आर्य के दर्शनों की इच्छा..."

"मैं कोई सुंदरी कामिनी हूँ, जिसके दर्शनों के लिए तड़प रहे हो।" इन्द्र अमर्यादित हो उठा।

"देवराज ज्ञान के इस अधिवेशन..." अमितलाभ ने बात आरंभ की।

इन्द्र ने बात बीच में ही काट दी, "ज्ञान की देवलोक में कमी नहीं है।"

"तो देवराज किस आकर्षण में आए हैं?"

"ऋषि-कु..." इन्द्र रुक गया। फिर जैसे अपने-आपको संतुलित करता-सा बोला, "तुम जाओ, संन्यासी! मेरा मन अशांत है।"

अमितलाभ व्यथित होकर कुटीर से बाहर निकल आए। किंतु उनकी व्यथा अपने अपमान की नहीं थी—वे अपने भ्रमण तथा वृत्ति के अवसर के छिन जाने से दुःखी थे।

अपने को सहेजते-सँभालते, अमितलाभ आश्रम में इधर से उधर डोलते फिरे। वे व्यथित-पीड़ित तो थे, किंतु अभी हताश नहीं हुए थे। वे इतनी जल्दी हताश हो जाने वाले जीव नहीं थे। न सही देवलोक का भ्रमण या वृत्ति, कुछ और सही, कुछ और...ऐसे सम्मेलन बार-बार नहीं होते...वे डोलते रहे। सारा आश्रम सूना था। समस्त

आश्रमवासी किसी-न-किसी कार्यक्रम में लगे हुए थे। सब ही लोग कहीं-न-कहीं व्यस्त थे।

अंततः अमितलाभ सीरध्वज के विश्रामस्थल पर पहुँचे।

सम्राट् सीरध्वज सचमुच अस्वस्थ और शारीरिक कष्ट से पीड़ित थे। किंतु उन्होंने शैय्या से उठकर अमितलाभ का स्वागत किया, ''मैं सीरध्वज, उपकुलपति को प्रणाम करता हूँ।''

अमितलाभ की उदासीनता विलीन हो गई। न सही देवराज, सीरध्वज ही सही। सीरध्वज ने न केवल उन्हें पहचान लिया था, वरन् शैया से उठ, उनका स्वागत कर उन्हें सम्मान भी दिया था। यहाँ अमितलाभ के लिए अनेक संभावनाएँ थीं।

''सम्राट् अस्वस्थ है।?'' अमितलाभ ने बात आरंभ की।

''मेरा दुर्भाग्य, उपकुलपति! ऐसे अवसरों पर, जब आस-पास ज्ञान का सागर लहरा रहा हो, अस्वस्थ होकर, शैय्यासीन होना कितना बड़ा दुर्भाग्य है। ऐसे सम्मेलन में उपस्थित होकर भी मैं विश्राम कर रहा हूँ।'' और सहसा सम्राट् का स्वर बदल गया, ''उपकुलपति! आप अधिवेशन में नहीं गए?''

''सम्राट् को अधिवेशन में न देख चिंता हुई। अतः आपके दर्शन-लाभ के लिए चला आया।'' अमितलाभ ने अपने स्वर में करुणा घोली, ''वैसे भी व्यवस्था-संबंधी इतने दायित्व कुलपति ने मुझ पर छोड़ रखे हैं सम्राट् कि अधिवेशनों में उपस्थित होना मेरे लिए संभव नहीं है। आश्रमों में कुलपति के एकाधिकार की परंपरा अनेक लोगों के विकास में बाधक हो रही है, सम्राट्! यदि कुलपति के अतिरिक्त कुछ अन्य उच्च अधिकारियों को भी कुछ विशिष्ट अधिकार दे दिए जाएँ तो व्यवस्था अधिक सुचारू हो जाएगी।

अपनी बात समाप्त कर अमितलाभ ने सीरध्वज की ओर देखा। उन्होंने पाया, यह व्यक्ति सम्राट् होते हुए भी इन्द्र से बहुत भिन्न था। अपने मुख से सीरध्वज ने कुछ नहीं कहा था; किंतु उन आँखों में अमितलाभ के लिए असम्मान तथा संशय था। वे आँखें जैसे पूछ रही थीं, ''तुम व्यवस्था में व्यस्त थे, तो अधिवेशन में कैसे चले गए? तुम्हें कैसे पता चला कि सीरध्वज अस्वस्थ हैं? कम व्यस्त होने पर भी गौतम यहाँ नहीं आ सके, और तुम अधिक व्यस्त होकर भी यहाँ कैसे आ सके?''

''यदि सम्राट् ही इस विषय में कुछ करें...''

पर सीरध्वज ने बात काट दी, ''उपकुलपति! स्वयं आश्रमवासियें द्वारा आश्रम में शासन के हस्तक्षेप को आमंत्रित करना मैं शुभ नहीं मानता; और तब तो एकदम ही नहीं, जब वह आमंत्रण निजी स्वार्थ से युक्त हो। आप अत्यंत व्यस्त हैं। यहाँ समय नष्ट न करें।''

अमितलाभ इच्छा होते हुए भी और नहीं ठहर सकते थे। सम्राट् ने उन्हें जाने

का आदेश दे दिया था।

''कितना नीच व्यक्ति है यह!'' लक्ष्मण दाँत पीस रहे थे।

''ऐसे लोग प्रत्येक देश और काल में वर्तमान होते हैं, वत्स!'' गुरु बोले, ''जो ऊँचे आदर्शों तथा लक्ष्यों का आवरण ओढ़कर अपना स्वार्थ सिद्ध करते रहते हैं, उनके लिए आश्रमों में ऐसे सम्मेलन, ज्ञानोपार्जन का साधन न होकर, राजा, मंत्रियों, श्रेष्ठियों अथवा अन्य प्रभावशाली व्यक्तियों से संपर्क स्थापित करने का स्वर्णावसर होते हैं। अपने स्वार्थ की सिद्धि के लिए कभी-कभी वे लोग राजाओं के निजी दासों तक की चाटुकारिता करते देखे जाते हैं...''

''क्या अमितलाभ सफल हुए?'' राम ने पूछा।

''यथासमय बताऊँगा।'' गुरु बोले, ''कथा सुनो।''

गौतम दिन-भर व्यस्त रहे। वे नहीं जानते थे कि दिन-भर शत किसके पास रहा, अहल्या कहाँ रही, क्या करती रही, पर जिस किसी समारोह में कुलपति का अपनी अर्द्धांगिनी के साथ उपस्थित होना आवश्यक था, वहाँ उन्होंने अहल्या को सदा उपस्थित पाया। अहल्या अपने दायित्व के प्रति पूर्णतः सजग थी। आश्रम के संचालन में अकेला कुलपति कभी भी समर्थ नहीं होता, यद्यपि नाम केवल कुलपति का ही होता है। कुलपति की पत्नी आश्रम के दैनिक कार्यक्रम का अनिवार्य अंग तो होती ही है, ऐसे सम्मेलनों के अवसर पर उसका दायित्व और भी बढ़ जाता है। यज्ञों, गोष्ठियों, विचारवार्ताओं, प्रवचनों के कारण कुलपति तो अपने स्थान से हिल भी नहीं सकता। उनकी पत्नी आश्रमवासियों तथा अभ्यागतों की देख-भाल तो करती ही है—यथावश्यक समारोहों में उपस्थित भी होती है तथा अनिवार्य होने पर चर्चित समस्याओं पर अपना मत प्रकट करती है। सम्मेलनों की सफलता के लिए, आवश्यक है कि कुलपति में बुद्धि, तर्क, ज्ञान की पिपासा, सहिष्णुता एवं ईमानदारी हो, साथ ही यह भी आवश्यक है कि कुलपति की पत्नी बुद्धिमती, विदूषी, नम्र तथा व्यवहारकुशल हो।

गौतम जानते थे कि उनकी पत्नी में ये सारे गुण हैं। उन्हें विश्वास था कि अहल्या की सुव्यवस्था के कारण, आश्रम में सारे कार्य सुचारु रूप से चल रहे होंगे और बालक शत भी किन्हीं सुयोग्य हाथों में होगा, कदाचित् आचार्य ज्ञानप्रिय की पत्नी सदानीरा के पास।...साथ ही कहीं वे पिछली संध्या की घटना भूल नहीं पाते। इन्द्र का वह एक वाक्य! उपस्थित जन-समुदाय पर उसकी प्रतिक्रिया! और अहल्या का वह मर्यादित-संतुलित उत्तर।

अहल्या उस घटना से काफी विचलित हो गई थी, किंतु गौतम जानते हैं कि अवसर की मर्यादा के प्रति वह कितनी जागरूक थी। उसने अपने मन को बाँधा

होगा, स्वयं को समझाया होगा और परिणामतः दिन-भर में जब कभी वह किसी उत्सव में दिखाई पड़ी—पर्याप्त संतुलित और महिमामयी दिखी। उसने अपने आहत, अपमानित मन की पीड़ा को छिपाकर अपनी, अपने पति की तथा आश्रम की मर्यादा की रक्षा की थी, अन्यथा तनिक-सी असावधानी से सारा वातावरण बिगड़ जाता...

दिन के अंतिम कार्यक्रम को पूर्ण कर, गौतम जब अपनी कुटिया के एकांत में लौटे, तो रात का अंधकार काफी गहरा हो चुका था। शत को गोद में लिये, अहल्या दीपक के पास बैठी थी और अजाने ही कभी उसके बालों को और कभी उसके शरीर को, स्नेहभरी हथेलियों से धीरे-धीरे सहला देती थी। किंतु गौतम की आँखों से छिपा नहीं रह सका कि अन्य दिनों के समान, शत को गोद में लिये होने पर भी, न तो उसका मन तुष्ट था, न उसकी आँखों से ममता ही झर रही थी। कुछ-न-कुछ असहज अवश्य था।

"आज कुछ शिथिल हो, अहल्या!" गौतम ने निकट आ अहल्या के कंधे पर हाथ रखा, "दिन-भर का कार्य बहुत अधिक था?"

"नहीं! कार्य की तो कोई बात नहीं।" अहल्या ने पुत्र पर से दृष्टि हटाकर पति को देखा, "किंतु उस व्यस्तता के कारण मैं दिन-भर में शत को तनिक भी समय नहीं दे सकी। दिन-भर मुझसे अलग रहा है, इसलिए इस समय काफी चिपकू हो रहा है। गोद से उतरना ही नहीं चाहता। वैसे मुझे लगता है, इसे हल्का-सा ज्वर भी है। आप देखिए तो..."

गौतम ने शत के माथे पर अपनी हथेली रखी। माथा गर्म था। पिता का स्पर्श पाकर शत ने आँखें खोल दीं। उन आँखों में भी ज्वर का ताप चढ़ा हुआ था।

"बेटे को ज्वर आ गया।" गौतम ने कहा।

शत ने शरीर के माप से सूखे होंठों पर जीभ फेर उन्हें गीला किया और बड़ी धीमी आवाज में बोला, "पिताजी, गोद में ले लो।"

गौतम ने शत को गोद में उठा लिया। शत ने फिर से आँखें बंद कर लीं। पर गौतम समझ रहे थे, यह नींद नहीं थी, ज्वर के कारण शरीर तथा मन की शिथिलता थी।

"चिकित्साचार्य को नहीं दिखाया?"

"दिन-भर तो मुझे अवकाश ही नहीं मिला।" अहल्या ने उत्तर दिया, "मैं आपसे थोड़ी ही देर पहले कुटिया में लौटी हूँ। तभी सखी सदानीरा इसे मुझे देकर गई है। आज शत दिन-भर सदानीरा के पास ही रहा है। तब मैंने सोचा कि चिकित्साचार्य भी दिन-भर के कार्य से थके हुए होंगे, इस समय उन्हें क्या कष्ट देना। बच्चा ज्वर से शिथिल हो गया है। कोई गंभीर बात नहीं है। कल प्रातः उन्हें दिखा दूँगी।"

"ठीक तो कहती हो, अहल्या!" गौतम पूर्णतः सहमत नहीं थे, "पर रात में

यदि ज्वर बढ़ गया तो और भी परेशानी होगी। इन दिनों अपनी व्यस्तता में हम बच्चे की पूरी तरह देख-भाल भी नहीं कर पाएँगे।''

और गौतम अपने ही मन में अनेक बार उभरे हुए प्रश्न से उलझ गए—जब कभी उन्होंने आश्रम में कोई विशेष उत्सव किया है, और ऐसे उत्सव वे करते ही रहते हैं, तो उन्होंने पाया है कि वे उन उत्सवों में कुछ ऐसे खो गए हैं, व्यस्त हो गए हैं कि वे अपने घर-परिवार को सर्वथा भूल गए हैं। जब कभी उन्होंने स्वयं को दक्ष एवं कुशल कुलपति प्रमाणित करने का प्रयत्न किया, उन्हें पति तथा पिता-रूप की उपेक्षा करनी पड़ी। ऐसा क्यों है कि जो व्यक्ति स्वयं को सारी मानव-जाति के सुख के लिए समर्पित कर देता है, वह अपने परिवार को ही सुखी नहीं रख पाता? यह दीपक तले अँधेरा क्या प्रकृति का नियम है? उन्होंने उत्सव किए हैं, सम्मेलन किए हैं, अभ्यागतों की देख-भाल की है, ज्ञान-चर्चाएँ की हैं—उन्हें उसके लिए भरपूर यश मिला है; पर क्या उन दिनों वे यह देख पाए हैं कि अहल्या कहाँ है? कैसी है? क्या उन्हें याद रहा है कि शत ने दिन-भर में कुछ खाया है, या भूखा ही रहा है? ये ज्ञान-उत्सव उनकी अपनी महत्त्वाकांक्षा रही है, उसे पूर्ण कर वे आत्मतोष भी पाते हैं और यश भी; पर क्या यह उनकी पत्नी और बच्चे की भी महत्त्वाकांक्षा है? क्या इससे उन्हें भी आत्मतोष और यश मिलता है? या वे लोग गौतम की महत्त्वाकांक्षा की पूर्ति के लिए अपना बलिदान कर रहे हैं? क्या किसी महत्त्वाकांक्षी, किसी परमार्थी के सगे-संबंधी होना, भाग्य का अभिशाप है?

''महान् दायित्वों के लिए कई बार अपने क्षुद्र दायित्वों की उपेक्षा करनी ही पड़ती है, ऋषिवर!'' राम ने कथा के प्रवाह को रोक दिया।

''समाधान क्या हो, राम?'' विश्वामित्र मुस्कराए, ''क्या व्यक्ति अपना घर फूँके बिना परमार्थ की राह पर चल ही नहीं सकता?''

''नहीं! ऐसा तो नहीं है, गुरुदेव!'' राम बोले, ''मैं मानता हूँ कि ऐसी स्थिति भी आती है। अधिकांशतः जो लोग संसार की दृष्टि में बहुत महान् होते हैं, वे स्वयं अपने परिवार की दृष्टि में मूर्ख होते हैं, क्योंकि उन्होंने अपने स्वार्थ को न साधकर, एक बड़े व्यापक स्वार्थ को साधा है, जो मानवीय स्वार्थ है। यह अवश्य विचित्र है कि जो व्यक्ति संसार को एक नया सिद्धांत, एक नया चिंतन, एक नया दर्शन देता है, बहुधा वह स्वयं अपने परिवार को उस सिद्धांत अथवा दर्शन में दीक्षित नहीं कर पाता। कदाचित् इसलिए कि उस नए सिद्धांत से वह एक व्यापक कल्याण तो कर रहा है, किंतु अपने परिवार के संकुचित स्वार्थ की रक्षा नहीं कर पा रहा होता।''

''भैया! गुरुजी ने समाधान पूछा था।'' लक्ष्मण ने राम का ध्यान खींचा।

''गुरुजी को मैं क्या समाधान दूँ!'' राम का स्वर शांत था, पर मेरा अपना

मत है कि ऐसी समस्या वहाँ होती है, जहाँ जन-सेवा के प्रति समर्पण एक व्यक्ति का है, पूर्ण परिवार का नहीं। अतः वह व्यक्ति उस परिवार में एक बाहरी व्यक्ति हो जाता है। यदि किसी भी लक्ष्य के प्रति समर्पण, व्यक्ति की इकाई के स्तर पर न होकर, परिवार की इकाई के स्तर पर हो, तो कदाचित् ऐसी भावना किसी के भी मन में न उठे। यदि पति किसी उद्देय के प्रति समर्पित है और पत्नी नहीं है; अथवा पत्नी समर्पित है और पति नहीं है, तो एक-दूसरे की उपेक्षा की भावना अवश्य उठेगी।''

''तुम ठीक कहते हो, राम!'' विश्वामित्र ने बात का सूत्र उठाया, ''इसका अर्थ यह हुआ कि विवाह से पूर्व यह भी देखा जाना चाहिए कि वर अथवा वधू में कोई एक किसी लक्ष्य के प्रति एकांतिक रूप में समर्पित तो नहीं है; और यदि है तो वहाँ एक-दूसरे की उपेक्षा की समस्या तो नहीं उठ खड़ी होगी।''

''ठीक है, गुरुदेव!''

''तो राम, अपने विवाह से पूर्व, तुम इस पक्ष पर भी विचार कर लेना।''

लक्ष्मण ने हँसकर जोर से ताली पीट दी, ''भैया पकड़े गए। मेरी माँ कहती है, चतुर व्यक्ति वही है, जो दूसरे को उसी के सिद्धांत में बाँध दे।''

''तुम्हारी माँ ठीक कहती हैं।'' विश्वामित्र मुस्कराए, ''इस दृष्टि से मैं चतुर हुआ। और लक्ष्मण! तुम्हें चतुर व्यक्ति की बात माननी चाहिए। कथा आगे चलाने से पहले थोड़ा भोजन कर लें न?''

''अवश्य!'' लक्ष्मण ने कहा।

''सौमित्र, इस बार तुम फँसे।'' राम मुस्कराए।

भोजन के पश्चात् वे लोग पुनः चले तो गुरु ने कथा आरंभ की।

बालक शत को गोद में लिये हुए गौतम बड़ी देर तक चुपचाप, धीरे-धीरे टहलते रहे और सोचते रहे। कुटिया में कोई कुछ नहीं बोला। शत आँखें बंद किए, उनींदा-सा पिता की गोद में शांत पड़ा रहा। अहल्या छोटे-मोटे घरेलू काम करती रही। काफी देर के पश्चात् गौतम ने अनुभव किया कि वे स्वयं दिन-भर की शारीरिक तथा मानसिक व्यस्तता के कारण काफी थके हुए हैं, और उनका शरीर आराम चाहता है। उनकी आँखें विशेष रूप से थकी हुई थीं, यह कदाचित् दिन-भर के कार्य से मुक्त होकर, दीपक के प्रकाश में अधिकाधिक ग्रंथावलोकन के प्रयत्न के कारण हुआ था। उनकी आँखों ने कम प्रकाश में पढ़ने-लिखने में सदा असहयोग किया था। यही कारण था कि वे सूर्य के प्रकाश में ही अध्ययन का कार्य कर लेते थे। अंधकार होने के पश्चात वार्तालाप अथवा चिंतन-मनन ही उन्हें अधिक सुविधाजनक लगता था। किंतु आज बाध्य होकर उन्होंने आँखों पर अधिक परिश्रम का भार डाला। और इस समय आँखें

बंद होती-सी लग रही थीं...

इधर शत को उन्होंने बहुत दिनों के पश्चात् गोद में लिया था। वह अब काफी बड़ा हो गया था। उसे अधिक देर तक गोद में उठाए-उठाए फिरना उनकी शारीरिक क्षमता से बाहर था—वैसे भी शत सो गया था, अब उसे बिस्तर पर डाल देना चाहिए।

"इसका बिस्तर ठीक कर दो, अहल्या!" उन्होंने बहुत धीरे से कहा, ताकि शत उनकी आवाज से जाग न जाए।

"बिस्तर ठीक है।" अहल्या धीरे से बोली।

गौतम आगे बढ़े और बिस्तर के पास पहुँचकर शत को अपने शरीर से लगाए हुए ही झुके। उन्होंने जैसे ही शत को बिस्तर पर लिटाया, शत ने आँखें खोल दीं, "माँ!"

"यह तो जाग गया।" गौतम हताश हो गए।

अहल्या ने तुरंत शत को उठा लिया। गोद में आकर थोड़ी देर तो बालक कुनमुनाया, फिर शांत हो सो गया। अहल्या ने उसे बिस्तर पर सुलाने का प्रयत्न किया, तो वह पुनः जाग उठा, "माँ!"

"ज्वर में है।" गौतम बोले, "लगता है, गोद में ही सोएगा।"

अहल्या ने उसे पुनः गोद में ले लिया। गौतम अपने बिस्तर पर लेट गए। अत्यधिक थके होने पर भी वे सोना नहीं चाह रहे थे। अहल्या भी थकी हुई थी, और बालक ज्वर में था। वे सो गए तो वह अकेली, अस्वस्थ बालक को कैसी सँभालेगी। यदि शत रात-भर बिस्तर पर न सोया तो अहल्या कब तक उसे गोद में लिये बैठी रहेगी। दोनों मिलकर बच्चे को सँभालें तो एक व्यक्ति का बोझ कुछ हल्का हो सकता था—किंतु वे स्वयं कितने थके हुए थे।

तभी अहल्या ने एक बार और शत को बिस्तर पर लिटाने का प्रयत्न किया; और शत ने पुनः आँखें खोलकर कहा, "माँ!"

"लाओ, एक बार मुझे दे दो।" गौतम साहस कर, बिस्तर से उठे।

"किंतु अहल्या ने शत उन्हें नहीं दिया, "आप सो जाएँ। दिन-भर के थके हैं। कल प्रातः आपको जल्दी उठना है। आप सो जाएँ, मैं शत को गोद में सुलाए रखूँगी।"

गौतम की आँखें नींद से बोझिल हो रही थीं। मन अहल्या की सहायता के लिए आतुर था। शत अकेली अहल्या को तो थका मारेगा। अहल्या को भी आराम चाहिए था।...पर वे क्या करते, शरीर एकदम साथ नहीं दे रहा था। इस उधेड़बुन में ही बिस्तर पर लेटे हुए जाने कब वे सो गए।...

"जैसे मैं सो जाता हूँ।" लक्ष्मण हँस पड़े।

"हाँ, वैसे ही।" विश्वामित्र बोले।

प्रातः गौतम की नींद उचटी तो उन्होंने अपनी चेतना केंद्रित की। रात्रि प्रायः व्यतीत हो चुकी थी। उषा आया ही चाहती थी। उन्हें अब शैय्या त्याग देनी चाहिए। तनिक भी शिथिलता दिखाई तो उजाला हो जाएगा, और फिर नित्यकर्मों के पश्चात् ठीक समय पर वे यज्ञशाला में नहीं पहुँच पाएँगे। विलंब किसी ऋषि के दैनिक कार्यक्रम में भी उचित नहीं है; और जिस आश्रम में ज्ञान-सम्मेलन हो रहा हो, उसके कुलपति का ऐसा व्यवहार तो अत्यंत लज्जाजनक माना जाएगा।

निकट ही, शत को अपने शरीर से चिपकाए, सोयी हुई अहल्या को उन्होंने देखा—आज वह गहरी नींद में थी। रोज इस समय तक उसकी नींद प्रायः पूरी हो चुकती है। एक हल्की-सी आहट से वह जाग जाती है; यद्यपि शत की नींद के भंग हो जाने से, वह इतनी जल्दी उठती नहीं है। अहल्या यदि प्रायः अपने पति के साथ ही उठ बैठेगी, तो अपने समीप माँ का आभास न पाकर, शत भी उठ जाएगा। बच्चा, बिना नींद पूरी किए, यदि इतनी सुबह उठ जाएगा तो दिन-भर उनींदा-सा रहेगा; नींद, थकावट तथा चिड़चिड़ेपन के कारण माँ को परेशान करता रहेगा।

और संभव है, अभी शत का ज्वर भी न उतरा हो।...एक बार तो गौतम के मन में आया कि वे शत के माथे पर हाथ रखकर उसके ज्वर की परख कर लें, किंतु फिर यह विचार छोड़ दिया। सोया है, सोया रहे। ज्वर देखने-देखने में कहीं जाग गया, तो सारी व्यवस्था गड़बड़ा जाएगी।...पता नहीं बेचारी रात को किस समय सोयी है।

गौतम बहुत धीरे-से बिस्तर में से निकले और उन्होंने निःशब्द कुटिया का द्वार खोला। एक बार कुटिया के भीतर दृष्टि डाल, उन्होंने अहल्या और शत को देखा और स्नान करने के लिए नदी की ओर चल पड़े।

इन्द्र आश्रम-द्वार पर स्वागत करती हुई अहल्या को देखते ही बुरी तरह विचलित हो गया था। वह भूल गया कि वह इन्द्र है—आर्य ऋषियों का पूज्य अभ्यागत, जिससे सच्चरित्रता की कुछ विशेष अपेक्षाएँ हैं। वह भूल गया कि वह यहाँ आमंत्रित होकर आया है; और यह आर्यावर्त्त का एक पवित्र आश्रम है। अहल्या इस आश्रम के कुलपति की धर्मपत्नी है; और वह अपने पति के प्रति पूर्णतः निष्ठावान हैं

वह सब कुछ भूल गया। याद रहा केवल कामुक मन का चीत्कार। स्वागत के पश्चात् विदा होते हुए उसने अहल्या पर अपने वैभव का जाल फेंका था और उसे अपने एक वाक्य से याद दिलाया था कि अत्यंत रूपवती स्त्री होते हुए वह एक कंगाल ऋषि से बँधी हुई, व्यर्थ ही इस वन में कष्ट उठा रही है। भला ऐसी

अद्वितीय सुंदरी का वैभव, समृद्धि तथा विलास के उपकरणों से वंचित, इस प्रकार इस वन में पड़े रहने का क्या अर्थ? ऐसी सुंदरी के महत्त्व को कोई जड़ ऋषि क्या समझेगा! उसका आनंद तो काम-कला-प्रवीण इन्द्र जैसा कोई समृद्ध और वैभवशाली व्यक्ति ही उठा सकता है। ऋषि को संतान उत्पन्न करने के लिए कोई स्त्री चाहिए ही तो इन्द्र उसे अपनी कोई साधारण दासी दे देगा!...

किंतु अहल्या का उत्तर उसके लिए तनिक भी उत्साहवर्धक नहीं था। पहले ऐसे अनेक अवसरों पर; अनेक रूपसी युवतियों के मुख से, विलासाकांक्षा की लार टपक पड़ी थी; किंतु इन्द्र ने स्पष्ट देखा था कि उसकी बात सुनकर अहल्या उल्लसित होने के स्थान पर कहीं आहत हो गई थी।...पर उससे क्या? इन्द्र क्या ऐसी असाधारण सुंदरी को प्राप्त करने का मोह केवल इसलिए छोड़ देगा कि वह सुंदरी एक साधारण जड़, कंगाल ऋषि की पत्नी है और उससे प्रेम करती है। इन्द्र इतना मूर्ख नहीं है...

उसके मन में एक बार उपस्थित ऋषियों का भय जगा—वे लोग उससे रुष्ट हो सकते हैं। क्रुद्ध होकर उसे शाप भी दे सकते हैं। शाप...और इन्द्र का मन भीतर-ही-भीतर कहीं उपहास की हँसी हँस पड़ा। इन बुद्धिजीवियों ने भी शासन से पृथक् अपनी स्वतंत्र सत्ता बनाए रखने के लिए एक-से-एक विचित्र युक्तियाँ सोच निकाली हैं। शाप...जो दण्ड शासन दे, वह दण्ड, और जो दण्ड कोई बुद्धिजीवी किसी को दे, वह शाप। प्रत्येक शासन के पास दण्ड को कार्यान्वित कराने के लिए भौतिक बल होता है, उपकरण होता है; पर यदि शासन इनको संरक्षण न दे, तो ऋषियों के पास ऐसी कौन-सी शक्ति है, जिससे वे अपने शापों को कार्यान्वित करा सकें।

प्रत्येक शासन ने ऋषियों को महत्त्व दिया था कि ये लोग सामान्य-जन के विरुद्ध शासन का पक्ष लें और जन-सामान्य के शोषण तथा दलन में शासन के सहायक हों—नहीं तो इन्हें इतना आदर-मान देने की सार्थकता ही क्या है। किसी भी शासन में जब तक बुद्धिजीवी शासन का साथ देते हैं, तब तक शासन कितने सुचारु रूप से चलता है—शासक प्रजा के शरीर पर शासन करता है, बुद्धिजीवी उसके मन को बहकाए रखता है। प्रजा न तो अपनी दयनीय स्थिति, अपने शोषण के प्रति जागरूक होती है, न अपने अधिकारों के प्रति सचेत। कहीं कोई उपद्रव नहीं होता। सब ओर शांति बनी रहती है। इस उपद्रवहीन स्थिति में शासक सुखी रहता है, और अनेक प्रकार के उत्कोच एवं सुविधाएँ देकर ऋषियों को भी प्रसन्न रखता है।

किंतु ऋषि अब शासन से भी स्वतंत्र होना चाहते हैं। अपने शापों के भय से सत्ता को भी भयभीत करना चाहते हैं...इन्द्र ऐसे दंभी लोगों से न तो डरता है और न उनका सम्मान करता है। ऊँची उड़ान भरने के आकांक्षी इन गरुड़ों के पर कतरकर वह उन्हें चीटियाँ बना देगा!

यदि वे समझते हैं कि मिथिला में इन्द्र की नहीं, सीरध्वज की सत्ता है, तो इन्द्र उनका यह भ्रम दूर कर देगा। इन्द्र जितने सैनिक अपने साथ लाया है, वे सीरध्वज की पूरी सेना को कई दिनों अटकाए रखने के लिए पर्याप्त हैं। यदि सीरध्वज ने उसके विरुद्ध ऋषियों का पक्ष लेने का प्रयत्न किया, तो वह आर्य राजाओं से संधि की चिंता किए बिना सीरध्वज को धूल चटा देगा।...

कुटीर में विलास के वे साधन उपलब्ध नहीं थे, जिनका इन्द्र अभ्यस्त था; किंतु मदिरा का प्रबंध गौतम ने कर दिया था। यही बहुत था, नहीं तो सामान्यतः आश्रमों में पीने के लिए केवल दूध ही मिलता था। इन्द्र को सदा लगता था कि जब कभी इन आश्रमों में वह गया है, दूध पी-पीकर बीमार हो गया है। कहाँ मदिरा और कहाँ दूध! पर आश्रमों से इन्द्र संबंध तोड़ भी नहीं सकता। आर्य-संस्कृति के प्रचारक आश्रम देव-सत्ता के पोषक थे। इनके निमंत्रण अस्वीकार कर, इनसे संबंध तोड़कर, इन्द्र अपनी शक्ति क्षीण नहीं कर सकता।...फिर इन्द्र अपने मन से भी बाध्य था। आश्रमों में रहने वाली देव-बालाओं से भी सुंदर ऋषि-कन्याएँ और ऋषि-पत्नियाँ, दर्शन मात्र से इन्द्र के उष्ण रक्त का संचार तीव्रतर कर देती थीं। इन्द्र सब कुछ छोड़ सकता था, किंतु ऋषि-पत्नियों तथा ऋषि-कन्याओं का आकर्षण नहीं छोड़ सकता था।

इन्द्र के मस्तिष्क में अहल्या का अलौकिक सौंदर्य जागा। वह मदिरा के पात्र पर पात्र पीता जा रहा था। उसका रक्त और-और उष्ण होता जा रहा था, मन आतुर। उसका शरीर काम के तनाव से तनता जा रहा था।...इन्द्र अहल्या को प्राप्त करेगा ही, जैसे भी हो वह अहल्या को प्राप्त करेगा...

आश्रम में पहली संध्या इन्द्र ने बड़ी व्याकुलता में काटी। समय कट नहीं रहा था, और मदिरा क्रमशः कम होती जा रही थी। अहल्या ने इन्द्र के देव-रूप, उसके पद, वैभव तथा उसकी सत्ता के प्रति किसी प्रकार के सम्मोहन का संकेत तो नहीं ही दिया, वह तो एक बार अपनी कुटिया में समाई तो दिखाई ही नहीं पड़ी। गौतम ने बड़ा अच्छा किया कि उसे अपनी कुटिया के साथ वाले कुटीर में ठहराया था। वह अपने गवाक्ष में से प्रतिक्षण गौतम की कुटिया पर दृष्टि रख सकता था। उस कुटिया के भीतर अहल्या थी—अहल्या! यदि कहीं गौतम की कुटिया का गवाक्ष भी खुला होता तो इन्द्र यह भी देख पाता कि अहल्या क्या कर रही है। वह उसे कोई इंगित भी कर सकता था, बुलाने का कोई प्रयत्न भी।

रात गहराती गई और इन्द्र मदिरा पीता चला गया। साथ ही गौतम की कुटिया थी और कुटिया में अहल्या!...कितनी बार उसका मन हुआ कि वह सीधा गौतम की कुटिया में घुस जाए...पर नशे में भी इतना चेत उसे था ही कि कुटिया में गौतम भी थे। गौतम शारीरिक शक्ति में उससे हल्के नहीं थे, और चाहे उनके पास वज्र

न हो, खड्ग तथा धनुष-बाण जैसे साधारण शस्त्रों का वे पर्याप्त दक्षता से प्रयोग कर सकते थे।

इन्द्र मदिरा पीता रहा और अहल्या की अपने निकट, विभिन्न रूपों और मुद्राओं में कल्पना करता रहा। अहल्या...

बड़ी रात गए, नशे में ढुलककर, इन्द्र अस्त-व्यस्त हो गया।

विश्वामित्र ने रुककर, राम और लक्ष्मण की ओर देखा। राम कुछ हतप्रभ हो रहे थे, कदाचित् इन्द्र के विषय में मोह-भंग के कारण, वे एक प्रकार की पीड़ा का अनुभव कर रहे थे। किंतु लक्ष्मण का चेहरा तीव्र मुखर घृणा के कारण विकृत हो रहा था। वे कदाचित् प्रहारक मुद्रा में थे।

विश्वामित्र की वाणी थमते ही लक्ष्मण को अवसर मिला। उनके मुख से शब्द ऐसे छूटे, जैसे खिंचे हुए धनुष से बाण छूटता है, "आज मेरी समझ में आया कि इन्द्र मेरे पिता के इतने मित्र क्यों है!"

विश्वामित्र जोर से हँस पड़े, "सौमित्र! तुम अपने पिता से काफी नाराज लगते हो। पर पुत्र! तुम्हारा यह निष्कर्ष बहुत उचित नहीं है। दशरथ विवाह जितने भी कर लें, पर वे किसी अन्य पुरुष की पत्नी पर कुदृष्टि नहीं डालते।"

राम अवसाद भरे मौन में बँधे खड़े रहे, जैसे उनके मुख का स्वाद कड़वा हो गया हो।

अंत में लक्ष्मण ही बोले, "गुरुदेव! मेरे पिता के मित्र इन्द्र की कथा आगे कहें।"

विश्वामित्र ने कथा आगे बढ़ाई।

इन्द्र की नींद बहुत जल्दी ही टूट गई। वह बहुत कम सो पाया था। उतना, जितना उसे नशे ने सुलाए रखा था। जागते ही उसने नशा टूटने की थकान का अनुभव किया।...पर वह पुनः मदिरा नहीं पी सकता था। आश्रम में अभी चारों ओर अंधकार था, किंतु दैनिक-जीवन आरंभ होने क़ी विभिन्न ध्वनियाँ आ रही थीं। आज सम्मेलन का आरंभ था। प्रायः आश्रमवासी तथा अभ्यागत लोग जाग उठे थे और सममेलन में सम्मिलित होने की तैयारी कर रहे थे।

तभी इन्द्र ने अपने गवाक्ष में से देखा—गौतम अपनी कुटिया में से निकले और उन्होंने कुटिया का द्वार भिड़ा दिया। इन्द्र के शरीर का सारा रक्त उसके मस्तिष्क की ओर दौड़ चला—अहल्या कुटिया में अकेली है।

पर इन्द्र इतना मूर्ख नहीं था कि यह न देख सकता कि कुटिया में प्रकाश था और कदाचित् अहल्या जाग रही थी। तभी कोई स्त्री कुटिया में आई; और बालक

उसे सौंपकर, अहल्या कुछ अन्य आश्रमवासी स्त्रियों के साथ स्नान करने चली गई।

उस दिन इन्द्र सम्मेलन के आरंभ में होने वाले यज्ञ में उपस्थित था। किंतु उसका ध्यान एक क्षण के लिए भी किसी अन्य दिशा में नहीं गया। सामने कुलपति के साथ अहल्या बैठी थी। वह उसे आँखों के मार्ग से निगलता जा रहा था, जाने फिर वह इतने निकट से अहल्या को देख पाए, न देख पाए। जाने फिर अहल्या किसी समारोह में भाग ले, न ले...देख ले इन्द्र, देख ले—आँखों से ही सही, उसके रूप का रसपान कर ले।

यज्ञशाला से उठकर इन्द्र वापस अपने कुटीर में चला आया। वह फिर किसी समारोह में नहीं गया। उसका शरीर फुँक रहा था और मस्तिष्क में धुआँ ही धुआँ था। वह पुनः मदिरा का पात्र लेकर बैठ गया...उसे अपने चारों ओर अहल्या ही अहल्या दिखाई पड़ रही थी...पर अहल्या दिन-भर अपनी कुटिया में नहीं लौटी। वह बाहर ही व्यस्त रही। गौतम भी नहीं आए। शत को सवेरे ही एक स्त्री ले गई थी—यह इन्द्र ने अपनी आँखों से देखा था।

उसने सारा दिन अवसाद की उधेड़-बुन में किसी प्रकार काट दिया। रात होते-होते उसका चिंतन एक विशेष दिशा में चल पड़ा था। उसने अच्छी तरह देख लिया था कि अहल्या उस पर थूकना भी पसंद नहीं करती। वह उसके पहली संध्या के क्षण-भर के व्यवहार से ही इतनी वितृष्णा से भर उठी थी कि उसके प्रति अभ्यागत के शिष्टाचार का निर्वाह करने की भी आवश्यकता नहीं समझी थी। प्रातः यज्ञ-कुण्ड के पास बैठे हुए, उसने अपना ध्यान अग्नि की ओर इतनी सावधानी से केंद्रित कर रखा था कि कहीं भूल से भी उसकी दृष्टि इन्द्र पर न पड़े...इन्द्र यदि यह समझता है कि अहल्या उसके रूप, वैभव, पद अथवा सत्ता से प्रभावित होकर उसके पास आ जाएगी, तोयह उसका भ्रम है! अहल्या अपने आप से उसके पास कभी नहीं आएगी, कभी नहीं! वह उससे घृणा करती है, इन्द्र को ही उसके पास जाना होगा। जब तक यह सम्मेलन चल रहा है, इन्द्र तभी तक यहाँ है। सम्मेलन के इन दिनों में कुलपति की पत्नी अहल्या कुछ इतनी व्यस्त रहेगी कि कुटिया में वह एक क्षण के लिए भी अकेली नहीं मिलेगी। कुटिया से बाहर, जहाँ कहीं भी वह होगी, अकेली नहीं होगी; उसके निकट अनेक आश्रमवासी और अभ्यागत होंगे...

क्या वह निराश लौट जाए?...असफल?...इन्द्र होकर भी असफल?...इन्द्र एक साधारण ऋषि-पत्नी को प्राप्त करने में असफल हो जाएगा? एक कंगाल ऋषि की पत्नी में इतना दंभ कि वह इन्द्र के काम-आह्वान को इस प्रकार ठुकरा दे!...इन्द्र को सहज नहीं तो असहज ढंग से अहल्या को प्राप्त करना होगा...उसे कुछ असाधारण करना होगा...

इन्द्र के मस्तिष्क में वे कुछ क्षण घूम गए, जब प्रातः अँधेरे-अँधेरे में ही गौतम स्नान के लिए कुटिया से निकल गए थे, और अहल्या कुटिया में अकेली रह गई थी...कुछ क्षणों के लिए ही सही, पर वह अकेली ही थी...उसके लिए वही एक अवसर था...आज उसे चूकना नहीं था...आधी रात के समय से ही इन्द्र सन्नद्ध होकर अपने कुटीर के गवाक्ष के पास बैठ गया। उसके मन का कोई अंश बार-बार उसके निर्णय के विरुद्ध विद्रोह कर रहा था, किंतु वह उसकी बात सुनने को प्रस्तुत नहीं था। जब भी वह क्षीण-सा स्वर उसके भीतर कहीं उठा, उसने उस पर मदिरा का एक पात्र ढाल दिया...इस स्वर को सुनने का उसे कोई लाभ नहीं था। आज वह अहल्या को प्राप्त करके ही रहेगा...

समय बीत ही नहीं रहा था, और उसे बैठकर प्रतीक्षा करने की आदत नहीं थी। उसके तो इंगित मात्र पर सुंदरी से संदुरी अप्सरा सेवा में उपस्थित हो जाती थी...पर अहल्या की बात ही और थी। उसके सौंदर्य से किसी अप्सरा की तुलना नहीं हो सकती। अहल्या का गठा हुआ परिश्रमी शरीर, उसका वह सात्विक तेज, उसकी बड़ी-बड़ी आँखों में संतुष्टि का वह ठहराव...

सहसा इन्द्र सचेत हो गया। अभिसारिकाओं के प्रेम में दक्ष इन्द्र ऐसी ध्वनियों को सहज ही समझ लेने में पारंगत था...कदाचित् गौतम शैय्या से उठे थे। यह उन्हीं की आहट होनी चाहिए। अभी एक क्षण में कुटिया का द्वार खुलेगा, गौतम बाहर चले जाएँगे। कुटिया का द्वार भिड़ा होगा, और भीतर होगी अहल्या—अकेली, निस्सहाय, असुरक्षित!...

इन्द्र उठकर खड़ा हो गया।

कुछ ही क्षणों में गौतम ने कुटिया का द्वार बहुत धीरे से खोला और बाहर निकल आए। आज कुटिया में कल के समान प्रकाश नहीं था, न ही भीतर किसी के जागे होने की आहट थी। गौतम का अतिरिक्त सावधानी से निःशब्द कुटिया से बाहर निकलना, और बिना किसी ध्वनि के द्वार को भिड़ा देना...क्या इसका अर्थ है कि अहल्या अभी तक सोयी हुई है, और गौतम नहीं चाहते थे कि वह किसी ध्वनि से जाग उठे...कदाचित् रात अहल्या देर से सोयी हो। इन्द्र को ऐसा कुछ आभास तो हुआ था, किंतु नशे में उसने इस ओर ध्यान नहीं दिया था।

उसके शरीर का रक्त एकदम उफन पड़ा...कुटिया में अकेली अहल्या और वह सोयी हुई...इन्द्र की शिराओं का सारा रक्त मदिरा में बदल गया।

गौतम बड़ी तेजी से कुटिया से दूर चले गए थे। कुटिया के आस-पास और कोई नहीं था। कुटिया में पूरी तरह सन्नाटा था। इन्द्र एक भी क्षण नष्ट नहीं कर सकता था। विलंब उसके लिए अत्यंत घातक होता।

वह बेतहाशा भागा। उसने गौतम की कुटिया का भिड़ा हुआ द्वार खोला और

भीतर घुसकर बंद कर लिया। उसने पलटकर देखा, शत को अपने साथ चिपकाए, अहल्या गहरी नींद में सोयी पड़ी थी। वह धीरे, किंतु सधे हुए पगों से उसकी ओर बढ़ा।

विश्वामित्र मौन हो गए।

लक्ष्मण, राम, पुनर्वसु तथा अन्य ब्रह्मचारी—सब लोग अपनी संपूर्ण चेतना कानों में बटोरे, कथा सुन रहे थे। गुरु ने मौन होकर उन सबकी चेतना के आस-पास बन आया काल्पनिक परिवेश छिन्न-भिन्न कर दिया था। वे अपने भौतिक परिवेश में लौट आए।

उनके पग गंगा के तट से कुछ हटकर यांत्रिक ढंग से आगे बढ़ते जा रहे थे। सूर्य पश्चिम की ओर काफी झुक आया था।

लक्ष्मण ने सबसे पहले अचकचाकर आकाश में सूर्य की ओर देखा, और प्रतिक्रियावश, सहज वृत्ति के अधीन गुरु की ओर मुड़े, "गुरुवर! अभी कथा रोकने का समय...मेरा तात्पर्य है, अभी यात्रा स्थगित करने का समय तो नहीं हुआ। अभी संध्या होने में कुछ समय शेष है।"

राम अपनी गंभीर उदासी के मध्य हल्का-सा मुस्कराए।

विश्वामित्र ने अपनी आँखों के त्रास को पी लिया और हल्के होने का प्रयत्न किया, "मैंने सोचा, लक्ष्मण थक गया होगा एक बूढ़े की ऊबाऊ कहानी सुनकर।"

लक्ष्मण ने उपालंभ भरी आँखों से देखा, "गुरुदेव!"

गुरु फिर से अपनी गंभीरता के खोल में जा बैठे। वे जैसे अपने-आप में डूब गए थे। क्रमशः वे कथा के परिवेश में लौट आए।

किसी के स्पर्श ने अहल्या को उसकी प्रगाढ़ निद्रा की स्थिति से निकालकर, हल्की-झीनी नींद में पहुँचा दिया। अपनी उस झीनी नींद में उसकी संवेदना की एक परत जाग रही थी। उसने अनुभव किया, कोई उसके शरीर का स्पर्श कर रहा है, आलिंगन कर रहा है, चुंबन कर रहा है, उसके वस्त्र शिथिल हो रहे हैं।...उसके अजागरूक मस्तिष्क ने अभ्यासवश ही शरीर को शिथिल छोड़ दिया था।...किंतु उसका सोया हुआ मस्तिष्क भी प्रक्रिया की भिन्नता का अनुभव कर रहा था। उसके शरीर का स्पर्श करने वाला हाथ, गौतम के प्रेम भरे हाथ से भिन्न, आक्रामक हाथ था। आलिंगन में स्नेह का संतोष न होकर, शोषण की भूख थी; चुंबन अपेक्षाकृत अधिक हिंस्र थे...उसका मन सावधान हो गया—रात्रि के अंतिम प्रहर में, उसके स्वामी ने कभी कामदेव का स्मरण नहीं किया था। वे इस समय सूर्यदेव का आह्वान करते थे...

अहल्या ने झटके से आँखें खोलकर क्षीण पड़ते हुए उस अंधकार की हल्की परतों में उस पुरुष को देखा। निमिष-भर में ही वह इन्द्र की कामुकता से विकृत

नग्न आकृति को पहचान गई...अहल्या के कंठ से एक विकट चीत्कार फूटा और उसके हाथ-पाँव अपने शरीर पर लदे आते हुए इन्द्र के शरीर से संघर्ष करने लगे।

अहल्या की चीख और दो शरीरों के संघर्ष की हिल-डुल में शत की आँखें खुल गईं और साथ ही उसका गला भी खुल गया। पाँच वर्षों का बालक शत साफ-साफ देख रहा था कि कुटिया में उपस्थित व्यक्ति उसका पिता न होकर कोई और पुरुष था, जिसके चेहरे पर अत्यंत दुष्ट भाव थे। फिर उसकी माँ उस पुरुष से लड़ रही थी और उसके चंगुल से मुक्त होने का प्रयत्न कर रही थी। शत जोर-जोर से रोता चला गया...

अहल्या चीखती रही, चिल्लाती रही, हाथ-पैर पटकती रही, अपने दाँतों तथा नखों से इन्द्र के साथ लड़ती गई...

किंतु इन्द्र उस पर हावी होता चला गया। इन्द्र ने उसके केशों को अपने बाएँ हाथ की मुट्ठी में इस प्रकार जकड़ रखा था कि वह अपना सिर तनिक भी नहीं हिला सकती थी। उसकी जंघा को अपने बलिष्ठ घुटने के नीचे दबाकर, इन्द्र ने उसके शरीर को कीलित कर दिया था...अहल्या पूरी तरह असमर्थ हो चुकी थी...

सहसा इन्द्र कुटिया के द्वार पर निरंतर बढ़ते हुए शोर के प्रति सजग हुआ। कदाचित् बाहर लोग जमा हो चुके थे और उन्होंने कुटिया के द्वार को खोलने का प्रयत्न भी किया था—किंतु द्वार भीतर से बंद था। जाने क्यों, वे लोग कुटिया का द्वार तोड़ने में संकोच कर रहे थे—संभव है वे कुलपति की आज्ञा की प्रतीक्षा कर रहे हों। पर वे किसी भी क्षण द्वार तोड़ सकते थे। अब इन्द्र को भाग जाना चाहिए था।

"नीच!"

विश्वामित्र ने देखा, राम के जबड़े आक्रोश में भिंच गए थे। उनका क्रोध सीमा का अतिक्रमण कर गया था, नहीं तो राम का गंभीर व्यक्तित्व, किसी अन्य को सरलता से, विचलित होता हुआ दिखाई नहीं पड़ता।...लक्ष्मण की आँखें क्रोध से जल रही थीं और मुट्ठियाँ आक्रोशपूर्वक भिंची हुई थीं।

कोई कुछ नहीं बोला, जैसे किसी अत्यंत लज्जाजनक प्रसंग के आ जाने से प्रत्येक व्यक्ति स्तब्ध रह जाता है। विश्वामित्र खड़े-खड़े अपने आस-पास खड़ी आकृतियों की प्रतिक्रियाएँ पढ़ते रहे; और उन प्रतिक्रियाओं से पूरी तरह आश्वस्त होकर बोले, "पुत्र पुनर्वसु! आज डेरा यहाँ लगेगा। गंगा का तट आ गया है।"

प्रातः शिविर समेटने से लेकर टोली के आगे बढ़ने तक का कार्य अपने-आप होता

गया। राम से लेकर ब्रह्मचारी शिष्यों तक के मन में अवसाद घर कर गया था। अहल्या की पीड़ा अंशतः उन लोगों में भी समा गई थी। चपल लक्ष्मण मौन हो गए थे।

चलते हुए जब वे दूर निकल गए और लक्ष्मण ने कथा की कोई उत्सुकता नहीं दिखाई तो राम ने कहा, ''ऋषिवर! अहल्या की कथा का शेष भाग सुनाने की इच्छा नहीं है क्या?''

''मुझे नहीं सुननी शेष कथा!'' आक्रोश से भरे लक्ष्मण फूट पड़े, ''नीच और दुष्ट इन्द्र!''

''तुम्हें इन्द्र पर क्रोध आता है, क्या लक्ष्मण?'' गुरु ने पूछा।

''जी?''

''तो पुत्र! कथा सार्थक हुई।'' विश्वामित्र का स्वर आश्वस्त था, ''वत्स! बुद्धिजीवी ऐसी कथाएँ सुनाकर संघर्ष की एक भूमिका निभाता है। जन-मानस में अन्याय का रूप स्पष्ट कर उसके विरुद्ध आक्रोश भड़काना क्रांति की पृष्ठभूमि को प्रस्तुत करना है। यदि मैंने कथा सुनाकर अत्याचार के विरुद्ध तुम्हारे आक्रोश को स्फीत किया है, तो मैंने कथा के युयुत्सु रूप को सार्थक किया है; उसका उपयोग एक शस्त्र के रूप में किया है, सौमित्र!'' और विश्वामित्र मुड़े, ''राम! तुम्हें क्यों लगता है कि कथा अभी शेष है?''

''गुरुवर!'' राम बोले, ''आक्रोश को भड़काने की सार्थकता को मैं अस्वीकार नहीं करता; किंतु जितना मैं आपको समझ सका हूँ, उस स्फीत आक्रोश को निर्माण की दिशा का संकेत दिए बिना आप नहीं रहेंगे। कथा का शेष भाग पीड़ामय होगा, मैं जानता हूँ—किंतु उस पीड़ा को जानकर ही हम अधिक उपयोगी हो पाएँगे।''

गुरु की आँखों में प्रंशसा का भाव उमड़ आया, ''मनुष्य के स्वभाव की तुम्हारी पहचान अद्‌भुत है, राम! मेरे पास शब्द नहीं हैं कि मैं बता सकूँ कि तुमने मेरे लक्ष्य को कितना सटीक समझा है।''

गुरु ने थमकर, जैसे कथा आगे बढ़ाने के लिए बल एकत्रित किया।

गौतम स्नान कर लौटे तो आश्रम में उन्हें एक प्रकार की अव्यवस्था-सी दिखाई पड़ी। कुछ-न-कुछ असाधारण अवश्य था। कुटिया के पास आए, तो स्थिति सबसे अधिक असाधारण थी। उनकी कुटिया के सामने भीड़ थी...गौतम का मन धक् रह गया—क्या बात है...शत को तो कहीं कुछ...पर शत का ज्वर ऐसा कोई गंभीर नहीं था...थोड़ी देर पहले तो वे उसे ठीक-ठाक सोता हुआ छोड़कर गए थे...

किंतु अहल्या का यह चीत्कार और उसकी ऊँची-से-ऊँची चीख से होड़ लेता हुआ शत का स्वर...यह कैसी पीड़ा है!...कुटिया के द्वार पर खड़े आश्रमवासी और अभ्यागत ऋषि-मुनि। घटना का अंग होते हुए भी ये कितने तटस्थ खड़े हैं—दर्शक

मात्र, तटस्थ...कर्ता नहीं...

गौतम कुटिया तक पहुँचते, उससे पहले ही भीतर से द्वार खुला और इन्द्र बाहर निकला—अस्त-व्यस्त वस्त्र और मुद्रा। मुख और भुजाओं पर लगी खरोंचे, रक्त के छोटे-छोटे बिंदु, जैसे किसी से हिंस्र मल्ल-युद्ध करके आया हो—इससे पूर्व कि इस अप्रत्याशित दृश्य को ग्रहण कर, गौतम की चेतना किसी निष्कर्ष पर पहुँचती, इन्द्र ने तनिक संकोच से उन्हें एक क्षणांश तक देखा और निर्लज्जता और धृष्टता से एक वाक्य भीड़ की ओर उछाल दिया, ''पहले स्वयं बुला लिया और अब नाटक कर रही है...''

इन्द्र निमिष भर भी नहीं रुका। ऋषियों, तपस्वियों तथा आश्रमवासियों को धकियाता हुआ, सीधा अपने विमान तक पहुँचा; और जब तक कोई सँभल सके, उसका विमान पृथ्वी से ऊपर उठ गया।

बिजली की चमक और कड़क के साथ, सारी स्थिति गौतम के सम्मुख कौंध गई। वे जड़ हो गए।

कोई अपनी जगह से नहीं हिला। सब ओर निष्पंदता थी। समस्त दृष्टियाँ गौतम के चेहरे पर स्तंभित हो गईं, शत के क्रंदन तथा अहल्या की सिसकियों का स्वर नियमित अंतराल से लगातार आ रहा था...

थके-टूटे गौतम कुटिया की ओर बढ़े। अहल्या ने एक बार मुख उठाकर उनकी ओर देखा और बोली, ''मैं सर्वथा निर्दोष हूँ, प्रिय!''

उसका कंठ अवरुद्ध हो गया। मुख हथेलियों में छिप गया।

गौतम की चेतना अनुभूति-शून्य हो चुकी थी। वे कुछ भी अनुभव करने में असमर्थ थे—सुख-दुःख, हँसी-क्रंदन, झूठ-सच, करुणा-घृणा...कुछ नहीं। एक निर्जीव यंत्र मात्र थे। अपनी उसी यांत्रिक स्थिति में आगे बढ़कर उन्होंने रोते हुए शत को उठा लिया। शत ज्वर में तप रहा था। निरंतर रोने तथा ताप के कारण उसका कंठ और होंठ बुरी तरह सूख गए थे।

शत ने पिता को अपनी पूरी शक्ति से भींच लिया था, वह उनसे भीत पक्षी-शावक के समान चिपक गया था। अंततः उसका भय वाणी में फूटा, ''हमें अकेले छोड़कर मत जाना, पिताजी!''

''नहीं, पुत्र! नहीं!'' गौतम ने शत को थपथपाया, ''मैं अब कहीं नहीं जाऊँगा।''

गौतम सहज होने का प्रयत्न कर रहे थे।

क्या धर्म था उनका?

इन्द्र जाते-जाते कह गया था, ''पहले स्वयं बुला लिया और अब नाटक कर रही है...'' पर यह कहते हुए कितनी प्रवंचना थी उसके चेहरे पर। अपना अपराध छिपाने के लिए, जाते-जाते वह अहल्या पर लांछन लगा गया। इन्द्र ने चाल चली

है। अहल्या को लांछित कर वह अपने आतिथेय ऋषि की पत्नी के साथ बलात्कार जैसे गंभीर अपराध तथा पाप को छिपा जाना चाहता है...

"किंतु," संदेह ने सिर उठाया, "वे क्यों मान रहे हैं कि इन्द्र ने मिथ्याकथन किया है। पूर्वाग्रहयुक्त बुद्धि तो सत्य का अन्वेषण नहीं कर सकती..." पर संदेह का तर्क खोखला है। अहल्या को वे अच्छी तरह जानते हैं। आठ-नौ वर्षों के वैवाहिक जीवन में क्या वे अहल्या को इतना भी नहीं पहचान पाए? अहल्या में काम-दुर्बलता नहीं है, न ही उसे किसी का धन-ऐश्वर्य अथवा पद सम्मोहित कर सकता है।...आश्रम में आते ही इन्द्र ने अहल्या पर कैसी लोलुप दृष्टि डाली थी, उसके सम्मुख अपने ऐश्वर्य का जाल बिछाया था। यदि अहल्या में दुर्बलता होती तो उसका व्यवहार भिन्न होता। वह शालीनतावश भी इन्द्र का दुष्ट व्यवहार हँसकर स्वीकार कर सकती थी, किंतु वह घृणा और जुगुप्सा से भर उठी थी। अपनी घृणा को उसने छिपाया भी नहीं था...दूसरे दिन यज्ञशाला में पवित्र अग्नि के सम्मुख बैठकर इन्द्र का तनिक भी ध्यान ब्रह्म-चिंतन की ओर नहीं था। वह सार्वजनिक रूप से निर्लज्जतापूर्वक अहल्या को अपनी आँखों से निगल रहा था।...ज्ञान-समारोह में इन्द्र ने कोई भी भाग नहीं लिया था, वह अपने कुटीर में बैठा मदिरा पीता रहा था।...गौतम कैसे यह स्वीकार कर लें की इन्द्र सच्चा है और अहल्या झूठी। नहीं...इन्द्र झूठा है, प्रवंचक है, अन्यायी है, अत्याचारी है...

शत को गोद में लिये, गौतम धीमे पगों से बढ़कर, अहल्या के समीप आए। उन्होंने अहल्या के सिर पर हाथ रखा, उसके केशों को सहलाया, "अहल्या!"

अहल्या ने हथेलियाँ हटाईं, गौतम की ओर देखा। गौतम के चेहरे पर प्रेम, करुणा और संवेदना थी। वह खड़ी हो गई। उसने क्षण-भर गौतम की आँखों में देखा और टूटकर गिरे हुए पेड़ के समान, उसकी छाती से जा लगी, "मेरा तनिक भी दोष नहीं, आर्यपुत्र!"

"जानता हूँ, देवी!" गौतम की आँखें भर आईं, "अच्छी तरह जानता हूँ। सफाई की तनिक भी आवश्यकता नहीं। उस दुष्ट के अत्यचार का प्रतिकार करना होगा।"

अहल्या मौन रही। वह फटी-फटी आँखों से अपने पति के तेजस्वी चेहरे को देख रही थी—इन्द्र के अत्याचार का प्रतिकार? इन्द्र देवराज है, समस्त देव-जातियाँ उसके प्रति पूज्य-भाव रखती हैं, समस्त आर्य सम्राट् उसे अपना संरक्षक मानते हैं। वह जिससे बात कर लेता है, वही सम्राट् कृतकृत्य हो जाता है। ऐसे देवराज से उसके प्रति कैसे प्रतिशोध लेंगे? एक साधारण ऋषि! सीरध्वज का उनके प्रति किंचित् मैत्री-भाव अवश्य है, किंतु ऐसा संबंध तो उनका किसी भी शासक से नहीं कि कोई उनका पक्ष लेकर इन्द्र के विरुद्ध उठ खड़ा हो और किसके पास इतनी शक्ति है कि वह युद्ध में इन्द्र को ललकार सके!...

पुत्र को गोद में लिये, पत्नी को वक्ष से लगाए, गौतम मौन खड़े थे, किंतु उनका मन वहाँ नहीं था। पहले झटके में वे मात्र स्तंभित हुए थे, अब क्रमशः स्तंभन क्षीण हो रहा था। जड़ावस्था समाप्त हो रही थी और उनके मन में एक पीड़ा उभर आई थी। क्रमशः वे अनुभव कर रहे थे कि इन्द्र ने उनको कितना अपमानित, पीड़ित और प्रवंचित किया था...अहल्या! जो उनकी संपूर्ण कोमल भावनाओं, प्रेम तथा संवेदनाओं की पूँजीभूत मूर्ति थी, उसके साथ इन्द्र ने बलात्कार किया था...अहल्या के मन में कितनी पीड़ा होगी! उसकी इच्छा के सर्वथा विरुद्ध संपूर्ण शक्ति के साथ विरोध करते रहने पर भी, एक पुरुष ने केवल अपने पशुबल के आधार पर उसका भोग किया था। क्या सोचती होगी अहल्या? सतीत्व की रक्षा के जो संस्कार पीढ़ियों से उसे दिए गए हैं, और जो इस समय उसके जीवन-मरण का प्रश्न हे, वह सतीत्व भंग किया है इन्द्र ने।

और सहसा गौतम का तेज जागा...उनकी भृकुटियाँ वक्र हो उठीं, मुख लाल हो गया, आँखों में अग्नि जल उठी...इन्द्र से प्रतिशोध लिया जाएगा...प्रतिशोध...।

"चलो, अहल्या! बाहर चलें।" गौतम ने कोमल तथा स्नेहमयी वाणी में कहा, "हम ऋषि-समाज के सम्मुख चलें।"

पुत्र को उसी प्रकार गोद में लिये, अहल्या को सहारा देते हुए, गौतम धीरे-धीरे कुटिया से निकलकर बाहर आए। द्वार से निकल, एक बार रुककर उन्होंने देखा, सारा ऋषि-समाज एकत्रित था, उसी प्रकार जिस प्रकार छोड़कर वे कुटिया के भीतर गए थे। तब जिनको सूचना नहीं मिली थी, वे भी अब वहाँ उपस्थित थे।

अहल्या पुनः संकुचित हो उठी। सारा उपस्थित समाज जानता है कि इन्द्र ने बलात् उसका भोग किया है। यह समाज बिखरकर देश के विभिन्न कोनों में फैल जाएगा—तब सारा देश इस बात को जान जाएगा...उसकी हथेलियाँ अनायास ही उठीं, और उसका चेहरा उनमें ढँप गया...

"संकुचित मत होओ, अहल्या!" गौतम ने कहा।

गौतम देख रहे थे, वातावरण पूरी तरह स्तब्ध था। कोई किसी से कुछ नहीं कह रहा था। सबकी आँखें अहल्या पर टँगी थीं और चेहरे भाव-शून्य थे। उनकी प्रतिक्रियाओं के विषय में कुछ भी नही कहा जा सकता था।

"उपस्थित तपस्वि-समाज!" गौतम ने ऊँचे स्वर में कहना आरंभ किया, "दुष्ट देवराज ने मेरी पत्नी का अपमान किया है। इन्द्र का यह अपराध अहल्या के विरुद्ध ही नहीं, मेरे विरुद्ध भी है। यह पवित्र नारी-जाति का अपमान भी है, और आश्रमों की पवित्रता तथा ऋषि-समाज की दुर्बलता का उपहास भी है। यदि नीच इन्द्र को इस अपराध का दण्ड नहीं दिया गया, तो पृथ्वी पर किसी भी स्त्री का सतीत्व सुरक्षित नहीं रहेगा, कोई ऋषि सम्मानित नहीं रहेगा, कोई आश्रम पवित्र नहीं रहेगा। तपस्विगण!

आप सब प्रबुद्ध, स्वतंत्र एवं न्यायपूर्ण बुद्धि से निर्णय लेने में समर्थ हैं। आपके सम्मुख मैं देवराज इन्द्र पर दुश्चरित्र होने का अभियोग लगाकर आपसे प्रार्थना करता हूँ कि आप न्याय करें और इन्द्र को देवराज, देव-संस्कृति के पूज्य तथा आर्य ऋषियों के संरक्षक के पद से पदच्युत कर दें...।''

''पदच्युत कर दें?'' लक्ष्मण के निराश आक्रोश ने कथा को बीच में रोक दिया, ''यह क्या दण्ड हुआ? ऐसे व्यक्ति के शरीर की बोटी-बोटी कर चील-कौओं को खिला देनी चाहिए। ऋषि का दण्ड भी बड़ा उच्च एवं बौद्धिक है।''

विश्वामित्र करुण हँसी हँसे, ''पर वह भी कहाँ हो पाया, सौमित्र?''

''वह भी नहीं हो पाया?'' लक्ष्मण चकित थे।

''क्यों, ऋषिवर?'' राम का गंभीर स्वर केवल प्रश्नवाचक ही नहीं था, उसमें असंतोष, रोष, विरोध और ताड़ना थी।

''क्यों?'' वर्षों से कोंचते हुए प्रश्न से विश्वामित्र पुनः उलझ गए, ''क्यों? क्यों?'' वे मन-ही-मन युद्ध करते रहे और फिर बोले, ''पुत्र! कारण अनेक हैं। क्या बताऊँ, प्रजा भीरु है। वत्स! यह जानते हुए भी कि उचित क्या है, उपयुक्त क्या है, प्रायः लोग प्रतीक्षारत हैं कि कोई उनका संगठन करे, कोई उनका नेतृत्व अपने हाथों में ले, पहल कोई और करे। आज तक किसी को घोषित रूप में अहल्या का सम्मान करने का साहस नहीं हुआ, आज तक कोई इन्द्र को अपराधी ठहराने का साहस नहीं कर सका। इन्द्र से सब भयभीत हैं, पुत्र! और उस समाज से भी जो केवल रूढ़ियों पर चलता है, जानते-बूझते भी गलत चीजों को छोड़ देने का साहस नहीं करता। किसी ने नहीं सोचा कि अहल्या कितनी पवित्र है, कितनी महान है। इन्द्र के लांछन के अनुसार यदि अहल्या में यत्किंचित-सा भी दोष होता, तो इतने अंतराल में अहल्या अनेक ऐसे कृत्य कर चुकी होती कि गौतम और शतानन्द कहीं मुख दिखाने योग्य नहीं रह जाते। राघव! सबल पुरुष दुर्बल नारी के साथ दुष्कृत्य करे तो उस अबला का क्या दोष? अनेक ऋषियों को राक्षसों ने मार डाला। कइयों के हाथ-पाँव काट दिए। कइयों की आँखें फोड़ दीं। क्या इनके लिए ऋषियों को दोषी ठहराकर, दण्ड दिया जा सकता है? दोषी इन्द्र है किंतु कोई उसकी भर्त्सना करने का साहस नहीं करता। सब ओर निष्क्रियता, मानसिक-नैतिक साहस का अभाव है। और दण्ड भोग रही है अहल्या...''

''गौतम की बात का ऋषियों ने क्या उत्तर दिया, ऋषिवर?'' राम ने विश्वामित्र की आक्रोश-धारा को बाधा दी।

''उन्होंने कहा होगा, हमारी संध्या का समय हो गया है, हमें देवों का आह्वान करना है। अन्यायी...'' लक्ष्मण दाँत पीस रहे थे।

विश्वामित्र बहुत पीड़ित दिखते हुए भी मुस्कराए, "कुछ ऐसा ही हुआ, **सौमित्र!**

"गौतम ने अपनी बात पूरी कर देखा, आधे लोग चुपचाप खिसक गए थे। राघव! ये वे लोग हैं, जो अपना पल्ला बचाने के लिए तटस्थ, निर्विकार तथा उदासीन होने का अभिनय करते हैं। राह चलते मार्ग पर तमाशा देखने के लिए उत्सुक भीड़। जब तक तमाशा होता रहा, देखते रहे; और जैसे ही न्याय ने अपने पक्ष में कर्म का आह्वान किया, उनके कंधों पर दायित्व डालने का प्रयत्न किया, निर्विकार हो गए।

शेष के सामने प्रश्न था कि कौन प्रमाणित करेगा कि इन्द्र जो कह गया है, वह झूठ था। संभव है कि वह सच ही कह रहा हो।

एक वर्ग का मत था कि अहल्या को निर्दोष मान लिया जाए, तो भी उसका सतीत्व-भंग हो ही चुका था। दोष किसी का भी हो, वह पतित हो चुकी थी। उसका उद्धार संभव नहीं था—इन्द्र को दण्डित किया जाए अथवा न किया जाए।

एक अन्य वर्ग का मत था कि इन्द्र तो इन्द्र था, उसे कौन दण्डित कर सकता है, उसे दण्ड देना सूर्य पर थूकना है।

"यह चिंतक समाज है जो न्याय का पक्ष ग्रहण नहीं कर सकता।" राम का स्वर खेद से आप्लावित था, "ये क्या केवल उन समस्याओं पर चिंतन कर सकते हैं, जिनका जीवंत समाज में कोई संबंध नहीं है।"

"वत्स! ऋषि का चोला ओढ़कर ही कोई ऋषि नहीं हो जाता, जैसे केवल लेखनी चलाकर कोई कवि नहीं हो जाता, या शिष्यों को लिखा-पढ़ाकर कोई गुरु नहीं हो जाता। केवल बाह्याचार ही पर्याप्त नहीं। कर्म, दायित्व, सत्यनिष्ठा और दृढ़ चरित्र की भी आवश्यकता होती है।'

"आप भी वहाँ उपस्थित थे, गुरुदेव?" लक्ष्मण का निर्दोष प्रश्न विश्वामित्र के हृदय को चीरता चला गया।

"हाँ! मैं भी वहीं था, वत्स!" विश्वामित्र दग्ध होते जा रहे थे, "यह सब कुछ मेरे सामने हुआ और मैं कुछ कर नहीं सका—इस बात की यातना आज तक मेरी आत्मा से जोंक-सी चिपकी हुई है।"

"अन्याय के विरुद्ध आह्वान पर सब ऋषि-मुनि, ब्रह्मचारी और आचार्यगण मुख फेरकर चले गए तो आपने क्या किया, गुरुदेव?" राम की तीखी पारदर्शी आँखें उत्तर माँग रही थीं।

"मैं भी अन्य लोगों के पीछे-पीछे सिर झुकाकर वहाँ से चला गया था।"

"क्यों?"

"इस 'क्यों' ने मेरी आत्मा, मेरे मन और हृदय को वर्षों तक मथा है, राघव!" विश्वामित्र अतीत के कुहरे में खो गए, "मैंने जन्मतः क्षत्रिय होते हुए भी, स्वयं को

ब्रह्मर्षि मनवाने का हठ ठाना था। बड़े लंबे और विकट संघर्ष के पश्चात् मैं वह प्रतिष्ठा पा सका था, पुत्र! वह प्रतिष्ठा मुझे अत्यधिक प्रिय थी। कदाचित् इसलिए मैं भूल गया कि सत्य क्या है, न्याय क्या है और मेरा कर्तव्य क्या है? मुझे याद रहा कि मुझे कुछ भी ऐसा नहीं करना चाहिए, जिससे कोई मेरे ब्रह्मर्षित्व पर उँगली उठा सके। समस्त ब्रह्मर्षि इन्द्र को दोषी ठहराना अस्वीकार कर चुपचाप वहाँ से चले गए हैं, यदि मैंने अहल्या का समर्थन और इन्द्र का विरोध किया तो कोई यह न कह दे कि एक क्षत्रिय धर्म का नियामक नहीं हो सकता।"

"यह उचित था, गुरुदेव?" राम लक्ष्मण से भी अग्रसर दीख रहे थे, और लक्ष्मण प्रसन्नता से मुस्करा रहे थे, 'कहीं अनुकरण से भी न्याय हुआ है। यदि ऋषि भी अनुकरण ही करेगा तो न्याय और क्रांति की मौलिक कल्पना कौन करेगा?"

अपने मार्ग पर आगे बढ़ते हुए विश्वामित्र के पग थम गए। उनके वृद्ध अधरों पर उल्लास था और आँखें अश्रुओं में डबडबा आई थीं, "राम! काश, किसी ने तब मुझे इस प्रकार प्रताड़ना दी होती। मैं अपनी आत्मा पर पाप का यह बोझ इतने वर्षों तक क्यों ढोता?" वे पुनः आगे बढ़ चले, "वत्स! इतने दिनों के निरंतर पीड़ादायक चिंतन के पश्चात् मैं भी कुछ ऐसे ही निष्कर्षों पर पहुँचा हूँ। लोगों द्वारा एक विशेष पद अथवा रूप की मान्यता पाने के लिए जब हम अपने व्यवहार तथा आचरण का नियंत्रण करते हैं तो मौलिकता से पूर्णतः असंबद्ध होकर हम रूढ़ियों तथा प्रचलनों के दास होकर केवल शब्द बोलते हैं, केवल अनुकरण करते हैं। ऋषि, चिंतक, जन-नायक तथा लेखक के लिए यह अत्यंत घातक स्थिति है, राम! तब अपने चिंतन, अपने न्याय, अपने धर्म, अपनी रचना के स्वामी वे स्वयं नहीं रह जाते; अन्य लोगों की इच्छा ही उनका नियंत्रण करती है। न्याय और क्रांति का स्वरूप, अत्यंत जटिल समस्या है, पुत्र! मैंने पाया है कि जहाँ मौलिकता हमारे हाथ से छूटी कि हम न्याय और क्रांति, दोनों से दूर हो गए, तब हम कर्म नहीं कर रहे होते, केवल लकीर पीट रहे होते हैं...और...और..." कुछ कहते-कहते विश्वामित्र फिर अपने भीतर डूब गए, 'क्या केवल यही बात थी, विश्वामित्र ? केवल यह ही? क्या जीवन में एक बार घट गई घटनाओं का प्रभाव इतना व्यापक और स्थायी होता है कि उसका प्रतिकार ही नहीं हो सकता? क्या उसके पश्चात् व्यक्ति पूर्वाग्रह-रहित दृष्टि से नहीं देखा जा सकता? या ऐसी घटनाओं के पश्चात् व्यक्ति अनिवार्य रूप से भीरु हो जाता है?...विश्वामित्र ने उग्रा से प्रेम किया था...विश्वामित्र मेनका के मोह में अपनी तपस्या से स्खलित हुए थे...तो क्या किसी भी स्त्री के प्रति उनकी सहानुभूति को उसी प्रकाश में देखा जाएगा? उन्हें क्यों लगा था कि अहल्या के प्रति उनकी सहानुभूति न्याय की माँग न मानकर, अहल्या के प्रति उनकी आसक्ति मानी जाएगी?...वे कब इस ग्रंथि से मुक्त होंगे? कब उनमें कर्म का साहस लौटेगा? कब?...ओह,

विश्वामित्र!...'

"फिर क्या हुआ, ऋषिवर?" लक्ष्मण ने उन्हें आत्मीयता से मुक्त किया।

"फिर..."

चिंतक, दार्शनिक, ब्रह्मज्ञानी, तपस्वी, ऋषि, मुनि, आचार्य, ब्रह्मचारी, मित्र, बंधु, अभ्यागत—एक-एक कर सभी चले गए। आहत, अपमानित, विषादग्रस्त गौतम, शत को गोद में लिये, अहल्या के साथ अकेले रह गए। उनके भीतर आक्रोश जागता, उत्साह उन्हें बल देता और वे इन्द्र तथा इस संपूर्ण ऋषि-समुदाय से प्रतिशोध लेने की बात सोचते और दूसरे ही क्षण उनकी आत्मा दीन हो जाती—उत्साहशून्य तथा ऊर्जाहीन; अपनी असहायता पर उनका मन रोने-रोने को हो उठता।

तभी बड़ी देर के स्तंभित मौन को तोड़कर शत हल्के-हल्के सिसका। गौतम और अहल्या दोनों का ध्यान बालक की ओर गया।

"भूख लगी है।" शत विधिवत् रोने लगा।

अहल्या ने अभ्यासवश शत को गोद में लेने के लिए भुजाएँ आगे बढ़ा दीं किंतु दूसरे ही क्षण उसने भुजाएँ वापस लौटा लीं और सिर झुका दिया।

गौतम का मन पत्नी और पुत्र, दोनों ही के प्रति करुणा से आप्लावित हो उठा। बच्चा ज्वरग्रस्त था, सुबह से भूखा था, और इस छोटी-सी आयु में अत्यंत पीड़ादायक अनुभवों के अनसमझे झटके झेल चुका था; दूसरी ओर माँ इतनी विक्षिप्त हो रही थी कि बच्चे के प्रति अपनी ममता को पहचान नहीं रही थी।...अब सिवाय गौतम के इनकी देखभाल करने वाला और कौन था? गौतम इन्हें दूसरों के सहारे नहीं छोड़ सकते...

"चलो, अहल्या!" उन्होंने कसकर अहल्या की भुजा पकड़ी और उसे बलात् कुटिया की ओर बढ़ाया।

अहल्या उनके सहारे पर लदी-लदी-सी, घिसटती हुई कुटिया की ओर चल रही थी। उसकी समझ में नहीं आ रहा था कि उसकी ऊर्जा कहाँ गई; वह कैसे इतनी निष्प्राण हो गई है!

गौतम ने कुटिया में लाकर उसे बिस्तर पर बिठा दिया, उसी बिस्तर पर, जिस पर इन्द्र ने उसके साथ अत्याचार किया था। अहल्या निष्प्राण-सी चुपचाप बैठ गई। उसने आँखें उठाकर केवल इतना देखा कि गौतम शत को कुछ खिलाने-पिलाने का प्रबंध कर रहे थे।

उपकुलपति अमितलाभ का मन बल्लियों उछल गया। वे तो बहुत थोड़े-से की इच्छा कर रहे थे, और यहाँ ऐसा अवसर आया था कि उनकी आकांक्षा से बहुत अधिक

उन्हें सहज ही मिल सकता था।

गौतम चाहे कितने ही बड़े ऋषि-क्यों न हों, इस समय वे विकट परिस्थितियों में घिर गए थे। इन्द्र से सहज ही उनका वैर हो गया था, ऐसा वैर कि उन दोनों में किसी भी समय द्वंद्व हो सकता था। कोई अन्य व्यक्ति इन दोनों में से एक का शत्रु बनकर दूसरे का मित्र बन सकता था। इन्द्र से वैर का तात्पर्य था—प्रायः समस्त देव एवं आर्य शक्तियों की अमित्रता। फिर ऋषि-समुदाय में भी गौतम का अब वह सम्मान नहीं रहा। इस घटना की सूचना पाते ही उन्होंने अहल्या को शाप दे दिया होता, या उसे त्याग दिया होता—तो ऋषियों में उनका आदर-मान और भी बढ़ जाता; किंतु उन्होंने तो उसका पक्ष लेकर इन्द्र को दण्डित करवाने का अभियान आरंभ कर दिया। इसका अर्थ यह हुआ कि वे अहल्या का त्याग नहीं करेंगे। ऐसी पत्नी के साथ रहने के कारण वे आश्रम के कुलपति नहीं रह पाएँगे। इस समय यदि प्रचार से इस आश्रम का सम्मान कम कर दिया जाए तो इसका अवमूल्यन हो जाएगा। मिथिला में प्रथम श्रेणी का अन्य कोई आश्रम न होने के कारण एक नए आश्रम की स्थापना की संभावना हो सकती है—और मिथिला में स्थापित होने वाले उस नए आश्रम का कुलपति सिवाय आचार्य अमितलाभ के और कौन हो सकता है? नहीं तो गौतम के अधीन काम करते-करते अमितलाभ मर ही जाएगा। ऋषि गौतम का वय ही अभी क्या है? कठिनाई से तीस-बत्तीस वर्ष! उनके अधीनस्थ उपकुलपति की इस आश्रम के स्वतंत्र कुलपति बनने से पूर्व ही मृत्यु हो जाएगी...

भाग्य से अमितलाभ को यह अवसर मिला था।

अमितलाभ ने दबी दृष्टि से देखा, उपस्थित ऋषि-समुदाय शनैः-शनैः खिसकता जा रहा था। कोई अहल्या को भ्रष्ट मानता था, कोई इन्द्र का मित्र था, कोई इन्द्र से भयभीत था, कोई इन्द्र से कुछ पाने का इच्छुक था, कोई अनिर्णय में था।

आचार्य अमितलाभ ने अपने कुछ प्रिय ब्रह्मचारियों को अपने पीछे आने का संकेत किया और वाटिका के बीच में से होते हुए छोटे मार्ग से वे यज्ञशाला के सम्मुख पहुँच गए। उनके चारों ओर अनेक कुछ सहयोगियों और साथ आए ब्रह्मचारियों ने घेरा डाल लिया था। वहाँ एक छोटी-सी भीड़ लग गई थी। गौतम की कुटिया से लौटनेवालों का वही मुख्य मार्ग था। उधर से जाते-जाते अनेक आश्रमवासी और अभ्यागत ठिठककर रुक गए। यही उपयुक्त अवसर था।

आचार्य अमितलाभ ने अपनी भुजा उठाकर उच्च स्वर में कहा, "यह आश्रम पूर्णतः भ्रष्ट हो चुका है। जिस आश्रम के कुलपति की धर्मपत्नी का चरित्र पतित हो, वहाँ अध्ययन-अध्यापन, ज्ञानार्जन-तपस्या, कुछ भी नहीं हो सकता।"

तभी उनकी दृष्टि लोगों के रेले में ठेले जाते हुए, आते आचार्य ज्ञानप्रिय पर

पड़ी। वह विचलित हो गए, यह ज्ञानप्रिय अवश्य ही उनका विरोध करेगा।

आचार्य ज्ञानप्रिय ने आश्रम के भ्रष्ट हो जाने के संबंध में ऊँचे स्वर में की जाने वाली घोषणा सुन ली थी। यह घोषणा सुनकर उन्हें बहुत आश्चर्य भी नहीं हुआ था। अमितलाभ से इस प्रकार के किसी काण्ड की अपेक्षा तो नित्य ही बनी रहती थी। अब तक उसने कुछ नहीं किया—यही आश्चर्य की बात थी। वे अमितलाभ को अच्छी तरह जानते थे। यह व्यक्ति अपने लाभ के लिए विकट महत्त्वाकांक्षी था। अपने विषय का उद्भट विद्वान होते हएु भी उसकी आत्मा ज्ञान-गरिमा से सर्वथा शून्य थी। उसका चरित्र ज्ञान-व्यवसायी का अधिक था, ऋषि-तत्त्व का उसमें सर्वथा अभाव था। ऐसा व्यक्ति क्या आश्रमों के उपयुक्त होता है! कैसे-कैसे वह आचार्य और फिर उपकुलपति के पद पर पहुँचा था, यह किसी से छिपा नहीं था।...और अब वह कुलपति और उनकी धर्मपत्नी को लांछित कर, आश्रम के भ्रष्ट होने की घोषणा कर रहा था...

आचार्य ज्ञानप्रिय का आक्रोश उमड़ पड़ा, "किसी पापी द्वारा एक निर्बल नारी के प्रति अत्याचार से आश्रम कैसे भ्रष्ट हो गया, आचार्य अमितलाभ?"

अमितलाभ ऐसी सभी परिस्थितियों के लिए प्रस्तुत थे। यह न शिथिल होने का समय था, न चूकने का। मुस्कराकर बोले, "आचार्य ज्ञानप्रिय! ऋषि गौतम से मेरी कोई शत्रुता नहीं है। न इसमें मेरा कोई स्वार्थ है। मैं जो कुछ कह रहा हूँ, ब्रह्मचारियों-संन्यासियों-तपस्वियों के लाभ तथा आश्रम के सम्मान के लिए कह रहा हूँ। स्वयं देवराज ने कुलपति की पत्नी के विषय में कहा है कि उसने उनका काम-आह्वान किया था। कोई निर्णय तो लेना ही होगा। कुलपति की पत्नी के विरुद्ध आरोप है। कुलपति इस समय अपना मानसिक संतुलन खो बैठे हैं। तो निर्णय का उत्तरदायित्व किस पर है?" अमितलाभ ने मौन होकर उपस्थित जन-समुदाय पर एक सिंह-दृष्टि डाली, किंतु उनके विरुद्ध कोई कुछ नहीं बोला। अमितलाभ ने बात आगे बढ़ाई, "इस आश्रम के उपकुलपति-स्वरूप प्रदत्त अधिकार के आधार पर मैं यह घोषणा कर रहा हूँ कि यह आश्रम भ्रष्ट हो चुका है। मेरा विचार है कि हमें अन्यत्र एक नया आश्रम स्थापित करना चाहिए, और उसके लिए मिथिला-नरेश से मान्यता की याचना करनी चाहिए। क्या आप लोग मुझसे सहमत हैं?"

कोई कुछ नहीं बोला। सब ओर के मौन का एक ही अर्थ था कि अमितलाभ से सहमत कोई हो-न-हो, उपस्थित जन-समुदाय अमितलाभ का विरोध नहीं कर रहा था।

आचार्य ज्ञानप्रिय देख रहे थे कि अनर्थ हुआ चाहता है। अपने स्वार्थ के पीछे यह व्यक्ति समस्त मिथिला राज्य की ज्ञान-गरिमा को कलुषित करके छोड़ेगा।

वे स्वयं को रोक नहीं पाए, "नए आश्रम को बिना उपयुक्त कुलपति के सम्राट्

जनक से मान्यता नहीं मिल पाएगी। नया कुलपति कौन होगा?''

अनेक ब्रह्मचारी एक साथ चिल्लाए, ''ऋषि गौतम! ऋषि गौतम!''

अमितलाभ के सिखाएँ हुए ब्रह्मचारी उनका नाम पुकारने में पिछड़ गए थे।

अमितलाभ ने मुस्कान का मुखौटा ओढ़ लिया, ''ऋषि गौतम से योग्य कुलपति हमारे मध्य दूसरा नहीं है। हम नए आश्रम की स्थापना कर उनसे प्रार्थना करेंगे कि वे अपनी भ्रष्ट पत्नी का त्याग कर वहाँ आ आश्रम की व्यवस्था सँभालें। यदि वे न आए, तो फिर किसी अन्य विद्वान को यह पद सौंपा जा सकता है।''

ज्ञानप्रिय कुछ नहीं बोले। अमितलाभ ने गौतम के विषय में ऐसी कोई बात नहीं कही थी, जिसका विरोध किया जा सके। पर अहल्या...इस समय अहल्या का समर्थन जोखिम का काम है। सामान्य जन अहल्या को दोषी मान बैठा है।...

सर्व-सम्मति से अमितलाभ का प्रस्ताव मान लिया गया। ज्ञानप्रिय चुपचाप अपनी कुटिया में लौट आए। पति-पत्नी दोनों ही इस घटना से दुःखी थे, किंतु दोनों ही समझ रहे थे कि वे लोग गौतम और अहल्या की अधिक सहायता नहीं कर सकते। इस समय दोनों को ही नए आश्रम में चले जाना चाहिए और वहाँ गौतम की प्रतिष्ठा बनाने का प्रयत्न करना चाहिए, अन्यथा अमितलाभ अनिष्ट कर डालेगा।

''किंतु मैं शत को कैसे छोड़ूँगी, आर्यपुत्र?'' सदानीरा सिसक उठी, ''ईश्वर ने मुझे संतान नहीं दी—मैंने कभी उससे शिकायत नहीं की। मैं तो शत को पाकर ही संतुष्ट थी। प्रभु से वह भी नहीं देखा जाता। कैसा क्रूर है वह!''

''धैर्य रख, सदानीरे!'' ज्ञानप्रिय ने समझाया, ''भाग्य सदा वक्र नहीं रहता। तेरा शत भी तेरे पास आएगा।''

विश्वामित्र रुक गए, ''भूख तो नहीं लगी, सौमित्र?''

लक्ष्मण ने भूख, धूप और थकान से मुरझाए हुए चेहरे को अपनी इच्छा-शक्ति से हँसाया, सूखे होंठों को जीभ से गीला किया और बोले, ''भूख! नहीं तो। एकदम नहीं। गुरुदेव! क्या शत सदानीरा को मिला?''

राम मुस्कराए, ''लक्ष्मण! तुम्हें तो भूख लगेगी नहीं, क्योंकि तुम मार्ग-भर कथा-भोजन करते आए हो। पर हमारा तो कुछ ध्यान करो। शेष लोगों को भूख लग आई है।''

''तुम नहीं थके, सौमित्र!'' गुरु बोले, ''पर लगता है मेरा बूढ़ा शरीर थक गया है और विश्राम चाहता है। यदि तुम कथा की हठ न करो तो हम लोग थोड़ा-सा भोजन और विश्राम कर लें।''

लक्ष्मण को कथा का रुकना निश्चित लगा। बोले, ''लगता है भूख तो मुझे भी लग आई है।'' वे तनिक-सा खिसियाकर मुस्कराए, ''मेरी माँ कहती हैं, मैं कथा

के लालच में अपनी भूख को दबा जाता हूँ।''

पुनः यात्रा आरंभ होने पर गुरु ने कथा आगे बढ़ाई।

...अहल्या ने अपने भीतर झाँका...सब कुछ मर चुका था, जीने की रंचमात्र भी इच्छा शेष नहीं थी। उसे अपने-आप से घृणा हो रही थी...इन्द्र जैसे दुष्ट, नीच, घृणित कीट ने इस शरीर का भोग किया था...अहल्या का स्वाभिमान, परिष्कार, सौंदर्य-बोध, अपने चरित्र का बिंब—सब कुछ ही तो खण्डित हो चुका था। उसे स्वयं ही अपने जीने की कोई सार्थकता नहीं लग रही थी, तो अन्य लोगों की दृष्टि में उसका क्या मूल्य था...वह अब कभी भी कुलपति की धर्मपत्नी का, ऋषि-पत्नी का सम्मान नहीं पा सकेगी। अपने इस पतित शरीर के साथ वह कभी भी अग्निहोत्र पर अपने पति के निकट अधिकारपूर्वक नहीं बैठ सकेगी...वह जहाँ कहीं जाएगी, प्रत्येक व्यक्ति उस पर अँगुली उठाएगा कि वह इन्द्र की भोग्या है। गौतम को देखते ही प्रत्येक व्यक्ति के मन में पहली बात यही उभरेगी कि अहल्या उन्हीं की पत्नी है, और अहल्या...शत बड़ा होगा, वह यही सुनेगा कि वह अहल्या का बेटा है, और अहल्या...

अहल्या को मर जाना चाहिए...

तभी गौतम ने कुछ फल लाकर उसके सम्मुख रख दिए, ''अहल्या! कुछ खा लो, प्रिये!''

पति के शब्द सुनते ही उसका हृदय हूक उठा। उसे लगा, उसके पेट के तल में जैसे बवंडर उठ रहे हैं—एक असह्य पीड़ा, जो बार-बार उसके व्यक्तित्व को मथ जाती है। उसका मन हुआ, वह सशब्द जोर-जोर से रो पड़े; पर रो नहीं सकी। एक सिसकी के साथ उसके कंठ में शब्द फँस गया, ''आर्यपुत्र!''

गौतम ने उसके सिर पर स्नेह-भरा हाथ रख दिया, ''दुःखी मत होओ, प्रिये!''

पति के स्नेह-भरे स्पर्श ने कंठ का अवरोध हटा दिया, वह गौतम के वक्ष से लगकर, पूरे समारोह के साथ फूट पड़ी। गौतम ने उसे अपनी बाँहों में थाम लिया। वे कभी उसकी पीठ पर हाथ फेरते और कभी उसके सिर पर...अहल्या रोती जा रही थी। रुदन के पहले ज्वार के बाद अहल्या के कंठ से कुछ शब्द भी फूटने लगे थे, ''मुझे मर जाना चाहिए, प्रिय! मुझे मर जाने दो...''

''अहल्या!'' गौतम बोले, ''तुमने यथासंभव प्रतिरोध किया। जो कुछ हुआ, तुम्हारी इच्छा के विरुद्ध हुआ, बलात् हुआ। तुम्हारे साथ अत्याचार हुआ है, अहल्या! मरना पीड़ित को नहीं चाहिए, मरना तो अत्याचारी को चाहिए। इन्द्र को मर जाना चाहिए। किंतु वह निर्लज्ज स्वयं कभी नहीं मरेगा; और उसे मारने वाला सारी पृथ्वी पर मुझे कोई दिखाई नहीं पड़ता।''

अहल्या निरंतर रोती जा रही थी, "मैं अब तुम्हारे योग्य नहीं रही, प्रिय! शत मुझ जैसी पतित स्त्री को माँ कहकर कैसे पुकारेगा? और मैं अब उसे पुत्र कैसे कहूँगी?"

"शांत हो, अहल्या!" गौतम समझाते रहे, "तुम मेरी धर्मपत्नी और पूर्णतः मेरे योग्य पत्नी हो। तुम पतित नहीं हो, तुम्हें पतित कहने का साहस कोई नहीं कर सकता। तुम पूर्णतः शुद्ध, स्वच्छ और पवित्र हो।"

गौतम दिन-भर अहल्या को समझाते रहे। ज्वरग्रस्त शत को बहलाते रहे। समय-समय पर अपने ज्ञान के अनुसार, कुटिया में उपलब्ध कोई औषध देते रहे। उस ज्वर में बालक शत भी जैसे बहुत गंभीर हो गया था और परिस्थितियों की विषमता समझ रहा था। वह रोगी बच्चे के समान, पिता को परेशान नहीं कर रहा था। जाने उसकी बुद्धि ने क्या देखा, और क्या समझा था...अहल्या कभी लंबे-लंबे प्रलाप करती।...गौतम जानते थे, इस समय अहल्या के लिए यही सब स्वाभाविक था और स्वस्थकर भी। क्रमशः समय के साथ ही वह सहज हो सकेगी...

संध्या थोड़ी ढली तो दिन-भर की रोती-कलपती अहल्या, निढाल होकर बिस्तर पर लेट गई। पहले तो वह आँखें बंद कर कुछ सोचती रही।...इन्हीं प्रक्रियाओं के बीच अंततः वह सो गई।

गौतम को कुछ संतोष हुआ। शत को पिछले दिन का बचा हुआ दूध पिलाकर वे पहले ही सुला चुके थे। दोनों के सो जाने के पश्चात्, उनसे निवृत्त हुए-से गौतम का ध्यान अपनी ओर लौटा। उनके मन में पीड़ा थी, हताशा थी, अपमान था, पर साथ ही ढेर सारा आक्रोश और उत्साह भी था। किंतु उस आक्रोश और उत्साह से क्या हो सकेगा? क्या कर सकते थे गौतम?

वे सीरध्वज के राज्य, मिथिला के प्रमुखतम आश्रम के कुलपति थे। पूरे प्रदेश के, और कई बार उसके बाहर आकर, अपने-अपने विषयों के प्रकाण्ड विद्वान् उनके सम्मुख अपना मस्तक झुकाते थे। जंबू द्वीप के इस क्षेत्र के वे प्रमुख ऋषि थे। स्वयं सम्राट् और उनके मंत्री गौतम के सम्मुख ऊँचे स्वर में बोलने का साहस नहीं करते थे। यह एक सर्वविदित तथ्य था कि वे किसी भी दिन जनकपुरी में राजगुरु के और संयुक्त राजपुरोहित पद पर नियुक्त हों, आर्यावर्त्त के अनन्य ऋषि वशिष्ठ से स्पर्धा करेंगे...

कितना सुरक्षित, सम्मानित और शक्तिशाली समझा था उन्होंने अपने आपको! किंतु भाग्य के एक ही धक्के ने उनकी आँखें खोलकर, सत्य को उनकी हथेली पर रख दिया था। उन्होंने तपस्या, चरित्र और ज्ञान की शक्ति को सर्वोपरि माना था; पर आज की दुर्घटना ने सिद्ध कर दिया था कि पद, धन और सत्ता की शक्ति ही सर्वोपरि थी। वास्तविक शक्ति यह नहीं थी, वास्तविक शक्ति तो...

तो क्या वे व्यक्तिगत धरातल पर इन्द्र से प्रतिशोध लें? वे इन्द्र को द्वंद्व-युद्ध

के लिए आह्वान करें...पर दूसरे ही क्षण उन्होंने अपना यह विचार स्थगित कर दिया। इन्द्र उनके आह्वान पर क्यों आएगा? और यदि आ भी गया, तो गौतम अच्छी तरह जानते हैं कि उन्होंने आज तक अपने शरीर को प्रहार सहन करने के लिए साधा है; और इन्द्र ने सदा प्रहार करने का अभ्यास किया है। शारीरिक शक्ति में भी इन्द्र उन पर भारी पड़ सकता है। शस्त्र-विद्या में थोड़ा-सा अभ्यास गौतम ने किया अभ्युदय-1है, किंतु वह इन्द्र के अभ्यास के सम्मुख कुछ भी नहीं है; और दिव्यास्त्र तो उनके पास एक भी नहीं है...

क्या करें गौतम?

इन्द्र को शाप दें?

शाप को कार्यान्वित कौन करेगा? वे इन्द्र को यज्ञ में अपूजित होने का शाप दे सकते हैं, पर उस शाप का कौन प्रचार करेगा? अहल्या को पत्नी की मान-मर्यादा देने के कारण, जन-सामान्य,• ऋषियों-तपस्वियों, शासक-सम्राटों ने गौतम को ही ऋषि मानने से इनकार कर दिया तो?

गौतम का अस्तित्व समूल झनझना उठा।

गौतम का क्या होगा?

क्या ऋषि बने रहने के लिए उन्हें अहल्या का त्याग करना पड़ेगा?

पर अहल्या निर्दोष है। पूर्णतः पवित्र है। वह उनकी पत्नी है, उनके पुत्र की माँ है। वह उससे प्रेम करते हैं—उसका त्याग कैसे कर सकते हैं?

किंतु यदि वे उसका त्याग नहीं करते तो उन्हें ऋषि के पद से भ्रष्ट कर दिया जाएगा। जो ऋषि-समुदाय अपनी आँखों से इन्द्र की दुष्टता देखकर भी अहल्या को निर्दोष घोषित नहीं कर सका; वह अहल्या को पत्नी-रूप में ग्रहण किए रहने पर उन्हें ऋषि की मान्यता कैसे देगा?...यदि वे ऋषि नहीं रहे, तो इन्द्र को शाप कैसे देंगे?...क्या वे इन्द्र को शाप देने का विचार छोड़ दें?...नहीं-ीं-ीं-ीं..." उनकी आत्मा से भयंकर चीत्कार उठा। वे इन्द्र को इस प्रकार अदण्डित नहीं छोड़ सकते। भरसक वे उसे दण्ड देंगे।...उन्हें उसे दण्डित करने के लिए ऋषि की मर्यादा पानी ही होगी।

प्रातः गौतम की आँखें खुलीं, तो उन्होंने देखा, अहल्या जगी हुई थी। शत के जग जाने के भय से वह बिस्तर से उठी नहीं थी, अन्यथा वह पूरी तरह सचेत थी। उसका व्यवहार सहज किंतु पहले की अपेक्षा कुछ अधिक कोमल था—जैसे उसका मस्तिष्क निरंतर सचेत रहकर उसे कोमल होने का आदेश दे रहा हो। गौतम कुछ चौंके। व्यवहार की यह कोमलता मन की किसी दृढ़ता की प्रतिक्रिया तो नहीं—किस बात के लिए मन को दृढ़ कर लिया है अहल्या ने? कहीं ऐसा तो नहीं कि रात-भर सोच-सोचकर उसने अपने जीवन के साथ कोई खिलवाड़ करने का निर्णय किया हो...

गौतम ने अहल्या की आँखों में झाँककर कुछ जानना चाहा, किंतु अभी पूर्णतः उजाला नहीं हुआ था। उस झुटपुटे में, अहल्या की आँखों में, वैसा कोई भाव उन्हें नहीं मिला। उसके हाव-भाव में भी वैसा कुछ नहीं था। पूछ भी नहीं सकते थे। पूछने का अर्थ था—कल के सारे प्रसंग को पुनः जीवित करना—यह उचित नहीं था। संभव है, अहल्या उस घटना से कुछ उबर पाई हो। उसे फिर से पीड़ित मनःस्थिति में लौटाने का दुष्कृत्य क्यों किया जाए?

गौतम का अपना मन भी तो ठीक नहीं था। अभ्यासवश उनकी आँख ठीक समय पर खुल गई थी, किंतु बिस्तर से बाहर वे भी नहीं निकले। क्या करेंगे इतनी सुबह उठकर? क्या करेंगे नदी पर जाकर स्नान कर?...यदि घाट पर किसी ने उन्हें देख लिया तो प्रत्येक व्यक्ति उनकी ओर इंगित करेगा—'यह उसी अहल्या का पति गौतम है...।' अब कौन यज्ञशाला में उनकी प्रतीक्षा कर रहा है! कौन-सा काम है, जो कुलपति के बिना रुका रहेगा!...कोई आचार्य नहीं, कोई ब्रह्मचारी नहीं। उजाड़ आश्रम में प्रेत-सा अकेला गौतम यज्ञ करके क्या करेगा? कौन ऋषि मानकर उन्हें सम्मान देगा? अब यह आश्रम उजाड़ हो जाएगा। मनुष्य के अभाव में क्रमशः वन सघन होता जाएगा। जंगली पशु यहाँ विचरण करेंगे; और उनके मध्य, चाण्डालों अथवा प्रेतों के समान तीन प्राणी होंगे—गौतम, अहल्या और शतानन्द। क्या होगा स्नान से? क्या होगा यज्ञ से? क्या होगा ध्यान-मनन से? और क्या होगा ज्ञानार्जन से? जो होना था, वह हो चुका है। इन्द्र जीत चुका है—वे पराजित हो चुके। संपूर्ण आर्यावर्त्त के सर्वश्रेष्ठ ऋषि बनने की महत्त्वाकांक्षा तो दूर, मिथिला प्रदेश में भी उनका महत्त्व किसी अभिशप्त प्रेत से अधिक नहीं है...और वे देवराज इन्द्र को शाप देने की सोच रहे थे...

अहल्या ने थोड़ी देर प्रतीक्षा की; किंतु जब बाहर पूरी तरह उजाला हो गया और गौतम ने बिस्तर नहीं छोड़ा तो अहल्या को पूछना ही पड़ा "आर्यपुत्र! आज स्नान के लिए विलंब नहीं हो गया?"

"हू!" गौतम ने करवट बदल ली।

"आर्यपुत्र!"

"हाँ!"

"समय व्यतीत हो रहा है।"

"अहल्या! अब मैं ऋषि नहीं रहा। साधारण गृहस्थ हो गया हूँ।"

गौतम अपनी पीड़ा छिपा नहीं सके। वाक्य मुख से निकल ही गया। अहल्या के चेहरे पर अपने वाक्य की प्रतिक्रिया देखने का साहस तक नहीं कर सके। व्यस्तता में उठकर, कुटिया के बाहर निकल गए।

अहल्या को धक्का लगा। उसे अपनी पीड़ा भूल गई। गौतम के मन की पीड़ा

का कुछ आभास होने लगा। ठीक ही तो कहते हैं गौतम। वे ऋषि कैसे रह सकते हैं? वे तो अब साधारण गृहस्थ ही रह सकते हैं—वह भी समाज से बहिष्कृत। वन्य पशु-से। क्या अहल्या को पत्नी का अधिकार देने के लिए गौतम को इतना बड़ा मूल्य चुकाना होगा?...अहल्या सिहर उठी। ज्ञान, यश और सम्मान के क्षेत्र में निरंतर बढ़ते हुए ऋषि गौतम को नियति के एक हल्के-से धक्के ने क्या से क्या बना दिया। अहल्या के साथ रहकर तो गौतम सचमुच एक अभिशप्त प्रेत-मात्र होकर रह जाएँगे...और शत का क्या होगा? ज्ञान-विज्ञान के क्षेत्र में बहिष्कृत, सभ्यता और संस्कृति से दूर, समाज और सम्मान से अपरिचित एक जड़ जंगली पशु। किसके कारण? स्वयं अपनी माँ के कारण?...क्या अहल्या अपने पति और पुत्र के लिए अब दुर्भाग्य की छाया मात्र रह गई है?...कल की दुर्घटना के पश्चात् भी उसे अपने आपसे घृणा हो गई थी...किंतु उसका यह रूप तो और भी घृणित है, और भी निंदनीय!

अहल्या धीरे-से बिस्तर से बाहर निकली। शत शांत पड़ा सोता रहा। अहल्या ने धीरे-से निःशब्द, कुटिया का द्वार खोला और बाहर निकल आई। इधर-उधर देखा, गौतम कहीं दिखाई नहीं पड़े।...कहीं वे नदी की ओर तो नहीं चले गए? अहल्या प्रतीक्षा करती रही; पर गौतम लौटते दिखाई नहीं पड़े।

हताश होकर वह गोशाला की ओर चल पड़ी। पता नहीं कहाँ गए हैं। संभव है, यहीं कहीं हों—लौट आएँगे। वैसे भी थोड़ी देर में शत जाग जाएगा। उठते ही दूध के लिए रोने लगेगा। फिर दूध की व्यवस्था का अवकाश भी नहीं मिलेगा।...उसके जागने से पहले अहल्या को कम-से-कम, डूँडी गाय को दुह लेना चाहिए।

गोशाला में उसे प्रवेश करते देख डूँडी जोर से रंभाई। अहल्या के मन में ललक उठी, वह दौड़कर डूँडी के पास पहुँच और उसके माथे को सहलाने लगी। डूँडी जोर-जोर से रंभा रही थी और जीभ निकालकर, उस प्यार करने वाले हाथ को चाट लेना चाह रही थी। उसकी आँखों में स्नेह भरा उपालंभ था—'कल किसी ने मेरी देख-भाल क्यों नहीं की? कल मेरे पास कोई क्यों नहीं आया?"

अहल्या डूँडी से लिपट गई, "मुझे क्षमा कर, डूँडी! कल हम दोनों में से किसी को अपना ही होश नहीं था। मुझे क्षमा कर, डूँडी!"

अहल्या का मन हँस भी रहा था, रो भी रहा था। कल दिन-भर पड़ी वह अपनी पीड़ा में छटपटाती रही। गौतम उसे सँभालते रहे। और इधर अभ्यागत, ऋषि-मुनि, आचार्य और ब्रह्मचारी तो दूर, साधारण कर्मकर भी चुपचाप आश्रम छोड़कर चल दिए जैसे अहल्या के रूप में आश्रम में कोढ़ फूट आया हो। किसी ने पशुओं को दाना-पानी नहीं दिया, कोई उन्हें चराने के लिए नहीं ले गया...और अहल्या का मन हँस रहा था—कोई तो है इस आश्रम में, जिस पर, जिसके स्नेह पर, कल की दुर्घटना

का कोई प्रभाव नहीं पड़ा। कोई तो है...

दो वर्ष हो गए उस बात को। डूँडी पहली ही बार ब्याने की तैयारी कर रही थी। उन्हीं दिनों उसकी वन में किसी पशु से टक्कर हो गई थी। पता नही चला कि कौन-सा पशु था? चरवाहे डूँडी को आश्रम में लाए तो वह बुरी तरह लहूलुहान थी और उसका एक सींग भी टूट गया था। कितनी पीड़ा थी उसकी आँखों में? सींग टूट जाने के कारण ही अहल्या ने उसका नाम डूँडी रखा था। उसे डूँडी से अतिरिक्त स्नेह हो गया था; कितनी सेवा की थी उसने डूँडी की? दिन में कई-कई बार औषध लगाई थी। पास बैठ-बैठकर उसे चारा खिलाया था। और जब तक डूँडी स्वस्थ हुई, तब तक अहल्या से असाधारण रूप से हिल गई थी।

डूँडी की पीड़ा में अहल्या ने उसे स्नेह दिया था, आज उसकी पीड़ा में डूँडी ने औषध लगाई थी। अहल्या का मन हुआ, वह डूँडी के गले लगकर जी भर रोये...

वह बड़ी देर तक डूँडी के साथ लगी खड़ी रही और उसका माथा और शरीर सहलाती रही; डूँडी उसी प्रकार प्यार से रंभाती रही और उसका हाथ चाटने का प्रयत्न करती रही।

सहसा उसे लगा, काफी विलंब हो गया है। वह शत को अकेला छोड़कर आई थी। उसे अधिक देर नहीं करनी चाहिए।

उसने डूँडी को दाना डाला और भोजन लेकर दूध दुहा। एक-एक कर, उसने सारे पशुओं को खूँटे से खोला और बाहर हाँक दिया।

लौटते हुए वह तेजी से अपनी कुटिया की ओर बढ़ रही थी। कदाचित् अब तक शत उठ गया होगा और स्वयं को अकेला पाकर रो रहा होगा। संभव है, गौतम भी अब तक लौट आए हों।

मार्ग में यज्ञशाला के पास से गुजरते हुए उसे लगा कि भीतर शायद किसी व्यक्ति की छाया थी। उसके पग रुक गए—कौन हो सकता है? क्या अब भी आश्रम में उनके अतिरिक्त कोई व्यक्ति है?

अहल्या के पग उत्सुकतावश यज्ञशाला के द्वार की ओर बढ़ गए। द्वार पर पहुँचकर वह रुक गई—एक दीवार से कंधा टिकाकर गौतम एकटक यज्ञकुण्ड की ओर देख रहे थे।

उनकी उस दृष्टि को देखकर अहल्या की रीढ़ की हड्डी जैसे शीत से काँप उठी—उन आँखों का भयंकर शून्य, उजाड़ मरुभूमि...किन शब्दों में सोचे अहल्या? आत्मा के कंकाल के वर्णन के लिए भी शब्द होते हैं क्या?

अहल्या दबे पाँव लौट पड़ी।

उसे स्वयं ही पता नहीं चला कि वह किस प्रकार लड़खड़ाती और अपने शरीर

को धकेलती हुई उसे अपनी कुटिया तक लाई...कुटिया से कुछ दूर ही उसने शत के जोर-जोर से रोने का स्वर सुन लिया था। वह कुछ चेत गई और उसकी गति तेज हो गई।

शत अपने बिस्तर पर बैठा गला और मुँह फाड़कर रो रहा था। अहल्या ने उसे गोद में उठाकर प्यार किया, "मत रो, मेरे लाल!"

और अहल्या के आँसू शत की पीठ पर जा गिरे।

"तुम दोनों मुझे अकेला छोड़कर क्यों चले गए?" शत रोता जा रहा था, "मुझे अकेले भय लगता है।"

"अब छोड़कर नहीं जाऊँगी, मेरे लाल!" अहल्या ने शत को भींच लिया, "अब चुप हो जा, शत! मैं तेरे लिए दूध लाई हूँ।"

शत का ज्वर रात में उतर गया लगता था—उसे अपने शरीर से चिपकाए हुए, अहल्या ने अनुभव किया—कदाचित् गौतम की दी हुई औषध ने कार्य किया था। किंतु ज्वर उतर जाने के बाद की दुर्बलता उसमें थी, अभी दो-चार दिन वह चिड़चिड़ा भी रहेगा। माँ-बाप से चिपका-चिपका भी रहेगा...वैसे पाँच वर्षों का शत पूर्णतः स्वस्थ होने की स्थिति में भी इतना बड़ा तो नहीं हो गया कि उसे कुटिया में अकेले छोड़कर, उसके माता-पिता विक्षिप्तों के समान इधर-उधर मारे-मारे फिरें, और बच्चा रोए भी नहीं। यदि उन दोनों की मनः-स्थिति इसी प्रकार असंतुलित रही तो शत या तो रो-रोकर जान दे देगा, अथवा मानसिक विकृति से ग्रस्त हो जाएगा...

"मेरे बच्चे!" अहल्या ने शत को और भी जोर से भींच लिया।

दो-ढाई घण्टों के बाद गौतम लौटे।

अहल्या तब तक काफी सहज हो चुकी थी और शत भी दूध पी, माँ का दुलार पा, कुछ स्वस्थ हो, खेलने के लिए कुटिया से बाहर निकल गया था।

अहल्या ने ध्यान से गौतम को देखा—उनकी आँखों में अब वह शून्य नहीं था, जो उसने यज्ञशाला में देखा था। आकृति से पर्याप्त सहज लग रहे थे, किंतु शरीर थका हुआ था, जैसे क्षमता से अधिक श्रम करके आए हों।

"कहाँ चले गए थे?" अहल्या ने बड़े ही कोमल स्वर में पूछा कि कहीं गौतम के दुखते मन को यह प्रश्न, मात्र जिज्ञासा के स्थान पर, उसकी ओर से उन पर नियंत्रण का प्रयत्न न लगे।

गौतम बैठ गए। उन्होंने अपने उत्तरीय की बनी गठरी पीठ पर से उतारकर अहल्या के सम्मुख रख दी, "कुछ फल लाने चला गया था। अब ब्रह्मचारी अथवा कर्मकार तो हैं नहीं, अतः यह काम भी मुझे ही करना पड़ेगा।" बहुत नियंत्रण करने पर भी गौतम की आँखें भीग ही गईं, "मैं कुलपति बनकर भूल ही गया था कि

मैं एक साधारण वनवासी संन्यासी भी हूँ। अध्ययन-अध्यापन और चिंतन-मनन में मैं व्यावहारिक जीवन से ऊँचा उठ जाने का प्रयत्न कर रहा था; और शारीरिक श्रम की महत्ता भूल गया था।"

"आर्यपुत्र!" अहल्या ने उनके घुटने पर हाथ रखा।

एक सिसकारी के साथ गौतम ने अपनी टाँग हटा ली।

और तब पहली बार अहल्या का ध्यान गौतम के घुटने की ओर गया। उनका घुटना छिला हुआ था।

"नहीं, अहल्या!" गौतम निर्विकार हो उठे, "पेड से कूदते हुए गिर पड़ा। अब यह कैसे हुआ? क्या अधिक चोट आई?" अहल्या की विह्वलता बढ़ गई। वृक्षों पर चढ़ने-उतरने का अभ्यास नहीं रहा, देवि!" और सहसा वे ऐसी मुद्रा में अहल्या की ओर घूमे, जैसे आँसू पोंछकर हँसने का प्रयत्न कर रहे हों, "तुम चिंता न करो। बस दो-एक दिन की बात है। फिर मैं पहले-जैसा अभ्यास कर लूँगा। एक रोज घाव खा जाने का अर्थ यह तो नहीं है कि रोज-रोज हाथ-पाँव छिलते रहेंगे।"

गौतम सायास हँस रहे थे।

अहल्या का मन रो पड़ा। बहुत चाहने पर भी स्वयं को रोक नहीं पाई। उसने अपना सिर गौतम के कंधे पर टिका दिया, "प्रिय! मुझे लगता है, मैं आपकी पत्नी नहीं हूँ, शत की माँ नहीं हूँ—मैं एक भयंकर कृत्या हूँ, जो आपके और शत के विकास को खा रही हूँ, आप दोनों के भविष्य का भक्षण कर रही हूँ।"

"अहल्या!" गौतम ने उसे अपने साथ चिपका लिया, "ऐसा सोचने का कोई कारण नहीं है। तुम देवी हो। मैं तुम्हारी सहनशीलता और उदारता पर मुग्ध हूँ। जितनी पीड़ा तुमने सही है, उसकी तो मैं कल्पना भी नहीं कर सकता। तुम्हारी इस अवस्था में चाहिए तो यह था कि मैं तुम्हें स्नेह और सांत्वना दूँ, तुम्हारी देख-भाल करूँ, तुम्हारी रक्षा करूँ, तुम्हारे अपमान का प्रतिशोध लूँ। किंतु, देखता हूँ, प्रिय! यह सब नहीं हो रहा है। जो मानसिक स्थिति मेरी होती जा रही है, उसमें मैं तुम्हें पीड़ा दे रहा हूँ और तुम मुझे सांत्वना। मैं विक्षिप्त-सा तुम दोनों को छोड़कर निकल गया और घण्टों बौराया-बौराया इधर-उधर डोलता फिरा। तुम जाकर दूध दूहकर लाई हो, और मुझे एक बार भी ध्यान नहीं आया कि शत भूखा होगा। यह भी भूल गया कि शत कल जवरग्रस्त था, कल उसे औषध दी थी; यह तो देखूँ कि औषध का प्रभाव क्या हुआ है?...मैं भूल गया कि तुम्हारे साथ अभी कल ही ऐसी भयंकर दुर्घटना घटी है, और ऐसे समय में तुम्हें मेरी आवश्यकता है। केवल मेरा ही प्यार तुम्हें बल, विश्वास और सांत्वना दे सकता है। मैं सब कुछ भूल गया और स्वयं अपने-आपको ही पीड़ित समझकर, वन में विक्षिप्त-सा भटकता रहा..."

"आर्यपुत्र!" अहल्या ने प्रेम से आंदोलित होकर उन्हें झकझोरा, "ऐसा क्यों

सोचते हैं, आप नहीं जानते कि आपने मुझे क्या दिया है। कोई और ऋषि ऐसी परिस्थितियों में न केवल अपनी पत्नी को त्याग देता, वरन् अपने मन की पूरी निष्ठा से उसे अपराधिनी मानता। आपने मुझे अपराधिनी नहीं माना, मेरे लिए यही बहुत है। अब यदि आप मुझे त्याग भी दें...''

''अहल्या!'' गौतम ने टोका।

''मुझे कहने दें, प्रिय!'' अहल्या स्नेह-आप्लावित स्वर में बोली, ''अब यदि आप मुझे त्याग भी दें तो भी मुझे आपके प्रेम में कोई संदेह नहीं होगा। बस, आपका मन मुझे अपराधिनी न माने। मेरे लिए यही पर्याप्त होगा, मेरे गौतम!''

''प्रिय! एक बार फिर तो कहो।'' गौतम पुलकित हो उठे।

''मेरे गौतम! मेरे गौतम!''

अहल्या ने अपना मस्तक गौतम की गोद में रख दिया।

गौतम स्नेह-भरे हाथ से अहल्या के केश सहलाते रहे। आज उनके मन पर कहीं यह बोझ नहीं था कि एक अत्यंत ज्ञानी एवं श्रेष्ठ तपस्वी ऋषि होकर भी वे काम को जीत नहीं पाए हैं। आज अहल्या का सिर अपनी गोद में रखे, अपनी हथेलियों में उसका मुख सँजोए, उसके स्निग्ध केशों को सहलाते हुए, उनके स्नायुओं में कहीं काम का तनाव नहीं था। यह तो स्नेह था, शुद्ध और अमिश्रित स्नेह, काम की उत्तेजना से शून्य—ऐसे प्रेम का अनुभव उन्हें पहले तो कभी नहीं हुआ।

अपने भाव को वे स्वयं तक सीमित न रख सके। बोले, ''अहल्या! मैं ऐसे भी कितना सुखी हूँ। तुम जैसी पत्नी पाकर मुझे क्या नहीं मिला।...किंतु एक बात मैं सुबह से सोच रहा हूँ, तुम जैसे शुद्ध हृदय से कुछ भी छिपाना पाप है...''

''क्या सोच रहे हैं, आर्यपुत्र?'' अहल्या उठ बैठी।

''लेटी रहो, प्रिय!'' गौतम ने अहल्या को पुनः लिटा लिया, ''और आर्यपुत्र न कहो, गौतम कहो!''

अहल्या के चेहरे पर संकोच उभरा। वह मुस्कराई। तिर्यक आँखों से गौतम को देखा और बोली, ''गौतम!''

उसने अपना मुख हथेलियों में छिपा लिया।

''सुबह से सोचता रहा हूँ, प्रिय! तपस्वी सर्व-विजयी होता है—यह सोचकर ऋषि बनना चाहा था। सर्वथा असफल रहा होऊँ, ऐसा भी नहीं है। लोभ, भूख, ममता और आंशिक रूप से काम पर भी विजय पाई; किंतु यश की भूख भी बहुत बड़ी भूख होती है, उस पर मैं विजय नहीं पा सका। मुझे लगता है, मैंने अपने जीवन की सारी तृष्णाएँ, सारी कामनाएँ, सारी महत्त्वाकांक्षाएँ एक ही बिंदु पर केंद्रित कर दी थीं। मैं आर्यावर्त्त का सर्वश्रेष्ठ ऋषि बनना चाहता था—न मेरी यह भूख तृप्त हुई, न इस भूख को मैं जीत पाया। बस यही एक कामना मुझे चंचल बनाए हुए

है; अन्यथा क्या कमी है मुझे! तुम जैसी पत्नी है, शत जैसा बेटा है, यह छोटी-सी कुटिया है और विस्तृत वन मेरे सामने पड़ा है।"

"मैं समझती हूँ, आर्यपुत्र!" अहल्या गंभीर थी, "मैं आपकी निराशा समझती हूँ। पर इस निराशा में भी आप अकेले नहीं हैं। मैं भी अपनी तरह की एक ही महत्त्वाकांक्षिणी हूँ, प्रिय! मैंने चाहे स्वयं आर्यावर्त्त की सर्वश्रेष्ठ ऋषि बनने का स्वप्न न देखा हो; किंतु अपने पति को इस रूप में प्रतिष्ठित होते देखने की महत्त्वाकांक्षा मेरी भी है। और मेरी तो महत्त्वाकांक्षा भी दुहरी है। मैं अपने पुत्र को यह पद, अपने पिता से, उत्तराधिकार के रूप में पाते हुए देखना चाहती हूँ। मैं दोनों के भविष्य की असफलता के दायित्व का बोझ ढो रही हूँ। आर्यपुत्र! मुझ-सी पापिन भी कौन होगी!"

"अहल्या!"

"हाँ, गौतम!"

गुरु ने कथा रोककर अपने श्रोताओं की ओर देखा—गंभीरता ने राम के चेहरे की सहज उत्फुल्लता को ढक लिया था। वे कदाचित् अहल्या और गौतम की समस्याओं पर विचार कर रहे थे और अभी कोई समाधान नहीं पा सके थे। लक्ष्मण की आँखों की उत्सुकता अत्यंत मुखर थी—कदाचित् वे समस्याओं से अधिक आगे की घटनाओं को जानने के लिए आतुर थे। ये ही दोनों भाव अन्य ब्रह्मचारियों की आकृतियों पर भी बिछे हुए थे। उनमें से बोलने का इच्छुक कोई नहीं था। विश्वामित्र ने कथा आगे बढ़ाई। अभी पूरी तरह अंधकार नहीं हुआ था, किंतु शाम का धुँधलका घना हो गया था। गौतम को बाहर गए काफी समय हो चुका था; और अहल्या सोच ही रही थी कि उन्हें अब लौट जाना चाहिए था। रात के अंधकार में वन में अकेले घूमना बहुत सुरक्षित नहीं था। और अब तो आश्रम के निर्जन हो जाने के कारण वन्य पशुओं का साहस भी बढ़ता जा रहा था। पहले जो पशु आश्रम की सीमा तक आते भी डरते थे, वे अब आश्रम की सीमाओं का अतिक्रमण करने लगे थे। दिन के समय तो नहीं, किंतु रात के समय उनके आक्रमण का भय उत्पन्न हो गया था।

पिछले कई दिनों से गौतम और अहल्या, दोनों ही इस विषय को लेकर विशेष रूप से चिंतित रहे थे। अंत में, उन्होंने अपनी कुटिया को अधिक सुरक्षित बनाने का निर्णय लिया था। आज ही प्रातः उन्होंने यह कार्य आरंभ किया था और दिन-भर के कड़े परिश्रम के पश्चात् पति-पत्नी ने संध्या समय तक उसे किसी तरह पूरा कर लिया था। कुटिया के चारों ओर लकड़ी की एक मजबूत बाड़ बन गई थी, किसी वन्य पशु के कुटिया-क्षेत्र में प्रविष्ट होने का भय प्रायः नहीं रह गया था। वानर तथा मनुष्य की बात अलग थी। वानर हिंस्र नहीं थे और सीरध्वज के राज्य में मनुष्य

के अपराधों की संख्या नगण्य थी। इसलिए कुटिया-क्षेत्र के भीतर जोखिम नहीं था। गौतम इस कार्य से निबटकर वन में चले गए थे, ताकि थोड़ा-बहुत ईंधन तथा अगले दिन की आवश्यकतानुसार कुछ फल ले आएँ।

दिन-भर शत माता-पिता को कार्य करता देखता रहा था। भरसक उनके काम में हाथ भी बँटाता रहा था। कोई छोटी लकड़ी उठाकर इधर-से-उधर रख दी, कोई कुल्हाड़ी घसीटकर पिता के हाथ में पकड़ा दी, रस्सी का कोई टुकड़ा माँ के पास पहुँचा दिया—ऐसे अनेक काम करते हुए वह स्वयं को पर्याप्त महत्त्वपूर्ण समझता रहा था। लकड़ी के अनेक छोटे-छोटे टुकड़े उठाकर उसने अलग रख लिये थे, ताकि अगले दिन एक बाड़ वह स्वयं स्वतंत्र रूप से बना ले। माँ को उसने पिता के ही समान ताकीद कर दी थी कि कल प्रातः यदि उसकी नींद न टूटे तो वे उसको जगा दें, ताकि उषा-काल में वह बाड़-निर्माण का काम आरंभ कर दे—ऐसा न हो कि वह सोया ही रह जाए और सूर्य सिर पर चढ़ आए। ऐसी स्थिति में संध्या तक उसका काम पूरा नहीं हो पाएगा...

इस समय तक वह काफी थक गया था और सोना चाह रहा था; किंतु पिता के लौटने की प्रतीक्षा भी थी। प्रतीक्षा उसे सोने नहीं दे रही थी। थोड़ी-थोड़ी देर बाद आँखें खोलकर पूछने लगता, "पिताजी आए, माँ?"

इन दिनों वह पिता से अधिक हिल गया था। वह पहले का शत नहीं रहा था कि दिन-भर यदि पिता से भेंट न हो तो उन्हें याद ही न करे। अब उसका मानव-लोक केवल दो मनुष्यों तक सीमित था। दोनों में से एक भी इधर-उधर हो जाता, तो वह उसकी रट लगा देता था।

गौतम को बुला लाने के लिए बाहर जाने की बात अहल्या पिछले कई क्षणों से सोच रही थी, किंतु उनींदे शत को न तो वह छोड़कर जा सकती थी और न उसे साथ ही ले जा सकती थी। और चिंता बढ़ती जा रही थी...

तभी कुटिया के बाहर किसी के पैरों की आहट हुई। अहल्या के मस्तिष्क की तनी हुई नसें सहसा ढीली हो गईं। गौतम आ गए थे। आज वह उनसे कह देगी कि संध्या समय इस प्रकार वे बाहर न जाया करें—उसे बड़ी चिंता होती है।

कुटिया का द्वार खुला और अहल्या ने शत को थपकता हुआ हाथ रोककर पीछे की ओर देखा—पर वहाँ गौतम नहीं थे। अहल्या की आँखें आश्चर्य और प्रसन्नता से फट गईं। नसें सहसा ढीली हो गईं, "तुम सखी, सदानीरा?"

"हाँ, देवि! मैं।"

सदानीरा अहल्या के पास आ गई। उससे सटकर बैठ गई। उसने बिना कुछ कहे, हाथ बढ़ाकर, शत को अहल्या की गोद से उठकार, अपने वक्ष से चिपका लिया।

शत ने आँखें खोलकर देखा, "नीरा मौसी!"

"हाँ, मेरे शतू!" सदानीरा ने उसके कपोल के साथ अपना कपोल चिपका, आँखें बंद कर, हल्के-हल्के सिर हिला-हिलाकर झूमना आरंभ कर दिया, वह अनेक दिनों की संचित प्यास बुझा रही थी।

अंत में अहल्या ने ही उसे टोका, "सदानीरा! इस समय कहाँ से आ रही हो, सखी?"

सदानीरा की आँखें डबडबा आईं, "जनकपुरी से आई हूँ, देवी। इतने दिनों से शतू को देखा नहीं था, प्राण आतुर हो रहे थे। अवसर मिलते ही भागी आई हूँ।"

तभी कुटिया का द्वार फिर खुला और गौतम भीतर आए।

"अह..."

वे अहल्या को पुकारते-पुकारते थम गए। उन्होंने दीपक के प्रकाश में अहल्या के पास बैठी एक अन्य नारी-आकृति को देख लिया था। वे उसे पहचानने का प्रयत्न करते हुए, आगे बढ़े, "सदानीरा, तुम?"

"प्रणाम, आर्य कुलपति!" सदानीरा ने शत को अहल्या की गोद में दे, घुटनों के बल बैठ, दोनों हाथ जोड़, उन पर अपना माथा टिका दिया।

"कुलपति!" गौतम उपहास की हँसी हँसे, "कौन कुलपति, सदानीरा?" उनका स्वर पीड़ा से अछूता नहीं रहा, "स्वप्न हो गए वे दिन, जब गौतम भी आश्रम का कुलपति था।"

"इतने हताश न हों, कुलपति!" सदानीरा के स्वर में स्नेहभरा आग्रह था, "उस दुर्भाग्यपूर्ण घटना के पश्चात् कदाचित् आप आश्रम की सीमाओं से बाहर नहीं गए हैं। इसी से बाहर क्या-क्या घटा है, उससे आप अपरिचित है।"

"क्या घटा है, सदानीरा?" अहल्या बहुत उत्सुक थी।

गौतम पर सदानीरा के कथन का विशेष प्रभाव नहीं पड़ा। वे उसी प्रकार उदास और अनमने बैठे रहे, "कुछ भी घटे। अब गौतम का किसी से क्या संबंध?"

"कुलपति, एक बार धैर्य से मेरी बात सुनें।" सदानीरा बोली, "मैं शत को गोद में ले एक बार प्यार करने को बहुत व्याकुल थी, पर इतनी-सी बात के लिए मुझे यहाँ कौन आने देता! स्वयं आचार्य ने मुझे विशेष कार्यवश भेजा है। आप मेरी बात सुनें।"

"आचार्य ज्ञानप्रिय ने?" गौतम चकित थे।

"तनिक ठहर, सखी!" अहल्या ने कहा, "शत सो गया है, उसे बिस्तर पर डाल दूँ। मैं सब कुछ विस्तार से सुनना चाहती हूँ।"

अहल्या ने सावधानीपूर्वक शत को गोद में से उठा कंधे से लगाया और धीरे से उठ खड़ी हुई। शत को बिस्तर पर लिटा, चादर ओढ़ा दी; और लौटकर सदानीरा के पास आ बैठी। "अब कह, सखी! क्या हुआ?"

''उस दुर्घटना के पश्चात्—सदानीरा ने बात आरंभ की, ''उपकुलपति आचार्य अमितलाभ ने घोषणा की कि यह आश्रम भ्रष्ट हो चुका है, अतः एक नए आश्रम की स्थापना होनी चाहिए। उनकी बात का विशेष विरोध नहीं हुआ। जनकपुर से कुछ हटकर नए आश्रम की स्थापना हो गई है। किंतु नए आश्रम के लिए सम्राट् सीरध्वज से मान्यता प्राप्त करने के सारे प्रयत्न असफल रहे हैं...

''ठहर, सखी!'' अहल्या ने उसे टोक दिया, ''मैंने तो आज तक यही सुना था कि ऋषि लोग सम्राटों को मान्यता देते हैं, आश्रमों से राज्यों की प्रतिष्ठा बढ़ती है। पर आज मैं यह क्या सुन रही हूँ कि एक आश्रम सम्राट् से मान्यता माँग रहा है।''

''तुम ठीक कहती हो, प्रिये!'' गौतम बोले, ''समर्थ ऋषि शासकों से कभी मान्यता और प्रतिष्ठा नहीं माँगते; किंतु जब आश्रम की स्थापना ज्ञान-प्रसार के लिए नहीं, अपने स्वार्थ के लिए हो तो पहले सम्राट् से मान्यता और फिर अनुदान माँगा जाता है। सम्राट् मान्यता देते हैं तो साथ ही धन देते हैं, भूमि देते हैं, गायें देते हैं, सुरक्षा देते हैं...''

''यही बात है, आर्य कुलपति!'' सदानीरा ने सहमति प्रकट की, ''अमितलाभ के चेले-चाँटों ने अनेक बार घुमा-फिराकर सम्राट् के सम्मुख उनका नाम रखा; किंतु सम्राट् ने हर बार अस्वीकार कर दिया।''

''किसका नाम चाहते हैं सम्राट्?'' अहल्या ने पूछा।

''देवि! सम्राट् अपने मुख से किसी का नाम नहीं लेते, पर अपने सम्मुख किए गए प्रत्येक नाम के प्रति अरुचि प्रकट कर देते हैं। आश्रम का प्रत्येक व्यक्ति जानता है कि सम्राट् केवल ऋषि गौतम को कुलपति के रूप में स्वीकार करेंगे। केवल एक ही व्यक्ति में उनकी अटूट निष्ठा है—आर्य कुलपति में।''

''यदि गौतम को ही कुलपति रहना है तो फिर इस बसे-बसाये आश्रम को भ्रष्ट घोषित करने का क्या अर्थ? गौतम के जाने से क्या नया आश्रम भी भ्रष्ट नहीं हो जाएगा?'' गौतम के स्वर में आक्रोश छलछला आया था।

''आर्यपुत्र!'' अहल्या बोली, ''स्पष्टतः यह आश्रम केवल मेरे कारण भ्रष्ट हुआ है। आप आज भी पूजनीय हैं। कुलपति के रूप में स्वीकार्य हैं।'' अहल्या सदानीरा की ओर घूमी, ''सखी! तुम्हें आचार्य ने कुलपति को बुलाने के लिए भेजा है न?''

''अहल्या!'' गौतम ने डाँटा।

अहल्या ने स्नेहिल आँखों से गौतम को डपट दिया, ''कह, सदानीरा! इसीलिए आई है न तू?''

''हाँ, देवि!'' सदानीरा की आँखें भीग उठीं।

गौतम उठकर खड़े हो गए। अपने भीतर की किसी व्याकुलता को दबाने के लिए वे कुटिया में इधर-से-उधर टहलने लगे थे। उनके जबड़े भिंचे हुए थे, मुट्ठियाँ कसी हुई थीं, "मैं अहल्या को छोड़कर नहीं जाऊँगा। मुझे नहीं चाहिए कुलपतित्व! ये लोग समझते हैं कि कुलपति बनने के लालच में मैं अपनी धर्मपत्नी को पतिता घोषित कर उसका त्याग कर दूँगा? यह कभी नहीं होगा, सदानीरा! तुम जाओ। उन लोगों से कह दो, यहाँ वन में रहकर, अपनी तपस्या के बल पर, गौतम समस्त कुलपतियों के सामूहिक सम्मान से बड़ा गौरव प्राप्त करके दिखाएगा..."

"शांत होओ, प्रिय!" अहल्या ने अत्यंत मधुर स्वर में कहा, "और सखी सदानीरा को जाने के लिए कहकर उसका अपमान मत करो।"

गौतम हतप्रभ हो गए—सचमुचए सदानीरा को चली जाने के लिए उन्होंने कैसे कह दिया। घर आए अतिथि का अपमान!

"क्षमा करना, देवि! आवेश में कुछ अनुचित कह गया।"

अहल्या ने भोजन की व्यवस्था की और सबने साथ बैठकर खाया। रात को सदानीरा ने वहीं विश्राम किया। प्रातः मुँह-अँधेरे वह जाने को तैयार हो गई। सोये हुए शत का चुंबन ले उसने पूछा, "तो आचार्य से क्या कह दूँ, आर्य कुलपति?"

"मुझे स्वीकार नहीं।"

अहल्या सदानीरा के साथ-साथ कुटिया से बाहर निकल आई। काफी देर तक वह चुपचाप चलती रही। आश्रम की सीमा पर आकर रुकी और बोली, "सखी! मैं तुम्हारी और आचार्य की कृतज्ञ हूँ कि तुम लोगों ने हमारा इतना हित साधा। मैं तुम्हें वचन देती हूँ, जैसे भी होगा, मैं कुलपति को भेजूँगी। यह हम सब के हित में है। उनके साथ शत भी आएगा। उन दोनों का ध्यान रखना, शत को तुम्हारे ही भरोसे भेज रही हूँ। आज से वह तुम्हारा पुत्र हुआ, बहन!"

अहल्या ने अपना माथा सदानीरा के कंधे से टिका दिया। सदानीरा का कंधा भीगता रहा। उसका हाथ अजाने ही अहल्या की पीठ को थपक, उसे सांत्वना-आश्वासन देता रहा। मुख से वह कुछ भी न कह सकी।

विश्वामित्र की वाणी थम गई और दृष्टि सामने क्षितिज पर उभरती हुई विशाला नगरी की प्राचीर पर टिक गई। उनकी योजना रात को विशाला में ही टिकने की थी।

"कथा क्यों रुक गई, गुरुदेव?" लक्ष्मण ने अचकचाकर पूछा, "न तो कोई ऐसा अंधकार ही हुआ है और न मुझे टिकने के लिए कोई नदी-तट ही दिखाई पड़ रहा है।"

"कथा केवल इन दो कारणों से ही रुकती है, लक्ष्मण?" गंभीरता के आवरण के पीछे से राम मुस्कराए।

"नहीं, कथा तो भैया राम की इच्छा से भी थम जाती है।" लक्ष्मण हँसें।

"इच्छा राम की नहीं, मेरी है, सौमित्र!" गुरु ने कहा, "सामने जिस नगरी की प्राचीर है, उसका नाम विशाला है। उसका राजा सुमति तुम्हारे ही समान मानव-वंशी है। हमें आज रात उसी के आश्रम में व्यतीत करनी है।"

"रात हम व्यतीत कर लेंगे, गुरुदेव! पर कथा रोक देने का प्रतिबंध तो नहीं है न। राजा सुमति यदि मानव-वंशी है तो उसे भी कथा अच्छी लगती होगी।"

गुरु हँस पड़े, "कथा के लिए इतनी उत्सुकता!"

"ऋषिवर!" लक्ष्मण को नई युक्ति सूझ गई थी, "आज राजा सुमति के आश्रम में टिकना है, अर्थात् भाई पुनर्वसु की टोली को शिविर-व्यवस्था पर समय नहीं लगाना पड़ेगा। क्या ऐसा नहीं हो सकता कि हम उस समय का भी सदुपयोग करें? गुरुदेव! आज आप भोजन के बाद कथा सुनाएँगे?"

"काम पुनर्वसु का हल्का हुआ और भार गुरुदेव पर डाला जा रहा है।" राम मुस्कराए, "तुम्हारा न्याय तो अद्भुत है, सौमित्र।"

"अच्छा! आज कथा भोजन के बाद भी चलेगी।" गुरु ने निर्णय दिया।

रात के भोजन के पश्चात् वे लोग बैठे तो लक्ष्मण ने अपनी माँग रख दी, "गुरुदेव! कथा। आपने वचन दिया था।"

"वचन न दिया होता, तो भी कथा मैं तुम्हें सुनाता ही।" गुरु सहास ही बोले, "कथा की होड़ हमारी यात्रा के विस्तार से है। एक निश्चित दूरी तय करने से ही यह कथा समाप्त हो जानी चाहिए।"

राम ने चौंककर गुरु को देखा।

गुरु मुस्कराए, "कथा सुनो।"

दिन-भर गौतम और अहल्या अपने-अपने कामों में लगे रहे और शत इधर-उधर खेलता रहा। आश्रम-भंग के बाद, दैनिक आवश्यकताओं के घरेलू कार्यों का महत्त्व दोनों के लिए ही पहले से काफी बढ़ गया था। व्यस्तता तो पहले भी बहुत थी; आश्रम की व्यवस्था और निजी कार्यों के बाद, समय नहीं बचता था; किंतु कार्यों की प्रकृति और थी।

कार्य उन्हें एक-दूसरे से विशेष दूर भी नहीं ले गए थे। कुटिया के आस-पास की संक्षिप्त सीमाओं में रहने पर भी उनमें अधिक बातचीत नहीं हुई—दोनों ही एक-दूसरे को बचा रहे थे। ऐसा न हो, बात अनायास ही निषिद्ध क्षेत्र में प्रविष्ट हो जाए। गौतम बात करना ही नहीं चाहते थे; और अहल्या उपयुक्त अवसर की प्रतीक्षा में थी।

संध्या के भोजन के पश्चात् अहल्या ने शत को सुला दिया।

अब बीच में तीसरा व्यक्ति कोई नहीं था। इस समय, किसी भी व्याज से, न तो बाहर जाया जा सकता था, न एक-दूसरे को टाला जा सकता था। आमना-सामना अनिवार्य था।

"आर्यपुत्र! क्या सोचा आपने?"

"किस विषय में?"

"जनकपुर जाने के विषय में।"

गौतम अपनी व्यथा को और नहीं छिपा पाए। खुल पड़े, "प्रिये! ऐसा अत्याचार करने के लिए तुम कैसे कह सकती हो? मैं अपने स्वार्थ के लिए, यशस्वी होने के लिए अपनी निर्दोष कांता को लांछित कर दूँ? उसका त्याग कर दूँ? उसे दुर्बुद्धि, क्रूर समाज के प्रहारों के सम्मुख असहाय और अरक्षित छोड़ दूँ? इतना अत्याचार करवाना चाहती हो तुम? तुमने कभी सोचा भी है कि मेरे जाने के पश्चात् तुम्हारी क्या स्थिति होगी?"

अहल्या की आँखें गीली हो गईं, "मुझे गलत न समझो, गौतम! मैं अत्याचार करने के लिए नहीं कह रही।...पर परिस्थितियाँ ही ऐसी आ गई हैं कि मुझे अपनी बलि देनी ही होगी। आपके और शत के बिना रहना मेरे लिए कितना कठिन होगा। शारीरिक असुरक्षा, असुविधा, मानसिक यातना, भावनात्मक क्लेश—और जाने क्या-क्या सहना पड़े। किंतु मैं अपने पति और पुत्र का भविष्य तो नष्ट नहीं कर सकती। मुझे इतनी स्वार्थिनी न बनाओ, प्रिय। और...और..." अहल्या की आँखों में जल के साथ ज्वाला उतरी, "और गौतम! उस दुष्ट इन्द्र से प्रतिशोध लेने का एक यही मार्ग है..."

"अहल्या!"

"हाँ, आर्यपुत्र! यदि आप लोग मेरे मोह में यहीं पड़े रहे," अहल्या का स्वर किसी अन्य लोक से आता प्रतीत हो रहा था, "तो इन्द्र बेदाग बच जाएगा। पाप करके भी वह सम्मानित और पूज्य रहेगा। हम पीड़ित और अपमानित। उस दुष्ट को दण्डित करने के लिए मुझे कितनी ही असह्य यातना झेलनी पड़े, मैं सहर्ष झेलूँगी। आप जनकपुर जाएँ। कुलपति का पद स्वीकार करें और दुष्ट देवराज को शाप दें..."

"अहल्या!"

"हाँ, प्रिय! यही एक मार्ग है। शत का शिक्षण हो। वह मिथिला-नरेश का राज-पुरोहित बने। इसके लिए मैं यहाँ एकाकी तपस्या करूँगी और उस दिन की प्रतीक्षा करूँगी, जिस दिन यह समाज मुझे पवित्र मानकर आपकी योग्य धर्मपत्नी की मान्यता देगा..."

"गौतम ने अहल्या को अन्वेषक की दृष्टि से देखा—अहल्या अपनी पीड़ा की

अग्नि में जलकर भस्म नहीं हुई थी, उसका तेज जाग उठा था। ऐसा तेज, उग्रता और दृढ़ता गौतम ने अहल्या में पहले नहीं देखी थी। कितनी महिमामयी है अहल्या!.. ..मन हुआ, आगे बढ़कर उसके चरणों पर अपना मस्तक रख दें अथवा उसके चमकते भाल को चूम लें।

पर गौतम दोनों में से कुछ भी न कर सके। उन्होंने आगे बढ़कर अपना सिर अहल्या की गोद में रख दिया। अहल्या के हाथ गौतम के बालों को सहलाने, बिगाड़ने और सँवारने लगे।

''कहती तो ठीक हो, देवि!'' गौतम का स्वर शांत था, ''मैं कुलपतित्व तथा ऋषित्व का लोभ त्याग सकता हूँ। यश और सम्मान को छोड़ सकता हूँ। शत के सुंदर भविष्य की उपेक्षा भी कर सकता हूँ। पर दुष्ट इन्द्र से प्रतिशोध की तृष्णा नहीं त्याग सकता। पिछले दिनों मैं लगातार सोचता रहा हूँ, और अंततः इस निष्कर्ष पर पहुँचा हूँ कि मैं अत्यंत दीन और असहाय हूँ। मैं इन्द्र के साथ समान धरातल पर नहीं लड़ सकता।...पर आज पाता हूँ कि तुम मुझे बल दे रही हो, मार्ग सुझा रही हो। तुम समर्थ हो, अहल्या! किंतु मैं अत्यंत दुर्बल प्राणी हूँ। मैं तुम्हारे बिना नहीं रह पाऊँगा। तुम्हारे बिना शत का पोषण नहीं कर पाऊँगा...''

''गौतम!'' अहल्या के स्वर में अद्भुत स्नेह था, ''दुर्बल न बनो, प्रिय! एक परीक्षा हम दे चुके हैं, अब एक परीक्षा और है। यदि हम साहसपूर्वक इस परीक्षा में पूरे उतर गए तो ही हम निष्कलंक हो पाएँगे। आर्यपुत्र! परीक्षा सम्मुख खड़ी हो तो हम पीछे नहीं हट सकते...''

सहसा गौतम उठ बैठे, ''पीछे हटने की बात नहीं है, प्रिय, हमें स्वयं को निष्कलंक सिद्ध करना है...और इन्द्र को दण्डित भी करना है। पर उसका मूल्य?''

''मूल्य जो भी माँगा जाएगा; देना होगा, प्रियतम!'' अहल्या पूरी तरह दृढ़ थी।

''मुझे तुम्हारा अवधि-रहित वियोग सहना होगा?''

''हाँ!''

''शत को अपनी माँ के अभाव में प्रौढ़ होना होगा?''

''हाँ!''

''तुम्हें इस वन में एकाकी, लांछित, असुरक्षित, तपस्यापूर्ण जीवन व्यतीत करना होगा?''

''हाँ!''

''अहल्या!'' गौतम का स्वर उत्साह-शून्य हो गया, ''भरे-पूरे आश्रम में, सबकी उपस्थिति में तुम्हारे प्रति इतना अत्याचार हो गया। अब तुम अकेली कैसे सुरक्षित रह पाओगी? क्या फिर कोई इन्द्र नहीं आएगा?''

अहल्या का स्वर स्थिर था, ''तब हम असावधान थे। इन्द्र अतिथि था, किंतु

अब वह स्थिति नहीं है। सीरध्वज के राज में ऐसी दुर्घटना की संभावना नहीं है। फिर भी, आप जनकपुर जाकर इस आश्रम की सुरक्षा की विशेष व्यवस्था करवा सकते हैं। मैं भरसक प्रयत्न करूँगी कि मैं जन-सामान्य के लिए अदृश्य बनी रहूँ, सावधान रहूँ, कुटिया के द्वार को मजबूत बनाऊँ; और अंततः अपने पास कोई शस्त्र रखूँ, ताकि यदि विपदा आ ही जाए तो कम-से-कम आत्मघात तो कर ही सकूँ।''

गौतम की आँखें पत्नी की बुद्धि पर चमक उठीं, ''तुमने तो सारी योजना बना रखी है, प्रिये!''

''हाँ, गौतम! मैंने सदानीरा को वचन दिया है कि मैं आपको जनकपुर अवश्य भेजूँगी।''

''अहल्या!''

''हाँ, प्रिय! मेरा वचन रखना होगा।''

गौतम मौन रहे।

''बोलिए, मुझे वचन दीजिए कि आप मेरी बात पूरी करेंगें।''

''मुझे विचार करने का अवसर दो, प्रिय!''

गौतम मौन हो गए। अहल्या भी कुछ न बोली। दोनों अपने-अपने भीतर डूब गए। गौतम ने वचन नहीं दिया था, पर अहल्या यह मानकर चल रही थी कि गौतम अगली ही सुबह जनकपुर जाएँगे। उसने प्रायः सारी तैयारी कर दी थी। शत के लिए भी आवश्यक वस्तुएँ सहेज दी थीं।

अहल्या का व्यवहार अत्यंत कोमल और स्नेहिल था, जैसे एक लंबी विदाई से पूर्व, सुखद व्यवहार की पूँजी एकत्रित कर लेना चाहती हो।

सारी व्यवस्था कर, वह गौतम के पास आई। पहले उसने पालथी बाँधे बैठे गौतम की गोद में अपना सिर रखा, प्यार की तीव्रता से भरे नयनों से अपने पति को देखा, फिर अपनी भुजाएँ उठाकर उनके गले में डाल दीं, ''प्रातः चल पड़ेंगे न, प्रिय?''

''शत माँ के बिना कैसे रहेगा?''

''उसे सदानीरा रखेगी।''

गौतम फिर चुप हो गए।

''बोलो, प्रिय!''

''मुझे सोचने दो, अहल्या!''

''सोचो मत! मुझे वचन दो, आर्यपुत्र! आप इंद्र को दण्डित करेंगे।...करोगे न, गौतम!''

गौतम का तन-मन सब कुछ पिघल गया। उसने आज तक केवल अपनी ही

पीड़ा समझी थी, अपने ही अपमान को पहचाना था। अहल्या के मन की पीड़ा आज पूरी तीव्रता से उनके सम्मुख प्रकट हो रही थी...

"इन्द्र को मैं अवश्य दण्डित करूँगा, प्रिये!"

"गौतम!"

अहल्या पति के कंठ से झूल गई।

प्रातः काफी जल्दी ही अहल्या ने गौतम को जगा दिया। गौतम को लगा, अहल्या कई घण्टे पूर्व ही जाग गई थी, या फिर रात-भर सोयी ही नहीं थी। किंतु अहल्या के मुख पर तनिक भी थकान नहीं थी। एक हल्का-सा आवेश अवश्य था।

गौतम उठकर असमंजस की सिथति में बैठे रहे। क्या करें—वे समझ नहीं पा रहे थे।

"आर्यकुलपति द्वंद्व में न पड़ें।" अहल्या ने सुहाग की मुस्कान के साथ कहा, "निर्णय उनकी धर्मपत्नी का ही रहेगा।"

गौतम अपने शरीर को तैयार करते रहे, किंतु मन तैयार नहीं हो रहा था। अहल्या अपने निर्णय की कितनी पक्की है, यह वे देख रहे थे। शत को अहल्या ने पहले से ही तैयार कर दिया था।

"जाना ही होगा, अहल्या?"

"हाँ, आर्यपुत्र!"

"हम कहाँ जा रहे हैं, माँ?" शत ने पूछा।

"पिताजी तुम्हें नीरा मौसी से मिलाने के लिए ले जा रहे हैं, बेटा!"

"तुम नहीं चल रहीं, माँ?"

'पुत्र! वहाँ जाकर मुझे बुलवाने का प्रबंध करना।" अहल्या का स्वर निमिष-भर के लिए काँपकर स्थिर हो गया, "व्यवस्था होते ही मैं आ जाऊँगी।"

गौतम के मन में कहीं जल्दी मच गई। उनका मन और नहीं देख पाएगा। और नहीं सह पाएगा। यदि वे और जरा-सी भी देर यहाँ रुके, तो फिर वे नहीं जा सकेंगे। उन्हें चल ही देना चाहिए।

"पुत्र शत! माँ के चरण छुओ।"

शत माँ के चरणों में झुक गया।

गौतम देख रहे थे, अहल्या ने दुर्बलता नहीं दिखाई। उसने अत्यंत संयत भाव से शत के सिर पर हथेली रख आशीर्वाद दिया, "यशस्वी ऋषि का पद पाओ, वत्स!"

किस धातु की बनी है अहल्या!

अहल्या ने आगे बढ़, गौतम के कंधे पर हाथ रख दिए, "आर्यपुत्र! इन्द्र को दण्डित करो।"

गौतम स्वयं को रोक नहीं पाए। उनका मोह छलछला आया। हाथ बढ़ाकर अहल्या को लिपटा लिया।

जब तक गौतम और शत पगडंडी की मोड़ पर उसकी दृष्टि से ओझल नहीं हो गए, अहल्या खड़ी रही। फिर उसने अत्यंत सहज गति से लौटते हुए, कुटिया के बाडे का फाटक बंद किया। कुटिया के भीतर आकर द्वार की शृंखला चढ़ा ली। स्थिर दृष्टि से एक बार कुटिया की छत को देखा और अगले ही क्षण टूटकर गिरे हुए पेड़ के समान शैय्या पर औंधी जा गिरी। उसकी आँखों से आँसू मूसलाधार वर्षा के समान बह रहे थे और कंठ में हिचकियों का मेला लग आया था।

नए आश्रम के कुलपित के रूप में गौतम का अभिषेक हुआ।

गौतम का न तन स्थिर था, न मन। बड़ी कठिनाई से वे स्वयं को साधे हुए थे। प्रत्येक क्षण उन पर भारी होता जा रहा था। वे नहीं जानते थे कि वे कब तक स्वयं को सँभाल पाएँगे और कब कातर हो, टूटकर बिखर जाएँगे। उनके मुख पर कुलपति का-सा सहज भाव नहीं था—जैसे वे कुलपति न हों, कुलपति का अभिनय कर रहे हों।

जनकपुर पहुँचने पर उनका सहज स्वागत हुआ था, मानो लोगों को यह पूर्वाभास हो कि वे आ रहे हैं। संभव है, आचार्य ज्ञानप्रिय ने पहले ही से भूमिका तैयार कर रखी हो। सम्राट् ने भी उन्हें कुलपति के रूप में तत्काल मान्यता दे दी थी; और उनके पद-ग्रहण के उत्सव की तैयारी का आदेश दिया था।

किसी ने उनसे अहल्या की चर्चा नहीं की थी। किसी ने नहीं पूछा था—वह कहाँ है? कैसी है? क्या वे उसे छोड़ आए हैं? अहल्या की चर्चा मानो निषिद्ध थी। उसके अस्तित्व को सायास भुलाया जा रहा था।

अभिषेक की तैयारी सम्राट् सीरध्वज के आदेशानुसार हुई थी। उन्होंने इस विषय में स्पष्ट रूप से अपनी विशिष्ट रुचि और अनुकंपा दिखाई थी। शत को गोद में लेकर चूम लिया था और पूछा था, "मेरे भावी राजपुरोहित! कैसे हो?" ऐसा कहने के लिए सम्राट् बाध्य नहीं थे—पर गौतम ने अनुभव्र किया, सम्राट् जान-बूझकर अपनी भावी नीति की घोषणा कर रहे हैं। वे शब्दों में कहे बिना ही स्पष्ट कर देना चाहते हैं कि गौतम के व्यक्तित्व में उनकी पूर्ण निष्ठा है, वे गौतम की सहायता करेंगे। उनकी समस्त महत्त्वाकांक्षाएँ पूरी करेंगे। उनके पुत्र को राजपुरोहित बनाएँगे। पर इन सबका मूल्य गौतम को देना होगा—अहल्या का त्याग!

क्या सीरध्वज अहल्या को दोषी मानते हैं?

गौतम के पास इसका कोई उत्तर नहीं था। पर इतना वे निश्चित जानते थे कि उन्हें यह मूल्य देना ही होगा...

गौतम यज्ञशाला में बैठे। उनके साथ उपकुलपति के रूप में बैठाए गए आचार्य ज्ञानिप्रय। यह भी नई बात थी कि आचार्य अमितलाभ को उपकुलपति बनाए जाने की भी अनुमति सम्राट् ने नहीं दी थी। इस प्रथम यज्ञ में सम्राट् स्वयं उपस्थित थे।

विधिवत् कार्य आरंभ हुआ। मंत्रों के उच्चारण के साथ यज्ञ संपन्न हुआ। और इसी क्षण से गौतम ने विधि को बदल डाला। यज्ञ से उठकर उन्होंने सम्राट् को आशीर्वाद नहीं दिया, आश्रमवासियों के सुख की कामना नहीं की। उन्होंने मंत्र-अभिषिक्त जल अंजलि में लिया, सूर्य की ओर मुख किया और स्थिर, गंभीर तथा उच्च स्वर में बोले, ''मैं आश्रम का कुलपति गौतम, इस पवित्र जल को हाथ में लेकर, आज देवराज इन्द्र को शाप देता हूँ, अपनी दुश्चरित्रता के कारण, इन्द्र देवराज होते हुए भी आज से आर्यावर्त्त में सम्मान्य तथा पूज्य नहीं होगा। उसे किसी यज्ञ, पूजा, ज्ञान-सम्मेलन अथवा किसी भी शुभ-कार्य में आमंत्रित नहीं किया जाएगा। आज से देवोपासना में इन्द्र का कोई भाग नहीं होगा, उसकी पूजा नहीं होगी।''

गौतम ने जलांजलि पृथ्वी पर छोड़ दी।

सभा सन्न रह गई। यह ऋषि का शाप था। क्या यह मान्य होगा?

सम्राट् अपने आसन से उठकर खड़े हो गए, ''मैं, मिथिला-नरेश सीरध्वज घोषणा करता हूँ कि जब तक कुलपति गौतम अपने पद की मर्यादा का पालन करेंगे, उनके शाप की रक्षा का दायित्व मुझ पर होगा।'' और सम्राट् यज्ञशाला छोड़कर चले गए।

जो कुछ हुआ, वह गौतम के लिए भी आकस्मिक ही था। सम्राट् की कृपा का आश्वासन होते हुए भी, उन्हें यह विश्वास नहीं था कि वे उनके शाप की रक्षा का वचन देंगे।. ..आज गौतम ने इन्द्र को दण्डित किया था, यद्यपि उसके अपराध की तुलना में दण्ड बहुत कम था, किंतु उसे दण्डित तो किया ही गया था—गौतम को प्रसन्न होना चाहिए था...किंतु सम्राट् का प्रतिबंध...क्या है कुलपति की मर्यादा? अहल्या का त्याग! यदि वे अहल्या को पत्नी के रूप में अंगीकार करेंगे तो वे कुलपति की मर्यादा से पतित होंगे...शायद यही।...सम्राट् यही चाहते होंगे।...सम्राट् स्वयं तो बँधे ही थे, गौतम को भी बाँध गए थे।

शिथिल मन से गौतम अपनी कुटिया की ओर चल पड़े। उनके पग उठ नहीं रहे थे। वे कुछ ही क्षणों में कई वर्ष बूढ़े हो गए थे।

कुटिया के द्वार पर शत खड़ा था।

''माँ कब आएँगी, पिताजी?''

गौतम बेटे को छाती से चिपटाकर रो पड़े। क्या बताते पुत्र को?

विश्वामित्र मौन हो गए।

सबकी दृष्टि गुरु पर टिक गई, किंतु गुरु ने अपनी आँखें बंद कर ली थीं—वे शायद आगे की कथा आज नहीं सुनाएँगे।...पर लक्ष्मण ऐसी स्थिति को स्वीकार नहीं कर सकते थे। ऐसे स्थल पर कथा रोकने का क्या अर्थ, जहाँ श्रोता का कलेजा उत्सुकता से फटा जा रहा हो। वैसे भी कथा आज समाप्त हो ही जानी चाहिए—काफी समय हो गया उसे खींचते हुए।

लक्ष्मण रुक नहीं सके, "गुरुदेव! कथा आगे नहीं बढ़ेगी?"

विश्वामित्र ने आँखें खोल दीं। लक्ष्मण की ओर देखकर हल्का-सा मुस्कराए, किंतु अपनी मुद्रा उन्होंने नहीं बदली। बोले, "कथा मैंने जहाँ रोकी है, वह पचीस वर्ष पुरानी बात है। किंतु सौमित्र! कथा आज भी वहीं रुकी पड़ी है।"

"इसका क्या अर्थ हुआ, ऋषिवर?" लक्ष्मण विचलित हो उठे।

"देवी अहल्या आज भी उसी आश्रम में एकाकी तपस्या कर रही हैं और प्रतीक्षा कर रही हैं कि समाज उन्हें पवित्र मानकर गौतम के पास जाने की अनुमति दे। गौतम प्रतीक्षा कर रहे हैं कि सामाजिक अनुमति पाकर देवी अहल्या उनके पास आएँ; और बालक शत अब सीरध्वज का राजपुरोहित शतानन्द बनकर भी अपनी माँ के लिए सामाजिक स्वीकृति तथा पिता से मिलन की प्रतीक्षा कर रहा है।"

"प्रतीक्षा! अर्थात् कहानी के आगे बढ़ने की प्रतीक्षा।" लक्ष्मण बोले।

"हाँ!" गुरु ने सिर हिला दिया।

कथा के आगे बढ़ने की कोई संभावना न देख, लक्ष्मण की कथा-संबंधी उत्सुकता शांत हो गई। उनका ध्यान अहल्या के प्रति हुए अत्याचार की ओर चला गया।

"एक दुष्ट और अनेक कायर!" लक्ष्मण बोले।

लक्ष्मण को जोर की नींद आ चली थी, किंतु कथा के मोह में उन्होंने अपने संपूर्ण आत्मबल से उसे रोक रखा था। कथा के समाप्त होते ही नींद के विरुद्ध खड़ा किया गया प्रतिरोध समाप्त हो गया। निश्चिंत सो जाने में लक्ष्मण को दो क्षण भी नहीं लगे।

पर राम को नींद नहीं आई। उन्होंने कुछ सुखद आश्चर्य से लक्ष्मण को देखा—कैसे मस्त हैं लक्ष्मण! राम जानते हैं कि लक्ष्मण अहल्या की पीड़ा से, उसके विरुद्ध हुए अत्याचार से कितने दुःखी हुए होंगे। यदि कहीं इन्द्र उनके सम्मुख पड़ जाता तो धनुष उठाकर उस पर बाण चला देते। पर वे ही लक्ष्मण इस समय निश्चिंत सो रहे हैं। यह वय ही ऐसा है, या यह लक्ष्मण के स्वभाव की मस्ती है?...राम का न वह वय है और न वह स्वभाव। कथा का एक-एक अक्षर उनके मन पर कीलित हो गया था। कैसे अहल्या के प्रति अत्याचार हुआ...कोई उसकी सहायता को नहीं

आया। न ऋषिगण इन्द्र को रोक सके, न कोई सम्राट् अहल्या की सहायता के लिए, उसका पक्ष लेकर, इन्द्र को दण्ड दे सका। न उसे देवताओं ने समाज-बहिष्कृत किया। ऋषि-दंपति ने अपने बल पर इन्द्र को दण्डित किया। कितना हल्का था दण्ड–इन्द्र पूज्य नहीं रहा।...इतने-से दण्ड से क्या होता है। पर इससे अधिक वे लोग कर भी क्या सकते थे। इतने भर के लिए ही उन्हें कितना मूल्य चुकाना पड़ा। पचीस वर्षों में एक बार छिपकर भी गौतम अहल्या से नहीं मिले–न शतानन्द ही वहाँ गए। जाते तो समाज जान जाता कि गौतम ने अपनी पत्नी को सचमुच त्यागा नहीं है। गौतम का सम्मान कम हो जाता। उनके शाप का पालन समाज नहीं करता...गौतम डरे हुए पचीस वर्षों से अपने आश्रम में बैठे हैं।...

...सीरध्वज ने क्यों साहस नहीं किया? क्यों नहीं अहल्या को सामाजिक मर्यादा दी? इसलिए कि उन्हें अहल्या से कोई सहानुभूति नहीं थी! या वे स्वयं भी सामाजिक बहिष्कार से भयभीत थे? यदि राम तब उपस्थित होते, तो क्या करते?

राम प्रश्न के आमने-सामने खड़े थे।

क्या करते?

इसमें सोच क्या है–दुष्ट की दुष्टता का प्रतिकार करने के लिए, शस्त्र का आश्रय लेते। इन्द्र को मृत्युदण्ड देते और अहल्या को निष्कलंक घोषित कर सामाजिक मर्यादा देते। पर...पर ये घटनाएँ पचीस वर्ष पूर्व घटित हुई हैं। राम के जन्म से पूर्व या उनके जन्म के आस-पास। उन्हीं दिनों युद्ध में सम्राट् दशरथ भी इन्द्र की सहायता करने गए होंगे...

पर ऋषि विश्वामित्र ने कहा कि कथा वहीं रुकी पड़ी है। अर्थात् अहल्या आज भी आश्रम के भीतर बंदिनी है गौतम और शतानन्द आश्रम के बाहर...अहल्या आज भी मुक्ति की प्रतीक्षा कर रही है...

राम को वे सारी युवतियाँ याद हो आईं, जो ताड़का-शिविर से मुक्त कराई गई थीं। उन्हें लगा अहल्या भी उन्हीं बंदिनी युवतियों में से एक थी। यह दूसरी बात है कि वह राक्षसों द्वारा न बंदिनी हुई, न पीड़ित। पर क्या अंतर है राक्षसों और देवराज में? शक्ति और सत्ता के मद में क्या सब लोग एक ही जैसे नहीं हो जाते...चाहे राक्षस हों, चाहे देव? अहल्या देवराज द्वारा सताई गई और मानव-समाज द्वारा अपने ही आश्रम में बंदिनी बना दी गई।

राम की कल्पना में वनजा सजीव हो उठी। चलते हुए उसने पूछा था, "मुझे किसके भरोसे छोड़कर जा रहे हैं, प्रभु?" और राम ने कहा था, "मैं आऊँगा। जब भी मेरी आवश्यकता होगी, मैं आऊँगा।"

क्या भेद है वनजा और अहल्या में? राम अहल्या को भी ऐसा ही वचन क्यों नहीं दे सकते? क्या अहल्या उन्हें नहीं बुला रही? क्या उसकी रुकी हुई कथा को

राम आगे नहीं बढ़ा सकते?...

राम एक निर्णय पर पहुँच रहे थे। उनका मानसिक तनाव कुछ कम हो रहा था उन्हें नींद आ रही थी...

प्रातः ही विशाला के राजा सुमति विश्वामित्र की सेवा में उपस्थित हुए। उनके आने से पूर्व ही सामान बाँधा जा चुका था, प्रस्थान की तैयारी हो चुकी थी।

"ऋषिवर! विशाला में एक दिन विश्राम करने की मेरी प्रार्थना पर आपने विचार नहीं किया?...

विश्वामित्र हँसे, "राजन्! विशाला में हमारा बहुत सत्कार हो चुका, और ठहरना संभव नहीं होगा। राम और लक्ष्मण ने महलों से आकर, बाहर वनों तथा उपवनों का जो प्राकृतिक वैभव देखा है, उसके कारण वे राजप्रासादों में रुकना नहीं चाहते। वे आगे जाने के पक्ष में हैं। वैसे भी राजन्! दशरथ से उन्हें मैं बहुत कम समय के लिए माँगकर लाया हूँ। रुकना श्रेयस्कर नहीं है। हमें विदा दो। तुम्हारा कल्याण हो।"

विशाला से प्रातः चलकर, थोड़ी देर पूर्व ही उन्होंने मिथिला में प्रवेश किया था। किंतु मिथिला-प्रदेश में प्रवेश करते ही, गुरु फिर किसी असमंजस में पड़ गए थे। अब उनकी गति में वेग नहीं रह गया था। उनका लक्ष्य भी ध्रुव नहीं था। वे अनमने-से कुछ सोचते जा रहे थे। अंततः जब गुरु ने रुकने का आदेश दिया तो राम ने देखा—गुरु न तो जनकपुर के राजप्रासाद में रुके थे, न सीरध्वज की यज्ञ-भूमि में। वे लोग जनकपुर के बाहर किसी प्राचीन उपवन में रुक गए थे। किंतु गुरु का कदाचित् यहाँ वास करने का विचार नहीं था। उन्होंने पीछे आते हुए छकड़ों से सामान उतारने का कोई आदेश नहीं दिया था। वे खड़े-खड़े कुछ सोच रहे थे।

"यह उपवन कुछ असाधारण है, गुरुदेव!" एक लंबे मौन के पश्चात् राम बोले।

"हाँ, महाबाहु!" गुरु का स्वर गंभीर था, "यह साधारण उपवन नहीं है। यह एक प्राचीन आश्रम है।"

राम मुग्ध होकर उस आश्रम को देख रहे थे। ऐसा सुंदर आश्रम कदाचित् उन्होंने इससे पहले नहीं देखा था। इस आश्रम पर प्रकृति की भरपूर कृपा थी। पेड़, पौधे, लताएँ, कुंज, झाड़ियाँ, पुष्प, फल, पशु-पक्षी—सब इतने विपुल, इतनी मात्रा और इतनी अधिक संख्या में थे, जैसे प्रकति का सौंदर्य पुँजीभूत हो एक जगह पर आ गया हो। ऐसा नहीं लगता था कि मनुष्य ने उसको किंचित् सँवारने के अतिरिक्त कभी उसका क्षय भी किया हो जैसे मानवीय हाथ यदि कभी इस आश्रम को लगे तो उसके निर्माण के लिए ही लगे। मानवीय बाधा के कारण उसमें कहीं कोई दोष

दिखाई नहीं पड़ता था—मानो उस आश्रम का कभी उपयोग ही न हुआ हो, वहाँ कोई रहता ही न हो। कितना सन्नाटा है? सब ओर शांति, स्तब्धता! कैसा तो एक रहस्य का-सा आभास होता है।

"भैया! यह आश्रम पिताजी द्वारा ब्याहकर लाई और किसी महल में ठहराकर भुला दी गई, किसी रानी जैसा अछूता नहीं लगता क्या?" लक्ष्मण ने बहुत धीरे-से राम के कान में कहा।

किंतु राम अतिरिक्त रूप से गंभीर थे। उन्होंने लक्ष्मण की बात सुनी, आँखों ही आँखों में उसकी चपलता को सराहा और डाँटा। अंत में विश्वामित्र की ओर मुड़े।

विश्वामित्र हल्के-हल्के मुस्करा रहे थे जैसे जानते हों कि राम अभी इसी मुद्रा में उनकी ओर मुड़ेंगे।

"राम! है न यह आश्रम अद्भुत और विचित्र!" गुरु का स्वर करुणायुक्त हो गया, "राघव! यह ऋषि गौतम का वही परित्यक्त आश्रम है, जहाँ इन्द्र द्वारा अहल्या पर अत्याचार हुआ था।"

लक्ष्मण की आँखों में क्रोध उमड़ा और मुख से अनजाने ही हुँकार फूटो, "इन्द्र! भ्रष्ट सत्ताधारी!"

राम की गंभीरता में करुणा घुल गई।

विश्वामित्र अपने प्रवाह में कह रहे थे, "आज भी अहल्या, सामाजिक रूप से परित्यक्त, मानवीय समाज से असंपृक्त, अपने इस आश्रम में सर्वथा एकाकी, जड़वत्, शिलावत् निवास का रही है। वह सामाजिक मर्यादा पाने की प्रतीक्षा कर रही है।"

लक्ष्मण के रौद्र रूप पर हल्का-सा कौतूहल छा गया। अनजाने ही उनकी आँखों में जिज्ञासा झाँक गई, "अर्थात् कथा यहाँ रुकी पड़ी है?"

"कथा यहाँ रुकी नहीं पड़ी, लक्ष्मण!" राम किसी स्वप्नलोक में से बोल रहे थे, "वह आगे बढ़ाए जाने की प्रतीक्षा कर रही है।"

विश्वामित्र के मन का कोई तंतु भीग उठा; राम सचमुच उनकी इच्छित दिशा में सोच रहे हैं। राम निश्चय ही कर्म करेंगे, उचित कर्म!

राम के मन में बिखरे अनेक प्रश्न, भाव, सूत्र एक आकार ग्रहण कर रहे थे। उन सबका केंद्रीयकरण उन्हें कर्म की ओर प्रेरित कर रहा था। वे सोच रहे थे—गुरु विश्वामित्र उन लोगों को सीधे जनकपुर न ले जाकर यहाँ क्यों लाए हैं? सिद्धाश्रम से चलते ही उन्होंने अहल्या की कथा क्यों आरंभ कर दी थी? क्यों पिछले तीन दिनों से वह अहल्या के विरुद्ध हुए अत्याचार को रेखांकित कर रहे हैं? क्या चाहते हैं गुरु?

कर्म का समय आ गया था। राम निर्णय पर पहुँच गए थे।

"ऋषिवर! क्या मुझे देवी अहल्या के सम्मुख उपस्थित होने की अनुमति है?"

ऋषिवर छलछला आई आँखों से हँस पड़े, "राघव! तुम्हें भी अनुमति की आवश्यकता है? आज तक अनुमति की ही प्रतीक्षा करते रहे—सीरध्वज, शतानन्द, गौतम...तुम भी अनुमति माँगोगे, पुत्र! तो तुम उनसे भिन्न कैसे होओगे? अनुमति की आवश्यकता उन्हें होती है, रघुनन्दन, जो दायित्व का बोझ या तो अपने कंधों पर उठा नहीं सकते, या उठाना नहीं चाहते। तुम अपने लिए स्वयं निर्णय लो।"

राम का आत्मविश्वास उनके होंठों पर मुस्कराया, "आओ, सौमित्र।"

लक्ष्मण इस समय अपने मन को पहचान नहीं पा रहे थे। वे क्रुद्ध थे, क्षुब्ध थे, पीड़ित थे, दीन थे, आतुर थे...क्या चाहते हैं वे? भैया राम निश्चित रूप से अनिर्णय की स्थिति में नहीं थे। वे बिखरे हुए भी नहीं थे, वे पूरी तरह एकाग्र थे।

सम्मोहित-से लक्ष्मण चुपचाप राम के पीछे चल पड़े। राम के क्रिया-कलाप में कोई उत्तेजना नहीं थी। उनकी गति और मुद्रा सहज हो चुकी थी।

राम आश्रम के केंद्र की ओर बढ़ रहे थे। सामान्यतः कुलपति की कुटिया आश्रम के केंद्र में ही हुआ करती है। एक स्थान पर रुककर उन्होंने चारों ओर देखा। एक कुटिया जो अपने आकार-प्रकार में भी विशिष्ट थी और जिसके चारों ओर विशेष रूप से एक सुदृढ़ बाड़ बनाई गई थी, उनके सामने थी। कदाचित् यही कुलपति की कुटिया होगी।

राम ने बाड़े का फाटक खोला और भीतर चले गए। कुटिया के द्वार पर क्षण-भर के लिए रुक, खटखटाने के लिए हाथ बढ़ाया तो द्वार अपने-आप ही खुल गया—वह भीतर से बंद नहीं था। राम ने द्वार पूरी तरह खोल दिया, कुछ क्षणों तक प्रतीक्षा की और भीतर प्रवेश किया।

विश्वामित्र उनके पीछे-पीछे आकर, कुटिया के द्वार पर खड़े हो गए। वे इसी क्षण की प्रतीक्षा पिछले पचीस वर्षों से कर रहे थे...आज राम और लक्ष्मण, स्वयं अपनी इच्छा से, अहल्या की कुटिया में प्रवेश कर, उसके सम्मुख जा खड़े हुए थे। राम अहल्या के सामाजिक बहिष्कार का अंत करने के लिए उद्यत थे; और एक बार राम द्वारा अहल्या को सम्मान मिल गया तो फिर कोई अन्य जन अहल्या के साथ दुर्व्यवहार नहीं कर सकेगा।

अस्पष्ट-सी आहट से अहल्या का ध्यान भंग हो गया। उसने अचकचाकर आँखें खोल दीं। सिर उठाकर देखा—आकृतियों को पहचानने में उसे थोड़ा समय लगा। वर्षों से उसने किसी मानव-आकृति को इतने समीप से नहीं देखा था। वह तो प्रायः भूल ही गई थी कि किसी और मानव का भी इस लोक में अस्तित्व है।...धीरे-धीरे उसके मस्तिष्क में, उसके कल्पना-लोक में, उसके विचारों में आकृतियाँ लौट रही थीं—जीवित प्राणियों की...मानवों की।...उसने पहचानना आरंभ

किया...उसके सम्मुख एक नवयुवक और एक किशोर—दो सुंदर राजसी पुरुष खड़े थे...और उनके पीछे, कुटिया के द्वार पर खड़े थे...कौन? विश्वामित्र...हाँ, वे ही थे। पिछले वर्षों में वे कितने बदल गए थे, किंतु उन्हें पहचानना कठिन नहीं था।...

अहल्या समझ नहीं पा रही थी कि क्या करे? वर्षों का अंतराल बीत गया। कभी कोई उसकी कुटिया में नहीं आया, उसके आश्रम में नहीं आया।...और आज ऐसा क्या हो गया कि स्वयं ऋषि विश्वामित्र इन दो राजपुरुषों के साथ उसकी कुटिया में आ गए हैं। क्या अब वह पतिता नहीं रही? क्या अब वह मानव-समाज को स्वीकार्य है? क्या अब वह अपने पति और पुत्र से मिल पाएगी? उसके कारण लोग उन्हें अपमानित नहीं करेंगे?...ये ऐसे कौन पुरुष हैं, जिन्होंने इतने भयंकर सामाजिक विरोध की चिंता नहीं की है...?

वर्षों से रुद्ध कंठ से वाणी फूटी। अहल्या स्वयं ही अपना स्वर पहचान नहीं पा रही थी। उसके अपने कानों को ही अपना स्वर अपरिचित लग रहा था। अपने एकांत-जीवन के आरंभिक दिनों में कभी-कभी परेशान होकर वह अपने-आप से बातें करने लगती थी—जोर-जोर से चिल्लाने लगती थी। पर, अब तो उस बात को भी बहुत समय बीत चुका है।

''ऋषि विश्वामित्र! इतने लंबे अंतराल के पश्चात् आपको अपनी कुटिया में आया देख मेरे मन में क्या हो रहा है—उन भावों को अभिव्यक्त नहीं कर सकती। ऋषिवर! आप अपने साथ किनको लाए हैं?'' ये दो राजकुमार-से नवयुवक कौन हैं?''

''देवि अहल्या! मैं इन्हें नहीं लाया। ये लोग मुझे लाए हैं। इनके बिना, मैं स्वयं भी यहाँ तक आने का साहस कभी नहीं कर पाया था।''

राम और लक्ष्मण अब तक चुपचाप अहल्या को देख रहे थे—एक अलौकिक कलाकृति-सी निर्मित, महिमामयी नारी। तपस्या से तपी हुई आकृति, यातना और साधना से प्राप्त की गई पवित्रता। हिम-से श्वेत केश, किंचित् लाली लिये हुए गोरा रंग, अथाह वेदना से भरी हुई पारदर्शी आँखें, ऊँची नाक—ऐसा अलौकिक भाव उन्होंने इससे पहले किसी मुख पर नहीं देखा था। किंतु अब वहाँ दह युवती नहीं थी, जिस पर इन्द्र की दूषित दृष्टि पड़ी थी। पचीस असाधारण वर्षों की काल-यात्रा उस आकृति पर अपनी अमिट छाप छोड़ गई थी...

राम आगे बढ़े। उन्होंने झुककर अहल्या के चरण छुए।

लक्ष्मण ने उनका अनुसरण किया।

''देवि! मैं कौशल्या और दशरथ का पुत्र राम आपको प्रणाम करता हूँ। मेरे साथ मेरे छोटे भाई सौमित्र लक्ष्मण हैं।''

अहल्या के मन में ज्वार उठा। राम और लक्ष्मण साधारण मनुष्य नहीं हैं। आज तक किसी सम्राट् या राजकुमार को इतना साहस नहीं हुआ कि वह इस पतित नारी के द्वार पर आ सकता। स्वयं सीरध्वज यहाँ तक आने के लिए सहमत नहीं हुए। अद्भुत हैं राम और लक्ष्मण! और ऋषि विश्वामित्र कहते हैं कि ये दोनों राजकुमार ही उन्हें यहाँ लाए हैं। क्रांति-द्रष्टा ऋषि ने ऐसा क्या किया कि राम ने संपूर्ण आर्यावर्त्त के विरोध की ऐसी उपेक्षा कर डाली...

अहल्या स्वयं को भूल गई। अपने परिवेश को भूल गई। वर्षों से मन में जमी ग्लानि किसी अनबुझी प्रक्रिया से कृतज्ञता में परिणत हो गई। शरीर और मन की जड़ता जैसे शून्य में विलीन हो गई। एक विचित्र-सी प्रसन्नता से आँखें डबडबा आईं और वाणी वाचाल हो गई, "तुमने मेरे चरण छुए हैं, राम और लक्ष्मण। तुम्हारा कल्याण हो। इच्छा होती है कि मैं तुम्हारे चरण छू लूँ।...मैं अपनी कृतज्ञता किस रूप में अभिव्यक्त करूँ? तुम लोग नर-श्रेष्ठ हो। युग-पुरुष हो। कदाचित् आज तक मैं तुम लोगों की ही प्रतीक्षा कर रही थी। मैं ही नहीं, आज संपूर्ण आर्यावर्त्त तुम्हारे-जैसे युगपुरुष की प्रतीक्षा कर रहा है। मैं अकेली जड़ नहीं हो गई थी, संपूर्ण आर्यावर्त्त जड़ हो चुका है। वे सब तुम्हारी प्रतीक्षा कर रहे हैं। वीर बंधुओ! तुम उनमें उसी प्रकार प्राण फूँको, जिस प्रकार तुमने मुझमें प्राण फूँके हैं। तुम संपूर्ण दलित वर्ग को सम्मान दो, प्रतिष्ठा दो। सामाजिक रूढ़ियों में बँधा यह समाज न्याय-अन्याय, नैतिका-अनैतिकता आदि के विचार और प्रश्नों के संदर्भ में पूर्णतः जड़-पत्थर हो चुका है। राम! तुम इन सबको प्राण दो।...मेरी प्रतीक्षा आज पूरी हुई। मेरी साधना आज सफल हुई। तुमने आज स्वयं आकर मेरा उद्धार किया है, आज मैं निर्भय, ग्लानिशून्य मन से कहीं भी जा सकती हूँ।...मेरा आत्मविश्वास लौट आया है। मैं निःसंकोच अपने पति के पास जा सकती हूँ। मेरा मन किसी से आँखें नहीं चुराएगा। राम! तुमने मेरे दुविधाग्रस्त मन को विश्वास दिला दिया है कि मैं अपराधिनी नहीं हूँ। वह अपराध-बोध मेरा भ्रम था..."

शिलाओं को पिघला देने वाली राम की मुस्कान उनके अधरों पर आई, "देवि! आप मुझे इतना महत्त्व न दें। मुझे ही अपनी ओर से कुछ कहने दें। मैं उन संपूर्ण लोगों की ओर से आपसे क्षमा-याचना करता हूँ, जिन्होंने आपका अपराध किया है, और प्रतीज्ञा करता हूँ कि जीवन में जब कभी इन्द्र से साक्षात्कार हुआ, उसे प्राण-दण्ड दूँगा।...मेरा वय अधिक नहीं, ज्ञान भी इतना नहीं, जितना इन ऋषियों, तपस्वियों-मुनियों और साधकों का है। मेरे सम्मुख तो अपना मार्ग भी स्पष्ट नहीं है। परंतु मैं अत्यंत चकित और पीड़ित हूँ। ये सत्य, उचित और न्याय को जानते हैं किंतु ये निष्क्रिय और जड़ हुए पड़े है। किस भय से? आपने कहा है, देवि! इन सबको युग-पुरुष की प्रतीक्षा है, जो इन्हें इस जड़ता से उबार नवजीवन दे सके; किंतु वह पुरुष मैं

ही हूँ—कैसे कहा जा सकता है। पर, हाँ! मैं प्रयत्न करूँगा कि इस जड़ता को यथाशक्ति तोड़ूँ। देवि! मैं तो आज तक अपनी माँ को ही बहुत पीड़ित मानता था, पर आपने तो उससे भी कहीं अधिक सहा है।''

''धन्य, राम!'' विश्वामित्र का उल्लसित स्वर गूँजा, ''पुत्र! तुम मेरी अपेक्षाओं से भी उच्च हो, परे हो। जाओ, देवि! तुम्हें कौशल्या के पुत्र राम का संरक्षण प्राप्त है। अब कोई भी जड़ चिंतक, ऋषि, मुनि, पुरोहित, ब्राह्मण, समाजनियंता तुम्हें सामाजिक और नैतिक दृष्टि से अपराधी नहीं ठहराएगा।''

अहल्या समझ नहीं पा रही थी कि वह क्या करे? उसके हृदय में कितनी उथल-पुथल थी? उस सबको वाणी देने के लिए उसके पास शब्द नहीं थे। उसके हाथ, आयु में स्वयं से बहुत छोटे, राम के सम्मुख जुड़ गए। उसकी आँखों से धारा-प्रवाह अश्रु बह रहे थे। उसने ऐसे आनंद का अनुभव पहले कभी नहीं किया था। शब्दों में कुछ न कह सकी, तो उसने अपना माथा झुकाकर, अपने जुड़े हाथों पर टिका दिया।

अहल्या की कातरता देखकर नवयुवक राम अपने भीतर अत्यंत परिपक्व और प्रौढ़ प्ररुष, वयोवृद्ध व्यक्ति का-सा अनुभव करने लगे। बोले, ''कातरता छोड़ो, देवि! प्रफुल्ल और प्रसन्न होओ।''

अहल्या अपनी विह्वलता से उबरी। स्वयं को संतुलित किया और बोली, ''मेरी भूल क्षमा करो। मैं अपने-आप में ही भूली रही। आप लोगों को बैठने तक को नहीं कहा। आसन ग्रहण करें। मैं कुछ फल-फूल से आऊँ...'' सहसा उसकी वाणी उत्साहशून्य हो गई, ''...मेरे हाथ का भोज्य ग्रहण कर..''

''अहल्या!'' विश्वामित्र ने स्नेह-सधे कठोर स्वर में डाँटा।

राम अपनी सहज गंभीरता छोड़ अट्टहास कर उठे।

अहल्या अत्यंत हल्के मन से कुटिया से बाहर निकल गई।

लक्ष्मण की आँखों के सम्मुख इतना कुछ तेजी से घट गया था। उनके मन में उथल-पुथल मच गई थी। अब तक वे कुछ बोले नहीं थे, अब बहुत कुछ कहना चाह रहे थे, किंतु किससे कहते! भैया राम और गुरु विश्वामित्र दोनों ही कहीं बहुत गहरे डूबे-डूबे लग रहे थे। अब तक वे देवी अहल्या के लिए पीड़ित और चिंतित हो सकते थे, पर अब क्या है...

''गुरुदेव!'' सहसा राम बोल, ''ब्रह्मचारी समुदाय क्या आश्रम के बाहर ही रुकेगा?''

''ओह!'' विश्वामित्र चौंके, ''नहीं, राम! तुमने यह स्थान तीर्थ-सा पवित्र कर दिया है। उन लोगों को यहाँ अवश्य आना चाहिए। सौमित्र, तुम पुनर्वसु तथा अन्य

ब्रह्मचारियों को बुला लाओ, वत्स!''

लक्ष्मण संकुचित-से उठकर खड़े हो गए। भागने की तैयारी कर, जैसे थमकर बोले, ''मैं जा रहा हूँ, गुरुदेव! पर मेरे आने से पहले कथा आगे न बढ़े।''

लक्ष्मण दौड़ते हुए कुटिया से निकल गए।

ब्रह्मचारियों का लिवाकर लक्ष्मण आए तो कुछ ही क्षणों में अहल्या भी लौट आईं। अनेक ब्रह्मचारियों को देख उसने प्रसन्न विस्मय प्रकट किया। अपने आँचल में लाये हुए अनेक फल, उसने धोकर, पत्तों पर रख, अतिथियों को अर्पित कर दिए।

''मेरा शत अब कितना बड़ा हो गया है, ऋषिवर?'' अहल्या ने विश्वामित्र से पूछा, और उसकी आँखें राम के चेहरे पर मँडराने लगीं—''इतना बड़ा हो गया होगा शत! राम से भी कुछ बड़ा। क्या इतना ही सुंदर?''

''देवि! तुम्हारा पुत्र अब ऋषि शतानन्द है, जो सम्राट् सीरध्वज का राज-पुरोहित है।''

अहल्या की आँखें आनंद से मुँद गईं—'धन्य हो, गौतम! तुमने हम दोनों का स्वप्न पूरा किया।'...क्षण-भर में ही सचेत होकर बोली, ''और आर्यपुत्र कैसे हैं?''

''गौतम तुम्हारी आतुर प्रतीक्षा कर रहे हैं, देवि!''

अब लक्ष्मण स्वयं को रोक नहीं पाए; जाने इन लोगों का वार्तालाप कब तक चलता रहे। बोले, ''क्षमा करें, गुरुदेव! कथा पचीस वर्ष पूर्व ही रुक गईथी। आगे क्या हुआ?''

गुरु करुणा को रोक मुसकरा पड़े, ''आगे की कथा देवि अहल्या की एकांत साधना की करुणा गाथा है। वे ही सुनाएँ तो सुनाएँ।''

अहल्या कुछ-कुछ आभास पा गई थी। बोली, ''बालक! तुम मेरी कथा पूछ रहे हो?''

''हाँ, देवि! ऋषि गौतम के चले जाने तक की कथा हमें गुरुदेव ने सुना दी है। आगे की बात सुनना चाहता हूँ।''

''पुत्र! मेरी कथा क्या होगी?'; अहल्या का स्वर गंभीर था, किंतु उदास नहीं, ''कितने ही समय तक मैं अपनी कुटिया से नहीं निकली। अपनी शैय्या पर पड़ी-पड़ी रोती रही। पर जब रो-रोकर मन की पीड़ा बहा चुकी और भूख-प्यास से पीड़ित हुई, तो मुझे उठना ही पड़ा। मेरे पास डूँडी और दो-चार गाएँ थीं, फलों के कुछ वृक्ष थे, आश्रम में साग-सब्जी थी। मुझे उन सबकी रक्षा करनी थी, ताकि वे मेरी रक्षा कर सकें। मैं इन्हीं कामों में लगी रही। खाली समय में बैठकर कभी पुरानी बातें और कभी अपने प्रिय जनों को याद कर लेती; और यदि मन मानता तो ब्रह्म का ध्यान भी करती। पुत्र! इन दिनों मैं आश्रम से बाहर कभी नहीं निकली।

"पर लक्ष्मण! दो-तीन सप्ताह पश्चात् एक दिन मैं कुछ अस्वस्थ हो गई। तेज ज्वर चढ़ आया और सिर पीड़ा से फटने लगा। जब तक सहन कर सकती थी किया, किंतु जब कष्ट असहनीय हो उठा तो मैंने आश्रम के बाहर के किसी ग्राम में, किसी वैद्य की सहायता लेने की सोची। पुत्र! बिना सोचे-समझे मैं ज्वर की अवस्था में चल पड़ी। मुझे दिशा का कोई ज्ञान नहीं था, दूरी का पता नहीं था। पर मैं चलती गई।

"पहले ग्राम में जो पहला घर मुझे दिखा, मैंने उसी के द्वार पर थाप दी। द्वार खुला। एक प्रौढ़ व्यक्ति बाहर निकला। उसने मुझे पहचानकर ऐसी चीख मारी, जैसे कोई प्रेत देख लिया हो। लोग चीखते-चिल्लाते घरों से निकल आए। मैं उनकी ओर बढ़ती तो वे भाग जाते। घर में घुस जाती तो वे अपने घर-द्वार छोड़कर निकल जाते। मुझसे दूर रहकर, मेरी छाया से भी बचते हुए, वे लोग चिल्ला रहे थे, शोर मचा रहे थे। दो-एक ढेले भी मेरे सिर पर लगे।..."

"ढेले!" लक्ष्मण बोले, "कितने दुष्ट हैं लोग!"

"उन्हें क्या दोष दूँ, लक्ष्मण!" अहल्या बोली, "पता नही वे कौन थे? पर भोले और अनजान लोग थे। मुझे पतिता घोषित करने वाले तो कोई और थे—ऋषि-मुनि, आचार्य-विद्वान, समाज-नियंता...पर खैर, मैं आश्रम में लौट आई। शैय्या पर पड़े-पड़े, दो दिनों में ज्वर अपने-आप ही उतर गया। तब से मैं अपने आश्रम से बाहर कभी नहीं गई। बाहर से आश्रम के भीतर भी कोई नहीं आया...यह वस्त्र भी, वत्स!" अहल्या ने उत्तरीय हाथ में पकड़कर दिखाया, "स्वयं बोई कपास से काता और बुना गया है।...इस कथा में कोई मोड़ नहीं है, पुत्र! पचीस वर्षों में पहला मोड़ तुम लोगों ने यहाँ आकर दिया है।..."

"आप तो मुझे बहुत भली लगती हैं, देवि!" लक्ष्मण बोले, "आपकी जगह मैं होता तो ऋषि गौतम और शतानन्द को कभी न जाने देता, यदि वे चले जाते तो उन्हें कभी क्षमा न करता..."

अहल्या हँसी, "मैं भी ऐसा ही करती, लक्ष्मण! यदि उनके मन में मेरे प्रति तनिक भी विरोध होता। पर उनके मन में विरोध नहीं था, द्वेष नहीं था। उन्हें मैंने भेजा है और वे आज भी मेरी प्रतीक्षा कर रहे हैं...इसीलिए तो मैं जाने को आतुर हूँ।"

"तो उठो, देवि!" विश्वामित्र बोले, "हम तुम्हें ऋषि गौतम को सौंपते हुए ही जनकपुर जाएँगे।"

जनकपुर के बाहर, जल की सुविधा देखकर, एक आम्र-वाटिका में गुरु विश्वामित्र ने शिविर स्थापित करने की आज्ञा दे दी।

राम ने अपना धनुष एक पेड़ के तने के साथ टिकाया; कंधे से तूणीर उतार उसी के साथ रखा; और उसी पेड़ का सहारा लेकर बैठ गए। लक्ष्मण ने भाई के सुविधापूर्वक बैठ जाने भर की प्रतीक्षा की, और धीरे से आकर उनके पास घुटनों के बल बैठ गए।

राम लक्ष्मण की इस मुद्रा को जानते थे। उन्हें बैठना नहीं था। कोई बात कहकर तत्काल भाग जाने की उनकी यही मुद्रा थी।

"भैया! मैं जरा अपनी गिनती पक्की कर लूँ। कई दिनों से अभ्यास छूट गया है।"

राम ने लक्ष्मण को ध्यान से देखा। लक्ष्मण शरारत से मुस्करा रहे थे। राम समझ गए, "अमराई घूमना चाहते हो?"

"नहीं। जरा पेड़ गिनूँगा। आम के प्रकारों का निरीक्षण भी करूँगा—वनस्पतिशास्त्र का मेरा ज्ञान भी कुछ पीछे छूट गया लगता है।"

"अधिक देर मत लगाना।"

लक्ष्मण चले गए; और राम अपने मन की गुत्थियों में खो गए।

गुरु ताड़का-वध की बात कहकर राम को लाए थे; किंतु अब तक राम अच्छी तरह जान गए थे कि बात केवल ताड़का-वध की नहीं थी। गुरु ने इस भू-खण्ड के भविष्य को बहुत दूर तक देखने का प्रयत्न किया था। वे भविष्य में किसी व्यापक संघर्ष की बात सोच रहे थे। उन्होंने अनेक बार ऐसे संकेत दिए थे। उन्होंने कई बार कहा था कि वे उस संघर्ष के सारे सूत्र जोड़ देना चाहते हैं। राम ने अब तक भली प्रकार देखा था कि गुरु कोई बात व्यर्थ नहीं कहते, कोई काम निरुद्देश्य नहीं करते, कहीं भी बिना किसी निश्चित लक्ष्य के नहीं जाते। ऋषि के मन में भविष्य के लिए एक निश्चित योजना थी। वे उसी योजना के अनुसार आगे बढ़ रहे थे। उन्होंने राम को सिद्धाश्रम से अयोध्या नहीं लौटने दिया—क्यों? पहले गौतम के परित्यक्त आश्रम पर ले गए। अब यहाँ लाए हैं। यहाँ क्या है? सुना है सीरध्वज कोई धार्मिक अनुष्ठान कर रहे हैं। उससे विश्वामित्र को क्या? वे राम को यहाँ क्यों लाए हैं?

इसमें भी गुरु का कोई निश्चित उद्देश्य होना चाहिए।

क्या है वह उद्देश्य?...

पीछे आते हुए छकड़े आ पहुँचे। गाड़ीवान बैलों को रोककर नीचे उतर आए थे। सामान उतारा जा रहा था। पुनर्वसु अपने ब्रह्मचारी साथियों के साथ शिविर की व्यवस्था में लग गया था। गुरु उन्हें तरह-तरह के आदेश दे रहे थे।

अंत में गुरु ने कहा, "पुनर्वसु! जनकपुर में राजपुरोहित शतानन्द को सूचना दो कि हम लोग यहाँ पहुँच चुके हैं। और पुत्र! उन्हें यह बताना मत भूलना कि

मेरे साथ दाशरथि राम और लक्ष्मण भी हैं।''

"जो आज्ञा, गुरुदेव!'' पुनर्वसु चला गया।

राम ने गुरु का आदेश सुना। शतानन्द को अपने आने की सूचना देना साधारण बात थी। शतानन्द के माध्यम से ही यह सूचना सम्राट् सीरध्वज को भी मिल जाएगी। किंतु दाशरथि राम और लक्ष्मण के साथ होने की सूचना को इतना विशिष्ट महत्त्व देने का अर्थ? क्या विश्वामित्र शतानन्द को यह स्मरण कराना चाहते हैं कि राम ने अहल्या को एक लंबी यातना से मुक्त किया है? क्या गुरु शतानन्द को प्रभावित करना चाहते हैं? पर क्यों?

राम को कोई उत्तर नहीं मिला।

वे उठ खड़े हुए। धनुष और तूणीर कंधे से लटकाए और गुरु के समीप आ पहुँचे, "गुरुदेव, जनकपुरी आने का प्रयोजन समझ नहीं पा रहा हूँ।''

"कोई आपत्ति है, राम?'' गुरु मुस्करा रहे थे।

"आपत्ति नहीं, ऋषिवर! मात्र जिज्ञासा।''

गुरु जोर से हँसे, "लक्ष्मण यहाँ नहीं दीखते, इसलिए राम को ही जिासा करनी पड़ी।''

राम मौन रहे।

गुरु गंभीर हो गए, "राम! तुम्हें यहाँ लाने के एक-दूसरे से जुड़े हुए अनेक कारण हैं। मैं अंतिम लक्ष्य के लिए तुम्हारी जैसी तैयारी चाहता हूँ, उसकी पूर्णता जनकपुर में ही होगी, वत्स! यदि यहाँ मेरी योजना संपन्न हो गई तो फिर मैं तुम्हें और कहीं नहीं ले जाऊँगा। तुम्हें स्वतंत्र रूप से कार्य करने के लिए अकेला छोड़कर अपने आश्रम लौट जाऊँगा।''

रुककर गुरु ने राम की ओर देखा। राम पूरी गंभीरता से उनकी बात सुन रहे थे। गुरु ने अपनी बात आगे बढ़ाई, "अब यह रहस्य की बात नहीं है कि सीरध्वज की पुत्री सीता भूमि-पुत्री है। यह अज्ञातकुलशीला कन्या सीरध्वज को अपने राज्य के किसी खेत में हल चलाते हुए प्राप्त हुई थी। तुम समझ सकते हो, राम! ऐसी कन्या, जो खेत में पड़ी हुई मिले, भूमि-पुत्री और अज्ञातकुलशीला ही हो सकती है। सीरध्वज राजा होने के साथ ऋषि भी माने हाते हैं, जो अनुचित नहीं है। सीरध्वज वस्तुतः तपस्वी हैं। कोई अन्य नृप होता तो उस बच्ची को कभी अंगीकार न करता, किंतु सीरध्वज के मन में करुणा है, मानव के लिए प्यार है। इसलिए वे उस कन्या को त्याग नहीं सके। उन्होंने उसे पुत्रीवत् पाला! किंतु तब सीरध्वज ने यह नहीं सोचा था कि जब वह कन्या युवती होगी तो जाति-पाँति, कुल-गोत्र और ऊँच-नीच की मान्यताओं में जकड़े इस समाज में उसके विवाह की समस्या कितनी जटिल होगी;

और यह समस्या तब और भी जटिल हो जाएगी, जब सीता अद्‌भुत रूपवती युवती होगी। आज सीता चामत्कारिक रूपवती युवती है, जिसके सौंदर्य की चर्चा सम्राटों के प्रासादों के भी बाहर, आर्यावर्त्त के बहुत परे तक राक्षसों, देवताओं, गंधर्वों, किन्नरों, नागों आदि के राजमहलों में भी हो रही है। किंतु पुत्र! सीरध्वज जनक के सामने एक बहुत बड़ी दुविधा है। आर्य सम्राटों और राजकुमारों में से कोई भी उपयुक्त पुरुष उस अज्ञातकुलशीला कन्या का पाणिग्रहण करने को प्रस्तुत नहीं है; और अपनी पोषिता पुत्री सीता को जनक आर्येतर जातियों में दे नहीं सकते, देना नहीं चाहते। उनमें पिता का हृदय और आर्य सम्राट् का अहं दोनों ही है। इसलिए जनक ने एक अद्‌भुत खेल रचा है, पुत्र!...कहते हैं, किसी समय महादेव शिव ने युद्ध से निरस्त होकर अपना धनुष सीरध्वज के पूर्वजों को प्रदान किया था। राम्! वह धनुष साधारण धनुष नहीं था। वह शिव का धनुष था, और शिव अनेक दिव्यास्त्रों के निर्माता हैं। **'धनुष'** शब्द से तात्पर्य इतना ही है कि उस यंत्र से विभिन्न प्रकार के दिव्यास्त्र प्रक्षेपित किए जा सकते हैं। शिव का वह तथाकथित धनुष आज भी सीरध्वज के पास पड़ा है। किंतु वह पड़ा ही है, उपयोग में नहीं आ रहा, क्योंकि उसके संचालन की विधि कोई नहीं जानता, स्वयं सीरध्वज जनक भी नहीं। उस धनुष—अजगव—को लेकर देवताओं, राक्षसों, मनुष्यों—सभी जातियों में अनेक चिंताएँ, शंकाएँ, संदेह तथा प्रश्न हैं। यह ठीक है कि आज उस धनुष के संचालन की विधि कोई नहीं जानता, किंतु सदा ऐसा ही तो नहीं रहेगा। भविष्य में जब कभी कोई जाति यह विधि सीख लेगी, वह उसे हस्तगत करने का प्रयत्न करेगी; और यदि वह ऐसा करने में सफल हो गई तो वह जाति अन्य जातियों के लिए अजेय हो जाएगी।

''जनक ने उसी धनुष को लेकर सीता के विवाह की युक्ति सोची है। उसने यह प्रण किया है कि जो कोई उस धनुष की प्रत्यंचा चढ़ा देगा, अर्थात् उस यंत्र को संचालित कर देगा, सीता का विवाह उसी के साथ होगा। पुत्र! जनक ने यह सोच रखा है कि कोई भी देवता, राक्षस, नाग, गंधर्व, किन्नर उस धनुष का संचालन नहीं कर सकेगा। अतः सीरध्वज जनक यह कह सकेगा कि उसकी परीक्षा पर कोई पुरुष पूर्ण नहीं उतरा, अतः सीता अविवाहित रहेगी। तब वह आर्य राजकुलों में जमाता न पा सकने की अक्षमता के आरोप से बच जाएगा और सीता अज्ञातकुलशीला के कारण अविवाहित रह जाने के आक्षेप से मुक्त रहेगी।''

''अद्‌भुत!'' राम के मुख से अनायास ही निकल गया, ''चकित हूँ, एक असाधारण रूपवती राजकुमारी से विवाह के लिए कोई आर्य राजकुमार प्रस्तुत नहीं। यदि वह अज्ञातकुलशीला है तो उसमें उस कन्या का क्या दोष? हमारा समाज कैसा जड़ है, गुरुदेव! वनजा बिना अपने किसी दुष्कर्म के पीड़ित है, अहल्या बिना अपराध के दण्डित है, सीता बिना दोष के अपमानित है। ऐसा क्यों है, गुरुदेव?''

"इन्हीं के विरुद्ध लड़ने के लिए तुम्हें यहाँ लाया हूँ, राम!" गुरु के स्वर में संघर्ष की इच्छा और सफलता का उल्लास, दोनों थे, "वैसे जनक का प्रण हमारे अत्यंत अनुकूल हैं। यदि सीधे-सीधे जनक के सम्मुख यह प्रस्ताव रखा जाता कि दशरथ के राजकुमार राम के साथ सीता का विवाह कर दो कदाचित् जनक यह स्वीकार नहीं करता, क्योंकि आज तक अयोध्या और मिथिला के सम्राटों के संबंध कभी मैत्रीपूर्ण नहीं रहे। इस मैत्रीशून्य इतिहास के कारण अयोध्या के राजकुमार के साथ अपनी कन्या का विवाह करते हुए सीरध्वज स्वयं को हेठा अनुभव करेगा। इसलिए यदि तुम अजगव-संचालन कर इस प्रतिबंध पर पूर्ण उतरते हो तो निश्चित रूप से सीरध्वज इस विवाह में संकोच नहीं करेगा। पुत्र! इससे एक ओर जहाँ सीता जैसी गुणशीला, रूपवती युवती की जाति-विचार के पिशाचों के हाथों हत्या नहीं होगी और उसका विवाह अपने योग्य वर के साथ होगा; दूसरी ओर अयोध्या और जनकपुरी की परंपरागत शत्रुता, वैमनस्य तथा एक-दूसरे के प्रति उदासीनता समाप्त हो जाएगी। और राम! दो प्रमुखतम सम्राटों को मिलाकर एक कर देने, उनकी सम्मिलित शक्ति को राक्षसों के विरुद्ध लड़ने के लिए तैयार कर देने का जो स्वप्न मैंने वर्षों से देखा है, वह भी पूर्ण हो जाएगा।..."

गुरु रुक गए, किंतु जब राम ने कोई उत्तर नहीं दिया तो गुरु पुनः बोले, "मैं अभी तुमसे कोई वचन नहीं चाहता, राम! तुम इस विषय में सोच लो, विचार कर लो। अभी थोड़ी देर तक समय हमारे पास है। जल्दी में कोई निर्णय लेना अच्छा नहीं होता, पुत्र!"

अयोध्या से चलने के बाद से गुरु की कही हुई अनेक बातें राम के मस्तिष्क में घुस रही थीं...सिद्धाश्रम में पहुँचने से पहले विश्वामित्र ने उनसे न्याय का पक्ष ले, अत्याचार के विरुद्ध लड़ने का वचन लिया था। पर वचन लेने से पहले अनेक प्रकार की चेतावनियाँ उन्होंने दी थीं। वन जाना होगा...वन जाने से माता-पिता रोकेंगे, भाई-बंधु रोकेंगे, पत्नी रोकेगी...गुरु ने तब रघुकुल के राजाओं के पत्नी-प्रेम पर स्पष्ट व्यंग्य किए थे। तब भी गुरु के मन में राम के विवाह की बात थी क्या? क्या वे पहले से ही निर्णय कर चुके हैं कि राम का विवाह कहाँ हो? क्या जनक की पुत्री सीता वैसी ही कन्या है?...

अहल्या की कथा के बीच में भी, गुरु जान-बूझकर, पत्नी के चुनाव की बात पर रुके थे...उन्होंने पति अथवा पत्नी के जन-कल्याण के प्रति ऐकांतिक समर्पण से उत्पन्न होने वाली समस्याओं की चर्चा की थी। तब राम ने अनजाने ही कहा था—"ऐसी समस्या वहाँ होती है, जहाँ जन-सेवा के प्रति समर्पण एक व्यक्ति का है, पूर्ण परिवार का नहीं...समर्पण व्यक्ति की इकाई के स्तर पर न होकर, परिवार

की इकाई के स्तर पर हो...'' और गुरु ने कहा था, ''तो राम! तुम अपने विवाह से पहले इस पक्ष पर भी विचार कर लेना।''...क्या गुरु के मन में तब भी यही बात थी? क्या राम के लिए सीता का चुनाव गुरु ने पहले से ही कर रखा है?...

पर क्यों? कैसी है सीता?...

अज्ञातकुलशीला सीता...उसके पास अपनी जाति, वर्ग, परिवार, कुल, पंरपरा—कुछ नहीं है दंभ करने को। एक साधारण कन्या, सीता। वह कोई भी हो सकती है—सामान्य कृषक की संतान, सामान्य श्रमिक की संतान। किसी ऐसे निर्धन व्यक्ति की संतान, जो धनाभाव के कारण अपनी संतान को भूखा मरता नहीं देख सका, और उसे त्यागकर भी, उसका जीवन बनाए रखने के लिए, राजा के खेत में छोड़ गया...या वह सत्ता को उसका दोष सीधे-सीधे नहीं बता सका तो इस रूप में अपना विरोध जता गया. ..भूखे बच्चे की पालना का दायित्व किसका है?...शासक का। तो फिर सम्राट् सीरध्वज ही पालें इस संतान को!...कौन है वह पिता? और कैसी होगी उसकी मजबूरी, जिसने उससे उसकी संतान का त्याग करवाया?...कैसा विषम वितरण है धन का—किसी के पास इतना कि रखने का स्थान न हो और किसी के बच्चे भूखे मरें। क्या सोचकर ऐसी व्यवस्था बनाई गई? केवल निजी स्वार्थ, अन्याय, असमता की भावना से ही तो। उत्पादन के साधनों पर उत्पादक का अधिकार नहीं। श्रम कोई करता है और धन कहीं और संचित होता है...बड़ा शालीन विरोध किया है उस व्यक्ति ने, जो सीता का पिता है।...यह विरोध कठोर भी हो सकता है, हिंस्र भी...भला कोई अपने बच्चे को भूखा मरते कैसे देख सकता है? अन्याय कहाँ-कहाँ नहीं है...गुरु इसीलिए आए हैं राम को, अन्याय का विरोध करने के लिए...

या संभव है, वह पिता न हो—वह कोई असहाय माँ हो, जिसने अपनी संतान राजा को समर्पित कर डाली...माँ! असहाय माँ! माँ की बाध्यता क्या होगी? राम ने बचपन से अपनी दुःखिनी माँ को देखा है, उसकी बाध्यताओं को देखा है, पर वैसी बाध्यताओं में कोई माँ अपनी संतान को त्यागती नहीं...वह बाध्यता कोई और ही रही होगी...क्या सीता की माँ ने राजा को इस ढंग से बताया कि उसकी प्रजा में ऐसे जन भी हैं, जो संतान के जन्म के पश्चात् भी, उसे अपना नाम नहीं देना चाहते—उसका दायित्व नहीं उठाना चाहते। पिता के अभाव में, माँ अपने बच्चे को अंगीकार करने का साहस नहीं कर सकी। पिता के अपराध का दण्ड संतान को मिला है। संतान का दोष?...''

सीता अद्भुत रूपवती है, ऐसा गुरु ने कहा है। सीता सम्राट् सीरध्वज के परिवार की परंपराओं में शिक्षित हुई है। उसे राजसी संस्कार मिले हैं। सम्राट् सीरध्वज की प्रिय पुत्री सीता किसके अपराध का दण्ड पा रही है?...वनजा ने किसके अपराध का दण्ड पाया?...अहल्या किसके दोष के कारण पचीस वर्ष तपती रही?...और

सीता?...

सीता का उद्धार...

सीता के योग्य वर मिलना चाहिए।...सीता अयोध्या के महलों के लिए उपयुक्त पुत्रवधू हो सकती है—उसे सीरध्वज ने संस्कार दिए हैं।...पर राम का अत्याचार के विरोध के प्रति ऐकांतिक समर्पण?...क्या सीता राम के साथ अत्याचार के विरोध के लिए महलों की सुख-सुविधा छोड़ सकेगी?...

और सहसा राम के मस्तिष्क में जैसे बिजली कौंधी—गुरु क्यों बार-बार ऐसे संकेत करते रहे...? गुरु क्यों उन्हें जनकपुर ले आए?...सीता राजसी संस्कारों से युक्त साधारण कन्या है। वह भिन्न है...वह राजकुमारी होकर भी साधारण है और साधारण होकर भी राजकुमारी है...राम अपने भविष्य को साफ-साफ देख रहे थे—महलों में राजकुमारी सीता उनके साथ है और वनों में साधारण कन्या सीता...

...गुरु ने इस संबंध के माध्यम से अन्याय और अत्याचारों के विरुद्ध लड़ने वाली मिथिला और अवध की सम्मिलित शक्ति की चर्चा की है...सीता से विवाह कर राम अकारण दण्डित होती अबला सीता की रक्षा करेंगे, दो राज्यों के वैमनस्य को समाप्त करेंगे, अत्याचार के प्रतिरोध को दृढ़ करेंगे...

सीता के साथ विवाह?

बड़ा जटिल प्रश्न है। अयोध्या से चलने के पूर्व, पिता भी राम के विवाह के विषय में ही चर्चा कर रह थे। पिता किससे उनका विवाह कराना चाहते है? और गुरु किससे? राम के विवाह के लिए उपयुक्त पात्र चुनने का अधिकार किसको है—पिता को? अथवा स्वयं राम को?...राम का मन कहता है—यह अधिकार केवल राम को है, और किसी को भी नहीं।...निर्णय राम को ही लेना होगा...राम को...राम गुरु विश्वामित्र की बात का पूर्ण विश्वास कर सकते हैं...

सहसा राम का चिंतन-प्रवाह रुक गया।

वे इस ढंग से क्यों सोच रहे हैं? क्या सीता ने उनसे निवेदन किया है कि वह मुसीबत में फँसी हुई है, राम आकर उसका उद्धार करें? क्या राम सीता पर दया कर, उसका उद्धार करने के लिए उससे विवाह करना चाहते हैं? क्या राम सीता से विवाह कर, उस पर अहसान कर रहे हैं? उसके प्रति करुणा का अनुभव कर अपना बलिदान कर रहे हैं?...ऐसा तो नहीं है। वे इस ढंग से क्यों सोच रहे हैं, जैसे सीता जड़-निष्प्राण वस्तु हो—जैसे उसकी अपनी कोई इच्छा, पसंद, चुनाव, भावना कुछ भी न हो। मानो वह इस प्रतीक्षा में बैठी हो कि राम आकर उसका उद्धार करें. ..राम को यह क्या हो रहा है...वे स्वयं को अतिमानव क्यों समझने लगे हैं?...ठीक है कि सीता वीर्य-शुल्का है। जो पुरुष सम्राट् सीरध्वज की शर्त पूरी करेगा, वह सीता को प्राप्त करने का अधिकारी होगा; किंतु राम अपने योग्य, अपने चिंतन, आदर्शों

और जीवन-लक्ष्य की सहभागिनी पत्नी चाहते हैं, या शर्त बँधी, सुंदरी नारी का शरीर जीतना चाहते हैं? क्या सीता की अनिष्छा होने पर भी राम उसे प्राप्त करना चाहेंगे?...

नहीं! नहीं!

तो राम को दूसरे ढंग से भी सोचना होगा।

ऐसा नहीं है कि राम युवावस्था को प्राप्त हो गए हैं और उनको एक राजकन्या पत्नी के रूप में चाहिए। इसलिए जहाँ कहीं एक सुंदर मुखड़ा देखें, उससे विवाह कर लें।...राम का जीवन एक लक्ष्य को समर्पित है। उनकी अपनी चिंतन-पद्धति है, उनका अपना दर्शन है। उन्हें विवाह के लिए ऐसी संगिनी का चुनाव करना होगा, जो उनके जीवन-लक्ष्य को स्वीकार कर सके...उनकी आयु पच्चीस वर्षों की हो चुकी है। पिता कहीं-न-कहीं उनका विवाह करना ही चाहेंगे...तो वे अपने लिए उपयुक्त पत्नी का चुनाव क्यों नहीं कर लेते..

उपयुक्त पत्नी। सीता?

पर सीता की इच्छा? क्या वह जानती है कि राम विश्वामित्र के साथ यहाँ आए हैं? किसी ने उसे बताया है कि विश्वामित्र उसे राम के लिए उपयुक्त पत्नी समझते हैं? क्या उसने कभी यह सोचा है कि बहुत सारे चिंतन-मनन के बाद, राम इस निष्कर्ष पर पहुँचे है कि सीता—केवल सीता ही उनकी उपयुक्त जीवन-संगिनी हो सकती है?

कौन पूछे सीता से? कौन कहेगा जाकर सीता से? कौन सीता की इच्छा का पता लगाए?

और शिव-धनुष? शिव-धनुष के परिचालन की विधि? राम ने अजगव कभी देखा तक नहीं। फिर वे यह कैसे सोच सकते हैं कि वे उसका परिचालन कर ही लेंगे? राम! तुम बहुत कल्पनाजीवी हो गए हो। तुम बहुत सारी बातों को, परिस्थितियों को पूर्व-स्वीकृत मान लेते हो। तुम मान लेते हो कि सीता तुमसे विवाह करने के लिए व्याकुल है। तुम मान लेते हो कि शिव-धनुष ने तुम्हें वचन दे रखा है कि तुम चाहोगे तो वह तत्काल तुमसे परिचालित हो जाएगा...

क्या हो गया राम तुम्हें? थोड़ी-सी सफलताएँ तुम्हारे मस्तिष्क को तो नहीं चढ़ गईं? तुम स्वयं को अतिमानव क्यों मानने लगे हो? या यह तुम्हारी मनोकामना का स्वेच्छित चिंतन है?

प्रश्नों के बीच घिरे राम को लक्ष्मण ने टोका, ''भैया, ऋषि आपको बुला रहे हैं।''

राम ने चौंककर लक्ष्मण को देखा। लक्ष्मण वाटिका देखने गए थे, लौटकर

अब उनके सम्मुख आए थे। इस बीच वे अवश्य ही गुरु के पास हो आए थे।

राम चल पड़े।

गुरु को अपनी ओर से निश्चित उत्तर वे दे सकते हैं, पर सीता की इच्छा और शिव-धनुष की शर्त...

"राम!" गुरु ने कहा, "पुनर्वसु ऋषि शतानन्द को सूचित कर आया है, पुत्र! उसने कहा है, आज संध्या समय शतानन्द और सम्राट् सीरध्वज दोनों ही यहाँ आएँगे।...वत्स! यदि तुम अपना मन मेरे सम्मुख खोल सको...।"

राम कुछ चकित-से गुरु की ओर देखते रहे। गुरु कितने सहज रूप से ऐसे प्रश्न पूछ लेते हैं, जैसे ये भी दैनिक-क्रम की बातें हों। या गुरु और राम के बीच कोई अंतराल न हो...पर गुरु सहज होंगे तो ही राम भी सहज हो पाएँगे...गुरु का पूछना उचित ही है, उनका सारा आगामी कार्यक्रम राम के उत्तर पर निर्भर करता है...

"गुरुदेव! मैं कर्म को प्रस्तुत हूँ।" राम बोले, 'किंतु महादेव शिव का धनुष मैंने देखा तक नहीं है। आप ही के कहने के अनुसार वह साधारण धनुष न होकर एक अद्भुत यंत्र है, जिसके संचालन की कोई विशेष रीति है। संभव है, उस युक्ति का मुझे ज्ञान ही न हो; और इतना समय तो है नहीं कि महादेव को प्रसन्न कर उनसे यह युक्ति सीख आऊँ।"

विश्वामित्र मुस्कराए, "यह जानते हुए भी कि सीता अज्ञातकुलशीला युवती है और सीरध्वज ने उसका पोषण मात्र किया है; यदि तुम उससे विवाह के लिए प्रस्तुत हो तो अजगव की चिंता तुम मुझ पर छोड़ दो।" गुरु तनिक-सा रुककर, आँखों से राम को तोलते हुए बोले, "जो व्यक्ति वनजा को सम्मान का वचन दे सकता है, अहल्या को सामाजिक प्रतिष्ठा देने का साहस कर सकता है, वह सीता के साथ अवश्य ही न्याय करेगा—ऐसा मेरा विश्वास है। और तुम मुझ पर विश्वास करो, राम! तुम सीता को अपने योग्य पत्नी पाओगे।"

राम को लगा, गुरु भी चिंतन की वही भूल कर रहे हैं, जो थोड़ी देर पूर्व स्वयं राम कर रहे थे। क्या राम की ही इच्छा सर्वोपरि है? सीता की कोई इच्छा नहीं? सीता की सहमति की किसी को चिंता नहीं?

राम कुछ संकुचित हुए, किंतु कहना तो था ही, "ऋषिवर! आपका संपूर्ण बल इस विषय में मेरी इच्छा जानने पर है; पर जनककुमारी की भी अपनी कोई इच्छा होगी...'

विश्वामित्र विचलित नहीं हुए, "तुम्हारा विचार बहुत ही उत्तम है, वत्स! किंतु जनककुमारी की इच्छा जानने का हमारे पास कोई साधन नहीं है। ऐसी स्थिति में

अपनी पुत्री की इच्छा जानने का दायित्व सम्राट् सीरध्वज पर है। वैसे वीर्य-शुल्का घोषित होने के पश्चात् कन्या की इच्छा के विषय में क्या कहा जा सकता है!''

गुरु मौन हो गए। उनकी आँखें राम के चेहरे की ओर प्रश्नवाचक मुद्रा में उठ गईं, जैसे पूछ रही हों, ''क्या कहते हो?''

''विवाह के लिए मैं प्रस्तुत हूँ, गुरुदेव!'' अंततः राम बोले, ''किंतु...''

''...किंतु बारात का क्या होगा।'' सारे वार्तालाप में लक्ष्मण पहली बार बोले और जोर से हँस पड़े।

राम भी मुस्कराए, ''किंतु अजगव-परिचालन की युक्ति का क्या होगा?''

''पुत्र! मैंने कहा न, इस युक्ति का बोझ मुझ पर छोड़ दो। आओ, तुम्हें युक्ति सिखाऊँ। न केवल मैं तुम्हें अजगव-परिचालन की युक्ति बताना चाहता हूँ, साथ ही एक और निर्देश भी देना चाहता हूँ। उस यंत्र में एक आत्म-विस्फोटक पदार्थ लगा हुआ है। मैं चाहूँगा, पुत्र! तुम उस विधि को भी सीख लो, जिसके द्वारा वह आत्म-विस्फोटक पदार्थ प्रेरित किया जा सकता है। उस पदार्थ को एक बार प्रेरित कर दिया जाए, तो वह अजगव को खण्ड-खण्ड कर देगा। इस कार्य से एक ओर तुम सीता से विवाह का प्रतिबंध पूर्ण कर, सीता का पाणिग्रहण करने में समर्थ होओगे और दूसरी ओर समस्त देव जातियों, आर्य सम्राटों और साधारण प्रजाजन को इस भय से मुक्त कर दोगे कि किसी समय यदि यह शिव-धनुष राक्षसों के हाथ में पड़ गया, तो वे इसकी सहायता से प्रजा का सर्वनाश कर डालेंगे।''

राम का द्वंद्व मिट गया। असामर्थ्य का बोध पिघलकर अनस्तित्व में विलीन हो गया। वे पहले के समान निर्द्वंद्व, आत्मविश्वासी सहज राम हो गए। उनके मुख पर अलौकिक उल्लास छा गया। बोले, ''गुरुदेव! जीवन तो मुझे मेरे माता-पिता ने दिया है, किंतु उसे सार्थक करने का सारा श्रेय आपको है। इन समस्त कृत्यों का उपकरण बनाने के लिए यदि आपकी चयन-दृष्टि मुझ पर ही पड़ी है तो मैं प्रस्तुत हूँ।''

चपल लक्ष्मण महिमा-मण्डित राम को देखते ही रह गए। कुछ नहीं बोले।

विश्वामित्र की आँखों में वात्सल्य था और अधरों पर मंद हास। बोले, ''आओ, पुत्र! अब पहले युक्ति सीख लो।''

सीरध्वज को सूचना मिली। वे हतप्रभ रह गए।

विश्वामित्र का आना कोई नई बात नहीं थी। यदा-कदा कौशिकी-तट से सिद्धाश्रम और सिद्धाश्रम से कौशिकी-तट की ओर आते-जाते, वे जनकपुर के बा़हर वा़टिका में रुक जाया करते थे। उनका संदेश पाकर, सीरध्वज उनके दर्शन के लिए उपस्थित हुआ करते थे।...और इन दिनों तो सीरध्वज यज्ञ का अनुष्ठान कर रहे

थे। अनेक ऋषि-मुनि इन दिनों जनकपुर के आस-पास ठहरे हुए थे। विश्वामित्र का इस अवसर पर आना सर्वथा अपेक्षित था।

...किंतु दशरथ के राजकुमारों का आना अपूर्व बात थी। सीरध्वज समझ नहीं पा रहे थे कि यह शुभ है अथवा अशुभ। वे इससे प्रसन्न हों या अप्रसन्न।...जहाँ तक उन्हें अपने पूर्वजों को स्मरण था, आज तक अयोध्या-नरेशों के साथ उनका कभी कोई संपर्क नहीं रहा। किसी समय व्रात्य कहकर उन्हें पाश्चात्य आर्यों ने अपने समाज से बहिष्कृत किया था, और तब से वह वैमनस्य अथवा असंपर्क निरंतर चला आ रहा था। दशरथ की ओर से कभी कोई ऐसा प्रयत्न नहीं हुआ, जिससे उन दोनों में कोई संपर्क स्थापित हो सकता। तो फिर सीरध्वज ही क्यों अपनी ओर से सक्रिय होते? वे स्वयं को किसी भी प्रकार पाश्चात्य आर्यों से हीन नहीं पाते। सीता के संबंध में जब उन्होंने अजगव-विषयक प्रण किया था, उसकी सूचना सभी दिशाओं में भिजवाई थी, किंतु अयोध्या तक उनका दूत कभी नहीं गया।...और आज राम और लक्ष्मण, स्वयं चलकर जनकपुरी के बाहर, वाटिका में आ उपस्थित हुए हैं।...सीरध्वज इसे क्या समझें? क्या प्रकारांतर से दशरथ ने मैत्री का हाथ बढ़ाया है? या यह दशरथ की कोई अबूझनीय चाल है? या राम और लक्ष्मण अपने पिता को सूचना दिए बिना ही विश्वामित्र के साथ यहाँ आ गए हैं?...

...विश्वामित्र अद्भुत ऋषि हैं—उदारमना। अत्यंत मौलिक ढंग से सोचने वाले। वे इस प्रकार के अनेक कार्य करते रहे हैं, जो अन्य लोगों के लिए अकल्पनीय थे।...और सीरध्वज ने, इन लोगों के जनकपुर आने की सूचना के साथ, अपने चरों से एक सूचना और पाई है—विश्वामित्र के साथ राम और लक्ष्मण अहल्या के आश्रम पर भी गए थे।

...अहल्या का आश्रम, अर्थात गौतम का प्राचीन आश्रम।

सीरध्वज के मन में पच्चीस वर्ष पूर्व घटित अनेक घटनाएँ सजीव हो उठीं।...वे वहाँ उपस्थित थे। उनका मन यह मानता भी था कि अहल्या का कहीं कोई दोष नहीं था...पर इन्द्र जाते-जाते अहल्या को लांछित कर गया था और अनेक लोगों ने उनका विश्वास भी कर लिया था। आश्रम के उपकुलपति ने स्वयं आश्रम को भ्रष्ट घोषित कर दिया था। सीरध्वज क्या करते? क्या वे धर्म-नेताओं का विरोध करते?...धर्म-नेताओं का विरोध सोच-समझकर ही किया जा सकता था। फिर अहल्या भी कोई साधारण स्त्री नहीं थी। वह कुलपति की पत्नी थी—ऋषि-पत्नी। उसका चरित्र संदेहातीत होना चाहिए था। उस दुर्घटना के पश्चात् उसके चरित्र के विषय में लोगों के मन में अनेक संदेह थे...कम-से-कम वह संदेहातीत नहीं रह गया था...तब क्या करते सीरध्वज? वे द्वंद्व के जबड़ों में जा फँसे थे। उसी द्वंद्व में न इन्द्र का विरोध कर सके, न अहल्या को निर्दोष कह सके। गौतम को उन्होंने हठपूर्वक

नए आश्रम का कुलपति बनाया था, शतानन्द को बड़े होने पर राज-पुरोहित नियुक्त किया था...किंतु अहल्या के लिए वे कुछ नहीं कर सके...द्वंद्व में फँसा आदमी काम करके भी नहीं करता...

अब वह साहस राम ने किया था।

इतने वर्षों तक विश्वामित्र राम-जैसे एक पुरुष को खोजते रहे होंगे...अहल्या निर्दोष घोषित हुई। सीरध्वज की ग्लानि भी हल्की हुई। बहुत भुलाने पर भी इतने वर्षों में वे उस घटना को भूल नहीं पाए। अहल्या की पीड़ा के लिए अंशतः वे स्वयं को भी अपराधी मानते रहे हैं। पच्चीस वर्षों तक ढोए गए अपराध-बोध से मुक्त होना कितना सुखद है!...

सहसा सीरध्वज का ध्यान शतानन्द की ओर चला गया।

राज-पुरोहित की क्या प्रतिक्रिया रही होगी?...शतानन्द ने भी सुना होगा।...जिस व्यक्ति ने सामाजिक दृष्टि से बहिष्कृत, अप्रतिष्ठित, अपमानित उनकी माता का उद्धार किया है, शतानन्द उस व्यक्ति के विषय में क्या सोचते होंगे?...

सीरध्वज, यदि राम और लक्ष्मण के जनकपुर में आने को शुभ मानकर, उनकी ओर मैत्री का हाथ बढ़ाएँ भी—यदि वे मान लें कि दशरथ ने इसी बहाने, प्रकारांतर से उनके साथ मैत्री स्थापित करने का प्रयास किया है—तो उनका मंत्रिमण्डल, राजनीति के नाम पर उनका विरोध करेगा या समर्थन? और राजनीति में सबसे अधिक हस्तक्षेप करने वाला ब्राह्मण-समाज क्या कहेगा? परंपराओं को लेकर यह वर्ग बहुत हठी है। राज-पुरोहित क्या कहेंगे?...राज-पुरोहित शतानन्द! पर शतानन्द राम का विरोध कैसे कर सकेंगे?...नहीं कर सकेंगे—राम ने उनका ऐसा हित किया है, जिससे वे कभी उऋण नहीं हो सकते।

सीरध्वज मुस्करा पड़े—तुम महान् हो, विश्वामित्र! राम को पहले अहल्या के आश्रम में ले गए। राज-पुरोहित का हित कर पुरोहित वर्ग को तुमने वहीं जीत लिया। अब तुम राजनैतिक विरोध मिटाने आए हो। अद्भुत है तुम्हारी योजना, विश्वामित्र!

...और कैसे हैं ये दोनों राजकुमार? प्राप्त सूचनाओं के अनुसार उनका वय भी अधिक नहीं है। एक नवयुवक है, दूसरा किशोर। और अभी से इतने चामत्कारिक कर्म हैं इनके। क्या यह विश्वामित्र का प्रभाव है?...पर विश्वामित्र तो प्रेरणा मात्र हैं—कर्म तो राम और लक्ष्मण के ही हैं।

...जो भी हो। सीरध्वज को विश्वामित्र से मिलने जाना होगा; वहाँ जाकर राम और लक्ष्मण की ओर से उदासीन नहीं रहा जा सकता।

सम्राट् और राज-पुरोहित आम्र-वाटिका की ओर चले।

रथ में बैठे हुए सीरध्वज ने बार-बार राज-पुरोहित की ओर देखा। कई बार मन हुआ कि उनसे पूछें कि इस सारे प्रसंग और विशेषकर राम के विषय में उनका क्या विचार है? पर शतानन्द असाधारण रूप से चुप थे। वे अपने विचारों में इस प्रकार उलझे हुए थे कि उनसे उबरकर, सामान्य शिष्टाचार का निर्वाह भी उनके लिए कठिन हो रहा था।

पूछताछ सीरध्वज को उचित नहीं लगी।

शतानन्द मानो किसी और लोक में श्वास ले रहे थे। उन्होंने विश्वामित्र को कई बार देखा था। अपने शैशव से ही देखते चले आ रहे थे; किंतु राम और लक्ष्मण को देखे बिना ही उनके धूमिल चित्र उनके मन में बन गए थे। फिर भी उन्हें देखने की एक उत्सुकता थी—कैसे हैं राम और लक्ष्मण? विशेष रूप से राम...

राम के कारण ही आज शतानन्द का अपमान धुल गया है। अब उनकी माँ को कोई पतित नहीं कहेगा। राम ने ही उन्हें प्रतिष्ठा दी है, सामाजिक मान्यता और सम्मान दिया है। उनकी माँ, जो वर्षों से अपने आश्रम में बंदिनी थीं शिलावत्, आज इन्हीं राम के कारण अपने पति के आश्रम में चली गई हैं। राम के ऋण से कैसे उऋण होंगे शतानन्द?...राम, सम्राट् सीरध्वज के प्रायः अमित्र दशरथ के पुत्र हैं। किंतु इस असंपर्क—उदासीनता को, ठीक-ठीक शत्रुता तो नहीं माना जा सकता।..फिर दशरथ के पुत्र होकर भी राम ने शतानन्द के लिए जो कार्य किया है, वह परम हितैषी होते हुए भी स्वयं सीरध्वज अथवा उनका कोई मित्र नरेश नहीं कर सका। राम के कार्य का श्रेय तो राम को ही देना पड़ेगा...

...आज रह-रहकर शतानन्द को अपना बचपन याद आता है। आरंभिक बचपन की हल्की-हल्की स्मृतियाँ हैं उन्हें...

नए आश्रम के कुलपति बनकर पिताजी ने इन्द्र को शाप दिया था; और उसके पश्चात् वे उस शाप की रक्षा में दत्तचित्त हो गए थे। उनसे कोई ऐसा कार्य न हो जाए कि उन पर कोई अँगुली उठा सके। कुछ ऐसा न हो कि उनके महत्त्व को कम कर, कोई उनके शाप की अवहेलना करने का साहस कर सके।...शाप देने के बाद, अपनी कुटिया में आकर, पिताजी शतानन्द को वक्ष से चिपकाकर कितना रोए थे। उसके पश्चात् भी कितने ही दिनों तक शतानन्द ने अपने पिता को बाहर दृढ़ चट्टान के समान कार्य करते और कुटिया के भीतर घुटते, तड़पते और रोते देखा था...क्रमशः पिताजी अपने आपको ग्रंथों, वार्ताओं, ज्ञान-सम्मेलनों, चिंतन-मनन, समाधि इत्यादि में डुबोते चले गए, जैसे अपने मन की यातना से बचने के लिए कोई आश्रय ढूँढ रहे हों...

शतानन्द राम के प्रति गहरी कृतज्ञता का अनुभव कर रहे थे। वे नहीं जानते

कि सीरध्वज के मन में क्या था; किंतु इस अवसर पर सीरध्वज और दशरथ में मैत्री स्थापित हो सके तो एक अभूतपूर्व कार्य होगा—एक नए युग का सूत्रपात। और शतानन्द को इस युगपुरुष राम को बार-बार देखने का अवसर मिलेगा।

आम्रवाटिका में प्रवेश करते ही पुनर्वसु ने उन्हें सूचना दी कि गुरु उन्हें मिलने के लिए प्रस्तुत बैठे हैं।

वह उनकी अगवानी करता हुआ, विश्वामित्र तक ले गया। दोनों ने झुककर गुरु विश्वामित्र का अभिवादन किया, किंतु गुरु स्पष्ट देख रहे थे कि शतानन्द तथा सीरध्वज दोनों का ही ध्यान राम में अटका हुआ था।

सीरध्वज ने देखा—असाधारण रूप था दोनों भाइयों का—सुंदर, तेजस्वी, पुष्ट और वीर। उनके शरीर सामान्य राजकुमारों के समान कोमल, भद्दे आकार वाले तथा चर्बी से लदे हुए नहीं थे। उन्होंने विलास में नहीं, परिश्रम तथा शस्त्राभ्यास में आकार ग्रहण किया था। राम का वर्ण साँवला था, बड़ी-बड़ी स्वच्छ, ईमानदार, निर्भीक आँखें, चौड़ा माथा, तीखी नाक, मोहक हँसी से आवेष्टित होंठ, दृढ़ संकल्प वाली ठुड्डी। ऐसे ही तो एक पुरुष की खोज थी सीरध्वज को अपनी वीर्य-शुल्का पुत्री सीता के लिए।..पर क्या सीता से विवाह का प्रस्ताव राम मान जाएँगे...और फिर अब तो, बीच में, शिव-धनुष-संचालन का प्रतिबंध भी था।...

"क्या ये ही सम्राट् दशरथ के राजकुमार राम और लक्ष्मण हैं?" सीरध्वज विश्वामित्र की ओर उन्मुख हुए।

"हाँ, राजन् यह ही दाशरथि राम और लक्ष्मण हैं।"

"इनके आने से पूर्व ही इनके यश की सुगंध जनकपुर पहुँच चुकी है, ऋषिवर!" सीरध्वज अत्यंत नम्र स्वर में बोले, "यदि अपने मन की बात कहूँ तो आपके जनकपुर आने से तो मैं धन्य हुआ ही हूँ; विशेष रूप से राम और लक्ष्मण का जनकपुर में स्वागत करते हुए मैं अपूर्व आनंद का अनुभव कर रहा हूँ। ऋषिवर! इन राजकुमारों के जनकपुर-आगमन को मैं शुभ मानूँ?"

विश्वामित्र ने अपनी मर्यादा की सीमा को लाँघकर, उन्मुक्त अट्टहास किया, "आशंकाओं से पीड़ित और व्यथित न रहो, सीरध्वज! राम नए युग का पुरुष है। पूर्वाग्रहों से मुक्त होओ। राम का आगमन सदा शुभ होता है। क्यों, शतानन्द?"

शतानन्द के चेहरे पर कृतज्ञता, उल्लास और करुणा के भाव पूँजीभूत हो गए। बोले, "ब्रह्मर्षि! मैं क्या कहूँ, मेरी समझ में नहीं आता। मैं तो चमत्कृत हूँ। ऐसा अद्‌भुत कर्म और ऐसा अद्‌भुत पुरुष मैंने पहले कभी नहीं देखा। फिर इनका वय देखकर और भी विस्मित हो जाता हूँ—कुमार वय और ऐसा चमत्कार!"

"राज-पुरोहित!" लक्ष्मण बोले, "ऐसे अनेक चमत्कार और होंगे। भैया राम

सचमुच अद्‌भुत हैं। मेरी माँ कहती हैं...''

''लक्ष्मण! अपना प्रचार-विभाग बंद करो।'' राम ने स्नेह-भरे स्वर में डाँटा।

गुरु हँसे, ''सौमित्र ठीक कहते हैं। राम सचमुच अद्‌भुत पुरुष हैं।''

शतानन्द विस्मय से राम की ओर देखते रहे; और फिर जैसे अपने आपसे ही बोले, ''सोचता हूँ, माँ को अपने सम्मुख देखकर पिताजी को कैसा लगा होगा?...''

''ऋषि गौतम खड़े-खड़े देवी अहल्या को देखते रहे।'' लक्ष्मण ने बताया, ''उनकी आँखें डबडबा आईं। थोड़े-से किंकर्तव्यविमूढ़ हो गए थे शायद। फिर भैया राम से बोले, 'राम! आज सचमुच ही राजनीतिक सत्ता पर ऋषिसत्ता की विजय हुई है। एक ऋषि ने इन्द्र को शाप देकर भी अपनी पत्नी को निष्कलंक वापस प्राप्त किया है। राघव! यदि तुम्हारा जन्म कुछ पहले हुआ होता तो ऋषियों को इतना तपना नहीं पड़ता।''

''राम की प्रशंसा का एक-एक शब्द लक्ष्मण को स्मरण रहता है।'' गुरु मुस्कराए, ''और प्रशंसा का अवसर वे किसी और को देना नहीं चाहते।''

''लक्ष्मण अपना जीवन सार्थक कर रहे हैं।'' शतानन्द के मुख से उच्छ्‌वास निकल गया।

''अच्छा, ऋषिवर! अब अनुमति दें।'' सीरध्वज बोले, ''कल प्रायः राज-प्रासाद में इन दोनों राजकुमारों तथा ब्रह्मचारियों के साथ दर्शन देने की कृपा करें।''

''अवश्य, सम्राट्!'' विश्वामित्र ने उत्तर दिया, ''किंतु मैं एक विशिष्ट कार्य से जनकपुर में उपस्थित हुआ हूँ।''

सीरध्वज सचेत हो गए। वे तो कब से इस वाक्य की प्रतीक्षा में थे। विश्वामित्र राम और लक्ष्मण को अकारण ही जनकपुर नहीं लाए हैं...

''आदेश दें, ऋषिवर!''

''राजन्! राम तुम्हारे पास धरोहर-स्वरूप रखे हुए शिव-धनुष के दर्शन करना चाहते हैं।''

''उनकी इच्छा पूरी होगी।''

सीरध्वज और शतानन्द उठ खड़े हुए।

लौटते हुए संयमी सीरध्वज भी मन-ही-मन प्रसन्नता और अप्रसन्नता, उत्फुल्लता और विपन्नता के द्वंद्व में ग्रस्त हो गए थे। बुद्धि कहाँ-कहाँ की कुलाँचें भर रही थी। कितने ही सूत्र वे अपनी कल्पना से जोड़ चुके थे, किंतु निश्चित बात तो भविष्य ही कह सकेगा।

उनके मन में जो बात कौतूहल के रूप में जन्मी थी, वह सच भी हो सकती है। विश्वामित्र एक निश्चित योजना के अधीन राम को जनकपुर लाए हैं। उनकी

इच्छा है कि राम और सीता का विवाह हो जाए, मिथिला और अयोध्या में मैत्री हो जाए...तभी तो उन्होंने शिव-धनुष की बात उठाई है। क्या वे नहीं जानते कि शिव-धनुष का क्या महत्त्व है? अवश्य जानते हैं। क्या वे नहीं जानते कि सीता वीर्य-शुल्का घोषित हो चुकी है?...उनको जानना ही चाहिए। शिव-धनुष संबंधी सूचना के माध्यम से क्या विश्वामित्र ने अपनी और राम की इच्छा प्रकट की है...?

पर सीरध्वज की इच्छा क्या है?...सीरध्वज की इच्छा...मन कहीं पीड़ा से भर आया—अब सीरध्वज की क्या इच्छा! जब उनकी इच्छा थी, तब स्वीकार योग्य कोई साधारण-सा भी कुमार नहीं आया। और आज जब सीरध्वज ने अपनी इच्छा शिव-धनुष के अधीन कर दी है, तो स्वयं राम चलकर जनकपुर आ गए हैं।...ओह सीरध्वज! तेरा भाग्य! अब यदि राम शिव-धनुष संचालित न कर सके, तो इच्छा के होते हुए भी, सीरध्वज क्या कर सकेंगे! अपना ही सही, पर प्रण तोड़ने की शक्ति उनमें नहीं है।

"सीता! मेरी पुत्री..."

जब कभी सीता के विषय में सोचने के लिए सीरध्वज ने अपने मन को उन्मुक्त छोड़ा है, उनके सामने बार-बार एक छोटा-सा खेत उभरा है। उस खेत की मिट्टी पर एक नवजात बच्ची पड़ी जोर-जोर से रो रही है। दो-एक दिनों की वह बच्ची न तो किसी कपड़े में लिपटी हुई है, न उसके गले अथवा कलाइयों में कोई सूत्र है। किसकी है यह बच्ची? इसे कौन छोड़ गया है यहाँ?

कोई सूचना नहीं। जानने का कोई स्रोत भी नहीं। इस समय बच्ची धरती की गोद में पड़ी है, उसी की पुत्री है। और कोई नहीं है उसका।

राजाज्ञा से बच्ची उठा ली जाती है। राजा को खेत में हल जोतने की प्रथा पूरी करनी है—बच्ची को खेत में पड़ी रहने नहीं दिया जा सकता।

किंतु राजादेश से बच्ची के उठा लिये जाने मात्र से कार्य पूरा नहीं हो सकता। बच्ची के पालन-पोषण की कोई-न-कोई व्यवस्था करनी होगी। किसका दायित्व है यह? माता-पिता का। किंतु यदि माता-पिता संतान को इस प्रकार खुले खेत में छोड़ जाएँ तो?...पर क्यों छोड़ गए माता-पिता? उन्हें अपनी संतान से प्यार नहीं! वह कौन-सी मजबूरी थी? कोई भी मजबूरी रही हो—ऐसी मजबूरी के लिए उत्तरदायी कौन है? देश का राजा! हाँ, देश का राजा। जिस देश में माता-पिता अपनी किसी मजबूरी के कारण अपने नवजात शिशु को खेत में छोड़ जाने को बाध्य हों, उस देश का राजा अवश्य ही प्रजापालन के अपने कर्तव्य से स्खलित हुआ है। उसे अपने दायित्व का बोध नहीं रहा—अच्छा किया इस बच्ची के माता-पिता ने, बच्ची को यहाँ छोड़ गए। राजा को अपने दायित्व का बोध तो हो। अब राजा अपना दायित्व पूरा करे—वह इस बच्ची का पालन-पोषण करे।

बच्ची, राजाश्रय में पलने के लिए, राजप्रासाद में आ गई।

पर सीरध्वज सम्राट् ही नहीं, एक व्यक्ति भी था। उस व्यक्ति के वक्ष में पिता का हृदय था। संतान के अभाव में पिता का हृदय भूखा था। सीता राजाश्रय में पलने वाली भूमि-पुत्री थी। राजा भूमि-पति होता है—भूमि-पुत्री का पिता सीरध्वज ही हो सकता था। सीरध्वज बच्ची को देखता। बच्ची उसे बार-बार आकर्षित करती। बार-बार सीरध्वज के मन की ममता उबल-उबलकर उसे बाध्य करती।...एक दिन सीरध्वज ने बच्ची को हृदय से लगा लिया, "मेरी बच्ची!"

सीता सुनयना की गोद में डाल दी गई।

सीता सम्राट् सीरध्वज जनक की राजकुमारी थी। वह राजसी संस्कारों में पल रही थी। किंतु साथ ही वह व्यक्ति सीरध्वज की पुत्री भी थी। पिता-पुत्री एक-दूसरे को अच्छी तरह समझते थे।...सीता युवावस्था की ओर बढ़ रही थी। सीरध्वज उसके योग्य वर के लिए, आर्य राज परिवारों में दृष्टि दौड़ा रहे थे—किंतु सब जगह सीता के कुल को लेकर, उसके जन्म के संबंध में संदेह थे, आशंकाएँ थीं, लांछन थे।...सीता असाधारण रूपवती थी, उसके रूप की सब ओर चर्चा थी। अनेक पुरुष उसे पालने के लिए इच्छुक थे; किंतु न तो वे पिता सीरध्वज को स्वीकार्य थे, न सम्राट् जनक को। उनमें किसी से संबंध जोड़ने पर कहीं सम्राट् का अहं आहत होता था, कहीं पिता का मन पीड़ित होता था। किसी आकांक्षी की आयु अनुकूल नहीं थी, किसी की पहले से ही सौ-पचास रानियाँ थीं और वह उनमें एक संख्या की वृद्धि करना चाहता था। कहीं रूप नहीं, कहीं गुण नहीं।

सीरध्वज परेशान थे।

और तभी अनेक नरेशों का मिथिला पर सामूहिक आक्रमण हुआ। आक्रमण का लक्ष्य थी—सीता। 'सीता हमें दो!' सीरध्वज ऐसा समझौता नहीं कर सकते थे। राज्य की रक्षा के लिए वे पुत्री का बलिदान नहीं कर सकते थे। युद्ध...! युद्ध...! मिथिला की शक्ति सीमित थी। दार्शनिक और संन्यासी सीरध्वज ने मिथिला को सैनिक शक्ति की दृष्टि से कभी भी बहुत दृढ़ नहीं किया। तब उन्हें पहली बार सैनिक शक्ति की अनिवार्यता का पता लगा था। वे इतने नरेशों की सम्मिलित वाहिनी से युद्ध नहीं कर सकते थे। क्रमशः उनकी शक्ति का क्षय हो रहा था...किंतु सीरध्वज अपनी पुत्री सीता को किसी भी मूल्य पर इन दुष्टों के हाथ नहीं सौंप सकते थे।

...सीरध्वज को तब बार-बार गौतम का पुराना आश्रम याद आया था। सारे समाज का विरोध होने पर भी गौतम ने, अपनी पत्नी की सम्मान-रक्षा के लिए, सब कुछ दाँव पर लगा दिया था। अंत में उन्होंने इन्द्र को दण्डित किया था...सीरध्वज ने तब गौतम की पीड़ा की तीव्रता को जाना था...और तब याद आया

था इन्द्र...गौतम का समर्थन कर सीरध्वज ने इन्द्र का विरोध किया था, अप्रत्यक्ष ही सही। किंतु उस युद्ध में विजयी होने के लिए उन्हें इन्द्र से सहायता की याचना ही करनी पड़ी।...हल्के-से विरोध के होते हुए भी मिथिला का पराजित हो जाना इन्द्र के हित में नहीं था। सैनिक सहायता आई और मिथिला की रक्षा हुई।

सीरध्वज ने एक बार मिथिला की रक्षा कर ली थी; किंतु सीता के अविवाहित रहने पर ऐसी स्थिति बार-बार आ सकती थी। सीरध्वज हर बार न तो युद्ध कर सकते थे, न हर बार उन्हें इन्द्र की सहायता ही मिल सकती थी। इन परिस्थितियों की पुनरावृत्ति से बचने के लिए सीरध्वज ने शिव-धनुष का सहारा लिया था—सीता वीर्य-शुल्का घोषित की गई। जो शिव-धनुष को संचालित करेगा, सीता का विवाह उसी के साथ होगा...

और अब आए हो तुम, राम!

सीरध्वज क्या करें? शिव-धनुष के प्रतिबंध को बीच में लाकर, वे अपनी पुत्री को राम जैसे योग्य वर से वंचित तो नहीं कर रहे? सीता की क्या इच्छा है? उन्हें सीता से भी बात कर लेनी चाहिए...

सीता के सामने यह प्रश्न जीवन में पहली बार नहीं आया था। पिता सीरध्वज ने उसे अत्यंत लाड़ली पुत्री के रूप में पाला था। पिता के प्रति असाधारण आदर-सम्मान, जनकपुर के राजप्रासादों का शील-शिष्टाचार, पिता का सम्राटत्व...कुछ भी पिता-पुत्री के बीच कभी दीवार बनकर नहीं आया था। वयस्कता की ओर बढ़ते ही, सीरध्वज ने पुत्री की बुद्धि को पूरा महत्त्व देना आरंभ कर दिया था। सम-धरातल पर, परस्पर विचार-विमर्श होता था। सीता-संबंधी किसी भी मामले में, सम्राट् ने पूर्णतः स्वयं निर्णय कभी नहीं लिया। सीता के विवाह के विषय में ही वे स्वयं निर्णय कैसे ले लेते।

सीता सोचती हैं तो उन्हें लगता है कि अपने शैशव में उन्होंने माता-पिता को संतान-संबंधी जितनी तृप्ति दी है, बड़े होते ही उतनी ही चिंता और क्लेश दिया है।

पहला चरण वह था, जब माता अपने भीतर गुम हुई कुछ सोचती रहतीं थीं, और पिता अपनी लाड़ली पुत्री के लिए आर्य राजमहलों में कोई योग्य वर ढुँढ़वा रहे थे।...सीता को वे दृश्य नहीं भूलते, जब सम्राट् के गुप्तचर विभिन्न राजधानियों से लौटते थे। सम्राट् उत्सुकता और आशा भरी आँखों से गुप्तचरों को, धावकों को, अनुचरों को देखते थे...किंतु आगंतुक चवर मुँह लटकाकर चुपचाप खड़े रह जाते थे. ..प्रत्येक राजधानी में सीता के सौंदर्य के साथ-साथ उसकी जन्म-कथा की चर्चा थी। उसके जन्म और कुलशील को लेकर प्रश्न, संदेह और लांछन थे...कोई नहीं मानता था कि वह सीरध्वज की पुत्री होने के कारण, मिथिला-नरेशों के प्रसिद्ध कुल की राजकुमारी है...विभिन्न राजपरिवारों ने सम्राट् द्वारा सीता के दहेज में अपना संपूर्ण

वैभव दे देने का अधिकार तो स्वीकार किया था, अपना कुल-गोत्र देने का नहीं।

तभी सीता ने पिता को एक नई चिंता से पीड़ित होते पाया। उन्हें लगता था कि जब तक वे जीवित हैं, तब तक सीता उनकी पुत्री है, राजकुमारी है, राजकुल की सम्मानित सदस्या है। पर कल जब वे नहीं रहेंगे, तब सीता को उनकी दुहिता का सम्मान कौन दिलाएगा? उस समय यदि कहीं से यह बात उठी कि सीता अज्ञातकुलशीला युवती हैं, और उसका राज-कुल से कोई रक्त-संबंध नहीं है, तो उसकी, उसके अधिकारों की रक्षा कौन करेगा?

सीता का मन पिता के लिए तड़प-तड़प उठता था, पर कुल-गोत्र की अवधारणाओं से जकड़े समाज से वह पिता की रक्षा कैसे करतीं? एक ओर सीरध्वज को उनकी वर्तमान आयु क्षीण कर रही थी, दूसरी ओर सीता के भविष्य की चिंता...और माता सुनयना कभी अपने पति को देखतीं, कभी अपनी पुत्री को...

फिर एक-एक कर सीता का हाथ माँगने वाले आए। वे सीता का हाथ नहीं माँग रहे थे, वे सम्राट् पर कृपा कर रहे थे, सम्राट् को एक बड़ी चिंता से मुक्त कर रहे थे...

वे थे कैसे-कैसे...

एक की आयु सम्राट् जनक से दो वर्ष अधिक थी। आँखों से कम सूझता था। दाँतों के नाम पर मुख में दो ही दाँत शेष थे, जो हाथी के बाहरी दाँतों के समान दिखाने के काम में आते थे। चेहरे की झुर्रियाँ सागर की अनंत लहरों के समान थीं। बस, पैर नहीं चलते थे, शरीर के शेष अंग निरंतर चलते रहते थे...

एक के अंतःपुर में अब तक केवल ढाई सौ महारानियाँ थीं। मदिरा कुछ इस प्रकार पीते थे, जैसे अगस्त्य ने सागर पी डाला था। आसन पर तो कभी-कभार ही विराजते थे, अधिकांशतः फर्श पर औंधे पड़े दिखाई देते थे...

एक की केवल एक ही आँख नहीं थी।

एक शरीर से कुछ अधिक पुष्ट थे। ईश्वर की लीला कि हाथी को मनुष्य का आकर दे दिया...

पिता इन सबको देखते, उनकी बातें सुनते और वितृष्णा से मुख फिरा लेते। पीड़ा को भीतर-ही-भीतर कहीं पी जाते और बिस्तर पर लेटे पहर-के-पहर राजप्रासाद की छत को घूरा करते। माता सुनयना, छाया-सी उनके पीछे लगी, चुपचाप कातर-सी उन्हें देखा करतीं।

सीता को वह दिन नहीं भूलता, जब अपनी पीड़ा से असंतुलित होकर पिता ने कहा था, "सीते! मैं जातियों की श्रेष्ठता-हीनता में विश्वास नहीं करता। सब-के-सब आर्य सच्चरित्र ही हों, यह आवश्यक नहीं है। वरन् अधिकांश आर्य शासक पतित

हो चुके हैं, पुत्री! मैं तेरा विवाह किसी भी आर्येतर जाति के योग्य वर से कर देता, किंतु बीच में कहीं राजनीति आ जाती है और कहीं मेरा निजी अहं। यदि तेरा विवाह किसी अन्य जाति के युवक से कर दूँ तो लोगों के व्यंग्य, ताने, उपालंभ, बोलियाँ-ठोलियाँ—'सम्राट् को तो देखो, पालिता पुत्री को आर्येतर युवक के हाथ सौंप दिया, अपनी पुत्री होती तो कोई पीड़ा होती'...या फिर—'सम्राट् का महत्त्व तो देखो, जामाता के रूप में एक आर्य युवक तक न मिला।' और वत्से! तुझे कहेंगे, 'हीन कुल की थी तो आर्य युवक कहाँ से मिलता!' बेटी! मैं उन्हें, तुझे हीन कुल की कहकर पुकारने का अवसर नहीं दूँगा। और दुहिते! मेरे पश्चात् मेरा यह राज्य भी मेरे जामाता का होगा। मिथिला यदि किसी आर्येतर शासक को मिल गई तो आर्य राजाओं का शक्ति-संतुलन बिगड़ जाएगा...''

उसके पश्चात् वह भयंकर युद्ध, जो केवल सीता के लिए लड़ा गया। इधर अकेले पिता सीरध्वज, उधर उनके विरुद्ध अनेक आर्य, असुर, नाग राजाओं की सेनाएँ। पिता के पास दिव्यास्त्रों का ऐकांतिक अभाव। मिथिला के युवकों में युद्ध के प्रति अनुत्साह।

रात-रात-भर पिता महलों की दीवारों से बातें करते रहते थे। अपनी पालिता पुत्री के लिए कोई पिता इतना कष्ट नहीं सह सकता। कोई भी ऐसे विकट अवसर पर, अपनी पुत्री का संबंध कर, राजनीतिक समझौता कर लेता।...पर सीरध्वज नहीं टले। वे अपनी पुत्री के सम्मान की रक्षा के लिए कष्ट सहेंगे, चाहे कितना ही हो, कितना ही...

युद्ध के पश्चात् पिता के मन में अजगव-परिचालन का प्रतिबंध लगा, पुत्री को वीर्य-शुल्का घोषित करने की बात आई। सीता को क्या आपत्ति हो सकती थी। किसी भी प्रकार पिता के मन का बोझ कम होता...उन्होंने अपनी स्वीकृति दे दी...

पिता ने तब भी समझाया था, ''भली प्रकार सोच लो, सीते! यह न हो कि बाद में पछताना पड़े। वीर्य-शुल्का घोषित होने में बहुत सारे जोखिम हैं। इसके पश्चात् निर्णय न मेरे हाथ में रहेगा, न तुम्हारे। जो पुरुष प्रतिबंध पर पूरा उतरेगा, उसका तुम्हें वरण करना होगा। उसकी आयु, गुण, रूप, बुद्धि, पद, जाति, कुल, गोत्र—कुछ भी नहीं देखना होगा...और बेटी! कोई योग्य वर मिला भी, तुम्हारी इच्छा हुई भी, किंतु वह प्रतिबंध पर पूर्ण नहीं उतरा, तो उसका वरण नहीं कर पाओगी...सोच लो, सीते! यह भी संभव है कि वीर्य-शुल्का कन्या आजन्म कुमारी हो रह जाए...''

सीता ने सोचा था, भरसक सोचा था; पर कोई विकल्प ही नहीं था।

और तब अनेक पुरुष अपने बल का परीक्षण करने आए थे।

जब भी कोई परीक्षार्थी आता, सीता के प्राण सूली पर टँगे जाते—"हे शंकर! क्या यह व्यक्ति अजगव-संचालन कर लेगा? क्या इसका वरण करना होगा? नहीं-नहीं, शंभो! मुझ पर दया करो। इसको इतनी सामर्थ्य न दो। न दो। मैं इसका वरण नहीं कर सकती..."

ऐसे किसी भी नये पुरुष के आते ही, सीता के मन में दुष्कल्पनाओं का बवंडर मच जाता—'क्या इस पुरुष के साथ मेरा विवाह होगा, क्या होगा मेरा भविष्य? मैंने अपने जीवन को इस रूप में तो कभी नहीं चाहा।'...उसका मन इतना तनता कि टूटने-टूटने को हो जाता...वह व्यक्ति परीक्षा में असफल हो जाता तो सीता की जान-में-जान आती...आज तक अजगव ने ही उसकी रक्षा की है...

सीता का ध्यान राम की ओर चला गया।...वे क्या सोचती जा रही हैं? वे उस विषय में क्यों नहीं सोचतीं, जो प्रश्न बनकर इस समय उनके सम्मुख आया है। अतीत को उलटने-पलटने से क्या होगा...

राम के विषय में कितना कुछ सुना है सीता ने! लगता है कि इन दिनों मिथिला का पवन सायँ-सायँ नहीं करता, राम-राम कहता है...राम ने सिद्धाश्रम में राक्षसों से युद्ध कर उनका नाश किया, राम ने विश्वामित्र के यज्ञ की रक्षा की, राम ने आर्य सेनापति के पुत्र द्वारा पीड़ित निषादों की रक्षा की, राम ने आर्य सेनापति और उसके पुत्र को दण्डित किया, राम ने राक्षस-शिविर से अपहृता युवतियों का उद्धार किया, राम ने इन्द्र द्वारा पीड़ित अहल्या को निष्कलंक घोषित कर उनका आतिथ्य ग्रहण किया, राम ने अहल्या को गौतम के आश्रम में पहुँचा दिया, राम ने...

क्या-क्या किया राम ने...

राम वीर हैं, उदार हैं, अन्याय के शत्रु हैं, दलितों के रक्षक हैं, स्वार्थशून्य हैं, युग-पुरुष हैं, युवक हैं, बलिष्ठ हैं, निर्भीक हैं, सुंदर हैं...

राम आर्य हैं, सम्राट् दशरथ के ज्येष्ठ पुत्र हैं, शिक्षित हैं, बुद्धिमान हैं, शिष्ट, शालीन और संस्कृत है।...

राम जातिवाद में विश्वास नहीं करते, राम एक वर्ग द्वारा दूसरे वर्ग के शोषण का विरोध करते हैं, राम पशु-सरीखे भोग का निषेध करते हैं, राम त्याग, बलिदान, सच्चाई और न्याय के पक्षधर हैं...

राम ने वनजा को सम्मान दिया, राम ने अहल्या को प्रतिष्ठा दी, राम सीता...

क्या सीता भी वनजा और अहल्या के समान पीड़ित हैं? 'हैं! हैं!!" उनका मन चीख-चीखकर कहता है—'वे भी अहल्या के समान इस प्रतीक्षा में बैठी हैं कि राम आकर उनकी अज्ञातकुलशीलता का कलंक धोएँ, पिता सीरध्वज की आन की रक्षा करें...'

सीता राम के वरण के लिए तैयार हैं?

सीता का मन कहता है, राम से विवाह का अर्थ केवल लांछन से मुक्ति ही नहीं है। राम को पति-रूप में पाकर सीता के जीवन को एक दिशा मिलेगी, अन्याय के विरुद्ध चिर-संघर्षरत एक साथी मिलेगा, सीता का जन्म चरितार्थ होगा...सीता किसी राजभवन में पलंग पर बैठकर, दास-दासियों से सेवा करवा, दिन-रात पान चबाना अपने जीवन का लक्ष्य नहीं मानतीं...सीता संतान उत्पन्न करने के यंत्र के रूप में किसी राज-परिवार में उपयोगी सिद्ध होना नहीं चाहतीं...सीता के जन्म का भी एक उद्देश्य है, नहीं तो वे अज्ञातकुलशीलता का कलंक लेकर संसार में क्यों आतीं? नहीं तो उन्हें पिता सीरध्वज के उदार मानवतावादी संस्कार क्यों प्राप्त होते?

सीते! सीते!! तेरे लिए एक ही उपयुक्त जीवन-संगी है—राम!

सीता लजा गईं। क्या सोच रही हैं वे...

पिता आज राम से मिलकर आए थे तो कह रहे थे, ''यदि मुझसे पूछती हो, सीते! तो मैं कहूँगा, संसार में आदर्श जोड़ी एक ही हो सकती है—राम और सीता की।''

'अच्छा! अच्छा!' सीता ने अपने मन को डाँटा, 'कल प्रातः आ तो रहे हैं। मैं भी देखूँगी तेरे राम को, कौन-से लाल जड़े हैं उनमें!'

प्रातः उषा-काल में ही, सीरध्वज का राजप्रासाद, राम का स्वागत करने के लिए, अपना प्रसाधन करने बैठ गया।

अभ्यागतों को बैठाए जाने का प्रबंध किसी कक्ष में नहीं हुआ था। प्रासाद के सबसे बड़े प्रांगण में उनके स्वागत की व्यवस्था हो रही थी। इसी प्रांगण में अनेक बार प्रार्थियों को अजगव-संचालन की परीक्षा का अवसर दिया गया था। इसी से यह प्रांगण अजगव-प्रांगण कहलाने लगा था। किसी कक्ष में, परीक्षार्थ अजगव प्रस्तुत करना तो संभव नहीं था, अन्य किसी प्रांगण में भी उतना स्थान नहीं था। अभ्यागतों को यहाँ बैठाने की व्यवस्था के पीछे, विश्वामित्र द्वारा अजगव-चर्चा और सीरध्वज की धारणा कि राम अजगव-संचालन का प्रयत्न अवश्य करेंगे—दोनों ही बातें थीं।

सीता ने राम के स्वागत का समारोह देखा तो मुस्करा दीं। पिता कितने आतुर थे राम के लिए। उन्होंने अपनी इच्छा तथा राम-संबंधी अपनी धारणा में कोई अस्पष्टता या द्वंद्व नहीं रखा था। निर्द्वंद्व स्पष्ट ढंग से अपने मन की बात प्रकट कर दी थी। किंतु सीता की इच्छा जाने बिना वे कोई निर्णय करना नहीं चाहते थे...सीता को कहीं यह भी लगा था कि पिता को, अजगव-संबंधी अपने प्रण को लेकर, एक हल्का-सा पश्चात्ताप भी है।...यदि कहीं उन्होंने वह प्रण न किया होता तो कदाचित् कल संध्या समय ही वे राम को, अथवा उनके अभिभावक के रूप में ऋषि विश्वामित्र को वचन

दे आते...पर पिता के प्रति पूर्ण श्रद्धा और सम्मान होते हुए भी, पिता की बुद्धि और उनके निर्णयों पर पूर्ण विश्वास होते हुए भी, राम को देखे बिना सीता कोई निर्णय नहीं लेना चाहती...

अपने कक्ष के झरोखे से सीता ने नीचे प्रांगण में ब्रह्मचारियों की टोली को आते देखा। सीता सतर्क होकर बैठ गईं। ये लोग विश्वामित्र तथा राम-लक्ष्मण के आगमन की पूर्व-सूचना के रूप में आए होंगे। कुछ ही क्षणों में राम भी यहाँ पहुँच जाएँगे।

तभी द्वार पर आहट हुई।

सीता ने मुड़कर देखा, माता सुनयना कक्ष के भीतर आ चुकी थीं। उनके साथ कोई दासी नहीं थी। यह असाधारण बात थी। किंतु कल से इस प्रासाद में अनेक असाधारण बातें हो रही हैं। छायावत् चपुचाप अपने पति का अनुसरण करने वाली माता सुनयना कुछ अधिक सक्रिय हो उठी हैं। पति के चेहरे पर आशा देखकर उनका मन भी उल्लसित हो उठा है।

''पुत्री! सम्राट् चाहते हैं कि ऋषि विश्वामित्र के स्वागत के लिए तुम भी उपस्थित रहो।''

''अच्छा, माँ!''

सीता माँ के साथ चल पड़ीं।

पिता ऐसा क्यों चाहते हैं—सीता समझती हैं। कल संध्या से ही पिता इस विषय में सीता का निर्णय जानने के लिए अत्यंत उत्सुक हैं।...और सीता, बिना राम को देखे, निर्णय बताना नहीं चाहतीं...तो पिता चाहेंगे ही कि सीता गुरु के स्वागत के लिए उपस्थित रहें...

विश्वामित्र ने प्रांगण में प्रवेश किया।

प्रणाम और आशीर्वाद के शिष्टाचार के बीच सीता ने राम को देखा—ऊँचा शरीर, चौड़े कंधे, शरीर पर कहीं अनावश्यक चर्बी नहीं, व्यायाम और कठिन प्रशिक्षण में तपा हुआ, दृढ़ पेशियों का सुगठित शरीर, साँवला रंग, सहज, ऋजु, भोले चेहरे पर बड़ी-बड़ी गहरी-गंभीर आँखें, तीखी नाक और होंठों की मुस्कान...सीता रुक गई। इस मुस्कान के आगे कुछ नहीं सोचा जाता, कुछ भी नहीं।

गुरु बैठ गए। उनके दाएँ-बाएँ राम और लक्ष्मण बैठे। ब्रह्मचारियों की टोली पीछे बैठ गई।

विश्वामित्र ने कुशल-क्षेम संबंधी औपचारिक प्रश्न पूछकर राम की ओर देखा—राम के चेहरे पर उल्लसित गंभीरता थी, जैसे कुछ पाकर उसके उल्लास के साथ, अपने दायित्व-बोध से गंभीर हो गए हों। जैसे मन मचल-मचल कर कुछ माँग रहा हो और मस्तिष्क पुचकार रहा हो, 'तनिक रुक जा। कुछ सोच ले। जल्दी न

मचा।'

विश्वामित्र की दृष्टि लक्ष्मण पर जा टिकी। लक्ष्मण की किशोर आकृति गंभीरता से मुक्त थी, उनके मुख पर उल्लास-ही-उल्लास था। अपनी तल्लीनता में उनके होंठ कुछ इस भंगिमा में खुल-से गए थे, जैसे उनमें से स्वर फूटेगा—"भाभी!"

विश्वामित्र आश्वस्त होकर मुस्कराए। किंतु सीता को देख लेना भी आवश्यक था—सीता का सहज उल्लास, किंचित् लज्जा की लालिमा, नेत्रों का बार-बार कुछ देखने को उठना और झुक जाना, होंठों का कुछ कहने को उद्यत होना और मौन रह जाना...

विश्वामित्र को अपने निर्णय की पुष्टि-ही-पुष्टि मिली। उनका मन कर्म के लिए व्याकुल हो उठा। बोले, "राजन्! तुमने प्रण किया है कि जो पुरुष शिव-धनुष को परिचालित करेगा, उसके साथ तुम अपनी वीर्य-शुल्का पुत्री का विवाह करोगे।...मैं चाहता हूँ कि यह अवसर राम को भी दिया जाए।"

सीरध्वज की आँखें सीता की ओर घूम गईं। पिता-पुत्री की दृष्टि मिली। सीता ने अपनी स्वीकृति दी और आँखें लजाकर झुक गईं।...सीरध्वज आशा और निराशा के द्वंद्व में जा फँसे। वे नहीं जानते थे कि परिणाम क्या होगा।...एक ओर आनंद था कि सीता का राम के साथ विवाह संभव है और दूसरी ओर एक आशंका—यदि राम अजगव-संचालन न कर सके तो इस आशा के खण्डित होने पर कितनी पीड़ा होगी सीरध्वज को।...अपनी उस पुत्री का ध्यान भी उन्हें हो आया, जो आज तक एक उत्सुकता से टँगी हुई, भीषण मानसिक यातना का अनुभव कर रही है। वह नहीं जानती कि उसका विवाह कब होगा, किसके साथ होगा। हर बार कोई नया पुरुष आता है। शिव-धनुष प्रस्तुत किया जाता है। सीता को हर बार पीड़ा की अग्नि-परीक्षा में से गुजरना पड़ता है। हर बार...पर इस बार स्थिति एकदम भिन्न है। आज तक ऐसी किसी भी परीक्षा में, परीक्षार्थी के लिए सीता के मन ने स्वीकृति नहीं दी थी। किंतु आज सीता का मन उसके चेहरे पर आ बैठा है, उसकी आँखें बोल रही हैं।...इससे पूर्व आने वाले परीक्षार्थी पुरुषों की असफलता के लिए सीता ने प्रार्थना की थी; और आज वही सीता राम की सफलता के लिए ईश्वर से प्रार्थना करती-सी प्रतीत हो रही है।

सीरध्वज ने एक बड़े-से प्रश्नचिह्न में फँसी, मुक्त होने के लिए फड़फड़ाती आशा के साथ, मुड़कर अपने पीछे खड़े अनुचरों को देखा, "शिव-धनुष प्रस्तुत किया जाए!"

शिव-धनुष लाए जाने का अंतराल बड़ा कठिन समय था। सीरध्वज, शतानन्द, सीता, सुनयना, विश्वामित्र, राम, लक्ष्मण—सभी अपनी-अपनी उलझनों में खोये थे। लक्ष्मण

का चंचल किशोर मन भी जैसे समय की गंभीरता से त्रस्त हो उठा था। अगले कुछ क्षणों में बहुत कुछ महत्त्वपूर्ण घटित होने वाला था, जो भविष्य में होने वाली अनेक घटनाओं का स्वरूप निर्धारित करेगा। अगले कुछ क्षणों में व्यक्तियों का ही नहीं, इस देश के भविष्य का इतिहास लिखा जाएगा।

कोई बात चल नहीं पा रही थी। किसी बात का सूत्र कहीं से उठाया जाता, अगले ही क्षण अनजाने ही वह कुछ इस प्रकार सूक्ष्म होकर विलीन हो जाता कि प्रत्येक व्यक्ति की पकड़ से बाहर हो जाता। ऐसी मनःस्थिति में बातचीत संभव नहीं थी। प्रतीक्षा में बातचीत नहीं होती, केवल प्रतीक्षा होती है। और सायास की गई बातचीत, उस प्रतीक्षा को रेखांकित कर देती है।...

अनुचर आ पहुँचे। शिव-धनुष एक विराट् शकट पर रखा हुआ, विचित्र यंत्र था। सैकड़ों मनुष्य धक्का देकर उस शकट को यहाँ तक लाए थे। कदाचित् बार-बार वह इसी प्रकार लाया जाता था। शकट को धकेलकर लाने वाले लोग बुरी तरह हाँफ रहे थे। उनके शरीर स्वेद-धाराओं से पूरी तरह भीगे हुए थे।

राम को लगा, इस शकट को पशुओं द्वारा खींचा जाना चाहिए था। पर कदाचित् शिव-धनुष होने के कारण इस यंत्र का इतना अधिक सम्मान था कि उसे मनुष्य ही खींचा करते थे...अंध-श्रद्धा और अंधविश्वास के सम्मुख बुद्धि बेचारी निष्क्रिय हो रही थी।

राम ने खड़े होकर उत्सुक दृष्टि से उस यंत्र को देखा—यह शिव-धनुष था, अजगव। अनेक देवताओं, राक्षसों, किन्नरों, नागों और मनुष्यों ने उसे संचालित करने का प्रयत्न किया था। किंतु आज तक कोई भी सफल नहीं हो सका था।...उनका ध्यान उसे खींचकर यहाँ तक लाने वाले मनुष्यों के दल की ओर चला गया। कितनी बुरी तरह थक गए थे बेचारे! जिस धनुष को यहाँ तक लाना इतने मनुष्यों के लिए असाध्य कार्य हो रहा था, उस धनुष से शिव ने किसी समय युद्ध किया था। वे कैसे इसे उठाए-उठाए चलते होंगे? निश्चय ही उनके पास इसे चलाने के लिए कोई शक्ति रही होगी, कोई ऊर्जा, कोई ईंधन...ऐसे यंत्र मनुष्य की शारीरिक शक्ति से नहीं चलते। किंतु सीरध्वज इस ईंधन के रहस्य से परिचित नहीं हैं। कोई भी परिचित नहीं है।...तभी तो मनुष्य अब इस शकट को चलाता नहीं—इसे पशुवत् खींचता है।

राम की उत्सुक दृष्टि, उस यंत्र में, उन सारे उपकणों को खोज रही थी, जिनका ज्ञान उन्हें गुरु ने दिया था, किंतु इतनी दूर से उन उपकरणों का संधान कदाचित् संभव नहीं था।...राम विकट उत्कंठा से गुरु की आज्ञा की प्रतीक्षा कर रहे थे।

लक्ष्मण जिज्ञासा और श्रद्धा से धनुष को देख रहे थे। ऐसा कोई धनुष, ऐसा ही

क्यों, किसी भी प्रकार का कोई यान्त्रिक धनुष, न तो उन्होंने अयोध्या के राजशस्त्रागार में देखा था, न प्रशिक्षण की अवधि में अपने गुरु के आश्रम में। अजगव के विषय में सारी सूचनाएँ गुरु विश्वामित्र ने उनकी उपस्थिति में ही भैया राम को दी थीं; फिर भी लक्ष्मण ने यह कल्पना नहीं की थी कि यह धनुष अद्‌भुत होगा।...लक्ष्मण के मन में यह विश्वास जमता जा रहा था कि आर्यावर्त्त के समस्त सम्राट् और उनके ये महान् ज्ञानी गुरु लोग, अस्त्र-निर्माण विद्या में निश्चित रूप से बहुत पिछड़े हुए थे।...ऐसी असाधारण, चामत्कारिक कला! लक्ष्मण का मन बरबस इस ओर खिंचता चला जा रहा था।...भैया राम जब अयोध्या के शासक होंगे, लक्ष्मण अवश्य ही उनसे अनुरोध करेंगे, कि अयोध्या में इस काम का विकास किया जाए। आर्यावर्त्त की रक्षा के लिए यह अनिवार्य है...

विश्वामित्र ने आज्ञा देने में अधिक विंलब नहीं किया, "उठो, वत्स राम! महादेव शिव तुम्हारी सहायता करें।"

स्थिर, सहज मंथर गति से चलते हुए, आत्मविश्वास से भरे राम शकट तक पहुँचे। उन्होंने धनुष का पर्यवेक्षण किया। तनिक-सी सावधानी से देखने पर, उस यंत्र की विभिन्न कलें ठीक उसी प्रकार दिखाई पड़ीं, जिस प्रकार गुरु ने बताया था।..राम को अपनी सफलता का विश्वास हो आया। उद्विग्नता निर्लंबित हो गई। सहज उल्लास से उन्होंने सीता की ओर देखा...सीता आतुरता, जिज्ञासा, मानसिक तनाव, आशा-निराशा के द्वंद्व को कठिन घड़ी में से गुजरने की यातना सह रही थीं।

राम के मन में विभिन्न विचारों की तरंगें उठने लगीं—'क्या वे शिव-धनुष का परिचालन करने के लिए इसलिए प्रस्तुत हो गए हैं कि वे सीता से विवाह करना चाहते हैं?...सीता के प्रति उनके आकर्षण का कारण क्या है? सीता की रूप-संपदा?..क्या वे काम के प्रभाव के अधीन यह विकट कार्य करने को उद्यत हुए हैं? राम का मन विद्रोह कर उठा...ऐसी बात कैसे सोची जा सकती है!...पर यदि ऐसा नहीं है, तो उन्हें समस्या के दूसरे पक्ष पर भी विचार कर लेना चाहिए। धनुष-परिचालन के साथ, सीता के पाणि ग्रहण का संकल्प अनुबद्ध है। राम यदि धनुष-परिचालन अपने शौर्य प्रदर्शन के लिए कर रहे हैं तो सीता के पाणि-ग्रहण का क्या होगा...पर अब वे यह सब क्यों सोच रहे हैं? वे सीता से विवाह की सहमति दे चुके हैं। उनका मन बार-बार सीता की आकांक्षा कर रहा है।...पर क्या उसके लिए पिता की अनुमति आवश्यक नहीं है?...नहीं है। अयोध्या से चलते समय पिता ने कहा था, 'गुरु विश्वामित्र की आज्ञा का पालन करना।' और गुरु की इच्छा है कि राम सीता से विवाह करें...और राम की इच्छा?...राम पहले ही सोच-विचार कर चुके हैं। वचन दे चुके हैं।...पर केवल वचन के लिए ही? उनकी अपनी कामना कुछ नहीं

है? हाँ, कामना तो है। कामना के पीछे तर्क भी है? तर्क! क्यों नहीं...गुरु विश्वामित्र की बात का विश्वास राम कर सकते हैं कि सीता उनकी उपयुक्त सहगामिनी पत्नी होगी।...सीरध्वज के कुल के प्रशिक्षण की शैली पर वे विश्वास कर सकते हैं... बात कुछ उलझती-सी लग रही थी। विवाह और धनुष-परिचालन...धनुष-परिचालन और विवाह...दोनों एक-दूसरे से जुड़े थे...राम किसके लिए, कौन-सा कार्य कर रहे थे...

...विवाह की बात एक ओर है। वे जिस समय विश्वामित्र के साथ आए थे, विवाह करने के लिए नहीं आए थे। न्याय का पक्ष ग्रहण कर वे अन्याय के विरुद्ध लड़ने आए थे। आज यदि इस अवसर का उपयोग कर, शिव-धनुष-परिचालन कर, और अंततः उसे भंग कर, वे अपनी वीरता, दक्षता, समक्षता का प्रमाण देते हैं, और एक वीर के रूप में प्रतिष्ठित होते हैं, तो अन्याय का विरोध करने के लिए उसका लाभ होगा।...फिर सीता जैसी उपयुक्त संगिनी उन्हें मिलेगी।...सीता अपनी अज्ञातकुलशीलता के लिए अपमानित होने से बचेगी, सीरध्वज को किसी-न-किसी व्याज से कलंकित नहीं किया जा सकेगा...सब कुछ ही शुभ होगा...

...गुरु की आशंका उनके मन में घिर आई...शिव-धनुष यदि कहीं राक्षसों के हाथ में पड़ गया; और उन्होंने उसकी परिचालन-विधि सीख ली तो समस्त आर्य-सम्राट् उनके द्वारा अत्यंत पीड़ित होंगे...राम को सबका उद्धार करना होगा...सबका—देश का, समाज का, सीरध्वज का, सीता का...और...और...राम के मन का...यही राम का धर्म है, यही समय का सत्य है...खण्ड-सत्य सत्य नहीं होता...सामूहिक-सत्य ही सत्य हो सकता है...राम का एकमात्र धर्म अजगव-परिचालन है...इस समय द्वंद्व क्यों है? निर्णय तो वे ले ही चुके हैं। यह कर्म के पहले की माया है, माया ...राम की समस्त ऊर्जा उनकी भुजाओं में संचित होने लगी...

राम अपने चिंतन से उबरे और कर्म की ओर उन्मुख हुए।

असाधारण आत्मविश्वास के साथ, अत्यंत जानकार की भाँति, उन्होंने गुरु के निर्देशानुसार, उस यंत्र की कल पर हाथ रखा...

कल का निर्माण कुछ इस ढंग से हुआ था कि कहीं कोई जोड़ दिखाई नहीं पड़ता था। वह हिलाए-डुलाए जा सकने वाली, यंत्र की कल के बदले उस विशाल यंत्र का एक अंग ही लगती थी, जिसे हिलाने का प्रयत्न व्यर्थ था। इसका निर्माण करने वाला व्यक्ति निश्चित रूप से अद्भुत शिल्पी था; और उसके पास धातुओं को गलाने और ढालने का कार्य करने की जैसी विकसित विधि थी, वैसी आर्यवर्त्त में अन्यत्र कहीं नहीं थी। तभी तो संपूर्ण आर्यावर्त्त के लिए यह यंत्र आश्चर्य की वस्तु था। उसके स्वरूप की उपयुक्त कल्पना न होने के कारण, आर्य भाषाओं में कोई उपयुक्त संज्ञा भी नहीं थी। उसे 'धनुष' कहकर पुकारा जाता था, जैसे वह

बाँस और डोरी का साधारण धनुष हो।...अवश्य ही महादेव शिव दिव्यास्त्रों के अद्‌भुत निर्माता थे...कभी राम को भी अस्त्रों की सहायता के लिए शिव के पास जाना होगा...

राम ने मुट्ठी में पकड़ी कल को अपनी ओर खींचा। उनके बल का उस पर कोई प्रभाव नहीं हुआ, जड़ वस्तु अपने स्थान से नहीं हिली।...राम ने प्रयत्न कर अपने शरीर की समस्त शक्ति का अपनी बाँहों में आह्वान किया। कल को पूरी शक्ति से अपनी ओर खींचा। कल अब भी अपने स्थान पर स्थिर थी...कुछ भी नहीं...कोई प्रभाव नहीं...कोई परिवर्तन नहीं। जैसे सब कुछ जड़ हो, स्थिर, अपरिवर्तनीय...किंतु राम हताश नहीं हो सकते...गुरु के शब्द उनके मस्तिष्क में गूँज रहे थे—"बल और कौशल, दोनों का प्रयोग...बल और कौशल, दोनों...'

राम ने गुरु-निर्देशित दूसरे उपकरण को पैरों से दबाया...शरीर की शक्ति दो भागों में बँट रही थी। कमर से नीचे का शरीर पैरों के नीचे के उपकरण को दबा रहा था और कमर के ऊपर का शरीर हाथ में पकड़ी कल को अपनी ओर खींच रहा था।...अपूर्व शक्ति का संतुलित प्रयोग...बल, कौशल, ज्ञान और संतुलन...

राम के शरीर की पेशियाँ कठोर होती जा रही थीं। शरीर सधता जा रहा था। सारा रक्त जैसे चेहरे पर संचित होता जा रहा था और...
लक्ष्मण नेत्रों में विकटता और करुणा साथ-साथ भरे देख रहे थे...भैया राम अकल्पनीय शारीरिक पीड़ा की स्थिति में से गुजर रहे थे, मानो दो विकट शक्तियाँ उनके शरीर को, हाथों और पैरों से पकड़कर, दो विरोधी दिशाओं में खींच रही थीं। उनका शरीर जैसे नाभि के पास से टूटने-टूटने को हो रहा था...

लक्ष्मण का मन तड़प उठा—भैया की सहायता कैसे करें? कैसे असहाय हो गए हैं लक्ष्मण? वे देख रहे हैं कि भैया एक विकट परीक्षा में से गुजर रहे हैं, किंतु वे कुछ नहीं कर सकते। इसे तो भैया को अकेले ही सहना था, एकदम अकेले...

लक्ष्मण अपनी असहायता से क्षुब्ध हो उठे थे।

सीता को लगा, राम लोहे के एक पर्वत से जूझ रहे थे; उसे तोड़ डालने के लिए कटिबद्ध थे, दृढ़ प्रतिज्ञ...जैसे वह लोहे का पर्वत, उनके और सीता के बीच की प्राचीर हो, जिसके टूट जाने से वे दोनों आमने-सामने होंगे, एक-दूसरे के पास, एक दूसरे के साथ। पर लोहे का पर्वत भी क्या कभी मानव-शरीर की शक्ति से टूटा है?.. .सीता के मन में पचासों चीत्कार बवंडर मचाने लगे—"राम! मेरे राम! यह सब मेरे लिए है, मेरे लिए। मेरे सम्मान के लिए, मेरे प्यार के लिए—यह अकल्पनीय परिश्रम,

यह दुसह्य यातना...राम! मेरे राम!'

राम के पैरों के नीचे की कल धँसी और तत्क्षण ही हाथ की कल अपने स्थान से डोली...राम के शरीर के बल के साथ-साथ उनकी आत्मा का बल भी, उनके हाथों-पैरों में समा गया...प्रयत्न...और....और...

उपस्थित जन-समुदाय ने अभूतपूर्व आश्चर्य से देखा...उनकी आँखों के सम्मुख, सर्वथा असंभव हो रहा था; अपूर्व घटित हो रहा था। उस विराट् यंत्र का एक खण्ड अकस्मात् ही ऊपर उठता जा रहा था, जैसे कोई लोहे का हाथी भयंकर मुद्रा में अपनी सूँड़ उठाकर, प्रहारक भंगिमा ग्रहण कर रहा हो।...शिव-धनुष अब जड़ नहीं था, वह सक्रिय हो उठा था, मानो राम के इंगित के अनुसार उसकी प्रत्यंचा चढ़ती जा रही थी...

राम को गुरु ने बताया था कि यह अजगव की भुजा थी। इसी के द्वारा धारण कर अनेक दिव्यास्त्र शत्रु की ओर प्रक्षेपित किए जाते थे; यही भुजा शत्रुओं का काल थी।

...भुजा क्रमशः ऊपर उठ रही थी...इससे पूर्व कि उस यंत्र में कोई अन्य परिवर्तन होता, अथवा वह फिर से पूर्ववत् जड़ हो जाता; राम अपने हाथों में पकड़ी कल के सहारे प्रायः झूल-से-गए, और अपने दोनों पैरों की सम्मिलित शक्ति से उन्होंने एक विकट प्रहार किया। साथ ही वे कूदे और यंत्र से कई पग दूर जाकर खड़े हो गए।

यंत्र का आत्म-विस्फोटक तत्त्व प्रेरित हो चुका था। निमिष मात्र का भी समय नहीं लगा। किसी बंद पात्र के भीतर गूँजने वाले विस्फोट का-सा भयंकर शब्द हुआ और अजगव के दो खण्ड हो गए।

कठिन परिश्रम के कारण तेज-तेज चलती साँस को नियंत्रित करते हुए राम पुनः अजगव के निकट आ गए। उन्होंने देखा—ऊपर से अजगव के चाहे दो खण्ड हुए थे, किंतु उस यंत्र के भीतर के अनेक तंतु ध्वस्त हो चुके थे, जिनका पुनः जुड़ना सर्वथा असंभव था। अब कभी भी अजगव द्वारा दिव्यास्त्र धारण नहीं किए जा सकेंगे, अब अजगव कभी भी शत्रुओं का नाश नहीं कर सकेगा। राम ने उसे सदा के लिए शांत कर दिया था।

उपस्थित जन-समुदाय आश्चर्य के कशाघात से अनायाय ही अपने स्थान से उठकर खड़ा हो गया था। स्वयं ऋषि विश्वामित्र, पूर्वाभास होते हुए भी, कार्य की पूर्णता से पुलकित हो असहज हो उठे थे। लक्ष्मण अपने मन को आंदोलित करते हुए, विभिन्न आवेगों को, अलग-अलग कर पहचान भी नहीं पा रहे थे।

विस्फोट शब्द से चौंकने की स्थिति से गुजरकर, सीता ने एक बार दृष्टि भर, राम के रूप को निहारा, पास रखी जयमाला को उठाया और विह्वल हो अपनी आँखें मूँद लीं।...अब और क्या शेष था देखने को? वे पूर्णकाम को उठी थीं। राम अब उनके थे, वे राम की थीं। लोहे का पर्वत टूट गया था। उनके राम ने अद्भुत पराक्रम किया था, उन्हें प्राप्त करने के लिए। ऐसा पुरुष संसार-भर में अन्य कोई नहीं था। राम अद्वितीय हैं, अपूर्व, अद्भुत, निरुपम...सीता ने पास बैठी माता सुनयना की गोद में चेहरा छिपा दिया...अपनी डबडबाई आँखों का भेद वे किसी को नहीं बताना चाहती थीं।

सीरध्वज, शंतानन्द और मंत्री-समाज सुखद आश्चर्य से जड़ हो गया। उपस्थित लोगों में से कितनों ही ने, इससे पहले भी अनेक बार, ऐसा दृश्य देखने की आकांक्षा की थी—किंतु वह कभी संभव नहीं हो पाया था। उनके मन की तह में लगी निराशा की काई सदा घनी होती गई थी।...आज राम ने शिव-धनुष को न केवल संचालित किया था, वरन् उसके दो खण्ड कर डाले थे। क्या होता अब अजगव का? उसका उद्देश्य पूरा हो चुका था।...अच्छा किया, राम ने उसे तोड़ डाला।...पर इस समय अब क्या हो? राम का अभिनंदन किस प्रकार हो?

सीरध्वज का मन एक सत्य से एकाकार हो उठा था। केवल एक सत्य! मन पूरी तरह अभिभूत था। मन के भीतर, बाहर, धरती पर, वायु पर, आकाश पर—सब ओर, सब स्थानों पर, सब तत्त्वों पर वही सत्य लिखा हुआ दिखाई पड़ रहा था—सीता के लिए राम एकमात्र उपयुक्त वर हैं। वे ही सीरध्वज के जामाता हो सकते हैं। उन्होंने सीरध्वज का प्रण पूर्ण किया है।

सीरध्वज प्रेम के आवेश से आंदोलित, अपनी राज-मर्यादा को भुलाकर, प्रायः भागते हुए आगे बढ़े और उन्होंने राम को अपनी भुजाओं में भर कंठ से लगा लिया। जनकपुर से बाहर तक आकर, बारात से विदा ले, सीरध्वज जब लौट गए तो दशरथ जैसे आपे में आए। उन्होंने पहली बार बारात की ओर ध्यान दिया—सबसे आगे गुरु वशिष्ठ का रथ चल रहा था। उनके पीछे एक अन्य रथ में, अपनी अनेक सखियों के साथ सीता थीं। राम तथा लक्ष्मण अश्वारूढ़ हो, उसी रथ के साथ-साथ चल रहे थे। भरत तथा शत्रुघ्न उनके पीछे-पीछे ही थे। उनके पश्चात् कैकेयी के भाई युद्धजित का रथ चल रहा था। फिर अनेक तपस्वी ब्राह्मणों के रथ थे। और सबसे अंत में अश्वारोहियों की टुकड़ियाँ।

यह सब कुछ कितना आकस्मिक था—दशरथ सोच रहे थे। कौन जानता था कि घटनाएँ इस प्रकार घटित होंगी। विश्वामित्र आकर बलपूर्वक राम तथा लक्ष्मण

का हरण कर ले गए थे। उन्हें भेजने की दशरथ की रंच-मात्र भी इच्छा नहीं थी। किंतु उस समय गुरु वशिष्ठ ने भी, उनके विरुद्ध, विश्वामित्र का ही पक्ष ग्रहण किया था। दशरथ निरुपाय हो गए थे। कितना कोसा था उन्होंने मन-ही-मन दोनों ऋषियों को। उन्हें यही लगता रहा था कि इन दोनों ऋषियों ने मिलकर दशरथ के विरुद्ध कोई षड्यंत्र रचा था, नहीं तो राम जैसे नवयुवक को भयंकर राक्षसों से लड़ाने के लिए ले जाने का क्या अर्थ था? फिर किशोर लक्ष्मण भी साथ ही चल दिए थे।. ..वचन तो दोनों ने दिए थे—वशिष्ठ ने भी और विश्वामित्र ने भी; किंतु वचनों से क्या होता है। यदि उनके पुत्रों के साथ कोई अघटनीय घटना घट ही जाती तो ऋषि क्या उन्हें लौटा जाते?

और संयोग की बात! एक ओर विश्वामित्र राम और लक्ष्मण को लेकर गए, दूसरी ओर चार दिनों के भीतर-ही-भीतर युद्धजित आ पहुँचे, "भरत को ननिहाल भेज दो। कैकयराज उसे बहुत याद कर रहे हैं।" भरत के प्रेम में शत्रुघ्न भी साथ जाने का तैयार हो गए।...क्या सोचते दशरथ, सिवाय इसके कि सब लोग मिलकर उनके विरुद्ध षड्यंत्र रच रहे हैं, या नियति ही उनकी शत्रु हो गई थी। दो पुत्रों को उनकी इच्छा के विरुद्ध वशिष्ठ ने विश्वामित्र के साथ भेज दिया और अन्य दो को कैकेयी युद्धाजित के साथ भेजने को तैयार बैठी थी। उनके पुत्र उनकी आँखों से दूर क्यों किए जा रहे थे—चारों के चारों। वृद्धावस्था में दशरथ ने संतान का दर्द जाना था, और अब जब जान ही लिया था तो उनके बिना वे नहीं रह सकते थे। नहीं तो जब वे स्वयं युवक थे, बालक राम के प्रति कहाँ थी उनके मन में ममता?...

कितने प्रयत्न से दशरथ ने युद्धाजित को रोका था, 'राम और लक्ष्मण को लौट आने दो। भरत और शत्रुघ्न उनसे मिलकर चले जाएँगे।'...कितनी पीड़ा थी दशरथ के मन में! राम-लक्ष्मण को गए दिन-पर-दिन बीतते जा रहे थे, उनके विषय में कहीं से कोई सूचना नहीं मिल रही थी।

सूचना मिली जनक के दूतों से। वे लोग राम और लक्ष्मण के जाने के ठीक दसवें दिन कोसल के दरबार में उपस्थित हुए थे। उनसे पिछले दिनों में घटी घटनाओं को सुनकर कितने विस्मित हुए थे दशरथ। कितनी सीमित, संकुचित और संकीर्ण दृष्टि से दशरथ ने विश्वामित्र को देखा था। अपने पुत्र-स्नेह की माया में राम की शक्ति को कितना कम आँका था। उन्होंने विश्वामित्र को अपना और अपने पुत्रों का शत्रु समझा था, और विश्वामित्र ने उनके पुत्र से कैसे-कैसे अद्‌भुत कार्य करवा डाले थे!...

सीरध्वज की पुत्री सीता से राम के विवाह की बात दशरथ के मन में कभी आई ही नहीं थी। इस संभावना के विषय में उन्होंने कभी सोचा ही नहीं था। उनके

मनोजगत् में सीरध्वज का कहीं कोई अस्तित्व ही नहीं था। विश्वामित्र ने एक प्रकार से सीरध्वज से उनका परिचय करवाया था—और परिचय भी कैसा!...सीता की अज्ञातकुलशीलता एक बार अवश्य मन में खटकी थी, किंतु सीता वीर्य-शुल्का थी। राम ने उसे अपने शौर्य से जीता था। कोई क्षत्रिय पिता ऐसे विवाह में बाधा नहीं डाल सकता। और सबसे अधिक आश्चर्य की बात यह थी कि गुरु वशिष्ठ ने भी इससे कोई आपत्ति नहीं की थी।...

समाचार पाकर, जनकपुर जाने के लिए दशरथ इतने अधीर हो गए थे कि किसी सगे-संबंधी की प्रतीक्षा भी उन्हें असह्य थी। गुरु, कुछ तपस्वी ब्राह्मणों, भरत, शत्रुघ्न, संयोग से अयोध्या में उपस्थित युद्धाजित तथा अश्वारोहियों की कुछ टुकड़ियों को लेकर, दशरथ शीघ्रातिशीघ्र चल पड़े थे। तनिक भी विलंब कल्पनातीत था।

जनकपुर में जो विश्वामित्र उन्हें मिले, वे उस विश्वामित्र से बहुत भिन्न लगे थे, जो उनसे उनके राम और लक्ष्मण को राक्षसों से लड़ाने के लिए माँगकर ले गए थें। दशरथ निर्णय नहीं कर पाए कि विश्वामित्र—सर्वप्रधान शुभाकांक्षी-से, सगे बंधु सरीखे, गुरु वशिष्ठ से भी कहीं बढ़कर!...और सीरध्वज जनक, जिनका अब तक उनके लिए कोई अस्तित्व ही नहीं था, सहोदर भ्राता-से मिले। दशरथ सोचते ही रह गए कि वे उनसे पहले ही क्यों नहीं मिले?...

उन्हें बताया गया कि ऋषि विश्वामित्र अपने कौशिकी-तट के आश्रम में लौट जाने के लिए बहुत अधीर थे, किंतु वे राम-सीता के विवाह से पूर्व नहीं जाना चाहते थे। उनकी त्वरा में दशरथ को भी जल्दी करनी पड़ी; और उनके जनकपुरी पहुँचने के पश्चात् जितनी जल्दी संभव हुआ, राम और सीता का विवाह कर दिया गया।

उस क्षण के बाद से ही दशरथ की कसी मुट्ठी में से बंधुजन रेत-कणों के समान खिसकते गए थे। बहुत आग्रह करने पर भी, विश्वामित्र बारात की विदाई तक नहीं रुके। जाने कैसी जल्दी थी उनको! बार-बार यही कहते थे, "मेरा कार्य पूरा हो गया। अब और रुकना अपना क्षय करना है।"

विश्वामित्र के पश्चात्, अब उन्हें नगर के बाहर तक पहुँचा, स्वयं सीरध्वज जनकपुर लौट गए थे...और दशरथ, खोये-खाये-से बारात के साथ चले जा रहे थे। बार-बार वे अपने ही ऊपर खीझ उठते थे—दो-चार दिनों में ही उन्होंने इतना नेह छोह क्यों बढ़ाया, क्यों...?

सहसा एक जोर की ध्वनि हुई। ऐसी ध्वनि तो बड़े-बड़े रथों की भी नहीं होती थी। और फिर यह ध्वनि पृथ्वी से न उठकर, आकाश से आती हुई लगती थी। वायु की गति अकारण ही बढ़ गई, जैसे जोर की आँधी चली हो। मार्ग के दोनों ओर के वृक्षों के पत्ते झड़ गए। उन पर बैठे पक्षी अनायास ही उस बवंडर के साथ उड़कर

पीड़ा में चीखने लगे।

यात्रा थम गई। सभी अपने-अपने स्थान पर ठहर गए। सब अचेतन ही प्रतीक्षा कर रहे थे, कोई उन्हें बताए कि यह ध्वनि किस प्रकार की है।

दशरथ ने वशिष्ठ की ओर देखा। किंतु उनके पास भी कोई उत्तर नहीं था। वे अपनी आँखों में उलझन लिये हुए, किंकर्तव्यविमूढ़-से, आकाश की ओर देख रहे थे।

दशरथ का स्नेहातुर, उदास मन, गुरु की किंकर्तव्यविमूढ़ता देखकर घबरा गया—संभव है कि यह राक्षसों का कोई नवीन दुष्कृत्य हो। संभव है, वे लोग अब अपने सहायकों को लेकर प्रतिशोध के लिए लौटे हों। सीता-वरण भी, राक्षसों ही नहीं, समस्त शक्तिशाली नृपों से शत्रुता का कारण हो सकता है। अजगव-ध्वंस जैसा शौर्य-कृत किसी भी पुरुष की शक्ति के लिए चुनौती है। राम ने राक्षस-राक्षसेतर नृपों को नीचा दिखाया है। हो सकता है वे नीचतापूर्वक यहाँ राम को घेर उसकी हत्या के विचार से आ रहे हों।...

दशरथ की भी भीरु दृष्टि राम पर टिक गई। क्या पच्चीस वर्षों के इसी नवयुवक राम ने ताड़का और सुबाहु को मारा है? मारीच को पराजित किया है और शिव-धनुष तोड़ दिया है? राम शत्रुओं की सामूहिक सेना का सामना भी कर सकता है क्या?...

दशरथ को अपने ऊपर खीझ भी हुई—आखिर वे इतने कातर क्यों हो जाते हैं? ऐसा क्यों है कि वे सदा आशंकित ही रहते हैं? वे सदा ऐसे ही तो नहीं थे। यह उनकी वृद्धावस्था का परिणाम है या पुत्र-प्रेम का?

लक्ष्मण ने अपना धनुष कसकर, मुट्ठी में पकड़ लिया था। उनके मुख पर ऐसे अवसरों पर सदा ही प्रकट हो जाने वाली उग्रता उभर आई थी। उनकी आकृति में भय का लेशमात्र भी नहीं था।

राम अत्यंत निःशंक हो आकाश की ओर देख रहे थे। दशरथ को कुछ स्पर्धा हुई—राम कैसे इतना निःशंक रह लेता है?

आकाश पर एक बड़ा-सा यान प्रकट हुआ। यह देव-यानों के समान निःशब्द नहीं था, उसके प्रकट होते ही जैसे कानों के पर्दे फटने लगे थे। वह विकट ध्वनि कर रहा था और एक विराट दैत्य के समान, धुएँ के भयंकर मेघ उगल रहा था। उसके धुएँ ने प्रायः अंधकार-सा उत्पन्न कर दिया था।

दशरथ पहचान गए—यह परशुराम का यान था।

यान पृथ्वी पर उतरा और अत्यंत क्रुद्ध जमदग्नि-पुत्र कूदकर उसमें से बाहर आए। उन्होंने पर्यवेक्षण की दृष्टि चारों ओर डाली, जैसे कुछ कहने से पहले अपने

सम्मुख खड़े उस जन-समुदाय को तोल रहे हों, अथवा यह समझ न पा रहे हों कि उन्हें किसे संबोधित करना है।

बोलने का निर्णय कर, उन्होंने परशु पर अपनी पकड़ और भी कस ली। मुख पर आक्रोश प्रकट हुआ। बोले, "दशरथ!"

परशुराम को पहचानते ही दशरथ को आशंकाओं के अनेक शूल पीड़ित करने लगे थे। इस क्रुद्ध संबोधन को सुनते ही वे भय से पीले पड़ गए।

अवश-सी स्थिति में आगे बढ़कर दशरथ ने सिर झुकाकर प्रणाम किया; और पुत्रों को भी संकेत किया। चारों भाई अश्वों से उतर आए और परशुराम के सम्मुख झुक गए।

"मैंने क्या सुना है, दशरथ?"

लक्ष्मण को परशुराम के आने की मुद्रा और सम्राट् को पुकारने की भंगिमा एकदम अच्छी नहीं लगी थी। वे कहना चाहे रहे थे, "आपने जो कुछ सुना वह आप जानते होंगे। हम क्या ज्योतिषी हैं, जो आपको बताएँ कि आपने क्या सुना!" किंतु बोले नहीं—पिता, गुरु और सबसे बढ़कर भैया राम की उपस्थिति का संकोच कर गए।

"क्या सुना है, भृगुश्रेष्ठ?" दशरथ सहजता से बोल भी न पा रहे थे।

"तुम्हारे पुत्र राम ने 'अजगव' का ध्वंस कर दिया है।"

परशुराम का आक्रोश निरंतर बढ़ता जा रहा था।

दशरथ हाथ जोड़े, स्वीकृति में चुपचाप खड़े रहे।

लक्ष्मण स्वयं को रोक नहीं पाए। वक्रतापूर्वक बोले, "यदि आपने यह सुन ही लिया है, ऋषिवर! और हमसे सूचना की पुष्टि करवाना ही चाहते हैं, तो इसमें चीखने की क्या बात है। हम लोग बहरे नहीं हैं, व्यर्थ अपने कंठ को कष्ट न दें।"

परशुराम ने पहली बार अपनी क्रुद्ध दृष्टि दशरथ पर से हटाई। वे लक्ष्मण की ओर मुड़े, "तुम कौन हो?"

"भृगु-कुलकेतु!" लक्ष्मण मुस्कराए, "मैं सम्राट् दशरथ का पुत्र हूँ—लक्ष्मण! अब आप यह तो नहीं पूछेंगे कि दशरथ कौन? वैसे लोगों को न पहचानने का प्रचलन ही हो गया है। लोग दूसरों को न पहचानकर अपना बड़प्पन सिद्ध करते हैं। आप ऐसा तो नहीं करेंगे न, श्रीमान्!"

परशुराम के लिए लक्ष्मण का व्यवहार अत्यंत अप्रत्याशित तथा अपमानजनक था। उनकी आँखें क्रोध से उबल आईं, "क्या बकता है, लड़के?"

दशरथ, लक्ष्मण के व्यवहार से और भी व्याकुल हो उठे। यह लड़का व्यर्थ ही मृत्यु को ललकार रहा है। यह सदा से ऐसा ही रहा है—उग्र, तीखा, कटु तथा

जिद्दी। अब दशरथ में साहस नहीं है कि इन दोनों के बीच में पड़ें। किससे कहें दशरथ! गुरु वशिष्ठ तटस्थ भाव से दूर खड़े थे, राम बहुत मंद-मंद मुस्करा रहे थे।

तब तक लक्ष्मण फिर से बोल उठे, "मैं परिवेश का विश्लेषण कर रहा हूँ, श्रीमन्! आपको यह बकवास लगती है। आप मुझे यह कहने के लिए क्षमा करेंगे कि आप काफी पिछड़े हुए हैं। आप न तो आधुनिक हैं, न वर्तमान परिस्थितियों से परिचित ही लगते हैं। आजकल किसी को आँखें दिखाकर अपना रौब नहीं मनवाया जा सकता। आँखें ही तो हैं, उनसे देखिए—कोई रौब दिखाने का अनुमति पत्र तो है नहीं। ठीक है न?"

क्रोध के मारे परशुराम के मुँह से झाग आ गई। शब्द-प्रवाह जैसे अवरुद्ध हो गया। उन्होंने अपना परशु साधा। प्रहार करने के लिए भुजा ऊपर उठी और तब मुख से शब्द फूटे, "दशरथ! तेरा यह पुत्र जीवित नहीं बचेगा।"

"आपको कैसे मालूम है, नहीं बचेगा। आप भविष्यवक्ता हैं क्या?"

लक्ष्मण कदाचित् कुछ और भी कहते, किंतु तब तक राम सहज भाव से आगे बढ़ आए। उन्होंने लक्ष्मण को संकेत से पीछे हटाया और पूर्ण निर्भीकता से परशुराम की प्रहार के लिए उठी भुजा पकड़कर नीचे कर दी, "भृगुश्रेष्ठ! यह क्रोध किसलिए?"

राम के आत्मविश्वास से परशुराम हतप्रभ हो गए। वे आश्चर्य से फटी आँखों से, अपने सम्मुख खड़े उस नवयुवक को देख रहे थे, जिसने उनकी भुजा को वैसे वर्जित किया था, जैसे कोई वयस्क किसी लड़ते हुए बच्चे की करता है।

परशुराम अनजाने ही आक्रमण से प्रतिरक्षात्मक धरातल पर उतर आए, "राम! तुम देख रहे हो, तुम्हारा छोटा भाई कितनी अशिष्टता से बात कर रहा है!"

"आपका ढंग शिष्ट था क्या?" राम ने पूछा।

"राम को न पहचानने का नाटक आपने नहीं किया, ऋषिवर?"

परशुराम चौंके। लक्ष्मण ने फिर उन्हें चिढ़ाया था। उनकी हतप्रभता उनके आक्रोश में डूब गई। तड़पकर बोले, "राम! तुम और तुम्हारा यह छोटा भाई—तुम दुष्ट, अन्यायी क्षत्रिय! तुम यह नहीं जानते कि मैंने कितनी बार इस पृथ्वी को क्षत्रियों से शून्य कर इसका पाप काटा है।"

"हम सब कुछ जानते हैं, भृगुश्रेष्ठ!" राम चुनौती भरे स्वर में बोले, "हमने अद्वितीय विद्वान गुरुओं से शिक्षा पाई है। हम जानते हैं कि सहस्रार्जुन जैसे जनविरोधी दुष्ट को मारकर आपने अन्याय का दमन किया था और न्याय के पक्ष में महान् क्रांति की थी। अपने युग के दुष्ट, अनाचारी और अत्याचारी क्षत्रिय राजाओं के विरुद्ध विद्रोह कर, आपने जन-सामान्य को धर्मयुद्ध का नया मार्ग दिखाया था। आप-जैसे पुराने क्रांतिकारियों का हम सम्मान करते हैं, पर इसका यह अर्थ कदापि नहीं है कि आप अकारण ही लोगों का अपमान करते फिरें। और एक बात हम नहीं समझ

पाते, भृगुश्रेष्ठ!'' राम का स्वर कुछ और ऊँचा और गंभीर हो गया, ''क्रांतिकारिता और रूढ़िवादिता भी साथ-साथ चल पाती हैं क्या? आप कितने रूढ़िवादी हो गए हैं—आपने कभी सोचा है? यदि एक समय एक क्षत्रिय राज जन-विरोधी सैनिक लुटेरा था तो क्या मान लिया जाए कि प्रत्येक राजनीतिक नेतृत्व जन-विरोधी पशुबल ही होगा—या यदि एक समय 'अन्याय' क्षत्रिय राजा के रूप में प्रकट हुआ तो क्या वह सदा उसी रूप में प्रकट होता रहेगा? आपने यह कैसे मान लिया कि उन अत्याचारी क्षत्रियों को मारकर आपका कार्य सदा के लिए संपन्न हो गया? आपने सतत प्रयत्नशीलता का मूल्य पहचाना ही नहीं। क्या आपका क्रांतिकारी मन यह नहीं जानता कि समय के साथ, अन्य वस्तुओं के समान, अत्याचार का रूप भी बदल जाता है? आपने उसके केवल एक रूप को पहचाना है। इसीलिए अपने समय के क्षत्रियों की हत्या कर आप अपना परशु लिये-दिये महेन्द्रगिरि पर जा बैठे। आपने यह नहीं देखा कि आज जन-विरोधी राजनीति, पशुबल तथा धन की शक्तियों ने संयुक्त मोरचा बनाया है और वह राक्षस-शक्ति के रूपमें अभिव्यक्ति पा रहा है। कितना अत्याचार कर रहे हैं राक्षस! बुद्धिजीवी ऋषियों की हत्याएँ हो रही है।, ताकि जन-सामान्य को उचित नेतृत्व न मिल सके, प्रजा का धन लूटकर उन्होंने सोने की लंका बना ली है, नारियों का अपहरण हो रहा है, और नारी-पुरुष के सहज संबंध को पाशविक शक्तियों से संचालित करने का प्रयत्न किया जा रहा है। यह सब आपको नहीं दिखता? आपकी दृष्टि मंद पड़ गई है। आपका मस्तिष्क सो गया है। आप वर्तमान के दायित्व को त्याग, प्राचीन कृत्य का यश ओढ़े हुए, उचित-अनुचित, न्याय-अन्याय का विचार छोड़, लोगों को डराने-धमकाने को रह गए हैं। और फिर भी आप चाहते हैं कि लोग आपका सम्मान करें!...लक्ष्मण ने आपकी अशिष्टता के उत्तर में कुछ कहा तो आप क्रुद्ध हो, उसकी हत्या करने को प्रस्तुत हो गए।''

''क्या तात्पर्य है तुम्हारा?'' परशुराम का आवेश पूर्णत समाप्त नहीं हुआ था, ''तुम नये युग के छोकरे अपने बड़े-बूढ़ों का सम्मान भी नहीं कर सकते। एक नया करतब कर लिया तो समय-सिद्ध पुराने स्तंभों को उखाड़ फेंकोगे? क्या लक्ष्मण को मेरा सम्मान नहीं करना चाहिए था?''

राम अपने उसी गंभीर स्वर में बोले, ''अवश्य करना चाहिए था। वह सम्मान करता, यदि आप स्नेहपूर्वक उसे अपनाते। भृगुपति! समय-सिद्ध होने का अर्थ यह कदापि नहीं है कि आप वर्तमान के लिए सर्वथा अनुपयोगी हो जाएँ। आपने नये युग के छोकरों से सम्मान माँगा है—वह सम्मान आपको पूरी तरह मिलता, यदि आप अपनी आँखें खोलकर देखते कि जिन नये संदर्भों में आप सर्वथा निरर्थक हो रहे हैं, उन्हीं संदर्भों में इस नये युग के छोकरों ने अन्याय और अत्याचार के परिवर्तित रूप को पहचाना है। उसके लिए क्या आपने उनके सिर पर हाथ रखा? वह आपने

नहीं किया। हाँ, कार्य करने वालों के मार्ग में आप स्तंभ-स्वरूप ही आए। सिद्धाश्रम को राक्षसों से मुक्त करने, अहल्या को सामाजिक प्रतिष्ठा दिलवाने और सम्राट् सीरध्वज को विभिन्न प्रकार की ग्लानियों से उबारने का अभिनंदन, आप हमारे सम्मुख हमारे पिता के प्रति अपशब्द कहकर, करना चाहते हैं? समय-सिद्ध क्रांतिदर्शी महर्षि! आपको ये अन्याय क्यों दिखाई नहीं पड़े?''

इस बार परशुराम को क्रोध नहीं आया। वे अत्यंत ध्यान से राम को देख रहे थे। और फिर, जैसे वे स्वगत ही बोले, ''तुम शायद ठीक कह रहे हो। मेरी क्रांति-दृष्टि पुरानी पड़ चुकी है, रूढ़ हो गई है। क्रांति तो निरंतर चलने वाली एक प्रक्रिया है। नित नये संदर्भों को पहचानने वाली। संसार को आगे, और आगे, और आगे ले जाने वाली। तुम्हारा कहना उचित ही है, न्याय का शत्रु सदा एक ही रूप में नहीं आता। मुझे अत्याचार को उसके नये रूप में भी पहचानना चाहिए था। तुम्हारा निष्कर्ष ही सही है, राम! मैं शायद पुराना पड़ गया हूँ। पिछड़ गया हूँ। प्रत्येक युग की अपनी एक दृष्टि होती है। हमारी दृष्टि चाहे न बदले, युग तो बदल ही जाता है। और सम्मान केवल युग-दृष्टि का ही होता है...''

राम का स्वर नम्र हो गया, ''क्षमा करें, भृगुपति! मुझे यह सब अनचाहे ही कहना पड़ा। कृपया अब बताएँ, आपके क्रोध का कारण क्या है? मेरा क्षत्रिय होना? मेरे द्वारा धनुष का टूटना? उस धनुष का शिव-धनुष होना? कौन-सी बात आपकी रुचि के अनुकूल नहीं थी?''

परशुराम अपनी दृष्टि में शून्य भरे, राम को देखते रहे। उनका तेज फीका पड़ चुका था। असमंजस में पड़े व्यक्ति के समान बोले, ''अब मैं स्वयं ही समझ नहीं पा रहा हूँ कि कारण क्या था। तुम्हारी ही बात ठीक है। कदाचित् मैं जड़ हो चुका हूँ। तुमने क्षत्रिय होकर मेरे गुरु शंकर का धनुष तोड़ दिया। चाहे वह धनुष अब काम में नहीं आता था, मात्र शोभा की वस्तु था, इससे मेरा अहं आहत हुआ था। तुमने अच्छा किया, राम! तुमने अब मेरे दंभ को भी तोड़ दिया है। मैं अब स्वयं को ठीक-ठीक पहचान रहा हूँ। मैं आखिर क्या हूँ। मैं अपने युग की अवधि का अतिक्रमण कर आया, अनावश्यक पदार्थ हूँ। मैं भी तो अब पुराने जीर्ण शिव-धनुष के समान, पुराने युग की स्मृति, शोभा की एक वस्तु मात्र हूँ। मैंने अत्याचार के विरोध का बीड़ा उठाया था, पर अब मैं असमर्थ हो चुका हूँ। शत्रु का रूप बदल चुका है। अत्याचार की आकृति अब वह नहीं रही। मैं उसे पहचान भी नहीं पा रहा था; और तुमने उसे मिटाना भी आरंभ कर दिया। तुमने अच्छा किया, पुत्र! युगांतर की घोषणा कर दी। नई क्रांति तुम करोगे, पुत्र! तुम समर्थ हो।'

राम ने परशुराम के सम्मुख हाथ जोड़कर, माथा झुका दिया।

परशुराम फिर बोले, ''पुत्र! सब कुछ समझते हुए भी मेरा जड़ मन तुम्हारी

परीक्षा लिये बिना नहीं मानेगा। बोलो, प्रस्तुत हो?''

''आज्ञा दें, ऋषिवर!''

''राम! यह वैष्णवी धनुष है।'' परशुराम ने कंधे से अपना धनुष उतारा, ''यदि तुमने शंकर-चाप भंग किया है, तो पुत्र! वैष्णवी-धनुष के संचालन में भी तुम्हें परेशानी नहीं होनी चाहिए।''

दशरथ सन्न रह गए। इस बूढ़े ऋषि ने राम के मार्ग में फिर एक बाधा अड़ा दी।

राम ने हाथ बढ़ाकर धनुष पकड़ लिया। दृष्टि डालते ही वे समझ गए कि वह अजगव का ही लघु संस्करण था। उसकी संरचना में रत्ती-भर भी अंतर नहीं था। वैष्णवी धनुष विराट भी नहीं था और किसी हल्की धातु का बना हुआ था—इसका निर्माण कदाचित् एक हृष्ट-पुष्ट मनुष्य द्वारा, अपने कंधे पर उठाकर, एक स्थान से दूसरे स्थान पर ले जाने के लिए ही हुआ था।

राम मुस्कराए। उन्होंने धनुष को पृथ्वी पर टिकाया। पैर के अँगूठे से नीचे की कल दबाई और ऊपर की कल को अपनी ओर खींचा—अधिक बल लगाने की आवश्यकता ही नहीं पड़ी। वैष्णवी धनुष का प्रहारक खण्ड, अजगव के ही समान, उठना आरंभ हो गया...

''ऋषिवर! कहें तो इसका भी विस्फोट...''

परशुराम ने और प्रतिक्षा नहीं की। बोले, ''नहीं! मैं आश्वस्त हुआ, पुत्र! तुम समर्थ हो और अन्याय के दलन की दीक्षा ग्रहण कर चुके हो। भगवान तुम्हारा कल्याण करें!''

परशुराम खोये हुए-से अपने यान की ओर चले गए। क्षण-भर में गगनभेदी कोलाहल करता हुआ, यान आकाश में विलीन हो गया।

दशरथ ने देखा—राम अपने अश्व पर बैठ चुके थे।

बारात फिर से अयोध्या की ओर चल पड़ी।

❑ ❑ ❑